21世纪全国高职高专通识课规划教材

中国古典诗词曲鉴赏

黄小京 编著

北京大学出版社
PEKING UNIVERSITY PRESS

图书在版编目(CIP)数据

中国古典诗词典鉴赏/黄小京编著. —北京：北京大学出版社，2013.8
（21世纪全国高职高专通识课规划教材）
ISBN 978-7-301-21955-3

I. ①中… II. ①黄… III. ①古典诗歌 – 诗歌欣赏 – 中国 – 高等职业教育 – 教材②散曲 – 鉴赏 – 中国 – 高等职业教育 – 教材 IV. ①I207.2

中国版本图书馆CIP数据核字（2013）第011805号

书　　　名：中国古典诗词曲鉴赏
著作责任者：黄小京　编著
责　任　编　辑：杜若明
标　准　书　号：ISBN 978-7-301-21955-3/I·2582
出　版　发　行：北京大学出版社
地　　　址：北京市海淀区成府路205号 100871
网　　　址：http://www.pup.cn　新浪官方微博：@北京大学出版
电　子　信　箱：zpup@pup.pku.edu.cn
电　　　话：邮购部 62752015　发行部 62750672　编辑部 62753374　出版部 62754962
印　　　刷　者：北京圣夫亚美印刷有限公司
经　　　销　者：新华书店
　　　　　　787 毫米×1092 毫米　16 开本　10.5 印张　270 千字
　　　　　　2013 年 8 月第 1 版　2024 年 8 月第 4 次印刷
定　　　价：23.00元

未经许可，不得以任何方式复制或抄袭本书之部分或全部内容。
版权所有，侵权必究
举报电话：010-62752024　电子信箱：fd@pup.pku.edu.cn

序

中国具有五千多年灿烂的文化史,其中古典诗词曲占有相当重要的地位,由此称中国为诗的国度。无论是《诗经》《楚辞》,还是唐宋诗词及元曲,在艺术上都达到了不可企及的高峰。中国古典诗词曲具有超然非凡的情韵美和音乐美,这在世界诗歌史上都是屈指可数的。中国古代教育家孔子曾经说过:"不学诗无以言。"所以古代读书人的启蒙教育都要从诗开始。传承中华民族优秀传统,学习和鉴赏古典诗词曲越来越显得意义重大而必不可少。

鉴赏中国古典诗词曲,目的在于提高学习者的文化素养和阅读欣赏水平,激发创造性思维活动,引导树立创新精神,不断提高创新能力;使学习者们在寻求作家对生活美的不懈追求和对人世间喜怒哀乐等各种情感的抒怀中,得到渲染和熏陶,以完成对诗词曲艺术的审美过程,从而达到陶冶情操,提高生活品味和促进身心健康,提高工作和学习效率的目的。

中国古典诗词曲鉴赏的第一步,就是要先读懂它们,在读懂的基础上,借助一些鉴赏理论和方法,进而能够真正欣赏它们。诗词曲鉴赏实际上是品味,是一种美感享受,是人的审美理解、审美联想和审美情感等的综合体现,是审美价值观形成的过程。它不同于解释诗词曲中的字词句,也不同于对诗词曲整体文义的串讲,因为这种对诗词曲语言的诠释和整体文义的串讲,只能是基础和前提,还不能算是诗词曲鉴赏。我们所说的诗词曲鉴赏,是对其中美学价值和美学底蕴所展开的讨论和研究,通过这一过程,实现读者的审美判断和审美评价。

对于鉴赏者来说,首先应该明确:"诗者:根情,苗言,华声,实义。"(白居易《与元九书》)好的诗词曲作品就像一棵生命顽强、能够开花结果的树,动人肺腑的感情就像树的根,表达感情的语言就像树的枝叶,优美的声律就像树的花朵,深刻的义理就像树的果实。其次,还应该了解鉴赏的前提,必然是:"凡操千曲而后晓声,观千剑而后识器,故圆照之象,务先博观。"(刘勰《文心雕龙》·《知音》)。只有这样,才能做到公平全面,达到"平理若衡,照辞如镜"。切忌抓住一点,片面立论。要掌握鉴赏的要领:即"一观位体,二观置辞,三观通变,四观奇正,五观事义,六观宫商"(《文心雕龙·知音》)。用通俗的语言讲就是,一观察中心思想的确立,二观察文句辞藻的运用,三观察继承和创新上的表现,四观察风格流派的变化,五观察事例材料的提炼,六观察音韵节奏的安排。要从大处着眼,从小处起步,鉴赏诗词曲迷人的神韵和优美的意境。正如吴汝昌先生所言:"神是生气永存的不朽表现,韵是素养超然的自然流露。二者合在一起,构成人的最高风范。这种对人的审美观念,推移到高级文学——韵文中去,就形成了我们鉴赏者的头等重要的标准。"

目 录

第一章　总论 1
　　第一节　唐诗概况 3
　　第二节　宋词概况 19
　　第三节　元曲概况 29
　　第四节　诗词曲的异同 34

第二章　意象篇 36
　　第一节　意象叠加 36
　　第二节　意象组合 45
　　第三节　意象造型 52

第三章　意境篇 62
　　第一节　情景交融 62
　　第二节　曲径通幽 71
　　第三节　人格物化 75
　　第四节　化物为人 79

第四章　意旨篇 89
　　第一节　借古讽今 89
　　第二节　特征显示 97
　　第三节　独辟蹊径 102
　　第四节　白描 105
　　第五节　理趣 111

第五章　表述篇 116
　　第一节　矛盾修饰 116
　　第二节　以小见大 121
　　第三节　以动显静 124
　　第四节　化静为动 129
　　第五节　一张一弛 133

第六章　修饰篇 ··· 138
第一节　正喻 ··· 139
第二节　博喻 ··· 144
第三节　正衬 ··· 148
第四节　反衬 ··· 151

第七章　诗词格律简要 ··· 158
第一节　概述 ··· 158
第二节　今体诗的平仄 ··· 159

参考文献 ··· 162

第一章 总 论

中国是历史悠久的文明古国,具有五千多年灿烂的文化史,传承下了丰富的文化遗产。无论是《诗经》《楚辞》,还是唐诗、宋词、元曲等,在艺术上都达到了不可企及的高峰。正因为如此,中国被世界称为"诗的国度"。

唐诗、宋词、元曲(以下简称诗词曲)是中国古典文学中闪烁灿烂光辉的艺术瑰宝,在世界文化宝库中也占有相当重要的地位。中国古典诗词曲具有非凡的情韵美和音乐美,形式丰富多彩,内容广博纷呈,这在世界诗歌史上都是屈指可数的。中国古代教育家孔子曾经说过:"不学诗无以言。"所以古代读书人的启蒙教育无不从学诗开始,从而形成了中华民族特有的传统教育方式——"诗教"。在形成中华民族优秀的文化传统中,古典诗词曲丰厚了一代又一代人的知识宝库,促进了一代又一代人的文化素质及修养的提高。它们对人们的熏陶和启迪作用,在当今更是不可低估。多少年来,它们以完美的艺术特色,以丰富的思想内涵,以广阔的社会生活,感染和启发着千千万万的中华儿女,振奋和激励着多少有识之士,努力为实现理想而奋斗。

诗词曲为后代留下了千古传唱的名篇佳作,学习和鉴赏这些名篇佳作,吸收其精华养分,将越来越成为全社会所关注并亟待实施的一项有效措施。我们应继续发扬"诗教"的优良传统,发挥古典诗词曲感动人心、陶冶人情、启迪人志的教育功能,让今天更加充实,让明天更加灿烂。

阅读古典诗词曲作品跟阅读其他文学作品一样,包含理解和鉴赏两个过程。理解,指弄懂诗词曲作品的词义、句意、段意及全文大意。鉴赏,指鉴别和欣赏作品的语言、写作方法、篇章结构的表现力量、思想感情和主题的社会意义,并对这一切做出恰当评价,领悟它们怎样达到了内容和形式的完美统一,从而品味它们的艺术魅力。

理解和鉴赏是密切联系不能割裂的。理解是鉴赏的基础,鉴赏是在理解的基础上的深化和提高。阅读古典诗词曲作品,如果只是诉之于理解,而不去鉴赏其准确遣词造句、恰当运用写作方法、巧妙安排篇章结构的表现力量,不去鉴赏其积极与健康的思想感情和主题的社会意义,那对上述两个方面都难收到良好效果。理解,犹如跨进艺术殿堂的门槛;鉴赏,则像欣赏那殿堂内的展品。跨进门槛固然重要,但更重要的是欣赏展品。

理解和鉴赏古典诗词曲作品,对大多数年轻人来说,有一定难度。这是因为它们距离现在的年代久远,而且诗词曲跟其他文学作品相比,又有其独特之处。首先,优秀的诗词曲高度概括集中。对于抒情的诗词曲而言,总是截取生活中富有典型意义的场景,描写特定的形象,创造特定的意境,抒发特定的感情;对于叙事的诗词曲而言,总是叙述富有典型意义的事物,塑造富有典型意义的现象,反映出宽广深刻的社会内容。优秀诗词曲的表现意义常常超出它所描写的现象。诗词曲的高度概括集中,更决定了诗词曲的语言尤为精练的特征。如果把散文的语言看成是流水式的,那诗歌的语言便是跳跃式的。诗歌的跳跃式的、看似句间

中国古典诗词曲鉴赏

并无直接联系的某些语句,也恰恰适合表现诗人感情。其次,优秀的诗词曲形象都鲜明。诗词曲的形象性,即表现在语言的形象上,更表现在形象的描写上。优秀的叙事诗词曲,都塑造出富有典型意义的人物形象;优秀的抒情诗词曲,也总是描写出种种客观事物的形象,并且隐现或暗含着诗人自身的形象。第三,优秀的诗词曲富有节奏感、音乐性。节奏感和音乐性增强了诗词曲语言的感染力和表现力。那么我们应该如何鉴赏中国古典诗词曲呢?

一、要了解诗词曲的写作背景。文学是时代的风雨表。一个时代有一个时代的文明,一个时代有一个时代的诗词曲风格。了解作者的人生遭遇,了解作家创作的历史背景,包括当时的政治环境、经济环境、地理环境和社会习俗,从而设身处地地揣摩作者的心境,运用想象,填补作品描述的空白,是理解和鉴赏作品的基础。如读屈原的《离骚》,首先要了解屈原其人其事。他是楚国贵族出身,具有很好的文化教养,颇得怀王信任,面对战国七雄纷争割据的局面,他希望楚国能完成统一中国的大业。为此他主张联齐抗秦、举贤授能和革新政治,以求振兴楚国,但却受到楚国内部亲秦的旧贵族集团的诽谤与迫害,被怀王贬逐流放,直到秦兵入境,国家将亡,他悲愤投汨罗江自沉。他的一生是在长期忧愤和被放逐中度过的。在了解作者个人遭遇的基础上阅读《离骚》,就会明白他自述身世、志向和遭受奸佞打击的用意了,对他虽受谗人陷害但追求"美政"、九死不悔的志向的理解也有了基础。

二、要能理解并解释诗词曲中的诗句。诗歌语言的特点是精练、浓缩,富有跳跃性。要结合上下语境准确把握词义、句意。如"羁鸟恋旧林,池鱼思故渊"(陶渊明《归园田居》)。在理解这两句诗时,要做到能懂得"羁鸟"、"旧林"、"池鱼"、"故渊"的意思;要懂得"故"与"旧"是互文;要懂得这两句诗承前叙述诗人误入官场"尘网",就如"羁鸟"、"池鱼"得不到自由,于是思恋"旧林"、"故渊",渴望回到大自然的怀抱,表达出诗人急切思归田园的心情;要懂得诗人以"羁鸟"、"池鱼"作比,贴切形象,既与前面的"尘网"呼应,又为后文的"樊笼"伏笔。

三、要善抓"题眼"与"诗眼"。"题眼"就是一首诗的题旨。"诗眼"就是一首诗中传达主旨的关键词和关键句。抓住了"题眼"与"诗眼",就是找到了理解和鉴赏诗歌的钥匙。如《离骚》中的"伏清白以死直兮,固前圣之所厚"一句反映了屈原刚正不阿,一身正气。"亦余心之所善兮,虽九死其犹未悔"一句表现他坚持真理,献身理想的节操。"民生各有所乐兮,余独好修以为常"反映他洁身自好、自我完善的品行。赏读这些语句,就能更好地理解诗歌所表现的旨意。

四、要合理补充形象。诗歌具有概括性,读者在鉴赏过程中,必须通过自己的想象去补充和扩大作品的生活画面,从而获得完整而丰富的形象美感。但这种补充不能抛开作品的形象而主观随意,要以作品所提供的艺术形象为基础作合理的想象。比如在赏析曹植的《白马篇》时,既必须理解诗人运用铺叙的手法,描写少年勇猛轻捷的英雄形象,更必须展开想象的羽翼,通过"仰手接飞猱,俯身散马蹄"想象这位游侠少年精彩的射技。"狡捷过猴猿,勇剽若豹螭"想象他身手敏捷的动作画面。

五、要体物入情,深入思索作品的思想意义。鉴赏诗词曲,要真正进入作品的社会场景中去,同作者所描写的人物同呼吸、共命运,从人物的喜怒哀乐中体验诗人的感情。如在赏析汉乐府诗歌《孔雀东南飞》中的人物形象时,就应当从刘兰芝与焦母、阿兄之间的矛盾冲突中领会诗人的思想倾向,从刘兰芝与焦仲卿的情感世界中去体察人物心理变化和思想冲突的轨迹。如果缺乏对人物思想感情的真切体验,是很难把握人物思想性格,体会出丰富的意蕴的。

六、要准确理解诗词曲的意境。诗词曲的主题通常是借助意境来表达的。意境是作者的思想感情和描绘的生活图景融合而成的一种艺术境界。体会意境的方法是抓住诗词曲的画面和气氛,去理解"此时"、"此景"中"此人"的"此情"是什么。鉴赏时要了解诗词曲中情与景的结合方式:即景抒怀、直抒胸臆、寓情于景、情景相生等,从中体会作者的思想,把握作品的主旨。比如《诗经·秦风·无衣》中通过写"同袍""同泽""同裳",表现战士们克服困难、团结互助的情景。写"修我戈矛"、"修我矛戟"、"修我甲兵",表现战士齐心备战的情景。在重章复唱中表达作品的主旨,表现战士们共同对敌、奔赴战场的高昂情绪,揭示战士们崇高的内心世界。

七、要能体会诗词曲各种表现手法的艺术效果。由于客观事物是多种多样的,因而诗词曲中比、兴手法的应用也是多种多样的。从比的角度来说,要明了明喻、暗喻、借喻、博喻四种形式及作用。如《离骚》中屈原"依诗制骚,讽兼比兴",他以鸾凤、香草比拟忠贞,以恶兽、臭物比拟奸佞,以饮食芳洁比拟品质高尚,以车马迷途比拟惆怅失意。从兴的角度来说,兴分为两种:一是触物起兴,如《氓》的三、四章,用自然现象来对照主人公恋爱生活的变化,由起兴的诗句引出表达感情生活的诗句,激发读者联想,增强意蕴,产生形象鲜明、诗意盎然的艺术效果。二是托物起兴,如《孔雀东南飞》开头两句"孔雀东南飞,五里一徘徊"起兴,借孔雀飞五里便回首眺望旧地,暗示了男女主人公终将分离的结局,增加了诗歌的悲剧气氛。

第一节 唐诗概况

唐代(618—907),是中国古典诗歌发展的全盛时期。这个时期的诗歌称为"唐诗",是优秀的文学遗产之一,尽管离现在已有一千多年了,但是,许多优秀的诗篇仍然广为流传。唐代的诗歌创作是我国古代诗歌创作的一个辉煌灿烂的时代,产生出了伟大的诗人李白和杜甫,还造就了众多具有独特成就、对后世影响深远的杰出诗人。这些诗人,今天知名的有2300多人,在文学史上具有广泛影响的诗人有100多人。他们的作品,保存在《全唐诗》中的也还有48900多首。流传至今的诗歌超过5万首,充分反映了唐代的整体社会风貌和不同阶层人民的生活。唐诗留给现代人的,真是一个丰富、繁华、百花争艳、万紫千红的艺术宝库。

唐诗的题材非常广泛。有从侧面反映当时社会阶级状况和阶级矛盾,揭露封建社会黑暗的;有歌颂正义战争、抒发爱国思想的;有描绘祖国河山秀丽多姿多娇的;还有抒发个人抱负和遭遇的;也有表达儿女爱慕之情,诉说友情、亲情及人生悲欢等。可以说从自然现象、政治动态、劳动场景、社会风俗,直到个人感受,都被诗人敏锐地捕捉而成为他们写作的题材。唐诗在创作方法上既有现实主义,也有浪漫主义,更有现实主义和浪漫主义这两种创作方法相结合的典范作品,形成了我国古典诗歌的优秀传统风范。

唐诗的形式多种多样。唐代的古体诗基本上有五言和七言两种。近体诗也有两种,一种叫绝句,一种叫律诗。绝句和律诗又各有五言和七言之分,所以,唐诗的基本形式可有以下六种:五言古体诗、七言古体诗、五言绝句、七言绝句、五言律诗、七言律诗。古体诗对音韵格律的要求比较宽:一首之中,句数可多可少,篇章可长可短,韵脚可以转换。近体诗对音韵格律的要求比较严:一首诗的句数有限定,即绝句四句,律诗八句,每句诗中用字的平仄,有一定规律,韵脚不能转换;律诗还要求中间四句对仗。古体诗的风格是前代流传下来的,所以又叫古风。近体诗有严整的格律,所以有人又称它为"格律诗"。

唐诗的风格丰富多彩并推陈出新。唐诗不仅继承了汉魏民歌、乐府的传统,并且大大发展了歌行体的样式;不仅继承了前代的五、七言古诗,并且发展为叙事言情的长篇巨制;不仅扩展了五言、七言形式的运用,还创造了风格特别优美整齐的近体诗。近体诗是当时的新体诗,它的创造和成熟,是唐代诗歌发展史上的一件大事。它把我国古典诗歌的音节和谐、文字精练的艺术特色,提升到前所未有的高度,至今还为人们喜闻乐见。但是近体诗中的律诗,由于格律的限制,容易束缚诗的内容,不能自由创造和发挥,这是律诗的局限。

唐诗的可贵在于:诗人们从不同角度反映了当时社会的各个侧面,既揭示了当朝统治者的腐朽专横,痛斥了战事带给人民的灾难,又袒露了诗人们丰富的感情世界,再现了劳动者的生活状况,同时也讴歌了祖国山川江河的无限美好和自然风光的瑰丽。最令后人感叹的是,诗人们充满了无限的激情神想和深邃的思想底蕴,通过栩栩如生的艺术形象和精炼深刻的艺术语言,极富有创新地展示着高超的艺术想象力,展现给世人一幅幅千载难逢、精美绝伦的艺术画面和源远流长的艺术境界。千百年来,唐诗一直强烈地感染着千千万万的读者,它们的精美词语和神韵带给人们的是回味无穷、萦绕脑海、震撼心际的不同寻常的艺术感受。

一、唐诗发展的外因

(一)经济方面

隋末农民大起义,李渊父子起兵攻打长安,建立了唐朝,有力地推动了社会生产力的发展。唐朝开国之后,统治者采取开明的措施使国家强盛。例如在全国范围内推行北魏的均田制,实行租庸调法,兴修农田水利等,对发展农业生产起到了促进作用。随着农业生产的发展,商业、手工业、对外贸易和水陆运输业也随之发展起来。唐代建立了当时在世界范围内也称得上最繁华昌盛的封建国家,改变了东晋以来两百多年分裂和连续战乱的局面。在经济的带动下,上层建筑各个方面,包括政治、哲学、军事、文学、艺术(音乐、舞蹈、绘画)等也都曾出现了蓬勃发展的新气象。随着与周边国家和人民的频繁交往,唐朝建立了六个都护府。为文化的繁荣奠定了物质基础,营造了相当良好的社会氛围。

(二)政治方面

唐代全盛时期的社会,存在着各种矛盾和斗争。"安史之乱"是社会上各种矛盾的大爆发,也是唐朝由盛而衰的转折点。许多诗人在"安史之乱"爆发之前就已经敏锐洞察到了它将带给国家和人民的危机,在"安史之乱"中,诗人们又亲身经历了动荡不安、流离失所,遭遇种种不幸,亲眼目睹了统治者的腐败无能及残酷掠夺,于是他们挥笔作诗,抨击黑暗,歌颂正义,充分吐露内心长久积郁的对现实的强烈不满、对人民的同情和对国家兴亡的忧虑。

千百年来,唐诗一直深深打动着广大读者,因为唐诗就像一本最有说服力的社会现实的百科全书。正如前人对杜甫诗歌的评价:是"穷天地民物之变、历兵火治乱之迹的史诗"。唐代继承了北朝和南朝的传统,这个时期既尊儒,也崇奉道教和佛教,是三教并举的天下。这使得唐代思想、文化等有利于诗人思维的活跃和创新,对唐诗的创作具有深刻而积极的影响。

(三)科举制度方面

唐代的科举制度对唐诗发展走向鼎盛也具有积极影响。科举制度因考试内容的不同而分为明经、进士等科,其中以诗赋取士的进士科最为重要,改变了魏晋以来实行的"九品中正制"。由此在社会上形成了极其盛行的写诗风气,促进了诗人掌握诗歌创作技巧,调动了全社会范围内文人墨客争相创作诗歌的积极性,为振兴诗歌创作、探寻诗歌奥妙、推动诗歌发展开辟了道路。

(四)思想文化方面

唐代大多数官僚信奉道教,使得道教的地位提高,同时,佛教也进入鼎盛时期,从而使诗人的思想更加活跃起来,促进了百家争鸣局面的形成。如李白的浪漫主义创作风格是受到道家的影响;以王维为代表的田园诗派是受到老子思想的影响,又深契禅理;从杜甫到白居易这样的现实主义作家是受到儒家思想的影响;以韩愈为首的古文家以儒家的思想为主导等。

二、唐诗发展的内因

(一)传承诗歌优良传统

从第一部诗歌总集《诗经》的产生,以及楚辞、汉代乐府、建安时代诗歌的产生和发展,到唐代诗歌的形成,经历了一千多年的历程,诗歌遗产的积累已经相当丰富。唐代诗人继承了诗歌的优良传统,并不断改革创新,使诗歌艺术达到了前所未有的高度。在克服齐梁之后形式主义和浮靡诗风的不良影响,合理继承齐梁时代所发明的诗歌声律与艺术技巧,并在此基础上不断创新的前提之下,整个唐朝诗歌的各种风格和流派互相影响,有力地促进了唐诗内容丰富、风格多样、流派形成、技巧成熟和诗体兼备等诸多方面的蓬勃发展,使得唐诗出现了空前繁荣的局面。

初唐是诗歌的准备阶段,当时齐梁诗风的形式主义余绪尚存,但到陈子昂(659—700)有了转变,盛唐的诗人辈出,王维、孟浩然、高适、岑参等人各具其妙,李白、杜甫可以说集其大成,白居易是新乐府派代表,韩愈、孟郊及李贺等更具有独创精神,晚唐的李商隐、杜牧是这个时期的代表,皮日休、聂夷中可以看到新乐府的影响。韩愈和柳宗元的古文运动,驱除了在六朝时期十分盛行的骈文,创造了质朴实用的散文,符合当时的时代特点。唐代传奇突破了汉魏时代小说的形式和内容,志怪小说、佚事小说等都向前发展了一大步。

唐诗的艺术成就主要表现在两个方面:一是勇于创新,一是风格多样。创新是文学艺术的生命,文学艺术如果只是陈陈相因,必将失去它的光彩,甚至不再是文学作品。创新可以有量的不同,也可以有质的区别。唐代是一个伟大的文学时代,更是中国诗歌历史上一个黄金时代,伟大的作家层出不穷。他们的伟大表现在:具有异乎寻常、超凡脱俗的创新精神。从总体上说,唐代诗歌出现了与以往截然不同的风貌,这就是汉魏以来五言古诗的形式被唐人发展得更加成熟;唐代完成和创造了七言古诗,五、七言近体诗等诗歌形式;同时,唐代以前的各种体裁(不包括正在产生发展的词)在这个时期都基本具备。诗歌形式的发展正是诗人共同创新的一个突出表现,也是唐代诗人对于中国诗歌史所做出的巨大贡献。

生活是诗人创作的源泉,而创新是诗人创作的动力。唐代诗人对于诗歌有着一种创造的信心和魄力,表现在诗人们不以模仿他人的诗歌为荣。尽管他们各自都有崇拜对象,但诗人们将自己对名人的崇拜化作诗歌创作的原动力,在表达自己与众不同的思想情感、描绘事状物态时都是妙笔生花、独出心裁、曲尽精微,使人难乎为继。正像鲁迅先生所言:"我以为一切好诗,到唐已被做完。"

(二)诗歌内容方面

唐代诗歌在内容方面最突出的一点是,真实描写和刻画了当时的自然风貌、社会生活、经济状况、战乱割据等,尤其是从各个角度反映了劳动人民的实际生活。诗人发自内心地深刻感受着社会带给他们的各种强烈的思想震撼,经历着自身各种情感交织的内心独白,运用精练、生动的语言,通过塑造感人的艺术形象,形成了思想、内容与形式相结合的、完美的上佳作品。尽管时代在变迁,但唐诗却以其无限感人的魅力,震撼着代代读者的心灵。

唐诗中反映现实的另一个特点,是诗人对社会政治的关心和重视,敢于直言不讳,直抒胸臆。例如,白居易的《长恨歌》、元稹的《连昌宫词》、杜甫的《兵车行》、《前后出塞》、《新安吏》、《潼关吏》、《石壕吏》、《新婚别》、《垂老别》、《无家别》、李白的《古风》等等。这一点是继承了《诗经》直刺时政、无所讳避的诗歌传统。诗中不仅歌颂"安史之乱"前诗人在政治上表现出的奋发向上的革新精神和"匡社稷"、"济苍生"的政治抱负,还对"安史之乱"之后诗人要求国家统一、民族振兴的政治抱负予以阐述和认定。不少诗歌对时政的腐败给予揭露与批判,进行借古寓今的讽刺。这类诗从积极的方面鼓舞和激励着无数爱国者们投身于伟大的振兴国家的事业中。

唐代诗人中的一些作家,还有着一种对于封建正统的傲视气概,他们不迷信前世帝王,不拘泥儒学正宗,不趋附于权贵,在不同程度上表现出思想解放、追求人生自由的洒脱和豪气。例如李白的"安能摧眉折腰事权贵,使我不得开心颜"(李白《梦游天姥吟留别》)、"俱怀逸兴壮思飞,欲上青天揽明月(李白《宣州谢朓楼饯别校书叔云》)"等等。

三、唐诗的分期及主要诗人的创作

唐代经历了290年,唐诗的发展可以划分为四个时期,这就是初唐时期、盛唐时期、中唐时期和晚唐时期。

初唐(618—712):自唐高祖开国至唐玄宗以前,是唐诗发展的奠基时期。其贡献主要有两点:一是诗风转变:从六朝的浮艳转变为刚健清新,内容从宫廷生活走向广阔的社会。代表人物有初唐四杰王勃、杨炯、卢照邻、骆宾王和首倡复古革新的陈子昂。二是近体诗成熟:沈佺期、宋之问及杜审言等完成了律诗的定型。

盛唐(713—770):从唐玄宗开元初年到唐代宗大历五年为盛唐时期,唐诗发展到最辉煌的阶段。中国文学史上伟大的现实主义诗人杜甫和伟大的浪漫主义诗人李白,代表着唐诗的两座高峰。还出现了以高适、岑参为代表的边塞诗派,以王维、孟浩然为代表的田园诗派。

中唐(771—835):从大历六年到唐文宗大和末年为中唐时期。是唐诗发展中几乎可跟盛唐媲美的繁盛时期。在前二十年的诗歌创作中,出现了韦应物、刘长卿、李益等优秀诗人。他们多写田园山水或边塞风光。后三十多年间,诗歌在思想内容和艺术风格上都发生了新变化。出现了两大诗派:一是写实讽谕诗派,即以白居易、元稹为代表的新乐府诗派;二是险怪奇崛诗派,以韩愈为领袖,著名诗人有孟郊、贾岛、卢仝、姚合。

晚唐(836—907):唐文宗以后为晚唐时期。晚唐最杰出的诗人是李商隐和杜牧,有"小李杜"之称。晚唐关心民生疾苦的著名诗人有皮日休、杜荀鹤、聂夷中、罗隐、陆龟蒙等。晚唐诗人还有张祜、李频、朱庆余、薛逢、马戴、张乔、崔涂、许浑、郑畋、韩偓、陈陶、张泌、秦韬玉、杜秋娘等。

(一)初唐时期主要诗人的创作

第一时期的初唐是诗歌从扭转齐梁以来形式主义诗风,走向健康发展道路的重要时期。隋代开国皇帝杨坚夺取了北周政权,打败了陈叔宝,又击败了突厥,结束了分裂局面。隋代是南朝文学到唐代文学的过渡。短期的统一达到了初步的融合。从军出塞题材成了这一时期的主要题材。

薛道衡

薛道衡

薛道衡(540—609),隋代文学家。字玄卿。隋河东汾阴(今山西万荣县)光华乡薛吉村人。6岁成为孤儿,但他十分好学,13岁读《左传》,见郑国子产相国有功,遂作《国侨赞》,文词精彩,才名显露。曾仕北齐、北周。公元581年(开皇元年),隋灭周,始仕隋。公元609年(大业五年),隋炀帝认为薛道衡文章有溢美先朝,暗含讽刺暴君的意图,存心影射自己,遂令薛道衡自缢。薛道衡曾经对国家政事发表了议论,在《昔昔盐》中有所表现。今存《薛司隶集》一卷。

上官仪

上官仪

上官仪(约608—665),字游韶,陕州陕县(今河南陕县)人。贞观初擢进士第,召授弘文馆直学士,迁秘书郎。是初唐宫廷作家,齐梁余风的代表诗人。上官仪长于南方寺院中,受南朝文化熏陶和宫体诗影响,"文并绮艳"。上官仪擅长五言,格律工整,词藻华丽,绮错婉媚。内容多为应制奉命之作,歌功颂德,粉饰太平,形式上追求程式化。因其位显,时人多仿效,世称"上官体"。他又归纳六朝以后诗歌的对偶方法,提出六对、八对之说,代表了当时宫廷诗人的形式主义倾向,但对律诗的定型有促进作用。《入朝洛堤步月》是上官体较好的代表作。而《八咏应制》则是典型的宫体诗。《全唐诗》录其诗1卷。

上官仪的五言诗很得唐太宗的赞赏。之后又出现了文章四友,他们多写歌功颂德的诗,是受皇帝之命而写的。历代评论者对上官仪的评价并不高,认为他仅流于诗歌的形式而已。后来的陈子昂也借着批判六朝之诗,批评过上官仪。但不管如何,上官仪在初唐诗歌坛上形成了以他名字所命名的"体",这就是一个成就。

这个时期在杜审言(645?—708)、沈佺期(656?—714)、宋之问(656?—712)等诗人的积极倡导和努力下,确定了唐代"近体诗"的格律,尤其是杜审言,他是近体诗的奠基人之一,他所创作的诗格律严谨,多为五言律诗。他的孙子杜甫在这方面受其影响不小。近体诗的确定是我国诗歌形式上一个重要的创举,开拓了诗歌创作的广阔天地。

杜审言

杜审言

杜审言(约645—708),字必简,祖籍襄州襄阳(今属湖北),迁居河南府巩县(今河南巩义市),官至修文馆直学士,与李峤、崔融、苏味道齐名,称"文章四友"。他是杜甫的祖父。明人辑有《杜审言集》。清人王夫之《姜斋诗话》指出:"近体,梁陈已有,至杜审言而始叶于度"。杜审言的五言律诗,格律严整,音韵谐美,章法井然,意境深远,语言清丽自然,是新兴诗体的典范作品。

中国古典诗词曲鉴赏

沈佺期

沈佺期

沈佺期(656—约714),字云卿,相州内黄(今属河南)人。初唐诗人。青少年时代曾喜漫游,到过巴蜀荆湘。上元中进士及第,后任考功员外郎,预修《三教珠英》。景龙中入修文馆为学士,作文学侍从。其诗多属应制,带六朝绮靡文风,与宋之问齐名。唐代五七言律体至沈宋而定型。他们一同为中国诗歌的发展作出了划时代的贡献。

沈佺期曾经被贬谪荒远之地,他所写的作品,也有一些优秀篇章。尽管沈佺期还没有摆脱齐梁的影响,但这些诗都有一定的生活体验作基础。语言精练,气势流畅,和齐梁浮艳之作不同。在格律形式的完整上,更为历代所推崇。沈佺期对诗歌的贡献,主要是在声律方面。在于完成律诗"回忌声病,约句准篇"的任务,使以后作诗的人可以遵循明确规格。律诗形式的定型,在诗歌发展史上具有重要意义。自此以后,近体诗和古体诗的界限有了更明确的划分,诗人在创作上,专工新体和专工古体也渐渐有了分道扬镳之势。这的确是"词章改革之大机"(明胡应麟《诗薮》内篇卷四)。

初唐诗歌的兴起,功劳应归于在当时被称为"以文章齐名天下"的"初唐四杰"的王勃、杨炯、卢照邻、骆宾王等人的不懈努力。他们均才高、位卑、不得志。在齐梁的诗风占有统治地位的时候,"四杰"挺身而出。王勃首先起来反对初唐诗坛的不正之风,接着其余三人也都响应,一起反对"上官体"的创作。对近体诗的格律形式进行了有益的探索和创新,对于唐诗的健康发展起到了促进作用。他们把诗歌从狭隘的宫廷转到了广大的市井和广阔的江山边塞,开拓了诗歌题材,丰富了诗歌内容,赋予了诗歌新生命力,提高了当时诗歌的思想意义,展现了新的诗风。四人对唐诗发展所作出的贡献主要有两点:

首先,表现在作品题材与内容上,包括咏史诗、咏物诗和山水诗。像王勃的《滕王阁诗》;或为抒发登临送别感慨的,如王勃的《送杜少府之任蜀川》以及骆宾王的《于易水送人》。有歌唱征人赴边远戍的,描写征夫思妇,表达对不幸妇女的同情的。其次,"初唐四杰"为五言律诗奠定了基础,并得到充分的发挥。"四杰"以多数量、高质量的诗篇为后来的沈佺期、宋之问的律诗打下了良好的基础。而四人之中又各有偏重,王、杨以五律见长,卢、骆擅长七古。他们在文学史上起到了承前启后、继往开来的作用。伟大的现实主义诗人杜甫就对"四杰"十分敬佩。

卢照邻

卢照邻(637?—689?),字升之,号幽忧子。幽州范阳(今河北涿州)人。与王勃、杨炯和骆宾王并称"初唐四杰"。卢照邻幼年非常聪明,不断获得提升,最初任邓王府掌管文书的典签,一直到都尉。但他患有风疾症,因此不得不退职。虽然他还试图做门客,但后来他的病越来越严重,双脚萎缩,一只手也残废了。于是他买了几十亩地回家养老,但终于被疾病折磨得痛苦不堪,投颍水自尽。由于卢照邻投江自尽的同一年,他的师父孙思邈逝世,于是也有人认为,卢照邻是为了追随他的师傅而去的。

卢照邻

卢照邻擅长诗歌骈文,以歌行体为佳,意境清迥。他的一些诗常常反映出愁苦之音和不平之气。以长篇歌行《长安古意》等为有名。代表作品有《咏史》、《长安古意》、《昭君怨》等。有《卢升之集》七卷和《幽忧子集》七卷,《全唐诗》录其诗二卷。

王　勃

王勃(649或650—675或676),字子安,绛州龙门(今山西河津)人。王勃的祖父是隋末著名学者,号文中子。父亲历任太常博士、雍州司功等职。王勃才华早露,未成年即被司刑太常伯刘祥道赞为神童,向朝廷表荐,对策高第,授朝散郎。

王勃的文学主张崇尚实用。当时文坛盛行以上官仪为代表的诗风,"争构纤微,竞为雕刻","骨气都尽,刚健不闻"。王勃"思革其弊,用光志业"(杨炯《王勃集序》)。他创作"壮而不虚,刚而能润,雕而不碎,按而弥坚"的诗文,对转变风气起了很大作用。王勃的诗今存80多首,赋、序、表、碑、颂等文,今存90多篇。王勃的文集,较早的有20卷、30卷、27卷三种本子,皆不传。现有明崇祯中㴑燮搜辑汇编的《王子安集》16卷;清同治甲戌蒋清翊著《王子安集笺注》,分为20卷。

王勃

骆宾王

骆宾王

骆宾王(约626—684),婺州义乌(今属浙江)人,他7岁能诗,有"神童"之称。据说咏鹅诗就是此时所作。父亲死后,他流寓博山,后移居兖州瑕丘县(今山东兖州市),在贫困落泊的生活中度过了早年岁月。他文官任过府属、奉礼郎、东台详正学士,武官任过四川、燕北掌书记。奔波三十载,却始终沉沦下僚,刚升为侍御史,便被捕入狱。报国之想,终成泡影。武则天当政,骆宾王多次上书讽刺,得罪入狱。骆在狱咏蝉,有云:"露重飞难进,风多响易沉。无人信高洁,谁为表余心?"以抒悲愤。嗣圣元年(684),武则天废中宗自立,这年9月,徐敬业(即李敬业)在扬州起兵反对。骆宾王为徐府属,被任为艺文令,掌管文书机要。

骆宾王的一生,有着两条明显不同的发展轨迹。作为一位作家,较为顺畅。从七岁咏鹅,到齐鲁闲居写下的大量隐逸诗,再到从军路上写的边塞诗,回长安后创作的以《帝京篇》为代表的长篇歌行,一直到扬州起兵写下的《讨武氏檄文》,与王勃的《滕王阁序》一道,成为中国骈文史上的双璧,稳居盟主地位,成为"初唐四杰"之一。《在狱咏蝉》是他著名的咏物诗。但作为一个官吏,政治上却处处遭受挫折。先是求仕不果,继而罢官长安。在齐鲁过了十多年穷困生活之后,再度入朝,不久又被免职。接着从军边塞,羁留蜀中,待再回京师,仍是九品小官。后来突然得以提升,成为御史台侍御史,但不到半年,就被诬下狱。最终愤而走向武装反抗,以致身死何处,都成了历史悬案。

杨 炯

杨炯

杨炯(公元650年—692年),汉族,弘农华阴(今属陕西)人,排行第七,唐朝诗人。初唐四杰之一。唐高宗显庆六年(公元661年),年仅11岁的杨炯被举为神童,上元三年(676年)应制举及第,授校书郎。后又任崇文馆学士。天授元年(690年),任教于洛阳宫中习艺馆。如意元年(692年)秋后改任盈川县令,吏治以严酷著称,死于任所。因此后人称他为"杨盈川"。

杨炯与王勃、卢照邻共同反对宫体诗风,主张"骨气"、"刚健"的文风。他的诗也如"四杰"诗一样,在内容和艺术风格上以突破齐梁"宫体"诗风为特色,在诗歌的发展史上起到了承前启后的作用。他虽诗篇不多,所写《从军行》等几首边塞诗,均表现出了雄健风格,很有气魄。《旧唐书》本传谓其有文集30卷,《郡斋读书志》著录《盈川集》20卷,今均不传。代表作品《从军行》,描写唐高宗时代战争的频繁给人民带来的痛苦,借喻汉代的事评论唐代,这是四杰普遍使用的方法之一。

陈子昂

陈子昂(659—700),字伯玉,梓州射洪(今属四川省)人。是为了扭转靡丽的六朝之诗风,在继"初唐四杰"之后,又一个站出来的诗人,他24岁考取进士,因《谏灵驾入京书》,为武则天赏识。由于陈子昂的政治观点与武则天不同,所以未受重用,终于在38岁时退职回乡。不久被县令段简害死在监狱中。在文学上,他高举复古旗帜,倡导诗歌必须注重内容和具有刚健质朴的表现形式。对诗歌创作进行革新,使齐梁以来形式主义之风开始消退,为唐诗发展扫清障碍。他所创作的《感遇》共38首,虽然不是同一时期的作品,但都是针对唐代社会的现实有感而发。

陈子昂

(二)盛唐时期主要诗人的创作

第二时期的盛唐,是从唐玄宗开元初年的713年到唐代宗大历五年的770年之间,前后经历了50多年。这也是唐诗大放异彩、光芒四射的时期。伟大的现实主义诗人杜甫和伟大的浪漫主义诗人李白,就是这个时期的两颗"耀眼之星"。由于他们不凡的经历、超人的才华和精湛的诗歌创作,使得唐诗艺术走向新的高峰。

杜 甫

杜甫

杜甫(712—770),字子美,自号少陵野老,世称杜少陵。生于河南巩县(今河南省巩义市)。杜甫出身于一个下层的官僚地主家庭,从小受正统的儒家思想教育,有很深的"忠君"思想。天宝中到长安,仕进无门,困顿了十年,才获得右卫率府胄曹参军的小职务。安史之乱开始,他流亡颠沛,为叛军所俘;脱险后授官左拾遗。后弃官西行,入蜀定居成都,一度在剑南节度使严武幕中任检校工部员外郎,故又有"杜拾遗"、"杜工部"之称。晚年举家东迁,途中留滞夔州二年,出三峡,漂泊鄂、湘一带,贫病而死。

杜甫是唐代伟大的现实主义诗人,与李白并称"李杜"。杜甫生活在唐朝由盛转衰的历史时期,其诗多涉及社会动荡、政治黑暗、人民疾苦,被誉为"诗史";杜甫忧国忧民,人格高尚,诗艺精湛,被奉为"诗圣"。在艺术上,杜甫继承了先秦以来各诗歌流派的成就,在前人艺术技巧的基础上兼收并蓄,并发展和创造了新颖独特的风格,使他的诗歌或雄浑奔放,或悲凉沉郁,或辞藻富丽,或朴实平易。他是新乐府诗体的开路人。他的乐府诗,促成了中唐时期新乐府运动的发展。他的五七言古长篇,亦诗亦史,展开铺叙,而又着力于全篇的回旋往复,标志着诗歌艺术的高度成就。他在五七律上也表现出非凡的创造性,积累了关于声律、对仗、炼字炼句等完整的艺术经验,使这一体裁达到完全成熟的阶段。杜甫存诗1400多首,有《杜工部集》传世。

诗作《自京赴奉先县咏怀五百字》、《北征》、"三吏"(《新安吏》、《石壕吏》、《潼关吏》)、"三别"(《新婚别》、《垂老别》、《无家别》)等名篇。真实地描写了特定环境下的县吏、关吏、老妇、老翁、新娘、征夫等人的思想、感情、行动、语言,展示给人们一幕幕凄惨的人生悲剧,极其深刻地反映了"安史之乱"前后,唐王朝的荒淫腐败及带给人们的深重灾难,使这些诗篇成为不朽之作。

李 白

李白(701—762),字太白,号青莲居士,祖籍陇西成纪(在今甘肃省天水附近),生于中亚细亚的碎叶城,李白与杜甫生活在同时代,是中国诗歌史上的又一个丰碑式的人物。被誉为"诗仙",现存诗歌近千首。这些诗篇,反映了当时丰富的社会现实,充分表达了诗人积极进取的精神状态和进步的政治理想。主要表现在:

一是反对豪门权贵,揭示封建统治者政治上腐朽、生活上荒淫的本质,突出诗人爱憎分明的立场和态度。例如,李白在59首《古风》中,有不少这类嘲讽时弊的诗歌。二是歌颂游侠生活,反对腐儒。李白受到政治观点的影响,赞赏豪情侠骨,追求自由平等,轻财仗义,重视人间真情。《侠客行》、《少年行》、《白马行》等诗篇无不鲜明地表现了他的游侠性格。这种游侠之风与当时统治阶级是相对立的,是对社会不公平的反抗。三是主持正义,反对非正义的战争,表现出爱国主义精神。李白在诗作中屡次以抗敌英雄管仲自比,充满激情地写下了《塞下曲》组诗。四是同情劳动人民的不幸遭遇,反映他们的疾苦。他描写人民的痛苦与愤慨,留下了《丁都护歌》等多篇诗作。总之,李白的诗歌创作经历不同凡响,所表现出来的才华、丰富的想象、新奇大胆的夸张、生动活泼的语言、高昂铿锵的情调、豪迈爽朗的气质,使他成为唐朝浪漫主义诗人的先驱与实践者,为后代留下了一宗宝贵的文化遗产。

盛唐时期还产生了孟浩然、王维、高适、岑参、王昌龄、元结等具有影响的诗人。由于他们的出现,奠定了唐诗在我国文学史上的辉煌地位。在他们当中孟浩然、王维等是山水田园派的代表作家;高适、岑参、王昌龄、元结等人是边塞诗派的主要代表人物。

山水田园诗派主要作家诗作

唐朝开国之后,政府奖励生产,社会经济繁荣,佛道思想流行,这些都为山水田园诗的写

中国古典诗词曲鉴赏

作创造了有利条件。以孟浩然、王维为代表的诗人创作的诗歌,描绘自然山水和田园风光,表现了返璞归真、怡情养身的情趣,抒写了隐逸生活,风格清新自然,意境淡远闲适,形成了山水田园诗派。

孟浩然

孟浩然(约689—约740),襄州襄阳(今天湖北省襄阳县)人。是唐代一位不甘隐居,却以隐居终老的诗人。他早年在家乡闭门读书,壮年时曾往吴越漫游,四十岁时曾到长安谋求过官职,但却失意而归,在鹿门山度过一生。开元二十八年(740)诗人王昌龄游襄阳,和他相聚甚欢,但此时孟浩然背上正生毒疮,终于病故,年仅52岁。

孟浩然

孟浩然长于五言律诗与五言绝句,多以描写自然风景为内容,其五律格调清新,神韵超迈;而五绝自然含蓄,耐人寻味,由此被世人称为"田园诗人"。因为他是湖北襄阳人,人们又称他为"孟襄阳"。如《秋登万山寄张五》、《夏日南亭怀辛大》、《过故人庄》、《春晓》、《宿建德江》、《夜归鹿门歌》等篇,自然浑成,而意境清迥,韵致流溢。

孟浩然的诗已摆脱了初唐应制、咏物的狭窄境界,更多地抒写了个人情怀,给开元诗坛带来了新鲜气息,并得到当时人们的倾慕。李白称颂他"高山安可仰,徒此揖清芬",杜甫赞扬他"清诗句句尽堪传"。可见他在当时享有盛名。主要作品《孟浩然集》。

王 维

王维

王维(701—761),字摩诘,人称"诗佛",盛唐时期著名诗人,官至尚书右丞,原籍祁(今山西祁县),迁至蒲州(今山西永济),崇信佛教,晚年居于蓝田辋川别墅。他是唐代山水田园派的代表。

王维的诗歌与孟浩然齐名,并称为"王孟"。这两位诗人虽然诗歌创作的风格比较接近,但他们的生活经历却有很大不同。王维出身于官僚地主家庭,二十一岁就中了进士,做过不少官,最后做到了尚书右丞,为此,他的诗文集也叫做《王右丞集》。王维多才多艺,既能诗善画,又懂音乐及书法,所以他的山水田园诗歌状写传神,给人留下深刻印象。宋代文人苏轼称赞王维的诗是为"诗中有画,画中有诗",王维独特的诗歌创作风格是将诗情画意融汇成一体。在王维的创作前期,虽然写过一些边塞诗,表现了他的政治抱负,但是他后期的山水田园诗却独具风格,很有成就。他继承和发展了谢灵运开创的写作山水诗的传统,对陶渊明田园诗的清新自然也有所吸取,使山水田园诗的成就达到了一个高峰,因而在中国诗歌史上占有重要的位置。他的《九月九日忆山东兄弟》、《鹿柴》、《山居秋暝》等诗篇脍炙人口,意境深远悠长。散文也有佳作。《山中与裴秀才迪书》清幽隽永,极富诗情画意,与其山水诗的风格相近。王维诗现存近400首。他的五律和五、七言绝造诣最高,同时其他各体也都擅长,这在整个唐代诗坛是颇为突出的。

边塞诗派主要作家诗作

唐代的边塞诗歌是唐诗的另一个重要题材,因为在唐朝的几百年中,与周围的一些少数民族战争频繁,这些战争有的属于防御性的,有的属于掠夺性的;而诗人所描写的边塞诗歌,或是描写边境战争的残酷,或是歌颂战斗勇士们的不屈,或是表现出人们厌战的情绪等。

高 适

高适

高适(约700—765),字达夫,一字仲武,沧州蓨(今河北景县)人。安史之乱后,曾任淮南节度使、彭州刺史、蜀州刺史、剑南节度使等职,官至封渤海县侯。世称"高常侍"。高适青年时代仕途不甚得意,在梁、宋(今河南省东、北部)一带过着漫游生活。四十多岁,他的诗歌创作越来越有名气,并开始走上官路,可以说是大器晚成。他从建功立业的动机出发,注重边塞情况。他的作品反映了边塞的风光,赞扬了舍身抗敌的壮烈行为,嘲讽了将官的腐败作风。代表作品有:《燕歌行》、《营州歌》等。高适是盛唐时期"边塞诗派"的领军人物,"雄浑悲壮"是他的边塞诗的突出特点。与岑参并称"高岑"。其诗歌雄壮而浑厚古朴,笔力雄健,气势奔放,洋溢着盛唐时期所特有的奋发进取、蓬勃向上的时代精神。曾在宋中居住,与李白、杜甫结交。诗存于《高常侍集》。永泰元年(765年)卒,终年65岁,赠礼部尚书,谥号忠。

岑 参

岑参(716—770),南阳人(今河南南阳人)。岑参出身于官僚家庭,曾祖父、伯祖父、伯父都官至宰相。父亲也两任州刺史。但父亲早死,家道衰落。他自幼从兄受书,遍读经史。二十岁至长安,献书求仕。三十岁举进士,授兵曹参军。曾先后两次到安西做官,安西在今天的新疆库车附近。岑参在西北边塞生活了六年,亲历了许多征战生活,因而对鞍马风尘的征战生活及冰天雪地的塞外风光有长期的观察与体会。他的诗歌感情真挚,格调鲜明,描绘将士们在风雪中紧张的战前行军,充满激情地歌颂了边防将士的战斗精神,也揭露了军营生活中苦乐不均的现象。岑参还叙写了祖国西陲的壮丽山川,对千变万化的边疆景色,给以生动夸张的艺术描绘。

岑参

岑参的诗想象丰富,意境新奇,气势磅礴,风格奇峭,词采瑰丽,具有浪漫主义特色。他的边塞诗与高适齐名,世称"高岑"。岑参的边塞诗歌历来被认为是最突出的,因此享有"边塞诗人"的称号。他的代表作品有:《白雪歌送武判官归京》、《走马川行奉送封大夫出师西征》等。诗集叫《岑嘉州集》。

中国古典诗词曲鉴赏

王昌龄

王昌龄

王昌龄(约698—约757),字少伯,长安人。开元十五年(727年)进士及第。入官场以后,正值唐玄宗和杨贵妃日益荒淫、宠信权奸的藩镇时期,政治黑暗腐败。王昌龄是盛唐诗坛著名诗人,被称为"诗家天子王昌龄"。因为诗名早著,所以与当时名诗人交游颇多,交谊很深,除与李白、孟浩然的交往外,还同高适、綦毋潜、李颀、岑参、王之涣、王维、储光羲、常建等都有交谊。他因数次被贬,在荒僻的岭南和湘西生活过,也曾在经济较为发达的中原和东南地区生活过,并曾远赴西北边地,甚至可能去过碎叶(在今吉尔吉斯斯坦)一带。丰富的生活经历和广泛的游历,对他的诗歌创作有很大帮助。在边塞诗、赠答诗等类抒情诗歌中,王昌龄不同程度地反映了当时的社会现实。在艺术上他能汲取建安诗歌、唐代乐府民歌的精华。王昌龄擅长七绝,能与李白齐名,被称为"七绝圣手"。他的诗歌构思新颖,言精意赅,音节流畅,韵味深长。王昌龄不仅仅创作边塞诗,还创作山水、送别和宫怨的诗篇。但边塞诗却成为名篇,如《出塞》、《从军行》等。

(三)中唐时期主要诗人的创作

第三时期的中唐是从大历六年的771年到唐文宗大和末835年,其中经历了60多年。在前20年间,主要是前一个时期内容和形式等方面的继续,产生了韦应物、刘长卿、李益等一些优秀诗人。他们多写一些田园诗和边塞诗,在艺术风格上没有特别的突破。

韦应物

韦应物(737—792),字义博,长安(今陕西西安)人。早年是唐玄宗的侍卫,后读书成进士。当过地方官吏。韦应物是中唐艺术成就较高的诗人。在艺术上受到王维的影响,并仿效陶渊明,也形成了一种自然淡远的艺术风格。后世将其与柳宗元并称为"韦柳"。

韦应物的诗以善于写景和描写隐逸生活著称。其诗多写山水田园,清丽闲淡,和平之中时露幽愤之情。反映民间疾苦的诗,颇富于同情心。七言诗音调流美,五律一气流转,情文相生,耐人寻味。五、七绝清韵秀朗写景如画,为后世称许。韦诗以五古成就最高,语言简洁朴素。其五古以学陶渊明为主,但在山水写景等方面,受谢灵运、谢朓的影响。代表作品有《滁州西涧》、《长安遇冯著》、《观田家》等,今传有10卷本《韦江州集》、两卷本《韦苏州诗集》、10卷本《韦苏州集》。散文仅存一篇。因做过苏州刺史,世称"韦苏州"。

韦应物

刘长卿

刘长卿

刘长卿(709—790),字文房,河间(今河北河间)人,玄宗天宝进士。肃宗至德间任监察御史、长洲县尉,贬岭南南巴尉,后返旅居江浙。代宗时历任转运使判官,知淮西、鄂岳转运留后,被诬再贬睦州司马。由于性情刚直,得罪了权贵,曾两次遭贬下狱。官至随州刺史,世称刘随州。是由盛唐向中唐过渡时期的一位杰出诗人。

刘长卿主要抒写个人不遇的苦闷,贬黜的哀怨,羁旅的愁情等。有一部分也反映了安史之乱后中原一带荒凉的景象。如《穆陵关北逢人归渔阳》、《疲兵篇》、《新息道中作》等,笔调苍凉沉郁。在艺术形式上擅长声律,工于雕句炼字,他写山水隐逸生活的诗歌成就最高。善于运用严格的律诗写景抒情,语言凝练自然,造意清新。刘长卿诗以五七言近体为主,尤工五言。五律简练、浑括、清秀。五绝如《逢雪宿芙蓉山主人》、《江中对月》、《送灵澈上人》。代表作品有《逢雪宿芙蓉山主人》。著有《刘随州集》。《新唐书·艺文志》著录其集10卷。较流行的是明翻宋本《唐刘随州诗集》,《全唐诗》编录其诗5卷。

李 益

李益

李益(748—829),字君虞,陇西姑臧(今甘肃武威)人。大历四年(769)进士,建中四年(783)登书判拔萃科。因仕途失意,客游燕赵。贞元十三年(797)任幽州节度使刘济从事。十六年南游扬州等地,写了一些描绘江南风光的佳作。元和后入朝,历秘书少监、集贤学士、左散骑常侍等职。

李益诗风豪放明快,尤以边塞诗最为有名。他是中唐边塞诗的代表诗人。《送辽阳使还军》、《夜上受降城闻笛》两首,当时广为传唱。其边塞诗虽不乏壮词,但偏于感伤,主要抒写边塞士卒久戍思归的怨望心情,不复有盛唐边塞诗的豪迈乐观情调。他擅长绝句,尤工七绝,代表作品有《夜上西城》、《从军北征》、《受降》、《春夜闻笛》等。其律体亦不乏名篇,如五律《喜见外弟又言别》、七律《同崔邠登鹳雀楼》、《过五原胡儿饮马泉》(又名《盐州过胡儿饮马泉》)等,均属佳作。今存《李益集》两卷,《李君虞诗集》两卷,《二酉堂丛书》本《李尚书诗集》一卷。

白居易

白居易(772—846),字乐天,号香山居士。原籍太原(今山西太原一带)。唐德宗贞元年间,中进士。晚年官至太子少傅,谥号"文",世称白傅、白文公。他是"新乐府运动"的倡导者,他的"文章合为时而著,歌诗合为事而作"的文学主张,对后代诗歌的发展具有十分重要的影响。他对杜甫的诗歌最为推崇,因为杜甫做到了"合为事而作"。他认为诗歌创作是为了表达作者的思想情感,要求补于政治。白居易的文学主张体现了现实主义的文学创作精神,创作了不少感叹时世、反映人民疾苦的诗篇,对诗歌创作起到了积极的推动作用。是我国文学史上相当重要的诗人。

白居易

在现存的3000多首诗歌中,"讽谕"诗最为出色,如《秦中吟》、《新乐府》、《卖炭翁》等,这些诗揭露了统治者的荒淫残暴,讽刺了当时权贵们的丑恶嘴脸。白居易的"感伤"诗尤以《长恨歌》、《琵琶行》为著名。诗中的人物形象鲜明生动、栩栩如生;故事整体布局完整,语言优美。白居易的诗歌语言由于通俗易懂,无论是王公贵族还是仆从贫民都能吟诵他的诗歌。从官府到茶馆、驿站,到处有人题写,甚至流传到了国外。

中国古典诗词曲鉴赏

元　稹

元稹

　　元稹(779—831),微之,怀州河内(今河南沁阳)人。他8岁丧父,少年贫贱。母亲授书传。十五岁参加科举考试,明经及第。他与同时代的大诗人白居易一样也是"新乐府运动"的倡导者,主张继承杜甫的现实主义传统,议论时政得失,反映社会问题。同白居易的文学观念相近,当时言诗者称"元白"。他擅长古诗和律诗,因为讽刺现实,被称为"古讽"和"律讽"。其诗辞浅意哀,仿佛孤凤悲吟,极为动人肺腑,扣人心扉。主要作品有《菊花》、《离思五首》(其四)、《遣悲怀三首》、《估客乐》、《田家词》等。尤其是《离思五首》(其四)这一首极负盛名。该诗写久藏心底的不尽情思,因为与情人的曾经相识而对其他女人再也不屑一顾,诗中的比兴之句"曾经沧海难为水,除却巫山不是云"语言幻美,意境朦胧,十分脍炙人口。

张　籍

　　张籍(765—830?),字文昌,原籍吴郡(今江苏省苏州市)。贞元十五年中进士后,做了几任闲散小官,然后靠韩愈的帮助,升调国子博士,后改任水部员外郎、国子司业等,所以他的诗集题名《张司业集》,或《张水部集》。他是新乐府运动的积极参加者,与白居易、元稹等友谊颇深。由于张籍和韩愈是好朋友,他们的文学主张也接近,所以,被当时人们称为"韩张"。他刻意写作古风和乐府,喜欢吸收当时的口语入诗,语言平易流畅,被宋人王安石称为"看似寻常最奇崛,成如容易却艰辛"。张籍的作品有《野老歌》、《江村行》、《秋思》等。

张籍

刘禹锡

刘禹锡

　　刘禹锡(772—842),字梦得,洛阳(今河南洛阳市)人。唐朝文学家,哲学家,自称是汉中山靖王后裔,唐代中晚期著名诗人,有"诗豪"之称。他的家庭是一个世代以儒学相传的书香门第。十九岁游学长安,上书朝廷。二十一岁,唐德宗时,与柳宗元同榜考中进士。同年又考中博学宏词科。做过监察御史,屯田员外郎。曾任太子宾客。政治上主张革新,是王叔文派政治革新活动的中心人物之一。后来永贞革新失败被贬为朗州(今湖南常德)司马。他没有自甘沉沦,而是以积极乐观的精神进行创作,积极向民歌学习,创作了《采菱行》等仿民歌体诗歌。刘禹锡是唐代著名的朴素唯物主义思想家。他的哲学论著《天论》阐明了朴素唯物论和辩证法,提出天是物质的,事物的发展到极限就向它的反面转化等观点,这在当时具有进步意义。在诗歌创作方面,刘禹锡吸收了民间歌谣的形式,其诗通俗清新,富有民歌特色。产生了许多独具特色的诗篇,如:《秋词》、《竹枝词》、《浪淘沙》等;他的政治讽刺诗《聚蚊谣》、《元和十年自朗州承召至京,戏赠看花诸君子》更是著名。他的好友白居易、柳宗元,对他的诗歌造诣很佩服,评价很高。有《刘梦得文集》。

李 贺

李贺

李贺(790—816),字长吉,祖籍陇西,生于河南福昌(今河南洛宁)昌谷人。世称李长吉、鬼才、诗鬼等,与李白、李商隐三人并称唐代"三李"。一生愁苦多病,仅做过3年从九品微官奉礼郎,27岁病逝。

李贺是中唐浪漫主义诗人的代表,又是中唐到晚唐诗风转变期的重要人物。李贺出身于唐代没落皇室后裔的家庭。少年苦读,想从科举上打开一条仕进的道路。李贺的父亲名李晋肃,曾任边疆小吏,死得很早,只因"晋"与"进士"的"进"同音,一些嫉妒之人以此为借口,阻止李贺应进士之试,断绝了李贺进取功名的机会,这对少年诗人是沉重的打击,对他日后独特性格的形成也起了很大作用。从此,他生活潦倒,郁郁寡欢,孤独怪僻,悲愤沉寂。尽管如此,我们仍然可以从他的诗歌中看出他那不逢迎阿谀,不卑躬屈膝,于愤懑中不甘沉寂和更多的坚毅和抗争。反映在诗歌上既以冷艳凝香、奇诡瑰丽而著称于世。

李贺是这个时期著名的浪漫主义诗人。他的诗歌想象力丰富,色彩绮丽,风格独特。由于政治的失意和生活的磨炼,使得他对当时的社会现实具有比较清醒的认识,因此,他的诗歌创作积极上进。他那脍炙人口的《李凭箜篌引》、《秦王饮酒》等留给后人无限的遐想,时常表现出意料之外的境界。有《李长吉歌诗》四卷,《外集》一卷,存诗200余首。

(三)晚唐时期主要诗人的创作

第四时期的晚唐是从唐文宗开成初(836)到唐王朝衰亡(907),经历了70多年。这个时期的前20年,是李商隐和杜牧创作的辉煌时期。

李商隐

李商隐

李商隐(约813—约858),字义山,号玉溪生,怀州河内(今河南沁阳县)人。他生长在唐中叶以后,当时唐王朝一直走下坡路,出现了严重危机。各种矛盾错综复杂。皇帝昏庸,宦官专权,各地藩镇跋扈,朝臣结成宗派,相互排挤。李商隐由于反对权派争权夺利,因此不断受到攻击和排挤。但在晚唐诗坛上,他却占有重要地位,是一位很有影响的诗人,尤其是他的绝句,流利婉转,含蓄深沉,后人认为他的绝句可以和杜牧并驾齐驱。李商隐的许多诗作表现了对政治的关心,抒发了诗人忧国忧民、渴望有所作为的高尚情怀。他的诗作《乐游原》、《锦瑟》、《隋宫》及多首《无题》,极富创造性,想象丰富,形象多彩优美,善于运用含蓄手法,寓情于遐想中,感染力强,耐人寻味,在诗坛闪现异彩。尤其七律当中那些对仗工整、语言绮丽和独特情思的诗句如"身无彩凤双飞翼,心有灵犀一点通"、"春蚕到死丝方尽,蜡炬成灰泪始干"等,都成为警句流传至今,给人们以无限联想。有《李义山诗文集》传世。

李商隐的诗歌流传下来的约600首。其中以直接方式触及时政题材的,占了相当比重。他的政治诗反映面广,开掘有一定深度。如《有感二首》和《重有感》记述大和末年震动朝野的"甘露事变",对宦官幽禁文宗、屠杀士民的专制暴行痛加抨击,这在当时需要有不寻常的政治胆识。尤其是长诗《行次西郊作一百韵》,从眼前农村残破、民不聊生的景象,追溯唐王朝200年来治乱盛衰的历史变化,对唐代政治作了系统的总结回顾,成为杜甫《自京赴奉先县咏怀五百字》、《北征》以后难得的诗史。

杜　牧

杜牧

杜牧(803—85),字牧之,号樊川,京兆万年(今陕西西安)人。文宗大和二年(828),二十五岁时中进士,曾任黄、池、睦、湖等州刺史,官至中书舍人。他一心想为恢复盛唐时代繁荣、昌盛的社会局面贡献力量,因此读了很多政治、军事、经济方面的书。由于他为人正直、刚强,受人妒忌与排挤,一直无法施展自己的才能,他所追求的那种太平盛世,当然也没能出现过。

杜牧的文学创作有多方面的成就,诗、赋、古文都足以名家。他主张凡为文以意为主,以气为辅,以辞采章句为之兵卫,对作品内容与形式的关系有比较正确的理解。并能吸收、融化前人的长处,以形成自己特殊的风貌。而诗的成就最高,世称"小杜",以别于杜甫。杜牧生活在阶级矛盾异常激烈的晚唐时期,他的诗歌涉及社会政治题材较多,主张加强中央集权,反对统治阶级的腐败,同情劳动人民的疾苦。他的古体诗受杜甫、韩愈影响,题材广阔,针砭时政,笔力豪健;他的近体诗清丽爽朗、自成风格,特别是抒情写景的七言绝句情致绵绵、意境深远,为历代人所传诵。同时代诗人中唯有李商隐能和他并比,所以杜牧还被世人称为"小李杜"。晚唐诗歌总趋向是藻绘绮密,杜牧受时代风气影响,也有注重辞采的一面。这种重辞采的共同倾向和他个人"雄姿英发"的特色相结合,风华流美而又神韵疏朗,气势豪宕而又精致婉约。著名作品有《河湟》、《过华清宫绝句》等。他的诗存《樊川诗集》。

小　结

唐诗代表中国古典诗的黄金时代。之所以可以流传千年,是因为唐诗具有十分突出的特点,归结起来主要表现为:

一、作者广泛。上自帝王将相,下至贩夫走卒和释道倡优;上自老人,下至几岁的小孩,还有外国作者。其中有个人专集传世的便有691家(明人统计)。

二、数量众多。清代康熙年间编定《全唐诗》,收诗48900多首。唐代书籍主要靠手抄,八个世纪后尚有近5万首作品传世,说明这些作品经受了时代的考验。

三、题材多样。政治、经济、战争、宗教、宫廷、吏治、科举、婚姻、亲情、友谊、羁旅、怀古、山水、田园、动植物等社会与自然现象的各个方面唐诗都写到了。正如闻一多所说:"凡生活中用到文字的地方,他们一律用诗的形式来写,达到任何事物无不可以入诗的程度。"

四、体制齐备。乐府、古诗(包括四言、五言、七言和杂言)、绝句、律诗等在唐朝都已发展成熟,出现了大批优秀作品。楚辞体也有人写作,有些诗孕育着"词"的体裁。

五、艺术成就辉煌。唐诗创造了很多完美的艺术手法,而且形成了众多的风格流派。如百花盛开,异彩纷呈。

第二节　宋词概况

词起源于民间,它的产生与音乐的发展有着紧密关系,更与隋代结束了三百多年的分裂局面,封建经济得到发展,特别是经学、史学、文学、绘画、音乐等诸多方面的南北融合相辅相成。随着社会的进步,经济的发展,西北各少数民族和西域各国音乐大量传入内地,并产生了"燕乐"。依照燕乐曲谱所填的歌词就称为"词"。清朝光绪庚子年(1900)在甘肃敦煌东南鸣沙山千佛洞里发现的敦煌曲子词160多首,多数是唐五代民间歌曲,人称"敦煌曲子词",这也就是词的雏形。词具有民间歌词特有的清新、朴实的风格,现实意义强,表现的生活面广。它们传承了汉魏、六朝乐府歌辞,对后来词的形成和发展影响很大。

词作为一种文学形式,以它的典雅、妩媚、浓丽之姿在中国文学史上独妍一隅。词是一种合乐可歌、句式长短不齐,唱起来上口,听起来入耳的抒情诗体,是文学的重要体裁之一。每首词都有一个调名,叫"词牌"。词牌规定着这首词的字数、句数和平仄声韵。词牌下可以另立小序或标题,表明作品的主题以及作者的写作理由。宋词大致有五种分类情况:

一是按照长短规模分,可以分为小令(58字以内)、中调(59~90字以内)、长调(91字以上,最长的词达240字)。一首词,还根据段落的多少,分为不同的类型。一段的称为单调;两段的称为双调;三段的称为三叠或者四叠。二是按照音乐性质分,词可以分为令、引、慢、三台、序子、法曲、大曲、缠令、诸宫调九种。三是按照拍节分,常见有四种:令,也称小令,拍节较短;引,以小令微而引长之;近,以音调相近,从而引长;慢,引而愈长。四是按照创作风格分,大致可以分为婉约派和豪放派。五是按词牌分。词牌的来源大约有三种:一是本来就是乐曲的名称。例如《菩萨蛮》;二是摘取一首词中的几个字作为词牌。例如《忆秦娥》;三是本来就是词的题目。例如《浪淘沙》,歌咏的就是浪淘沙。

在艺术表现方法上,词与诗有所不同,诗中大量运用赋、比、兴的手法,而词运用更多的是比和兴的手法,由此形成了词的独到之处。正如王国维所说:"词之为体,要眇宜修。能言诗之所不能言,而不能尽言诗之所能言。诗之境阔,词之言长。"(《人间词话删稿》一二)词能够传达出人间最细腻的情感,能够创造出难以意会、更难以言传的境界,是"上不可似诗,下不可似曲"(沈东江《填词杂说》)的宜于抒发性情的文学形式。词从产生、发展到成熟,都是与时代的脉络紧紧相连的,而且,随着不同时代社会矛盾所表现的不同形式,词也反映出不同的形式;即使同一时代,词人的创作思想、观点、内容也有所不同,因而,词的创作就形成不同的流派。

文人词派主要作家词作

初唐晚期,一些具有开拓和创新精神的诗人重视借鉴民间词的艺术手法而开始填词,使词逐渐成为社会上普遍欢迎的文学形式。盛唐时期,文人词开始形成,以唐代著名浪漫主义诗人李白的《忆秦娥(箫声咽,秦娥梦断秦楼月)》《菩萨蛮(平林漠漠烟如织)》,唐玄宗的《好时光》,张志和的《渔父(西塞山前白鹭飞)》,尤其是白居易的《忆江南》(三首)、刘禹锡的《竹枝词》(三首)等为代表。白居易和刘禹锡的词最为突出,他们在词的早期发展史上占重要位置。

"李白词"成为文学史上的一个标符,这一名称代表了词学的一个辉煌的开端,代表了词学的一个不可逾越的高峰,就其开创意义及艺术成就而言,"李白词"在词史上享有极为崇高的地位。从《菩萨蛮》和《忆秦娥》二词被尊为"百代词曲之祖"可见一斑。同时李白在词坛上的开山鼻祖地位,也成为词学家的共识。

花间词派主要作家词作

文人词到了晚唐、五代时期迅速发展,也更加趋于成熟。作品多是文人学士酒边樽前的小唱,内容多是闺情离愁,反映面不很广,形成了以"花间"为名的词派。在词的发展史上占有重要地位。晚唐五代时,南方相对安定的社会环境,为词的发展提供了有利的外部条件,相继出现了西蜀和南唐两个词坛中心。五代赵崇祚撰《花间词》,收集了温庭筠、皇甫松、孙光宪、韦庄、和凝、薛昭蕴、牛峤、张泌、毛文锡、牛希济、欧阳炯、魏承班、鹿虔扆、阎选、尹鹗、毛熙震、李珣等人的500首词作。除温庭筠、皇甫松、孙光宪之外,都是集中在西蜀的文人,花间词派最著名的词人是温庭筠、韦庄等。

温庭筠

温庭筠

温庭筠(约812—866),唐代诗人、词人。本名岐,字飞卿,太原祁县人。出身于没落的贵族家庭。他同白居易、柳宗元等名诗人一样,一生绝大部分时间是在外地度过的。温庭筠幼时已随家客居江淮,后定居于户县(今属陕西)郊野,靠近杜陵,所以他自称为杜陵游客。早年以词赋知名,然屡试不第,客游淮间。时常讥刺权贵,不受羁束,纵酒放浪。因此一生坎坷,终身潦倒。

他不仅精通音乐,而且是致力于填词的第一人。辞藻华丽,有声调色彩之美。多写个人遭际,气韵清新,犹存风骨。词多写女子闺情,风格浓艳精巧,清新明快,是花间词派的重要作家之一,被称为"花间鼻祖"。在用字上严格而又讲究声律。温庭筠的花间词风对其他花间词人影响是明显的,由此推动了文人词走向成熟阶段。他的代表作品有《菩萨蛮(小山重叠金明灭)》《更漏子·玉炉香》《河传·湖上》等等。现存词数量在唐人中最多,达76首,近人辑录有《金荃集》。

韦 庄

韦庄(836—910),字端己,京兆杜陵(今陕西省西安市东南)人,诗人韦应物的四代孙,花间派另一个著名词人。他出身没落世族,早年家境十分贫寒。唐昭宗乾宁三年(894)进士及第,授校书郎。曾流落江南十数年。曾任前蜀宰相。晚年入蜀,被节度使王建辟为掌书记。75岁时卒于成都花林坊。

韦庄

他与温庭筠齐名,并称"温韦"。温、韦词在内容上并无多大差别,不外是男欢女爱、离愁别恨、流连光景。温词主要是供歌伎演唱的歌词,创作个性不鲜明;而韦词却注重于作者情感的抒发,如《菩萨蛮》"人人尽说江南好"等。把平生漂泊之感、饱经离乱之痛和思乡怀旧之情融注在一起,情蕴深至。风格上,韦词不像温词那样浓艳华美,而善于用清新流畅的白描笔调,表达真挚、感情深沉,他有些词还接受了民间词的影响,或写一往情深,或写一腔愁绪,呈现疏淡清丽、活泼明朗的风格。韦庄笔法工致、秀丽、生动、幽雅。词作内容除了闺情之外,还抒写个人的乡愁旅思,对南唐李煜和宋代的一些词人影响比较大。其词无专集,散见于《花间集》、《尊前集》和《全唐诗》等总集中。诗也很有名,今传《浣花集》十卷。著名的《秦妇吟》,反映战乱中妇女的不幸遭遇。在当时颇负盛名。此诗长达1666字,为现存唐诗中最长的一首。后人将《孔雀东南飞》、《木兰诗》与韦庄的《秦妇吟》并称为"乐府三绝"。

南唐词派主要作家词作

南唐词人主要指南唐二主(中主李璟、后主李煜)和冯延巳。从时间上说,南唐词与花间词并没有承传关系,但南唐词人与花间词人又有相似之处:第一,南唐词派在总体上亦以"男女情事"为主要题材,大体不出"伤春"和"悲秋"的离愁别绪;第二,在艺术风格上,南唐词人的总体格调也是柔婉深约,蕴藉含蓄。其不同点则为南唐词人的眼界较大,感慨较深,在抒写恋思别情时,有时融入了深沉的人生感慨,词的整体美学品位较高,提高了词的表现力。

冯延巳

冯延巳(903—960)又名延嗣,字正中,五代广陵(今江苏省扬州市)人。在南唐做过宰相,生活过得优裕、舒适。历事南唐二主,李昪时官秘书郎,随侍李璟左右。李璟称帝后,颇受宠幸,屡任同平章事(宰相之职),后因党争罢相,任太子少傅。

冯延巳具有辞学功底,尤其爱好填词。他的词多写闲情逸致,文人气息很浓。内容虽以描写男女情爱和离别之愁为主,但却不同于"花间词派"以华艳浓丽的辞藻描绘女子的服饰及容貌,而是善于以白描手法刻画并抒写人物内心的感情;语言清新明朗,感伤色彩浓烈,对词向着抒情方向发展起到了重要作用,对北宋初期的词人有较大影响。他的代表作品有《鹊踏枝"几日行云何处去?"》、《鹊踏枝"谁道闲情抛掷久"》等等。冯延巳的词集名《阳春录》,中华书局1999年出版的《全唐五代词》,收录冯延巳词112首。

李璟

李璟

李璟(916—961),字伯玉,彭域(今江苏徐州市)人,南唐烈祖李昪的长子。公元943年嗣位称帝,年号保大。后因受到后周军事威胁,削去帝号,称臣于周,改称国主,史称南唐中主,庙号元宗。好读书,多才艺。具有较高的文学艺术修养。经常与其宠臣如韩熙载、冯延巳等饮宴赋诗。李璟的词,感情真挚,风格清新,语言不事雕琢,对南唐词坛产生过一定的影响。存词五首,其中《南唐二主词》收四首,《草堂诗余》收一首。李璟即位后,改变父亲李昪保守的政策,开始大规模对外用兵,消灭皆因继承人争位而内乱的马楚及闽国,他在位时,南唐疆土最大。不过李璟奢侈无度,导致政治腐败,百姓民不聊生,怨声载道。

中国古典诗词曲鉴赏

李 煜

李煜

李煜(937—978),字重光,号钟隐,彭城(今江苏省徐州市)人。李璟第六子。961年嗣位,南唐国君,历史上称南唐后主。五代时的南唐战乱较少,农业生产恢复发展比较快。但因统治者沉湎于宴安逸乐中,致使国家危在旦夕。李煜是这个偏安朝廷最末一个国君,他精于书画,谙于音律,尤擅长于词。在文学方面具有特殊的才能。李煜的词以国破被俘为分界线。在政治上他是既不甘心屈辱地应命入朝北宋,束于为阶下囚,但也不能励精图治,谋划抵御之策,反而听信谗言,诛杀了敢于直言进谏的潘佑、李平等人。对于压境的强邻北宋,则不惜称臣纳贡,以求偏安一方。他的日常生活可说是穷奢极欲、纵情声色。在其前期词中充分反映了封建帝王荒淫腐朽的生活和颓废的思想意识。

公元975年,南唐被北宋所灭,李煜被俘,押送到汴京(今河南开封市)。宋太祖赵匡胤因李煜曾守城拒降,便封他为"违命侯",他的行动受人监视。环境和身份的急剧转变,极大地影响了李煜的思想和性格,使他产生了悔恨、怨痛,想挣扎而又无力的内心苦闷,故词作的意义更加深邃,形成了他后期词的主要内容。降宋以后,对往日的豪华生活仍不能忘怀,在留恋之余,发出人生如梦的感叹,词作的格调极其哀怨凄楚,真实细腻地揭示了人物的思想感情。虽然李煜词具有消极因素,但是从对不满降后处境的激愤情绪上可以看出他对北宋统治者的痛恨,在一定程度上也反映了封建王朝更替的悲剧。

李煜词的特点在于既没有典故又不事饰绘,直抒胸臆,纯任自然。在语言的运用和结构艺术上,对宋代晏殊、欧阳修、张先、柳永、苏轼、秦观和李清照等人起过一定影响。李煜词现存30多首。代表作品有《破阵子(四十年来家国)》、《虞美人(春花秋月何时了)》、《浪淘沙(帘外雨潺潺)》等。

北宋初期的词作

词发展到宋代,显现出百花争妍、千峰竞秀、异军突起、华彩纷呈之势。收录在《全宋词》中的词人共有1330多家,词作共约19900首。宋词的发展有其历史背景,受到社会条件极其词本身发展规律的影响。北宋王朝结束了五代十国的分裂局面,全国统一,社会生产力进一步得到迅速恢复和发展。在农业及手工业发展的影响下,纺织业、造船业、矿业、煮盐业、采茶业、酿酒业等日益昌盛,商业更是愈加繁荣。雕版和活字板印刷术的使用,标准度量衡器的推行、税制的整顿、币制的改革,还有以首都汴京为中心的水陆交通网的改进,都为词的发展奠定了社会经济基础。宋王朝为了加强其封建统治,积极推行纲常名教、等级名分等措施,提倡利用礼乐以维护帝王的尊严。当时民间竞唱各种新声,汴京聚集了大批从各小国收拢的技艺精湛的乐工歌伎,对各种乐曲的创作、提高和传播起到了有益的推动作用。

北宋初期的词,承袭了晚唐五代绮靡婉约之风,产生了晏殊、晏几道、张先、宋祁、范仲淹和欧阳修等著名词人。他们的小令继承了花间词派婉丽、清新的风格和南唐词疏朗的词风。但比较起来,柳永的慢词更具影响力。

柳 永

柳永(约987年—约1053年),原名三变,字景庄,后改名永,字耆卿,崇安(今福建武夷山

柳永

市)人。排行第七,又称柳七。宋仁宗朝进士,官至屯田员外郎,故世称柳屯田。他自称"奉旨填词柳三变",以毕生精力作词,并以"白衣卿相"自许。

柳永是第一个专力写词的"专业词人"。婉约派最具代表性的人物之一。他因仕途坎坷,只作过几任小官,一生都不得志。但他却与词十分有缘,甚至是词至柳永而一变,在词的内容和形式上,特别在慢词的形成与发展上,柳永接受了民间词、韦庄词以"情"见长的特点,能继承敦煌曲子"俗"的精华,让词容纳更丰富的社会内容,充分表达更复杂的人情思绪,使慢词能够从小令中脱颖而出,逐渐成为成熟的文学种类之一,从而奠定了宋词昌盛的基础。

柳词采用铺叙和白描手法,即每写一个意思,先用精练的语言说明,然后"层层铺叙,情景兼融,一笔到底,始终不懈"(夏敬观《手评乐章集》),丰富了词的表现手法。他对慢词的内容和形式都有发展和创新,被称之为"新词"。柳永的代表作有:《望海潮(东南形胜)》、《雨霖铃(寒蝉凄切)》、《八声甘州(对潇潇暮雨洒江天)》等。柳词在当时受到广泛欢迎,获得了"凡有井水饮处,即能歌柳词"(《酒边词序》)的社会效果,推动了小令和慢词兼长的词风的渐长,对苏轼、秦观、贺铸、周邦彦等各有特色的优秀词人有重要影响。

晏 殊

晏殊(991—1055),字同叔。抚州临川县文港乡(今南昌进贤)人,北宋前期著名词人。14岁以神童入试,赐进士出身。从此在仕途上一帆风顺,历事真宗、仁宗两朝,官至仁宗朝宰相。以仕宦终,谥号元献,世称晏元献。晏殊一生富贵优游,所作多吟于舞榭歌台、花前月下,而笔调闲婉,理致深蕴,音律谐适,词语雅丽,在北宋文坛上享有很高的地位。诗、文、词都擅长。

晏殊

他以词著于文坛,尤擅小令,有《珠玉词》130余首,风格含蓄宛丽。其代表作为《浣溪沙》、《蝶恋花》、《踏莎行》、《破阵子》、《鹊踏枝》等,其中《浣溪沙》中"无可奈何花落去,似曾相识燕归来"为千古传诵的名句。他亦工诗善文,原有诗文240卷,现存不多,大都以典雅华丽见长。多表现诗酒生活和悠闲情致,语言婉丽,颇受南唐冯延巳的影响。世存清人所辑《晏元献遗文》。

张 先

张先(990—1078)字子野,乌程(今浙江吴兴)人。宋仁宗天圣八年(1030)进士。历任宿州掾、吴江知县、嘉禾(今浙江嘉兴)判官。皇祐二年(1050),晏殊知永兴军(今陕西西安),辟为通判。后以屯田员外郎知渝州,又知虢州。以曾知安陆,故人称"张安陆"。治平元年(1064)以尚书都官郎中致仕,元丰元年卒,终年89岁。

张先"能诗及乐府,至老不衰"(宋•叶梦得《石林诗话》卷下)。他以登山临水、创作诗词自娱。词与柳永齐名,擅长小令,亦作慢词。题材大多为男欢女爱、相思离别,或反映封建士大夫的闲适生活。一些清新

张先

深婉的小词写得很有情韵。初以《行香子》词有"心中事,眼中泪,意中人"之句,人称为"张三中"。后又自举平生所得意之三词:云破月来花弄影(《天仙子》);"娇柔懒起,帘幕卷花影"(《归朝欢》);"柔柳摇摇,坠轻絮无影"(《剪牡丹》),世称"张三影"。诗歌在当时就享有盛名。其词含蓄工巧,情韵浓郁,意象繁富,内在凝练,促进了两宋婉约词的发展,在词由小令向慢词的过渡中是一个不能忽视的功臣。张先一生安享富贵,诗酒风流,颇多佳话。好友苏轼赠诗"诗人老去莺莺在,公子归来燕燕忙"为其生活写照。著有《张子野词》,存词180多首。

欧阳修

欧阳修(1007—1072),字永叔,号醉翁,晚号六一居士。庐陵(江西永丰)人。官至参知政事。是北宋中叶诗文革新运动的领袖,"唐宋八大家"之一。欧阳修的诗文革新理论强调"文以载道",即内容决定形式,反对言之无物的形式主义倾向。欧阳修把"道"比作金玉,把"文"比作金玉发出的光辉。他提倡学习古人,主张文体的多样化,反对千篇一律。

欧阳修

欧阳修在诗词创作方面实施着他的诗文革新理论,他是比较早地为宋词开辟新风气、新意境的词人之一,词誉很高。他的词风和晏殊相近,感情真挚,表现手法活泼,常以通俗生动的口语入词,并称"欧晏"。欧阳修的主要代表作有《踏莎行"候馆梅残"》、《生查子"去年元夜时"》等。

欧阳修在中国文学史上有重要的地位。他大力倡导诗文革新运动,改革了唐末到宋初的形式主义文风和诗风,取得了显著成绩。由于他在政治上的地位和散文创作上的巨大成就,使他在宋代的地位有似于唐代的韩愈,"天下翕然师尊之"(苏轼《居士集叙》)。他荐拔和指导了王安石、曾巩、苏洵、苏轼、苏辙等散文家,对他们的散文创作影响很大。其中,苏轼最出色地继承和发展了欧阳修所开创的一代文风。北宋以及南宋后很多文人学者都很称赞欧阳修散文的平易风格。他的文风,还一直影响到元、明、清各代。

范仲淹

范仲淹

范仲淹(989—1052),字希文,苏州吴县(今属江苏)人。北宋著名的政治家、思想家、军事家和文学家,他为政清廉,体恤民情,刚直不阿,力主改革,屡遭奸佞诬谤,数度被贬。任参知政事时期,采取了一些革新措施。1052年(皇祐四年)5月20日病逝于徐州,终年64岁。是年12月葬于河南洛阳东南万安山,谥文正。范仲淹不仅是一个文学家,还工诗词及散文。词现存只有六首,主要描写边塞风光,反映了征战之苦,具有豪放明健的风格,对豪放词的兴起具有一定的促进作用。代表作品有《渔家傲"塞下秋来风景异"》等等。有《范文正公集》传世,通行有《四部丛刊》影明本,附《年谱》及《言行拾遗事录》等。

王安石

王安石

王安石(1021—1086),北宋政治家、思想家、文学家。字介甫,晚号半山。抚州临川(今属江西)人。仁宗庆历进士。嘉祐三年(1058)上万言书,提出变法主张,推行富国强兵的政策,抑制官僚地主的兼并,强化统治力量,以防止大规模的农民起义,巩固地主阶级的统治。神宗熙宁二年(1069)任参知政事。次年任宰相,依靠神宗实行变法。并支持五取西河等州,改善对西夏作战的形势。他强调"权时之变",反对因循保守,掀起著名的"王安石变法",是中国十一世纪的改革家。他的诗文颇有揭露时弊、反映社会矛盾之作,体现了其政治主张和抱负。他的散文雄健峭拔,诗歌遒劲清新。词虽不多而风格高峻,《桂枝香·金陵怀古》极负盛名。由于受到保守势力的阻挠和反对,变法失败,王安石被迫辞职,晚年回到金陵,自号半山老人。直到66岁去世。所著《字说》、《钟山目录》等,多已散佚。今存《王临川集》、《临川集拾遗》、《三经新义》中的《周官新义》残卷、《老子注》等。

豪放词派主要作家词作

词的发展是随着社会生活的不断丰富和矛盾的变化而发展的。对于不同时期的生活内容,词人所反映的形式也不尽相同。一些词人为了能够使词表现更加广阔、更加丰富的社会生活,反映出更加博大、豪爽的精神,而努力突破词属"艳科"的局限,扩大了词创作的天地,这就形成了词的革新派,也称豪放派。豪放词派的主要特点是感情充沛,气魄宏伟,风格刚健,情调开朗,畅所欲言。豪放词派的代表人物是苏轼。另外张孝祥的词豪放爽朗;张元干的词悲凄慷慨;岳飞的词气壮山河;辛弃疾的词内容丰富,尤其引人注目。

苏 轼

苏轼

苏轼(1037—1101)字子瞻,号东坡居士。眉州眉山(今属四川)人。一生仕途坎坷,曾被捕入狱,多次遭贬。他才华横溢,感情奔放,不仅诗、词、文兼而有长,且对绘画、书法及音乐方面也有很深的造诣。在宋代文人词的发展中,苏轼的词起着革新的促进作用。他是豪放词派的开创者。主要成就表现在能够在词的内容上突破传统束缚,突出自己鲜明的个性特征。

苏轼与父苏洵、弟苏辙并称"三苏"。苏轼20岁中进士,神宗时期曾在凤翔、杭州、密州、徐州、湖州等地任职。元丰三年(1080年)因"乌台诗案"受诬陷被贬黄州任团练副使,在黄州四年多曾于城东之坡开荒种田,故自号"东坡居士"。哲宗即位后,曾任翰林学士、侍读学士、礼部尚书等职,并出知杭州、颍州、扬州、定州等地,晚年被贬岭南惠州、儋州。大赦北还,途中病死在常州,葬于河南郏县。

苏轼词作的最大特点是采用诗赋、散文句法写词,突破了晚唐五代以来的传统词风,扩大了词的题材、内容和形式,使词"无意不可入,无事不可言"(刘熙载《艺概》),提高了词的艺术境界。代表词作有《水调歌头(明月几时有)》、《念奴娇(大江东去)》、《江城子(密州出猎)》等。在现存的三百多首苏词中,苏轼抒发了爱国忧民、怀古思今、言志咏物、悼亡送别、说理谈禅以及赞美山水等丰富的内容,曾有评论:"一洗绮罗香泽之态,摆脱绸缪宛转之度,使人登高望远,举首高歌,而逸怀浩气,超然乎尘垢之外"(胡寅《题〈酒边词〉》)。

苏轼对后来词坛出现的黄庭坚、晁补之、叶梦得等词人具有较深的影响,并开南宋辛弃疾等爱国词派的先河。由于苏轼在仕途上坎坷不平,受庄子及禅宗影响较深,所以在他豪放爽朗的词中经常出现超凡脱俗、虚无旷达的成分。但他那注重内容又磊落爽快的词风,为宋代文人词开辟了一条广阔的道路。

北宋诗文革新运动到苏轼达到了高潮,也从苏轼开始趋向分流。北宋后期诗词作家几乎没有不受苏轼直接或间接影响的,如黄庭坚、陈师道、秦观、张耒、晁补之、贺铸、周邦彦等,都不同程度地接受了苏轼词风的影响。到了南宋时期,在金兵入侵,民族矛盾异常激烈的特定历史条件下,涌现出了像张孝祥、张元幹、岳飞及辛弃疾等不少爱国词人。

辛弃疾

辛弃疾

辛弃疾(1140—1207),字幼安,号稼轩,历城(今山东省济南)人。辛弃疾出生前13年,发生了靖康之难,家乡被金人占领。生长在沦陷区的辛弃疾经历了战乱和苦难;同时也深受沦陷区人民爱国斗争精神的鼓舞和家庭爱国思想的影响,少年时代的辛弃疾立志报"君父不共戴天之愤"。1161年,21岁的辛弃疾就组织了一支两千人的队伍,起义抗金。不仅如此,他还不断向朝廷提出自己的抗金复国意见。这些意见集中体现在他的《美芹十论》与《九议》里。由于南宋政府腐败无能,苟且偷安,排斥爱国者,使他长期沉沦下僚,多次被免职,度过了长达20余年的闲居生活。平生志愿,百无一酬。

辛词现存620多首,是两宋词人中存词最多的一位作家,在词史上具有崇高地位。他继承并发扬了苏轼开创的豪放词派风格,进一步扩大和丰富了词的境界与题材。虽然同样豪放,但苏轼的豪放着重表现封建士大夫的潇洒、旷达和飘逸的气质;而辛弃疾首先是一位爱国抗金的英雄,然后才是一位著名词人。他的词内容丰富,长调多驰骋奔放,有"横绝六合,扫空万古"(《辛稼轩集序》)的气势;小令或生动活泼,描写农村风光;或蕴蓄绵丽,有所寄托。他善用大量古诗、古文入词,表现手法多样。具有代表性的词有《沁园春"叠嶂西驰"》、《永遇乐"千古江山"》、《南乡子"何处望神州"》。在当时,追随辛弃疾者大有人在,如陈亮、杨炎正、刘过、戴复古、刘克庄、陈人杰、刘辰翁和文天祥等人,这使得豪放词派更加壮大,从而也成为豪放词派的后劲之旅。

婉约词派主要作家词作

"词为艳科",以"婉约"为宗。婉约词,就是以抒写男女相思、离愁别绪、风花雪月为主要内容。婉约词风的"香而软"与豪放词派形成了强烈对比。被称为"苏门四学士"之一的秦观(其他三人为:黄庭坚、晁补之、张耒),没有完全走苏轼的创作道路,却接受了花间词、南唐词、李煜词的影响,善于运用柔笔抒情,"言工而入律",具有"语尽而意不尽,意尽而情不尽"的一唱三叹之妙,被后人称为"婉约之宗"。

秦 观

秦观

秦观(1049—1100)字少游,一字太虚,号淮海居士。扬州高邮(今江苏高邮县)人。他15岁丧父,自幼研习经史兵书。他一生的命运都与苏轼联系在一起,与苏轼情为师友。年轻时由于苏轼的鼓励和荐举,与黄庭坚、张耒、晁补之合称"苏门四学士",颇得苏轼赏识。秦观宋神宗元丰八年(1085年)进士。曾任太学博士(即中央大学的教官)、秘书省正字、国史院编修官,政治上倾向旧党。秦观生性豪爽,洒脱不拘,溢于文词。元祐初(1086),苏轼举荐他为秘书省正字,兼国史院编修官,预修《神宗实录》。后遭贬斥,出任杭州通判,又被贬监处州、郴州、横州、雷州等地。徽宗即位后,秦观被任命为宣德郎,之后在放还北归途中卒于藤州。

他是北宋后期著名婉约派词人,其词大多描写男女情爱和抒发仕途失意的哀怨,文字工巧精细,音律谐美,情韵兼胜,历来词誉甚高。代表作为《鹊桥仙(纤云弄巧)》《望海潮(梅英疏淡)》》、《满庭芳(山抹微云)》等。著有《淮海集》40卷、《淮海词》(又名《淮海居士长短句》)、《劝善录》、《逆旅集》。其《蚕书》是我国现存最早的一部蚕桑专著。又善书法。建炎四年(1130),南宋朝廷追赠秦观为"直龙图阁学士"。

贺 铸

贺铸(1052—1125),字方回,原籍绍兴山阴(今浙江绍兴),生长在卫州(今河南汲县)。他出身贵族,是宋孝惠皇后的族孙。但性格耿直,气侠雄爽、不媚权贵,喜谈当世事,因此浮沉下僚,郁郁不得志,宦途并不得意。晚年退居苏州,自号庆湖遗老。贺铸虽然受到苏轼影响,但在词的题材、风格上做过多方面探索。贺铸词内容比较广泛,风格多姿多彩,集豪放、哀婉、盛丽、妖冶、幽索、悲壮为一身。贺铸的小词情思缠绵,长于健笔,词风深婉丽密,经常运用古乐府及唐人诗句入词。其代表作品有《青玉案(凌波不过横塘路)》、《踏莎行》、《石州慢》、《生查子》等等,都是辞美而情深的婉约佳篇。

贺铸

贺铸诗、词、文皆善。他的诗词成就高于文,而词又高于诗。贺铸曾说:"吾笔端驱使李商隐、温庭筠,常奔命不暇。"(《建康集》卷八《贺铸传》)这主要指他善于融化中晚唐诗句入词。他融化前人诗句的技巧,堪与周邦彦比美。他的许多描写恋情的词,风格也是上承温、李等人。

贺铸有少数词能越出恋情闺思的范围,而着力抒写个人的身世经历和某些社会现实。由于题材内容有所突破,这类词的风格也大不同于从花间词到北宋末的柔婉之调,显得豪放劲朗,慷慨悲壮。最有代表性的是"六州歌头"等,这些作品,显然受了苏轼的影响,思想境界有所开拓,风格多样,富于语言美与音律美,无愧为北宋大家。

周邦彦

周邦彦(1056—1121),字美成,号清真居士,钱塘(今浙江杭州)人。是北宋末期的一位重要词人,被认为是婉约词派的"集大成"者。他曾做过大晟府乐官,知音律、讲四声、创新调。周词在内容和题材上并无过人之处,主要是写男女之情和离愁别恨之类,但他"旧曲翻新",多以技巧取胜,清蔚圆融而又格律精严。他在词史上的地位,也正是在于他高超的艺术表现技巧,为词坛提供了一种规范化的标准。他将柳永的铺叙手法向前推进了一步,在层层铺叙、反复点染的前提之下,做到回环起伏,曲折有致。他讲求章法结构,精于谋篇布局。语言多求富丽精工。他虽然多用前人诗句,但能够做到融古化今,浑然天成自成一家。由于他创作态度严肃,所以在整理词曲、创制新词方面,也是做出了贡献。代表作品有:《满庭芳(风老莺雏)》《过秦楼(水浴清蟾)》、《兰陵王(柳阴直)》等。

李清照

李清照(1084—约1151),号易安居士,齐州章丘(今山东济南)人。父亲李格非是著名学者,散文家,丈夫赵明诚为金石考证家,做过几年地方官。早期生活优裕,与丈夫共同致力于书画金石的搜集整理。金兵入据中原,流寓南方,丈夫病逝,珍贵金石、图书散失,晚年十分凄凉忧郁。

李清照是两宋词坛上独树一帜的著名女词人。著有《词论》。她明确提出"词别是一家"的论点,主张填词不仅要分平仄,还要分"五音"、"五声"、"六律"和"清浊轻重",才能"协音律"。李清照的主张也就是她作词的风格所在。

李清照词的艺术特色在于抒情真挚,思绪深邃,描写细腻,委婉曲折,语言清丽,富有穿透力和感染力。她的词分前期和后期,前期多写其悠闲生活、离情别绪和闺中生活,如《一剪梅"红藕香残玉簟秋"》、《念奴娇"萧条庭院"》等。后期作品多表现对国破、夫亡、家毁的感叹,表达了驱逐外敌,恢复山河的爱国热忱,充满了沉郁、危苦、凄婉之感。如《永遇乐(落日镕金)》、《声声慢(寻寻觅觅)》等等。形式上善用白描手法,自辟蹊径。反对以作诗文之法作词。她的诗留存不多,部分篇章感时咏史,情辞慷慨,与其词风不同。有《易安居士文集》、《易安词》,已散佚。后人有《漱玉词》辑本。今人有《李清照集校注》。

小 结

词,从广义上讲,是诗歌的一种,但是并不是诗直接发展的产物。词是伴随着隋唐时代的新兴音乐"燕乐"而兴起的一种崭新的艺术形式。词,以它的典雅、妩媚、浓丽之姿在中国文学史上独妍一隅。词,即歌词儿,是一种合乐可歌、句式长短不齐,唱起来上口,听起来入耳的抒情诗体。每首词都有"词牌"。为了使歌词儿的每个字的声音高低同音乐的抑扬顿挫能够配合好,词对于字的四声很是讲究。

在艺术表现方法上,词与诗有所不同,诗中大量运用赋、比、兴的手法,而词运用更多的是比和兴的手法。词能够传达出人间最细腻的情感,能够创造出难以意会、更难以言传的境界,正如李清照所说:词"别是一家"(《词论》)。词从产生、发展到成熟,都是与时代的脉络紧紧相连的,而且,随着不同时代社会矛盾所表现的不同形式,词也反映出不同的形式;即使同一时代,词人的创作思想、观点、内容也有所不同,因而,词的创作就形成不同的流派。

词大致可以分为婉约派和豪放派。婉约派,音节和谐,情调唯美,抒写离愁别绪、描摹男女相思、吟咏风花雪月、感叹仕途坎坷。豪放派,气魄宏伟,风格刚健,感情充沛,情调开朗,意境超脱,突破了儿女情长的狭隘内容局限。两种词派各有千秋,各具魅力。

根据字数的不同,宋词大致分小令、中调、长调。从句式上看,区别于诗歌,词主要是五、七言和四、六言。从结构上看,词分片,片、段、阕、叠,都是一个意思。为了与音乐一致,词在结构上有几个关键点:开头,前结(上片之尾)。换头(或过片,指下片的开头),后结(即全词的结尾)。相对而言,诗并不强调这些。

第三节　元曲概况

元曲是中华民族灿烂文化宝库中的一朵奇葩,它在思想内容和艺术成就上都具有特色,与唐诗宋词鼎足并举,成为我国文学史上三座重要的里程碑。一方面,元曲继承了诗词的清丽婉转;一方面,元代社会读书人沦为"八娼九儒十丐"的地位,政治专权,社会黑暗,因而使元曲放射出极为夺目的战斗的光彩,透出反抗的情绪;锋芒直指社会弊端,直斥"不读书最高,不识字最好,不晓事倒有人夸俏"的社会,直指"人皆嫌命窘,谁不见钱亲"的世风。元曲中描写爱情的作品也比历代诗词来得泼辣大胆。这些均足以使元曲永葆其艺术魅力。

自中唐以后,长短句歌词在文人的创作中逐渐成为新诗体,在两宋时期得到了迅速地发展,产生了苏轼、李清照、辛弃疾等著名作家;但是南宋后期,由于词家远离现实生活,片面追求文词的工丽和音律的妍美而日趋衰落。这时,民间长短句歌词从中晚唐以来,经过长期酝酿,到了宋金时期,又吸引了一些民间兴起的曲词和女真、蒙古等少数民族乐曲,逐渐形成了一种新的诗歌形式,这就是当时流传在北方的散曲,也称为北曲。元曲原本来自所谓的"蕃曲"、"胡乐",首先在民间流传,被称为"街市小令"或"村坊小调"。随着元灭宋主宰中原,它先后在以大都(今北京)和临安(今杭州)为中心的南北广袤地区流传开来,成为元代文学主体。

元曲包含两个部分:一是散曲,一是杂剧。散曲是金元时代在北方产生的合乐可歌的新诗体,是继诗、词之后的一种独具特色的新兴韵文。散曲又分为小令、套数两种主要形式。小令是独立的只曲,相当于单首歌词,主要是从民间的小曲和词调发展变化而来。套数是由两支以上同宫调的曲子联缀而成的组曲。各套曲子联缀多有一定顺序,末曲一般多以尾声结束。介于小令和套数之间,还有联合同一宫调内经常连唱的两调或者三调为一首的,称为带过曲。杂剧是元代的歌剧。散曲可以独立,同时又是构成元代歌剧的主要部分,双方关系非常密切,但它们却各有诗与戏剧的独立生命。曲是词的替身,无论从音乐的基础或是形式的构造上,均是从词演化而来。

元曲有严密的格律定式,每一曲牌的句式、字数、平仄等都有固定的格式要求。但虽有定格,又并不死板,允许在定格中加衬字,部分曲牌还可增句。同一首"曲牌"的两首有时字数不一样,就是这个缘故(同一曲牌中,字数最少的一首为标准定格)。与律诗绝句和宋词相比,有较大的灵活性。元曲将传统诗词、民歌和方言俗语揉为一体,形成了诙谐、洒脱、率真的艺术风格,对词体的创新和发展具有极为重要的影响。

宫调:是指中国古代音乐的调式,曲与宫调出于隋唐燕乐,南北曲常用的有五宫四调,通称九宫或南北九宫。曲的每一个宫调都有各自的风格,或伤悲或雄壮,或缠绵或沉重。元曲中的戏曲套数和散曲套数,是由两支以同一宫调的不同曲牌相联而成。

曲牌:俗称"曲子",是对各种曲调的泛称,各有专名,如《点绛唇》、《山坡羊》等,总数很多,元代北曲共335个,每一个曲牌都有一定的曲调、唱法,同时也规定了该曲的字数、句法、平仄等。据此可以填写新曲词,曲牌大都来自民间,一部分由词发展而来,故曲牌名也有和词牌名相同的,但是内容并不完全一致。此外,还有专供演奏的曲牌,但大多只有曲调而无曲词。

曲韵:元曲在押韵方面严格遵守《中原音韵》十九部的要求而分平、上、去,用韵上有以下特点:平仄通押,不避重韵,一韵到底,借韵、暗韵、赘韵、失韵。

平仄:曲在用字的平仄上比诗词还要严格,而特别注重每首曲末句的平仄。

对仗:曲的对仗要求比较自由,可平仄相对,也可平声相对,即平声对平声,仄声对仄声。

衬字:曲与词最显著的区别是有无衬字,有衬字的是曲,没有衬字的是词。所谓"衬字"指的是在曲律规定必须的字数之外所增加的字,它不受音韵、平仄、句式等曲律的限制,衬字一般用于句首。

前期作家与作品

元代散曲作家可考证者有二百多人,另外还有不少佚名作家。元曲的发展大致可以分为前期和中后期。前期元曲刚刚从民间通俗俚语进入诗坛,通俗化、口语化的特点十分明显,曲风爽朗、质朴。作者多为北方人,其中元好问、关汉卿、马致远、王实甫、白朴等人的成就最高。例如,关汉卿的杂剧写态摹世,曲尽其妙,风格多变,小令活泼深切,套数痛快淋漓。马致远创作题材广泛,意境高远,形象鲜明,语言优美,音韵和谐,被誉为元散曲中的第一大家"曲状元"和"秋思之祖"。

元好问

元好问(1190—1257),字裕之,号遗山。太原秀容(今山西忻州市)人。金宣宗兴定五年(1221)中进士。是元代著名诗人、文学家、散曲家,最有成就的作家和历史学家,文坛盟主,是宋金对峙时期北方文学的主要代表,起着金元之际在文学上承前启后的桥梁作用,被尊为"北方文雄"、"一代文宗"。其诗、文、词、曲,各体皆工。诗作成就最高,"丧乱诗"更为有名;他的词为金代一朝之冠,可与两宋名家媲美;他的散曲虽传世不多,但当时影响很大,有倡导之功。著有《元遗山先生全集》,词集为《遗山乐府》;辑有《中州集》,保存了大量金代文学作品;《续夷坚志》为其笔记小说集,为金代现存的优秀短

元好问

篇小说;还有《壬辰杂编》等。

元好问诗刚健,其文弘肆,其词清隽,各体裁内容丰富。一些诗篇生动反映了当时的社会动乱和百姓苦难,如《岐阳》、《壬辰十二月车驾东狩后即事》诗,沉郁悲凉。其写景诗,表现山川之美,意境清新,脍炙人口。七言是其所长。元好问的作品继承唐宋大家传统,清新雄健,长短随意,为金代文学批评之巨子,仿杜甫《戏为六绝句》体例所写《论诗绝句三十首》,在文学批评史上影响颇大。艺术上以苏、辛为典范,兼有豪放、婉约诸种风格,今存散曲仅9首,用俗为雅,变故作新,具有开创性。

关汉卿

关汉卿

关汉卿生卒年不详,大约于13世纪20年代前后到14世纪初之间在世。号已斋,又说一斋,字汉卿,大都人。是我国戏剧史上最早也是最伟大的作家。一生创作杂剧60多种,现存的《窦娥冤》、《救风尘》、《拜月亭》、《望江亭》等13种,大多揭露社会黑暗,谴责邪恶势力对人民的剥削与压迫,同情被压迫者的反抗,歌颂了妇女的智慧,不仅思想性强,艺术上也取得杰出的成就,对元杂剧的形成和发展作出了很大贡献,与马致远、白朴、郑光祖并称"元曲四大家"。

关汉卿创作的散曲现存小令57首,套数14套。虽然成就不如杂剧,但也独具风格。代表作有:〔南吕·一枝花·不伏老〕等。他的散曲多数描写男女恋情,其中〔双调·新水令·题情〕、〔双调·沉醉东风·失题〕等作品,对妇女心理的刻画尤为细腻。他在一些抒写离愁别恨的小令中,也表现了工笔魅力。

白 朴

白朴(1226—1312),字仁甫,一字太素,号兰谷,原籍陕州(今山西河曲县一带),后居真定(今河北正定县),故又称真定人。幼年时和母亲失散。元统一后,移家金陵(今南京市),做诗于山水之间。白朴曾受到大诗人元好问的抚养和教育。他博览群书,学问精深,尤工于曲,杂剧成就很高,他的散曲受到当时人的推崇。著有杂剧16种,今存3种《梧桐雨》、《东墙记》、《墙头马上》。《梧桐雨》一剧,尤为有名。诗文有《天籁集》。散曲杂剧的风格朴实自然,并兼俊秀。

白朴

马致远

马致远

马致远(1250—1323),号东篱,大都人。在中年做过几年江浙行省官吏,后来退出官场,过着"酒中仙、尘外客、林间友"的"幽栖"生活。马致远是元代著名的戏剧家,是元贞书会的重要人物,著有杂剧15种,现存《汉宫秋》、《青衫泪》、《岳阳楼》等7种。其中的《汉宫秋》最为著名,描写了王昭君出塞的故事,剧中谴责了汉朝文武大臣的无能和卖国投敌的可耻行径,在汉元帝对王昭君的思念中浸入了作者对国家兴亡的感慨。由于元朝统治者的民族压迫政策,作者不得不采取曲折的笔法表达自己的民族意识。马致远的散曲也十分著名,辑录在《东篱乐府》卷的小令就有104首,套曲17套,还有残套数套。他的散曲主要抒发了自己对世俗的激愤,对隐逸生活的歌颂,对自然景物的向往和对闺情离愁的述说。就艺术风格和成就来说,马致远的作品形象鲜明,语言精炼流畅,在吸取民间歌曲精髓的基础上,使散曲的发展更进了一步,这也正是马致远对散曲所做的贡献。此外,杨果、卢挚、姚燧、冯子振等也是前期著名作家。他们都是官位显达的人,作品风格偏于典雅,代表了元曲中另一种倾向。

中后期作家与作品

中后期:从元世祖至元年间到元顺帝后至元年间。这一时期的元曲创作开始向文化人、专业化全面过渡,散曲成为了诗坛的主要体裁。主要作家有郑光祖、睢景臣、乔吉、张可久等。元成宗至正年间到元末,散曲作家以弄曲为专业,他们讲究格律词藻,艺术上崇尚婉约细腻、典雅秀丽,逐渐丧失了前期的自然朴实的风格。代表作家有张可久、乔吉、张养浩、徐再思等。总体上说,元曲题材丰富多样,创作视野宽广,生动鲜明地反映了社会各个阶层的生活;人物形象丰满感人,语言通俗易懂,是我国古代文化宝库中不可缺少的宝贵遗产。

张可久

张可久

张可久(约1270—1348),字小山。一说名伯远,字可久,号小山。庆元(今浙江鄞县)人。先以路吏转首领官,后曾为桐庐典史,至正初迁为昆山幕僚。因仕途不得意,晚岁久居西湖,以山水声色自娱。他与马致远、卢挚、贯云石等词曲唱和,尊马致远为先辈。一生专力写散曲,尤致力于小令,是元代后期最负盛名的散曲家之一。今存小令855首,套曲9套,在元代散曲作家中数量最多。内容多描写自然景物,吟咏颓放生活,谈禅送别,往来应酬,题材狭窄,缺乏现实生活感。只有少数作品在悲诉身世时叹息"生民涂炭"。例如〔中吕·红绣鞋·天台山瀑布〕、〔正宫·醉太平·人皆嫌命窘〕等,或揭露当时社会人心险恶,或讽刺崇拜金钱的丑恶风尚,具有一定现实意义。创作上重形式格律,讲求炼字琢句,对仗工整,且使用诗词句法,常爱撷取前人诗词名句,在一定程度上损害到散曲质朴浅俗的本色。所作散曲由于表现了闲适放逸的情趣和清丽典雅的风格,颇为明清以来的封建文人所推重。

在元代220多位作家中,有散曲集传世的只有张养浩、乔吉和张可久三人,但其他两人都是在临死前或死后才刊行于世。而张可久不仅在元代已有四本散曲集传世,另有胡存善编《小山乐府》),在元曲选集《阳春白雪》和《乐府群英》中,张可久入选的作品也是最多的,这说明他的作品在元代已获得了广泛的欢迎,甚至连元武宗在皇宫赏月时也令宫女传唱他的散曲。

乔 吉

乔吉(1280—1345),一作乔吉甫,字梦符,号笙鹤翁,惺惺道人。太原(今山西太原市)人。乔吉潦倒一生,流落江湖,又兼重典雅。乔吉著有杂剧11种,主要散曲辑于《乔梦符小

乔吉

令〕。乔吉的散曲以婉丽见长,精于音律,工于锤炼,喜欢引用或融化前人诗句,与张可久的风格相近。不同的是,乔吉的风格更为奇巧俊丽,还不避俗言俚语,具有雅俗兼备的特色。乔吉在谈到创作时说:"作乐府亦有法,曰'凤头,猪肚,豹尾'六字是也。大概起要美丽,中要浩荡,结要响亮;尤贵在首尾贯穿,意思清新。苟能若是,斯可以言乐府矣。"(陶宗仪《南村辍耕录》卷八)他的代表作如〔双调·水仙子·重观瀑布〕、〔双调·水仙子·为友人作〕、〔双调·水仙子·愿风情〕、〔天净沙·即事〕等篇,语言生动浅白,用社会生活中常见的事物作巧妙的比喻,入于曲中,形成独特风格。乔吉在一定程度上继承了前期散曲家俚俗直率的传统。

张养浩

张养浩(1269—1329年),字希孟,号云庄,山东济南人。元代著名散曲家。张养浩少年知名,19岁被荐为东平学正,历官堂邑县尹、监察御史、翰林学士、礼部尚书、参议中书省事。因看到朝廷的黑暗腐败,直言敢谏得罪权奸。以父老归养为由,于英宗至治二年(1322年)辞官家居,此后屡召不赴。文宗天历二年(1329年),关中大旱,特拜陕西行台中丞,遂"散其家之所有"、"登车就道"(《元史》本传),星夜奔赴任所。到任四月,劳瘁而卒。追封滨国公,谥文忠。他在诗歌和曲的创作方面多有才能,散曲集有《云庄休居自适乐府》。现存小令161首,套数两套。

张养浩

徐再思

徐再思,字德可,浙江嘉兴人。是一位很有才名的文人。生卒年月未能确定。《录鬼簿》把他列为"方今才人相知者"一类,并说他"与小山同时"。张小山生活在元末,据此推算,生年应在1280年以后,卒年疑在1350年以后。他一生的活动足迹似乎没有离开过江浙一带。他的〔双调·水仙子·夜雨〕及〔双调·蟾宫曲·西湖〕等句,均可证实他确曾在外漂泊达十年之久。他离开家乡,在太湖一带漂泊,则是完全可以肯定的。现存小令103首,主要内容集中在写景、相思、归隐、咏史等方面。他的写情之作深沉娟秀,有些作品立意颇新,能于俗中见雅。他的某些咏史之作,则常在短短的一曲中小结兴亡,有一定积极意义。他在感叹人生时,总不免带着一种伤感悲凉的情绪,这和他一生的经历有关。其散曲集《甜斋乐府》和贯云石的《酸斋乐府》,因两人的字号相映趣,故后人将两家散曲合辑成集,名为《酸甜乐府》。

徐再思

第四节　诗词曲的异同

一、古典诗歌发展的基本艺术规律

唐诗、宋词、元曲是中国古典诗歌的三种不同的诗体形式，它们既遵守古典诗歌的艺术规律，又在本身的发展过程中形成了各自的特殊风格与艺术特色。从形式上、风格上、内容上，带有根本性质的转变：从运用文言到运用口语，从雅到俗，从一般诗歌到戏曲。这一系列的变化和中国封建制度从昌盛走向衰败的转变紧密相连。其中的规律是：

（一）每一种诗歌形式最初都是来自民歌。追溯古典诗歌的根源，都是老百姓在劳动中创造出来的劳动号子，合着音乐和节奏，就能琅琅上口，它们都是人民群众创造的精神财富。例如《诗经》里的《国风》、《楚辞》里的《九歌》等都是民歌。五、七言诗最早也是从汉乐府民歌发展而来的。敦煌曲子词也是民歌，是词的源头。曲同样也是发源于民间的歌曲。

（二）古典诗歌与格律有密切关系。中国古典诗歌讲究格律，有节奏，有腔调，可吟诵，有丰富的音乐内涵。古典诗歌的格律越发展越严格也越缜密。例如近体诗比古体诗严格，词比诗严格，词有八九百个调子，两千个"又一体"，每个调子都规定了字数、押韵、对偶的要求。杜甫的七言律诗格律非常严谨周密，无人可以超越。是唐人第一，更是自唐至清所有诗人中的第一。例如《登高》一诗，不仅八句均对，还有当句对，格律严谨。

（三）古典诗歌的内容和形式有密切关系。中国古典诗歌的发展过程无不打上内容和形式发展的烙印。无论历史发展到哪个朝代，都赋予古典诗歌内容的不断丰富，形式的不断完善。有所传承，有所摒弃，有所改革，有所发展。内容涉及的范围越来越广，思君报国、怀古感慨、相思幽怨、儿女情长、友情赞颂、亲情思量、分伤离别等等。内容的广博促进了形式的发展，就从句式而言，有从一句式到八、九句式的都有，古体诗多是五、七句式；词更多的是四六句式，也有多种句式融合的；曲也是五、七、四、六句都有，还有长短句。平仄和谐，节奏分明，长短交错，参差中见整体，整体中见变化。

（四）语言的发展与社会生活的变化有紧密关系。古典诗歌的语言发展与经济的发展和社会的进步具有密切关系，随着人们生活节奏的逐步加快，在古典诗歌的语言表达上也出现了越来越趋于口语化的态势。人们更愿意将生活中的口语带到诗歌中去，因为生活口语容易记忆，容易上口，还好书写；更多的是社会生活不断变化，不断丰富多彩了，需要记忆的东西太多了，而书面语言不太容易记忆，也不太容易上口，所以词的语言比诗歌口语化，曲的语言比词口语化。

二、诗、词、曲三种艺术形式的主要区别

明代戏曲评论家王骥德在《曲律》中说："词之异于诗也，曲之异于词也，道迥不侔也。诗人而以诗为词，文人而以词为曲也，误矣。"由此说明诗、词、曲虽然统属于古典诗歌，但是三者之间仍然存在着许多不同。主要有以下几个方面：

一、在内容、情调不同，诗词温柔敦厚是封建社会文人学士、才子佳人所喜闻乐见的。而元曲所表现的内容与情调是符合当时市民阶层、小商人、歌妓等生活趣味和思想情调的。曲中也大量写男女爱情，写离愁别绪，所描写的爱情深挚，又带着泼辣的味儿，与诗词中所描写的爱情格调不尽相同。

二、在语言上，诗词用语贵在典雅，文采斐然，是书面用语；而曲则尚俗，即大量使用口

语,能不能大量、成功地运用口语是衡量作品的重要标准之一。除口语化外,元曲也兼文言。元代周德清的《中原音韵》是专讲散曲作法的,他认为曲的造语,"太文则迂,不文则俗,要文而不文,俗而不俗,要耸观,又耸听。"

三、在艺术表现手法上,赋、比、兴是古人对《诗经》艺术表现手法的一种归纳,也是中国古典文学中经常讨论的重要内容。按照诗词曲的艺术发展规律看,诗词贵含蓄,曲则尚显露。朱自清《诗言志辨》指出:"咏史,以古比今;游仙,以仙比俗;艳情,以男女比主臣;咏物,以物比人。"

诗多是赋、比、兴三种手法并用,词是比、兴多于赋,曲则是赋、比多于兴。而比兴手法的运用也越来越复杂和多样化了。从唐初陈子昂提出"兴寄"(《与东方左史虬修竹篇序》)起,更多的诗人运用比兴手法创作诗歌,如李白、杜甫、白居易等,通过生动的比兴,反映文人志士治乱兴衰的心怀与抱负。

到了宋代,由于词的不断发展,更多的词人善于运用兴,"则觉词异而情同,事浅而情深。"(江顺诒《词学集成》)。可以说,词中凡触景生情、即事兴怀的,都可以认为是比兴。元曲的赋和比多于兴。曲是通俗文学的产物,主要是给读者听的,而不是看的,它的语言强调口语化,更加直白、浅显、新奇、动人。比在曲中运用时多采用诡喻,能够突显新奇;博喻,形象地解释主题,使人读后有惊心动魄之感;或用比喻作为叙述,增强其词的感情色彩与人物性格力量。

在戏剧因素上,诗词更多的是为了满足人们听觉的需要,吟诵起来悦耳动听、音律和谐、节奏有力,言辞典雅等,并不要求适合舞台效果。元曲正好相反,不仅具有滑稽调笑的一面,还注重行动性。因为元曲写景必须有声有色,述情更要具体化、行动化、戏剧化,适合在舞台上表演,不能成为案头阅读之曲。杂剧、传奇的唱词也要在舞台上演出,因此,戏剧性、行动性和观赏性就成为曲的重要特点。

第二章 意象篇

意象是中国古代诗歌领域一个基本的美学范畴,是创造诗歌意境与构成诗歌形象的基本要素。意象是指客观的"象"映入诗人头脑,在浸透诗人主观的"意"(情思)的色彩所进行的能动的反馈。意中之象非照相式的"水中之月、镜中之花",它如郑板桥画竹:将"眼中之竹"感觉成"心中之竹"并深一步转变为"手中之竹"的积极主动的反映。中国古代诗歌历来注重运用意象来反映社会美、自然美、艺术美及诗人独具慧眼的美感。意象分为以下几类:

实体意象 简称物象或实象。是由现实中客观存在的事物的具象在诗人脑中、笔下的艺术反映。

虚幻意象 简称虚象。是由诗人大脑对客观现实作哈哈镜式的变态反映,从而幻化虚构出的非现实中存在的幻象,诸如梦境或神仙鬼蜮世界中的种种意象。

事态意象 简称事象。是诗人脑中、笔下呈现出的种种事态的各自进程及其前因后果,诸如悲欢离合、喜怒哀乐的成因等等。

自然力意象 即自然现象中那些可见、可闻、可感、可触的现象在诗人脑中、笔下的反映,诸如朝晖夕阴、寒来暑往、电闪雷鸣、雨雪阴晴、风云变幻对诗人情绪的具体影响等等。

时间意象 是反映在诗人脑中、笔下的晨昏昼夜、春夏秋冬、古往今来的诸多意象等等。

空间意象 是反映在诗人脑中、笔下的意象的空间位置与距离之类,诸如上下四方、远近高低、长短宽窄、大小粗细等等。

诗人在具体诗作的构思、选题、立意及表达的创作过程中,需要根据自身特点和需求对一串串的意象进行倾向性的编辑,从而创造出多姿多彩的诗的意象、诗的意境,由此也显露出各自不同的表现手法。例如:意象叠加、意象组合、意象造型等等。

第一节 意象叠加

意象叠加是指两个意象之间在经过重叠交加并相辅相成地结合为一体之后,再创造出一个不同于叠加之前的两个原有意象的新的意象。意象叠加是诗歌创造新的意象或意境的一个十分重要的手段。意象叠加的手法在我国古典诗歌中的运用颇为广泛,并引起了西方诗歌界的重视与借鉴,从而形成了一个很有影响的"意象派"。意象叠加的内涵丰富,种类多样,可以从叠加意象的虚实性质与时空关系两方面划分。

(一)**按照虚实性质划分** 意象叠加可以分为:实象意象叠加、虚象意象叠加和虚实象意象叠加三种。

1. **实象意象叠加。** 实象即客观事物实在意象。客观事物的意象包括物态意象、事态意象和自然现象意象。由此可以将实象意象叠加又分为:物态意象叠加、事态意象叠加和自然现象意象叠加三类。

(1)物态意象叠加。是将两个或两个以上的物态意象通过动词谓语或隐含动词谓语的作用,以叠加的方式交融为一体,从而再创造出一种新的意象或意境。由于诗中的意象增加了密度,也就使诗歌的表现力和感染力增强,其意韵就会明显丰富起来。其公式如下:

(一)

物态意象1+物态意象2+动词谓语 = 新物态意象

(二)

物态意象1+动词谓语+物态意象2 = 新物态意象

物态意象叠加还可以细分为:静态物象意象叠加、动态物象意象叠加及动静态物象意象叠加。这三种物态意象叠加有时会同时出现在一首诗中。

(2)事态意象叠加。是将事态意象叠加在一起。例如李白的(《月下独酌》其一)中的:"举杯邀明月,对影成三人。……我歌月徘徊,我舞影零乱"。诗人已经渐渐进入醉乡了,酒兴一发,既歌又舞。歌时月色徘徊,依依不散,好像在倾听佳音;起舞时自己的身影在月光之下转动零乱,似与自己共舞。醒时相互欢欣,直到酩酊大醉,躺在床上时,月光与身影,才无可奈何地分别。一种孤寂油然升起在诗人心头。

(3)自然力意象叠加。是在光、电、风、雨、水、雪、寒、暑、声等自然力的意象之间的相互叠加,或是由这些自然力意象作用于其他有关意象,并将其叠加起来,从而构成新的复合意象或意境。例如谢朓的《和徐都曹出新亭渚》中的"日华川上动,风光草际浮"。无色的太阳光,通过水面和细草反射出的光泽,给水波荡漾、细草起伏的景色增加无限的光彩。"阳光"、"水面"、"细草"、"波纹"等自然界的意象融合为一体,带给人们的是几种意象的集合,其中的美感打动人心,达到了诗境胜于画面的境界。

2. 虚象意象叠加。是将虚幻意象之间的重叠相叠加。它是诗人凭借自己天马行空的丰富想象力虚拟出来的意象。例如李贺的《李凭箜篌引》中的"吴刚不眠倚桂树,露脚斜飞湿寒兔"。吴刚伐桂是一个虚幻故事:他成天伐桂、劳累不堪地倚着桂树,久久地立在那儿,竟忘了睡眠;玉兔蹲伏一旁,任凭深夜的露水不停地洒落在身上,把衣服浸湿也不肯离去。这些饱含思想感情的优美意象,就像皎洁的月亮投影于水,显得幽深渺远,逗人情思。

3. 虚实象意象叠加。是将虚象和实象两种意象叠加在一起。例如李白的《峨眉山月歌》中的:"峨眉山月半轮秋,影入平羌江水流"。在峨眉山的东北有平羌江,即今青衣江,源出于四川芦山县,流至乐山县入岷江。"半轮"月是实,次句的"影"指月影,是虚,月影映入江水,又随江水流去。"月亮走,我也走"只有观者顺流而下,才会看到影入江水的妙景,所以,此句不仅写出了月映清江的美景(虚),同时暗点秋夜行船之事(实),使人联想到青山吐月的空灵入妙的意境。

(二)按照时空关系划分　意象叠加可以分为:时间意象叠加、空间意象叠加和时空交错意象叠加三种。

1. 时间意象叠加。是将跨越不同时间的意象,纵向地叠加在一起。例如李白的(《月下独酌》其二)中:"古人不见今时月,今月曾经照古人。古人今人若流水,共看明月皆如此。""古人"与"今人"、"今月"与"月光",是有距离感的时间意象,相隔遥远,确有千丝万缕的牵系。使人不得不遐想,不得不怀古,更不得不思考今天。

2. 空间意象叠加。是从空间的角度将有关的各个意象横向叠加在一起。例如李白的《登金陵凤凰台》中的:"三山半落青天外,二水中分白鹭洲"。"三山"在金陵西南长江边上,三峰并列,南北相连。李白把三山若隐若现的景象写得恰到好处。"白鹭洲",在金陵西长江中,把长江分割成两道,所以说诗人将不同空间意象的三山用"白鹭洲"作为支点联系起来,同时又使人想到它们各自独处,各自有其风采。

3. 时空交错意象叠加。是将时空相隔的古今意象交织在一起。例如李白的《登金陵凤凰台》中的:"吴宫花草埋幽径,晋代衣冠成古丘"。"吴宫花草"表现昔日吴王的苑囿的似锦繁华和如今的荒草幽径;"晋代衣冠"表现当年东晋的豪门权贵,是何等荣耀。如今他们的孤家却散落在荒烟蔓草之中。这里既有时间意象,也有空间意象,两者浸透了无限的凄凉与悲戚。

例文一:

山居秋暝　　王维

空山新雨后,天气晚来秋。明月松间照,清泉石上流。
竹喧归浣女,莲动下渔舟。随意春芳歇,王孙自可留。

【注释】暝(míng):日落;秋暝:秋天的日落。浣女:浣(huàn):洗衣姑娘;随意:随着意愿。

【译文】寂静的空山中,刚下过雨空气格外清新,在秋天的傍晚,明月渐渐升起,照耀在松树间,清澈的泉水流淌过山石。竹林里传来一片喧闹声,是洗衣姑娘结伴回家了;莲花丛中,渔人划着小船经过。春去秋来都随它去吧,大可像我一样留在山中隐居。

【赏析】这首诗综合了多种物态意象叠加形式:

一、采用静态物象意象叠加方式,按照物象1+物象2+动词谓语=新的复合物象意象明月(动态物象意象)+松间(静态物象意象)+照(动词)=新的复合物象意象,表明的是:雨后的秋山、朗照的秋月、斑驳陆离的光影,境界显得清幽宁静。

二、采用动静态物象意象叠加方式,按照:清泉(动态物象意象)+石上(静态物象意象)+流(动词)=新的复合物象意象,突出了山泉格外清澈、叮咚作响、一路欢笑的景象。

三、采用动态物象意象双叠加方式,即:竹喧(事态意象)+归(动词)+浣女(人物意象)=新意象(以声夺象、先声夺人);莲动(动态意象)+下(动词)+渔舟(动态意象)=新的复合意象,表现了:由隐而显的月下捕鱼活动。

以上两联四句,每句中由两个意象构成一重意象叠加;每一联两句间的四个意象又通过对偶句的形式联系起来,构成了二重意象叠加;两联四句八个意象在二重意象叠加的基础上,通过两联之间的承转关系,又构成了三重意象叠加,表现出:山水相连、竹树相映、明暗交互、动静搭配的意境;构成了一幅清幽空寂、诗中有画、画显诗意的"山居秋暝图"。当读者理解了诗人作诗的心境之后,便明白了诗歌之外的涵义:诗人晚年徒慕高洁、向往清静、参禅信佛、深得禅理。

例文二：

月下独酌（其一）　　李白

花间一壶酒,独酌无相亲。举杯邀明月,对影成三人。
月既不解饮,影徒随我身。暂伴月将影,行乐须及春。
我歌月徘徊,我舞影零乱。醒时同交欢,醉后各分散。
永结无情游,相期邈云汉。

【注释】独酌：一个人饮酒。成三人：明月和我以及我的影子恰好合成三人。既：且。不解：不懂。徒：空。将：和。及春：趁着青春年华。月徘徊：明月随我来回移动。影零乱：因起舞而身影纷乱。交欢：一起欢乐。无情：忘却世情。相期：相约。邈：遥远。云汉：银河。

【译文】花丛间摆上一壶美酒,我独自一人饮酒,身边没有可亲近的朋友。举起酒杯邀请明月和我对饮,与我的影子相对恰好是三人。明月不能了解饮酒的乐趣,影子也只能伴随在我身后,趁着青春年华还在,暂且伴着明月和影子享乐。我吟诵诗篇,月亮随我徘徊,我乘兴起舞,身影跟着闪动零乱。清醒时我们一同欢乐,醉后就各自分散了。让我们结成永恒的友谊,相约在浩瀚的银河中。

【赏析】本诗是李白供奉翰林时遭到权臣奸宦谗毁,深感自己政治理想破灭,即将离开长安时所作。全诗最突出的特点是成功塑造了诗人的自我形象。举杯邀月,对影抒怀,狂歌醉舞,完全是一个潇洒旷达、倜傥不群的形象。但同时从诗人的这种超然洒脱、恬淡自适的背后,却也交织着政治上极不得意的愤慨与苦闷。

"花间一壶酒,独酌无相亲。"第一句是物态意象叠加,而第二句紧接着是事态意象叠加。但是接下来的两句:"举杯邀明月,对影成三人。"一扫无相亲的冷落、孤单,是那种经过起伏后获得的由冷清到热闹的场面,是序幕的拉开,是"月下"场景的布置与"人物"(包括虚拟的月亮和身影)的出场。举杯(事态意象)+邀(动词)+明月(自然现象意象)=(叠加成)新的复合意象。呈现在读者面前的是:有些醉意的作者高高举起手中酒杯,向着高空明月对话,邀请明月一起饮酒。对影(虚幻意象)+成(动词)+三人(虚实意象)=(叠加成)新的复合意象:"作者、月、人影"形成了一幅虚实三"人"饮酒意象叠加图。以上四句是诗歌的第一部分,表达了作者由悲到喜的情感变化。

"月既不解饮,影徒随我身。暂伴月将影,行乐须及春。"诗歌的第二部分也是四句,诗人又经历了一次由悲到喜的情感轮回。从感叹月亮与身影这两个招呼来的酒伴的不尽人意,到全然不顾、自得其乐的忘我境界。诗歌的第二波起伏是情节的正式展开,是"独酌"的实施,诗人表达了热烈但却孤独的心境,执着追求一种不可能的完美,因为在孤独寂寞中,只有"不解饮"的月亮和"徒随身"的影子,但至少也是理想的境界,尽管"暂伴"透露了作者心中那一丝无可奈何的惋惜,但是"行乐须及春"却说明了诗人已经调整了心态,从而实现了一种不再需要外因的自我满足的"独酌"。

"我歌月徘徊,我舞影零乱",这两句是诗歌的第三波起伏,是独酌的高潮与升华。诗人已全然被自我创造的境界所陶醉:零乱的舞步,徘徊的月光,似醉似醒,物我一体。"我歌月徘徊"的意象叠加是:我歌(事态意象)+月(自然意象)+徘徊(动词)=(叠加成)新的复合意象:作者唱着欢歌感染月亮,月亮好似懂得人心一样地跟着作者的歌声舞动起来。而"我舞影零乱"的意象叠加是:我舞(事态意象)+影(虚幻意象)+凌乱(动词)=(叠加成)新的复合意象:

影子伴随着作者醉意的舞步晃动起来。

"醒时同交欢,醉后各分散。永结无情游,相期邈云汉。"诗人在尽欢之后,随即就要在花间月下的美景中沉沉入睡了,就在他的神志清醒的最后一瞬间,他没有忘记再次与月亮与身影做出长久约定。透过这番在花间月下的独酌与独白,可以清楚地感到,李白仍然是历尽挫折,初衷不改。

例文三:

采莲子(其二) 皇甫松

船动湖光滟滟秋,贪看年少信船流。无端隔水抛莲子,遥被人知半日羞。

【注释】滟滟秋:指湖光荡漾中映出的一派秋色。秋:不仅写出湖水之色,更点明了采莲季节。"莲"谐音"怜",有表示爱恋之意。

【译文】湖水荡漾映出一片秋色,原来是采莲女贪看心上人,任船随水波任意流动。突然抓起一把莲子向岸边的心上人扔去,哪知远远被人看见了,为此害羞了半天。

【赏析】这首诗为我们描绘了一幅江南水乡式民歌的风物人情画。诗题《采莲子》,可是作者没有描写采莲子的过程,又没有描写采莲女的容貌服饰,而是通过采莲女的眼神、动作和一系列内心独白,表现她热烈追求爱情的勇气和初恋少女的羞涩心情。

首句"船动湖光滟滟秋"的"秋"字,不仅写出湖水之色,更点明了采莲季节。"湖光"映秋,因为"船动"而泛起"滟滟"之波。由此可见,船动(动态物象意象)+湖光(自然现象意象)+滟滟秋("秋"当动词用)=(叠加成)新的复合意象:呈现在读者面前的不再只是船在动、湖光在闪烁,而是在湖光粼粼的水面上,采莲的小舟穿梭行进的意象叠加图。

第二句"贪看年少信船流","贪看年少"点明诗篇写的是个采莲女子,"信船流",交代了船动的原因:有一位英俊少年被采莲女吸引住了,她一见钟情地凝视着意中人,船儿随水漂流而动她都没在意。表现出采莲女纯真热情的鲜明个性和对爱情的灼烈渴求。

第三句"无端隔水抛莲子"写得很有特色。南朝以来,江南地区流行的情歌一般不直接说出"爱恋"、"相思"之类的字眼,而用同音词构成双关隐语来表示。"莲"谐音"怜",具有爱恋之意。湖水滟滟起波,姑娘心里荡起层层波澜,突然,抓起一把莲子,抛向那岸上的小伙子。莲子抛中没有?小伙子是恼是喜?这些都是作者留给读者去想象的内容,而他确把笔锋深入到采莲女的内心。"无端"两字透露出姑娘复杂而细腻的心理状态。无端隔水(事态意象)+抛(动词)+莲子(物态意象)=(叠加成)新的复合意象:采莲姑娘害羞而又大胆地正往岸上那位英气十足的小伙子身上抛莲子的意象叠加图。

最后一句"遥被人知半日羞"的"半日羞"的窘态,逗情举动远远被人看见了,姑娘红着脸,低着头,羞惭了大半天,心里埋怨自己太冒失了,为什么不等没人时再抛呢?这里则展现了一个初恋少女特有的羞怯,使诗中主人翁的形象因而更加丰满可爱。

例文四:

赋得古原草送别 白居易

离离原上草,一岁一枯荣。 野火烧不尽,春风吹又生。
远芳侵古道,晴翠接荒城。 又送王孙去,萋萋满别情。

【注释】离离:繁盛的样子。原:原野。荣:繁盛。远芳:伸向远方的一片野草。侵古道:侵占了古老的道路。晴翠接荒城:在晴天,一片绿色连接着荒城。王孙:贵族。这里借用《楚辞》"王孙游兮不归,春草生兮萋萋"的典故。这里指的是自己的朋友。萋萋:草盛的样子。

【译文】古原上的野草丛生,每年春来茂盛秋来枯黄,野火烧不尽这片草,来年春风吹过它们又长得茂盛。远处芳草已经掩过古时的驿道,绵延至荒城一片翠绿。春来又送游子远去,芳草萋萋离别之情满怀。

【赏析】这是一首应考习作,相传白居易十六岁时作。按科举考试规定,凡指定的试题,题目前须加"赋得"二字,作法与咏物诗相类似。此诗通过对古原上野草的描绘,抒发送别友人时的依依惜别之情。

首句"离离原上草",紧扣题目"古原草"三字,并用叠字"离离"描写春草的茂盛。第二句"一岁一枯荣"写出原野上草秋枯春荣,岁岁循环,生生不已的规律。第三、四句"野火烧不尽,春风吹又生","枯"、"荣"是"枯荣"二字意思的发挥。不管烈火如何无情地焚烧,只要春风一吹,又是遍地青草,诗人极为形象生动地表现了野草顽强的生命力。"野火烧不尽"的意象叠加是:野火(自然现象意象)+烧(动词)+不尽(自然现象意象)=(叠加成)新的复合意象:旷野被野火烧得一片漆黑,而且无边无际。"春风吹又生"的意象叠加是:春风(自然现象意象+动态意象)+吹(动词)+又生(自然现象意象+动态意象)=(叠加成)新的复合意象:虽然野火烧掉了旷野的植被,但是经过了春风的"调整"后,大地又呈现出绿色生机。第五、六句"远芳侵古道,晴翠接荒城",用"侵"和"接"刻画春草蔓延,绿野广阔的景象,"古道"、"荒城"又点出友人即将经历的处所。最后两句"又送王孙去,萋萋满别情",点明送别的本意。用绵绵不尽的萋萋春草比喻充塞胸臆、弥漫原野的惜别之情,真正达到了情景交融,韵味无穷。

例文五:

和晋陵陆丞早春游望　　杜审言

独有宦游人,偏惊物候新。云霞出海曙,梅柳渡江春。
淑气催黄鸟,晴光转绿苹。忽闻歌古调,归思欲沾巾。

【注释】和:指用诗应答。晋陵:郡名。现江苏省常州市。宦游人:离家做官的人。物候:指自然界的气象和季节变化。淑气:和暖的天气。古调:指陆丞写的诗,即题目中的《早春游望》。巾:也作"襟"。

【译文】只有远离故土在外做官的人,特别能注意到自然气象和季节的更新交替。海面旭日东升,云霞掩映,红梅绿柳生气盎然,江北却才回春。和暖的天气引得黄鹂纷纷出动,响起欢快的鸣叫,晴朗的日光照射下,江面的水草也转成深绿色。忽然听到你吟诵的词调,使我思念家乡之情愈发浓烈,不禁流下泪水沾湿衣衫。

【赏析】全诗因物兴感,写自己宦游他乡,辜负春光,不能归家的伤痛之情。首句"独有宦游人,偏惊物候新",突出了诗人作为一个异乡游子与本地鉴赏春光者迥然不同,为下文伤春进行了铺垫。诗的主旨,正是抒发这伤心人独特的"惊"春之情。"偏惊"这两个字确定了全诗的抒情旋律。下文的"云霞"、"梅柳"、"黄鸟"、"绿苹"、"海曙"、"江春"、"淑气"、"晴光"等等多种物象的呈现令人目不暇接。而"新"字则扣住诗题的"早"字,使得诗歌因物兴感很能使人感动。

中国古典诗词曲鉴赏

"云霞出海曙,梅柳渡江春"一联,这里没有用一个颜色字,然而由红霞、红梅、红日和碧海、蓝天、绿柳、清江织成的五彩缤纷的景色却跃然纸上,色泽感十分鲜明。动词"出"与"渡"是动态意象"云霞"、"海情"、"梅抑"和"江春"的连接动词,由此创造出新的意象:破晓时,太阳从东海升起,云气被阳光照耀,蔚成绚烂的霞彩,好像和旭日同时从海中出来。

颈联"淑气催黄鸟,晴光转绿苹",写景更加深入细致,动词"催"与"转"更加传神。它们是自然力意象"淑气"、"晴光"、"绿苹"和声态意象"黄鸟"声的连接动词。也使意象群增加了密度,更加扣人心扉。温暖的春气"催"万物复苏,连黄鹂的鸣叫也似乎是由它"催促"所致,晴朗的天空中阳光照射到水面上,使水中的萍草也很快由嫩绿"转"为深绿。

尾联"忽闻歌古调,归思欲沾巾",诗人正面写出自己伤春思归的本意。上文"惊"物候之"新",叹春光之美,都是为这里引出"归思"而作铺垫陪衬的。春景触发"归思",故此处以"忽"字作转折,将上文的明媚与欢跃之景突然一下子转入伤感凄怆的气氛之中,达到了抒发伤春之情的目的。

例文六:

破阵子·四十年来家国(李煜)

四十年来家国,三千里地山河。凤阁龙楼连霄汉,琼枝玉树作烟萝,几曾识干戈? 一旦归为臣虏,沈腰潘鬓销磨。最是仓皇辞庙日,教坊犹奏别离歌,垂泪对宫娥。

【注释】 四十年:南唐自建国至李煜作此词为38年。此处四十年为虚数。凤阁:别作"凤阙"。凤阁龙楼:指帝王居所。霄汉:天河。玉树琼枝:一作"琼枝玉树",形容树的美好。烟萝:形容树枝叶繁茂,如同笼罩着雾气。识干戈:经历战争。识:一作"惯"。干戈:武器。此处指代战争。沈腰潘鬓:沈指沈约,后用沈腰指代人日渐消瘦。潘:指潘岳,后以潘鬓指代中年白发。辞:离开。辞庙:离开故国时辞别太庙。太庙:是古代帝王供奉祖先牌位的地方。教坊:古代管理宫廷音乐的官署。此指宫廷乐伎犹奏:一作"独奏"。 垂泪:一作"挥泪"。

【译文】 开创基业四十年的国家,纵横三千里的山河,镶凤的亭阁雕龙的楼宇耸入高空,名贵的花卉,珍稀的树木,枝叶繁茂数不胜数,何时见到过战争的场面。一朝变成了降臣阶下囚,我将要像沈约一样日渐消瘦,像潘岳一样头发花白。最不堪的就是辞别太庙那日,教坊的乐手竟还奏着别离之歌,我只能对着昔日的宫女们泪流满面。

【赏析】《破阵子》是李煜降宋之际的词作。上片写对亡国俘虏前宫廷生活的回首。抚今忆昔,今昔对比,无限悲哀悔恨,无颜面对三千里山河。首句"四十年来家国,三千里地山河。"道出南唐经过李昪、李璟、李煜祖孙三代的统治经营已有四十年了。国土辽阔,山河壮美,富饶繁华。"四十年"是时间意象,"三千里"是空间意象,时空意象的交织显示了南唐四十年的辉煌历史。

"凤阁龙楼连霄汉,玉树琼枝作烟萝,几曾识干戈"写宫廷建筑精美,气势巍峨磅礴,宫廷花草树木的绝美名贵。作为一国之主的词人前半生一直享受着奢华惬意的宫廷生活。这一句包含着词人无限的感伤与痛惜之情,因为词人舞文弄墨,不懂兵事,荒芜国事,沉迷道事,醉心艳事,而今这悔与惜皆不堪回首。"凤阁龙楼"、"琼枝玉树"是物态意象,"霄汉"是空间意象,"烟萝"是虚象意象,"教坊犹奏"是事态意象,"别离歌"是声象意象。这些意象相互交织叠加,融成了令词人痛心的新的复合意象,带给他无限的痛苦和悲凉。

下片写亡国俘虏后的愁苦不堪的心境。"一旦归为臣虏"写出词人从人间仙境坠入痛苦的深渊,由一国之君转瞬成为阶下囚的伤感与失落。变成了任人宰割的"臣虏",他无法接受这样残酷的现实。这天壤之别使得诗人"沈腰潘鬓销磨"。年纪不到四十却鬓出银丝、早生华发。词人连用两个典故,来描写其愁苦凄楚的心境,人憔悴消瘦了,鬓发也开始变白了。从外貌的变化衬托出内心极度的痛苦。

"最是仓皇辞庙日"描写就要离开祖先所开创的"四十年来家国"了,诗人怎能不痛彻心肺呢?"教坊犹奏别离歌"是说在诗人辞庙这最痛苦最难堪的时刻,教坊里还在演奏别离伤情的乐曲。这反映出昔日歌舞升平的生活,更反衬出他仓皇出离时的凄惨悲凉的心境。"垂泪对宫娥",一国之主能与之道别的只有宫娥,他的文臣武将已经不知去向了。

例文七：

破阵子·为陈同甫赋壮词以寄　　辛弃疾

醉里挑灯看剑,梦回吹角连营。八百里分麾下炙,五十弦翻塞外声。沙场秋点兵。　　马作的卢飞快,弓如霹雳弦惊。了却君王天下事,赢得生前身后名。可怜白发生!

【注释】挑(tiǎo)灯:把油灯的芯挑一下,使它明亮。吹角连营:各个营垒接连响起号角声。这是作者梦醒后的想象。梦回:梦醒。吹角:军队中吹号角的声音。连营:扎在一起的众多军营。 八百里分麾下炙:分牛肉给部下享用。八百里:指连营之广。麾(huī)下:军旗下面,指军营里。麾:军帜。炙(zhì):烧烤。五十弦:原指瑟,古代有一种瑟有五十根弦。词中泛指军乐合奏的各种乐器。翻:弹奏。塞外声:以边塞作为题材的雄壮悲凉的军歌,指悲壮粗犷的战歌。沙场:战场。 点兵:检阅部队。作:像……一样。的(dí)卢:马名,一种性子很烈,跑得很快的马。据《三国志·蜀书·先主传》载,刘备在荆州遇险,他所骑的的卢马"一踊三丈"驮他脱险。霹雳:特别响的雷声,比喻拉弓时弓弦响如惊雷。了却:了结,把事情做完。天下事:这里指恢复中原的国家大事。身后:死后。名:英名。可怜:可惜。

【译文】醉后挑灯看我的宝剑,睡梦里好像又听到军营号角响起的声音。军帐里士兵们分食煮熟的牛肉,各种军乐合奏出悲壮粗犷的战歌,深秋时将军在沙场上检阅军队。战马像的卢一样跑得飞快,弓箭像雷霆一样速度令人心惊。把收复中原的国家大事了结了,才能赢得生前死后的英名。可怜我壮志未酬已早生白发。

【赏析】这首词约作于1188年。该词是作者失意闲居信州(今江西上饶)时所作。词中通过创造雄奇的意境,抒发了杀敌报国、恢复祖国山河、建立功名的壮怀。"醉里挑灯看剑,梦回吹角连营。""挑灯"的动作点出了时间是在夜深人静、万籁俱寂之时,壮士思潮汹涌,无法入睡,只好独自饮酒。喝"醉"之后,仍然不能平静,不但"挑灯",而且"看剑"。可刚一入睡,方才所想的一切,又幻为梦境。作者没有明说"梦"了些什么,只是"梦回吹角连营"。壮士好梦初醒,天已破晓,军营响起一片催人勇往无前的号角声。而那位壮士,也正好是统领这些军营的将军。他要把他"醉里"、"梦里"所想的一切统统变为现实。在词人的笔下,看似信手拈来的点兵场面,火热的战斗激情却自然喷涌而出。一个"连"字,透出声势豪壮,军容整肃。前两句是虚象意象,先是在酒醉中"挑灯",随后是在梦中又想起了醉前的所思所想。但是破晓的号角把壮士从梦中唤醒。军营是物态意象或说实象意象,号角声又是声象意象,与虚象意象在此相汇,形成了新的令人振奋的"点兵"图。

"八百里分麾下炙,五十弦翻塞外声,沙场秋点兵。"兵士们欢欣鼓舞,饱餐将军分给的烤牛肉;军中奏起振奋人心的战斗乐曲,餐后就排成整齐的队伍。将军神采奕奕,意气昂扬,一个"秋"字,既点明了季节,又为壮士的出征营造了一种凝重壮美的气氛。"八百里"、"五十弦"与"吹角连营"相辅相成,时间意象及声象叠加,营造了雄浑阔大的意境。

"马作的卢飞快,弓如霹雳弦惊。了却君王天下事,赢得生前身后名。可怜白发生。"下片一开始说骏马飞快,箭如霹雳,惊心动魄。突出马与箭两个具有典型意义的事物,这一切都是为了"了却"洗雪国耻,恢复中原的"天下事",是为了施展雄才大略,赢得为国家建功立业的"生前身后名"!然而一个陡转——"可怜白发生"。诗人一下从理想的高峰跌入了现实的深渊。全词至此戛然而止,为读者留下了无尽的思绪。这最后三句,又是事态意象的叠加,使诗的主题更加凝重,悲壮。

 我要试试(作品赏析)!

习题一《峨眉山月歌》李白:峨眉山月半轮秋,影入平羌江水流。夜发清溪向三峡,思君不见下渝洲。

习题二《凉州词》王之涣:黄河远上白云间,一片孤城万仞山。羌笛何须怨杨柳,春风不度玉门关。

习题三《观猎》王维:风劲角弓鸣,将军猎渭城。草枯鹰眼疾,雪尽马蹄轻。忽过新丰市,还归细柳营。回看射雕处,千里暮云平。

习题四〔正宫·小梁州·秋〕贯云石:芙蓉映水菊花黄,满目秋光。枯荷叶底鹭鸶藏。金风荡,飘动桂枝香。雷峰塔畔登高望,见钱塘一派长江。湖水清,江潮漾。天边斜月,新雁两三行。

习题五《登金陵凤凰台》李白:凤凰台上凤凰游,凤去台空江自流。吴宫花草埋幽径,晋代衣冠成古丘。三山半落青天外,二水中分白鹭洲。总为浮云能蔽日,长安不见使人愁。

习题六《关山月》卢照邻:塞坦通碣石,虏障抵祁连。相思在万里,明月正孤悬。影移金岫北,光断玉门前。寄言闺中妇,时看鸿雁天。

习题七《度荆门望楚》陈子昂:遥遥去巫峡,望望下章台。巴国山川尽,荆门烟雾开。城分苍夜外,树断白云隈。今日狂歌客,谁知入楚来。

习题八《浣溪沙》贺铸:楼角初消一缕霞,淡黄杨柳暗栖鸦,玉人和月摘梅花。笑捻粉香归洞户,更垂帘幕护窗纱,东风寒似夜来些。

习题九《白帝城怀古》陈子昂:日落沧江晚,停桡问土风。城临巴子国,台没汉王宫。荒服仍周甸,深山尚禹功。岩悬青壁断,地险碧流通。古木生云际,孤帆出雾中。川途去无限,客思坐何穷。

习题十《月下独酌(其二)》李白:青天有月来几时?我今停杯一问之。人攀明月不可得,月行却与人相随。皎如飞镜临丹阙,绿烟灭尽清辉发。但见宵从海上来,宁知晓向云间没?白兔捣药秋复春,嫦娥孤栖与谁邻?今人不见古时月,今月曾经照古人。古人今人若流水,共看明月皆如此。唯愿当歌对酒时,月光长照金樽里。

第二节　意象组合

意象组合是指按照艺术感受中的情理逻辑，将具有从时间上定向流动性质的诸意象，按照诗人的创作意图的指向纵向地组合在一起，它可以改变意象线性流动时所带来的平面感，由此产生立体交叉式的复合感。意象组合的形式很多，主要包括：

连锁式意象组合，即按照时间顺序一事接一事、一环套一环地将一系列密切相关的意象串联组合在一起。例如杜甫的《闻官军收河南河北》中所写的内容。全诗紧紧围绕着"喜"字，将一连串相关的事态意象，按照时间的先后顺序纵向地串联在一起，生动地表现出诗人被喜悦的心情紧紧包围着的心情。

并列式意象组合，即将在不同时间出现的相关意象并列组合起来。以表达诗人的某种旨趣。

对立式意象组合，即将不同时间出现的对立意象以鲜明对照的形式组合起来。例如欧阳修的《生查子》中所涉及的内容。诗中通过"月"、"灯"、"人"等诸多意象的今昔对比，将离合悲欢的两重情景，准确地组合起来，足以产生鲜明强烈的艺术效果。

聚合式意象组合，即各个意象之间是独立的，但是又围绕着一个中心意象或者共同的意旨。例如李商隐的《望喜驿别嘉陵江水二绝》其一。诗中虽然说有嘉陵江水、望喜楼、大海、高楼等这些彼此独立的意象，却又都紧紧围绕着东端的阆州这一中心意象，顺序将这一连串的意象，以聚合的方式组合起来。

延伸式意象组合，即先以某种意象作时间上的伸延，再与其他意象组合起来。一些追古思今、幽古伤今之作，经常采用这种手法。例如李白《苏台览古》："只今惟有西江月，曾照吴王宫中人。""月"字就是即是今日"月"，也是旧时"月"，它是历史的"见证人"，是延伸式意象，也是组合古今意象的"黏合剂"。

例文一：

生查子·元夕　　欧阳修

　　去年元夜时，花市灯如昼。月上柳梢头，人约黄昏后。　　今年元夜时，月与灯依旧。不见去年人，泪湿春衫袖。

【注释】元夕：正月十五为元宵节，这夜称为元夜、元夕。花市：繁华的街市。唐代以来有元夜观灯的风俗。至宋而其风益盛。春衫：年轻时穿的衣服，这里指年轻时的作者。

【译文】去年元宵夜时，花市上挂满了各式花灯，明亮得像白天。与佳人相约在月上树梢的黄昏之后见面。今年元宵夜，月亮和花灯依旧，但已不见佳人的身影，相思泪打湿了衣袖。

【赏析】在宋代，理学盛行，对妇女的束缚很多，比起汉唐时代，她们的自由相对较少。正月十五元宵夜是妇女们逾越礼教鸿沟，争取自身欢乐和幸福的最好时机。古代的旧历正月十五是赏灯之期，被称为"灯节"。这一天的夜晚，各街市都竞放花灯，人们不论富贵贫贱，老少尊卑，都前来赏灯，气氛热烈。而年轻男女却利用这万民同乐的佳节，闹中取静，幽期密会。欧阳修的这首词就描写了这般情景。它将主人公悲欢离合两重情景有意识地结合起来，表现了主人公与意中人约会和不见意中人的痛苦，以及封建时代妇女不顾礼教束缚，对爱情的大胆追求与向往。这在当时具有积极意义。

中国古典诗词曲鉴赏

　　上片追忆去年元夜的灯会。写元宵灯火辉煌,热闹非凡的景象。孟元老《东京梦华录》中描写元宵夜景:"灯山上彩,金碧相射,锦绣交辉"。可见,"花市灯如昼"之景确实如此。但描写灯会不过是为了展示时空背景,因而一笔带过。

　　"月上柳梢头",既是对"黄昏后"这一时间概念的确定,也是对男女主人公相会的环境的补充描绘:明月皎皎,垂柳依依,富于诗情画意。"人约",点出男女主人公并非邂逅灯市,而是早有密约。作者没有正面涉笔他们相会前的心情、见面后的欢声笑语以及分手后的意乱情迷,而仅用一句"人约黄昏后"提示。

　　下片抒写今年元夜重临故地,不见伊人的感伤。"月与灯依旧",说明景物与去年相同,照样月光普照,华灯齐放。但风景无殊,人事全异。"不见去年人"二句情绪大落:去年莺伴燕侣,对诉衷肠,今年孤身只影,主人公怎能不抚今思昔,泪下如注。因何"不见",一字不及,或话有难言之隐,或许故意留下悬念。作者通过三个意象的今昔对比:今昔月依旧,今昔灯依旧,今昔人却不依旧,从而产生鲜明、强烈的艺术效果。本诗便是对立式意象组合的范例。

例文二:

闻官军收河南河北　　杜甫

剑外忽传收蓟北,初闻涕泪满衣裳。却看妻子愁何在?漫卷诗书喜欲狂。
白日放歌须纵酒,青春作伴好还乡。即从巴峡穿巫峡,便下襄阳向洛阳。

　　【注释】河南河北:唐代安史之乱时,叛军的根据地。大体指今三门峡一带黄河南北。公元763年被官军收复。剑外:剑门关以外,这里指四川。当时杜甫流落在四川。蓟北:今河北北部一带,是叛军的老巢。却看:回过头来看。妻子:妻子和孩子。漫卷诗书:就是将诗书随便卷起。喜欲狂:高兴得发狂。进一步表现诗人喜悦的程度。白日:白天。纵酒:纵情喝酒。青春:绿色的春天。古代以青、赤、白、黑指春夏秋冬,故称春天为"青春"。这里,诗人将"青春"人格化了。作伴:指春天可以陪伴我。巴峡:在嘉陵江上游。巫峡:长江三峡之一,在今四川湖北交界处。襄阳:今属湖北。洛阳:今属河南。

　　【译文】我在四川剑门关忽然听传闻说收复了蓟北,刚听说这个消息时,热泪都沾湿了衣服。回头看看妻子和孩子,他们脸上的愁容也一扫而光。我将正在看的书卷随便收起,欣喜若狂。这个好日子应该放声唱歌,纵情饮酒,伴随着春天的好时光,可以返乡了。只要从巴峡穿过巫峡,出了襄阳就是洛阳家乡了。

　　【赏析】这首诗以极简洁的笔墨记述了诗人听到收复河南河北时瞬间的欢喜心情。诗的首联"剑外忽传收蓟北,初闻涕泪满衣裳。"如晴空霹雳,"忽"字和"初"字,都是写消息在剑外传播之快,写诗人听到喜讯后激动的反映。"涕泪满衣裳"是极写诗人兴奋的状态。

　　颔联,"却看妻子愁何在?漫卷诗书喜欲狂。"继续写喜悦的状态。回头看见妻子与儿女们也是喜悦一片,"漫"字将喜之极的状态形象地表露了出来。书不是一本本地收拾,而是一把抓地收拾,即高兴得有些失态了。

　　"白日放歌须纵酒,青春作伴好还乡"这里的"纵酒"须特别注意,杜甫这年已经51岁,此时的杜甫已是多病缠身,不宜饮酒。而听到喜讯却又放纵自己,开怀痛饮,诗人的狂喜形象跃然纸上。"青春作伴",一路之上山清水秀,花红柳绿,伴我还乡。

　　"即从巴峡穿巫峡,便下襄阳向洛阳"两句,是预料将来的话。即从巴峡穿过巫峡,就到了襄阳一路奔向洛阳。这两句拟定了回乡的路线。这时,诗人全家都在四川梓州,杜甫的心已飞向了河南故园。遗憾的是,后来诗人生前再也没回到生他养他的河南故土。公元770年,年仅59岁的一代诗圣,客死在异乡的一条破船上。又过了43年后的公元813年,杜甫的孙子杜嗣业才将其遗骨迁往河南,葬于偃师西北的首阳山下。这首诗是连锁式意象组合的典型例子。一连串的事态意象一事连着一事,一环紧扣一环地展示在读者面前,即是时间上的连续又是事态上的连续。

例文三:

菩萨蛮　　张先

忆郎还上层楼曲,楼前芳草年年绿。绿似去时袍,回头风袖飘。　　郎袍应已旧,颜色非长久。惜恐镜中春,不如花草新。

【注释】郎:丈夫。去时袍:和妻子分别时郎君身上穿的衣服。颜色非长久:衣服的颜色说明分别的时间已经不短了。惜恐:惋惜、恐惧。

【译文】回忆郎君又登上高楼,楼前的野草年复一年依然绿油油的。绿得就像郎君临别时身上穿的衣袍,仿佛看见郎君边走边依依不舍地回头张望,衣袖随风飘舞。郎君身上的衣服应该早已旧了,颜色也不能长久地留着。害怕镜子中的美貌也衰老了,不如花草年年新。

【赏析】这是一首以感春怀人为内容的闺怨词。词的上片着重从颜色的绿与绿的相同,联系空间隔绝的近处芳草与远方行人,联系隔绝的今日所见与昔日所见,从而使楼前景与心中情融为一体。下片着眼于颜色的新旧差异,对比了回忆中的昔时之袍与想象中的今日之袍,使身上衣与镜中人相类比,使容颜之老与花草之新形成反比。

"忆郎还上层楼曲,楼前芳草年年绿。"首句通过闺中少妇登楼望远,把她的一颗愁心送到远方游子身边。登楼望远是古诗词中常用的意象,多从空间写起,怅望行人此去之远。第二句,则从时间角度点明,因见芳草"年年绿"而怅念行人远行之久。这句受王维《山中送别》诗"春草明年绿,王孙归不归"的影响,暗含着既怨游子不归、又盼游子早归的复杂情感。这两句是事态意象的组合。

"绿似去时袍,回头风袖飘"两句以一个"绿"字使抒情女主人公从芳草之绿生发联想,勾起回忆,想起郎君去时所着衣袍的颜色,和临去依依、回首相望时,衣袖随风飘动的情景。这一细节深深印在她的记忆之中,如今,因望见芳草绿,想到"去时袍",当初的一幕幕又展现在眼前了。可以想见词中人当年和郎君分别时的留恋,也可以想见其今日"忆郎"时的惆怅。这两句都是想象是虚幻意象的组合。

"郎袍应已旧,颜色非长久",下片的一、二两句词又以衣袍为点,写出新意。同样是写那件绿色的衣袍,但上两句是回忆郎君离去时的袍色,这两句是想象离别后的袍色。袍旧色褪与上片中的"年年"两字遥相呼应,也是从时间暗示别离之长久,触发青春难驻、朱颜易改之感。这两句也是虚幻意象组合。

"惜恐镜中春,不如花草新"两句,说明词中人所惋惜、恐惧的是人生悲剧,离别固然折磨人,但行人终有归来之日,日后相逢之乐还可以补偿今日相思之苦;至于人生短促、岁月无情,这却是无法补偿的。镜中的春容只会年年减色,不会岁岁更新。这两句还是虚幻意象的组合,但是又体现了人世间的惧怕衰老的常态,同时也反映了自然力意象。

中国古典诗词曲鉴赏

例文四：

一剪梅　　李清照

红藕香残玉簟秋。轻解罗裳，独上兰舟。云中谁寄锦书来？雁字回时，月满西楼。　　花自飘零水自流，一种相思，两处闲愁。此情无计可消除，才下眉头，却上心头。

【注释】玉簟：光滑如玉的席子。雁字：指雁群飞时排成"一"或"人"字形，相传雁能传书。裳：古人穿的下衣。《诗经·邶风·绿衣》："绿衣黄裳。"衣：上衣：泛指衣服。古代男女都穿"裳"，不是裤子，是裙的一种，但不同于现在的裙子。锦书：书信的美称。才下眉头，却上心头：意思是，眉上愁云刚消，心里又愁了起来，形容忧愁不断。

【译文】鲜艳的荷花凋谢了，香气也散去了。从竹席上感到深秋的凉意，轻轻提起薄纱罗裙，独自上了兰舟。天空中雁群排成队形飞回来，有没有传回谁的家书？鸿雁飞回的时候，转眼间已是夜晚，如洗的月光倾泻在西楼，我在这盼望着。花，自在地飘零，水，自在地飘流，一种离别的相思，你与我，牵动起两处的闲愁。无法排除的相思和离愁，刚从微蹙的眉间消失，又隐隐缠绕上了心头。

【赏析】此词是李清照词风的最好诠释，成为李清照的代表作之一。通观全篇，词人以细腻委婉的笔触抒写对丈夫的绵绵不绝的相思之情，用平常无奇的文字表现新奇的意境。

首句"红藕香残玉簟秋"以点带面，描绘了一幅词人眼中的余香袅袅的秋景图。荷花已谢，仍留残香，玉席已凉，透出秋的冷落与萧条。中国文人自古就悲秋，更何况是独守空闺的女词人呢？怎能不让她倍感孤独寂寥、怎能不思念远行的丈夫呢？红藕香残（自然力意象）+玉簟（物态实象意象）+秋（动词）=（叠加成）新的复合意象：（窗外）水塘里鲜嫩的荷花凋谢了，（窗内）作者的玉做的席子有了凉气，秋天就要到了。

为排遣心中的愁绪而"轻解罗裳，独上兰舟"。一个"独"字意境全出：曾经的夫唱妇随、携手并肩，而现在却是茕茕孑立，相伴的只有"兰舟"而已！相思之情不禁更重更浓。这两句是事态意象组合。

"云中谁寄锦书来？雁字回时，月满西楼。"看到鸿雁，词人想象着也许是丈夫托鸿雁捎来家信，她巧妙运用苏武雁足传书的典故，余味无穷。词人独自凭栏远眺，柔柔的月光洒满西楼，那种清冷、孤独、寂寥，无以言传。这两句是虚幻意象和实象意象的组合。

下片，词人用"花自飘零水自流"起兴，既是写她在舟中所见，也是她的内心所感。花飘水流本是物的本态，却使词人触景生情：流水落花无从体味她的情怀，依旧我行我素地流走飘落，这更增加了词人的伤感与凄凉。词人移情于物又借物抒情，正如屈原所说"惟草木之零落兮，恐美人之迟暮"，表达了对韶光易逝的感慨。这句是自然力意象的组合。

"一种相思，两处闲愁"，这是她设身处地地想象丈夫也如自己一样深深地思念着对方，可是空间上的距离使二人不能相互倾诉，只好各自忧愁着思念对方。这两句是时空意象的组合。

"此情无计可消除，才下眉头，却上心头。"相思之情要用"计"来"消除"，却又"无计可消除"，可见相思之深之苦。眉间心上，"斩不断，理还乱"。全词中的"红藕"、"玉簟"、"罗裳"、"兰舟"、"锦书"、"月光"、"西楼"、"花飘"、"水流"等，既是物象意象，又与事象关联；既有动态意象，又有静态意象；既有自然力意象还有时空意象。总之，这些类型的意象在作者的笔下竟被巧妙地组合了起来，生动传神，感染读者。

例文五：

忆秦娥　　李白

箫声咽,秦娥梦断秦楼月。秦楼月,年年柳色,霸陵伤别。　　乐游原上清秋节,咸阳古道音尘绝。音尘绝,西风残照,汉家陵阙。

【注释】秦娥:秦地女子。娥:美女的通称。梦断:梦醒。秦楼:本指凤台,此处指秦娥所居之地。霸陵:一作灞陵。在长安城东,因有汉武帝之墓故名。乐游原:在长安城南八里,汉代称乐游苑,唐人称乐游原。其地势较高,可俯视长安城,是唐代登高望远的游览地。清秋节:即重阳节。咸阳古道:在长安西北,是汉、唐时期通往西北边疆和西域的必经之路,故称古道。音尘:信息和踪影。西风:秋风。残阳:落日余辉。汉家陵阙:汉代皇帝的墓场。阙:古代陵墓、祠庙和宫殿前的高耸建筑物,通常左右各一,两阙中间空缺。

【译文】箫声呜咽,秦地的美女在秦楼的月夜梦醒,秦楼的月夜,年年拂照的灞陵柳色依旧,秦娥感伤离别。乐游原上重阳节登高远眺,那咸阳古道上已没有人来往,音信杳无。秋风吹拂下,夕阳照着汉家陵阙,更显悲凉。

【赏析】这首《忆秦娥》词,气势雄浑,意境高远。"箫声咽,秦娥梦断秦楼月。"由箫声、秦娥、秦楼等,很容易使读者联想到《列仙传》上箫史和弄玉的幸福爱情,从而唤起一种历史的悠远感,与现实的悲咽、凄冷景象形成强烈对比。按词律规定"秦楼月"三字的重叠,正适合表现思潮起伏的需要,衔接"年年柳色,霸陵伤别",展示另一意境。说明所怀之人已离去多载。霸陵柳色年年依旧,而秦楼上的女主人公却是相思愈陷愈深。

"乐游原上清秋节,咸阳古道音尘绝。"下片场景陡转,重阳日登高,佳节倍思亲。"音尘绝"三字再一重叠,强调出女主人心头悲哀的沉重。末尾两句"西风残照,汉家陵阙",王国维说它把登高者的意兴写绝了。从中使读者体会到了作者的无限伤感之情。此词意境,上半阕柔和,下半阕雄浑。词人融柔美和壮美于一体,多方面展示出抒情女主人公的多情。词中所描绘的景物,显然都是遥想之词,但它能使读者亲临其境,佛仿置身于秦楼或乐游原上,在月色笼罩或西风吹拂中通过举目河山之异,表明故国兴亡之感。在秦娥的形象里,凝聚着李白的独特感情。词中由"箫声"、"秦楼"、"霸陵"、"乐游原"、"古道"、"西风"、"残阳"、"陵阙"等彼此独立的意象紧紧围绕着中心意旨"相思"而聚合在一起,从中令读者领悟到无限的伤情与忧愁。

例文六：

更漏子　　温庭筠

玉炉香,红蜡泪,偏照画堂秋思。眉翠薄,鬓云残,夜长衾枕寒。　　梧桐树,三更雨,不道离情正苦。一叶叶,一声声,空阶滴到明。

【注释】更漏子:词牌名。红蜡泪:红蜡烛点燃时流溢的蜡油。画堂:绘有彩画的屋子,这里指华丽的居室。秋思:悲秋情绪。眉翠薄:所描的眉已经颜色浅淡了。翠,古代妇女画眉所用的黛色。鬓(bìn)云:鬓发如云。残:这里是散乱的意思。衾(qīn):被子。三更:古人一夜分为五个更次,三更为夜十一时至第二天一时。不道:不管、不理会的意思。

【译文】玉炉散发着香气,红蜡滴着烛泪,映照在华丽的屋宇,显得一片悲秋情绪。描眉的颜色淡了,如云的鬓发散乱了,漫漫长夜只觉被枕寒凉难以入眠。窗外的梧桐树,三更半

中国古典诗词曲鉴赏

夜淋着雨,不管屋中人正忍受着相思之苦。无情的雨滴,打在片片的梧桐叶上,声声入耳,滴落在无人走过的台阶上,直到天明。

【赏析】这首词十分的温婉、抒情。整首词情中有景,景中有情,甚至还能从中听到女主人公当时的叹息声和雨声。纵观全词,看似是一个个物象的连接,实际上是作者内心思绪的起承转合。上阕"玉炉香,红蜡泪,偏照画堂秋思",写女子的闺房,放着红色蜡烛和珍贵的玉炉烟熏,文中的"泪"不仅仅是蜡泪,更是伤心女子的泪。烛光照在华丽的墙上,映衬出画的颜色,看到的却不是自己的夫君,少妇只有望烛落泪空相思。这一句写的是室内情形,以新婚闺房为例,通过这一典型的意象叠加之后的组合场景,表现思妇对爱人的思念,读之情感更加深沉浑厚。

"眉翠薄,鬓云残,夜长衾枕寒"说的是少妇画好的眉毛颜色淡了,两鬓的发丝也乱了,都是因为等候的时间太久,衣服和枕头都凉了,却还不见夫君归来。后一句则重点写女子,都是从当时的环境中选取代表性的事态意象,表现少妇内心的焦虑和迫切不安。以静态的物写少妇内心活动,反映了思妇不平静的心。

下阕"梧桐树,三更雨,不道离情正苦。"因为少妇不知晓自己的夫君什么时候才能回来,思念之情随时间的推移愈加沉重。这里出现了古代文人常用的代表思念的意象,梧桐雨下时正值三更,说明少妇确实已经等到已经很晚了,"滴答"作响的雨声毫无顾忌地在窗外飞溅,天在哭,人也在哭,没人照顾的少妇伤透了心。这里表现出时空意象与自然力意象完美组合。

"一叶叶,一声声,空阶滴到明",作者采用了叠词手法,"叶"或许代表着"夜",一声为雨声,一声为哭声,梧桐叶在这雨哭人泣的伤感情景之中摇曳了整晚,少妇也掉了整晚的等待的泪,直到天明。最后的三句诗是实象意象、声象意象的巧妙组合。

例文七:

双调·沉醉东风·渔夫　　白朴

黄芦岸白苹渡口,绿杨堤红蓼滩头。虽无刎颈交,却有忘机友。

点秋江白鹭沙鸥。傲杀人间万户侯,不识字烟波钓叟。

【注释】白苹:一种在浅水中多年生长的植物。红蓼(liǎo):一种水边生的草本植物,开白色或浅红色的小花。刎颈交:刎,割;颈,脖子。刎颈交即生死朋友的意思。忘机友:机,机巧、机心。忘机友即相互不设机心、无所顾忌的朋友。傲杀:蔑视,看不起。万户侯:本意是汉代具有万户食邑的侯爵,在此泛指高官显贵。

【译文】秋天芦苇变黄长满白苹的岸边,堤岸上绿杨葱茏,滩头上红蓼茂盛,一片怡人景色。虽然没有生死之交的朋友,却有相互无所顾忌的好友。点缀在秋天江面的白鹭沙鸥,就是我的亲密友人。这样自由无忧的生活,让那些高官显贵们羡慕去吧,我甘愿做一个不识字的垂钓老翁。

【赏析】"黄芦岸白苹渡口,绿杨堤红蓼滩头。"小令的开头两句描写了渔夫所处的自然环境,勾画出一幅江南水乡的明艳秋景。"黄芦"、"白苹"、"绿杨"、"红蓼"这四个实体物象不仅说明了江南水乡和时令季节,而且,作者又将这它们同"岸边"、"渡口"、"堤上"、"滩头"这四个空间意象组合起来,呈现出恬静、优雅的自然环境。

"虽无刎颈交,却有忘机友","虽"、"却"这一关联词语的运用,突出了"渔夫"有坦诚相见的知心朋友,而没有"刎颈交"的朋友,事实上"渔夫"与世无争,澹泊名利,他也不需要以性命相许的朋友。

"点秋江白鹭沙鸥",是说"渔夫"在色彩明艳、风景如画的环境中垂钓,眼前是千里清秋、碧波荡漾的"秋江",展翅飞翔的白鹭、沙鸥,然而,作者在此的用意却并非写江上景致,而是赞扬了那些终日在江上飞翔的"白鹭、沙鸥"没有心机地自由飞翔。"渔夫"所需要的"忘机友"在人间难以寻觅,因为朝廷、官场中你死我活地争权夺利,"渔夫"只得以人世外"忘机"的白鹭、沙鸥为友了。

在中国古典诗词中,鸥鹭也是一种具有特定内涵的意象,鸥鹭成为毫无机巧之心的一个象征,因此,那些远离尘世、澹泊名利的隐士都愿意以鸥鹭为友。"点秋江白鹭沙鸥"一句,可谓一箭双雕,既形象生动地展现了"渔夫"垂钓时所见的江上景色,又委婉含蓄地表露出"渔夫"的高洁情操,情与景融为一体。"秋江"、"白鹭"、"沙鸥"这三个实象意象组合,让读者感受到作者的高洁品质的魅力。

"傲杀人间万户侯,不识字烟波钓叟",小令的最后两句表明"渔夫"的志向和情趣。"傲杀"具有鄙视轻蔑之意。"渔夫"鄙视的是人间的达官贵人,因为那是些利欲熏心、尔虞我诈之徒,而蔑视他们的则是与鸥鹭为友的在"烟波"上垂钓的"渔夫"。

在古典诗词中,诗人往往藉隐居在山水之间的渔夫,来寄托自己清高和孤傲的情感,抒发自己或不愿为官、或欲远离官场、或不满仕途等各种郁闷和苦恼。这首小令语言典雅清丽,风格超逸俊爽,是元代散曲中的名篇,在当时就被广为传诵。

我要试试!

习题一《出塞》王昌龄:秦时明月汉时关,万里长征人未还。但使龙城飞将在,不叫胡马度阴山。

习题二《黄鹤楼》崔颢:昔人已乘黄鹤去,此地空余黄鹤楼。黄鹤一去不复返,白云千载空悠悠。晴川历历汉阳树,芳草萋萋鹦鹉洲。日暮乡关何处是?烟波江上使人愁。

习题三〔双调·天香引·西湖感旧〕汤式:问西湖昔日如何?朝也笙歌,暮也笙歌。问西湖今日如何?朝也干戈,暮也干戈。　昔日也二十里沽酒楼香风绮罗,今日个两三个打鱼船落日沧波。光景蹉跎,人物消磨。昔日西湖,今日南柯。

习题四《和陆明府赠将军重出塞》陈子昂:忽闻天上将,关塞重横行。始返楼兰国,还向朔方城。黄金装战马,白羽集神兵。星月开天阵,山川列地营。晚风吹画角,春色耀飞旌。宁知班定远,犹是一书生。

习题五《苏幕遮》周邦彦:燎沉香,消溽暑。鸟雀呼晴,侵晓窥檐语。叶上初阳干宿雨,水面清圆,一一风荷举。　故乡遥,何日去?家住吴门,久作长安旅。五月渔郎相忆否?小楫轻舟,梦入芙蓉浦。

习题六《折杨柳》杨炯:边地遥无极,征人去不还。秋容凋翠羽,别泪损红颜。望断流星驿,心驰明月关。藁砧何处在,杨柳自堪攀。

习题七《西塞山怀古》刘禹锡:王浚楼船下益州,金陵王气黯然收。千寻铁锁沉江底,一片降幡出石头。人世几回伤往事,山形依旧枕寒流。今逢四海为家日,故垒萧萧芦荻秋。

习题八《酬乐天扬州初逢席上见赠》刘禹锡：巴山楚水凄凉地，二十三年弃置身。怀旧空吟闻笛赋，到乡翻似烂柯人。沉舟侧畔千帆过，病树前头万木春。今日听君歌一曲，暂凭杯酒长精神。

习题九《桂枝香》王安石：登临送目，正故国晚秋，天气初肃。千里澄江似练，翠峰如簇。归帆去棹斜阳里，背西风，酒旗斜矗。彩舟云淡，星河鹭起，画图难足。　念往昔、繁华竞逐，叹门外楼头，悲恨相续。千古凭高，对此漫嗟荣辱。六朝旧事如流水，但寒烟、衰草凝绿。至今商女，时时犹唱，《后庭》遗曲。

习题十《落花落》王勃：落花落，落花纷漠漠。绿叶青趺映丹萼，与君裴回上金阁。影拂妆阶玳瑁筵，香飘舞馆茱萸幕。落花飞，燎乱入中帷。落花春正满，春人归不归。落花度，氛氲绕高树。落花春已繁，春人春不顾。绮阁青台静且闲，罗袂红巾复往还。盛年不再得，高枝难重攀。试复旦游落花里，暮宿落花间。与君落花院，台上起双鬟。

第三节　意象造型

意象造型，是通过意象来塑造人物形象。在诗歌创造中主要指的是塑造完整的人物造型。意象造型大体可以分为抒情中的主观造型和叙事中的客观造型两大类。主观造型，即诗人以抒发内心的情思为主，大致可以分为自我造型和幻象造型；客观造型主要可以分为以意造型、以象造型和意象并造等等。

主观造型

主观造型之一的自我造型，是指抒情诗人特别是浪漫诗人，在诗歌的创作中对自我形象进行造型。例如李白的《行路难》，诗人通过一系列的意象，表达出自己怀才不遇、仕途坎坷的无所适从的凄凉和愁怨的情感，以及不甘寂寞，幻想着实现自己远大理想的矛盾心理。全诗通过众多意象来造型，塑造出诗人李白的自我形象。

主观造型之二的幻象造型，是指诗人以超人的想象力，通过对神仙、鬼蜮世界各式各样的形象的塑造，影射当今社会现实，或者曲折地表达某种不方便直接说明白的想法。例如李贺的《仙人》诗，塑造了一个仙人形象，在结尾处指出："仙人"本应该悠闲自得、超脱尘世，但是由于尘世的各种烦恼，也不能清高自守了。

客观造型

客观造型之一的以意造型，是指诗人在叙事诗中对人物的主要性格特征进行着意刻画。由于篇幅所限而不可能十分细致地刻画人物性格的各个方面，只能选取作者认为最有典型性或者代表性的一个侧面进行人物性格的刻画。例如白居易的《长恨歌》中对唐明皇形象的刻画就重在心理描写上。专写了唐明皇对失去杨贵妃之后的"思"，池苑的钟鼓、萤光的烛影、落叶鬓秋，都寄托着唐明皇刻骨铭心的相思之情。没有对唐明皇的相貌、身材、服饰及言行举止等外表形象正面涉及。

客观造型之二的以象造型，是指诗人在叙事诗中对人物形象进行代表性或者典型性的刻画。例如白居易在《长恨歌》中对杨贵妃的描写主要从她的"色"入手，即以"色相"造型。主要从五个方面进行的：媚态、娇态、艳态、仙态和悲态。而在五态中尤其对媚态和悲态刻画细致，令人印象深刻。白居易在《琵琶行》中对琵琶女的描写是以声象来造型的。着重描写了琵琶女不同凡响的高超弹奏技艺。至于她的外表、服饰、心情及言谈举止只是几笔勾勒,没有进行细致描写。

客观造型之三的意象并造,是指诗人以意以象同时造型,二者兼而有之。例如杜甫在《饮酒八仙歌》中对李白形象和气质的刻画:"李白斗酒诗百篇,长安市上酒家眠。天子呼来不上船,自称臣是酒中仙。"诗中有一系列的事象,活灵活现地勾勒出李白纵酒狂歌、借酒装疯的形象,以及那种傲啸不屈的不凡气质。

例文一:

行路难　李白

金樽清酒斗十千,玉盘珍羞值万钱。停杯投箸不能食,拔剑四顾心茫然。
欲渡黄河冰塞川,将登太行雪满山。闲来垂钓碧溪上,忽复乘舟梦日边。
行路难,行路难!多歧路,今安在?长风破浪会有时,直挂云帆济沧海。

【注释】樽:古代的盛酒器皿。斗十千:古代一斗酒需要十千吊钱,这里说明美酒价值昂贵。珍羞:羞同羞;珍贵的菜肴。箸:筷子。垂钓碧溪:是指吕尚即姜尚又称姜太公遇周文王并受到重用的事情。相传吕尚未遇周文王时,曾经到渭水边钓鱼。诗人以此为典故。说明吕尚遇到周文王就象千里马遇到伯乐。梦日边:是指伊尹受商汤重用的事情。相传伊尹曾做梦经过日月之边。伊尹是汤结婚时新娘带来的陪嫁之一。其实他是个很有主见的人,是为了接近汤才假扮成佣人来到汤的左右。汤得知了他的聪明才智,便让他做自己的助手。伊尹向汤进献灭夏建国大计,最后他成为当时最高执政大臣。诗人引用这两个典故中人物自喻,表示不能忘怀政治,希望像吕尚和伊尹那样能够遇到明君,为国家立功。

【译文】金樽中的美酒,玉盘中的佳肴都非常珍贵,但我放下杯子和筷子吃不下去,抽出宝剑环顾四周,心中一片茫然。想要渡过黄河,冰雪封了河川,想去登越太行山,大雪覆盖整座山。闲时学姜太公垂钓碧溪边,忽然想起伊尹做梦经过日月之边。行路难啊,行路难!路上的岔道太多,属于我的路如今又在何方?终有一天,我会乘风破浪,高挂着送入云端的船帆驶向理想的大海。

【赏析】这是李白所写的三首《行路难》的第一首。写于公元744年(天宝三载)李白离开长安。这首诗在七言歌行中算是短篇,但它跳荡纵横,具有长篇的气势格局。本诗以主观造型来塑造意象,表达了诗人内心的感受。

"金樽清酒斗十千,……拔剑四顾心茫然。"诗的前四句写朋友出于对李白的深厚友情,重金设宴为李白饯行。诗人端起酒杯,却又把酒杯推开了;拿起筷子,却又把筷子撂下了。他离座拔剑,举目四顾,心绪茫然。"停"、"投"、"拔"、"顾"四个连续动作,形象地显示了诗人内心的苦闷抑郁。"金樽清酒"、"玉盘珍羞",让人感觉似乎是一个欢乐的宴会,但紧接着"停杯投箸"、"拔剑四顾"两个细节,就显示了感情波涛的强烈冲击,又是作者主观造型的突出表现。

"欲渡黄河冰塞川,将登太行雪满山。"接着两句紧承"心茫然",着重写"行路难"。诗人用"冰塞川"、"雪满山"象征人生道路上的艰难险阻,具有比兴意味。一个怀有伟大政治抱负的人,受诏入京,皇帝却不能任用,被"赐金还山",变相撵出了长安,这好比是遇到冰塞黄河、雪拥太行!但是,李白从"拔剑四顾"开始就表示:不甘消沉,而要继续追求。这两句诗写得十分出色,采用两个事态意象的组合,极力表现了作者的性格特征:坚韧不拔、执着奋进。

中国古典诗词曲鉴赏

"闲来垂钓碧溪上,忽复乘舟梦日边。"诗人在心境茫然之中,忽然想到两位开始在政治上并不顺利,而最终大有作为的人物:一位是吕尚,一位是伊尹。想到这两位历史人物的经历,又给诗人增加了信心。

"行路难,行路难,多歧路,今安在?"四句节奏跳跃急促,表达了诗人进退两难而又要继续探索追求的复杂心理。吕尚、伊尹的遇合,固然增加了对未来的信心,但当他回到眼前现实中时,再一次感到人生道路的艰难。要走的路,究竟在哪里呢?倔强而又自信的李白,决不愿在离筵上表现自己的气馁,因此唱出了充满信心与展望的强音。

"长风破浪会有时,直挂云帆济沧海!"结尾二句,诗人唱出了高昂乐观的调子,他相信尽管前路障碍重重,但是,终究能乘长风破万里浪,挂上云帆,横渡沧海,到达理想的彼岸。这种感情起伏变化,既充分显示了黑暗污浊的政治现实对诗人的宏大理想抱负的阻遏,反映了诗人内心的强烈苦闷、愤郁和不平,同时又突出表现了诗人的倔强、自信和他对理想的执着追求。

例文二:

西上莲花山　　李白

西上莲花山,迢迢见明星。素手把芙蓉,虚步蹑太清。霓裳曳广带,飘拂升天行。邀我登云台,高揖卫叔卿。恍恍与之去,驾鸿凌紫冥。俯视洛阳川,茫茫走胡兵。流血涂野草,豺狼尽冠缨。

【注释】莲花山:华山最高峰莲花峰。华山在今陕西省华阴市。《华山记》:"山顶有池,生千叶莲花,服之羽化,因曰华山。"明星:传说中的华山仙女。虚步:凌空而行。蹑:行走。太清:天空。霓裳:用云霓做的衣裙。屈原《九歌·东君》"青云衣兮白霓裳"。曳广带:拖着宽阔的飘带。云台:云台峰,是华山东北部的高峰,四面陡绝,景色秀丽。卫叔卿:传说中的仙人。紫冥:高空。洛阳川:泛指中原一带。走:在此为奔跑。豺狼:比喻安史叛军。冠缨:穿戴上官吏的衣帽。

【译文】登上西岳华山的莲花峰,远远地看见传说中的华山仙女明星,纤纤白皙的手拿着莲花,凌空行走在天空之中,云霓做的衣裙上拖着宽宽的衣带,轻盈飘拂顺着天空升行。她邀请我一同登上云台峰,拜见仙人卫叔卿。我恍然之间跟着他们一同离去,驾着鸿雁飞上高空。俯视地上的中原大地,到处都是胡兵的身影。血流染遍了野草,那些如豺狼一般的叛军却都加官封爵。

【赏析】这是一首用游仙体写的古诗,大约作于安禄山攻破洛阳以后。诗中表现了诗人独善兼济的思想矛盾和忧国忧民的沉痛感情。诗人在想象中登上西岳华山的最高峰莲花峰,远远看见了明星仙女。

"西上莲花山,迢迢见明星。素手把芙蓉,虚步蹑太清。霓裳曳广带,飘拂升天行。邀我登云台,高揖卫叔卿。"一开始诗人就展现了一个莲峰插天、明星闪烁的神话世界。美丽的玉女邀请自己来到华山云台峰,与仙人卫叔卿长揖见礼。据《神仙传》载,卫叔卿曾乘云车驾白鹿去见汉武帝,以为皇帝好道,见之必加优礼。但皇帝只以臣下相待,于是令他大失所望,飘然离去。这里用卫叔卿的故事暗指李白自己的遭遇。天宝初年,诗人心怀匡世济民的宏图进入帝阙,而终未为玄宗所重用,三年后遭谗离京。

"恍恍与之去,驾鸿凌紫冥。俯视洛阳川,茫茫走胡兵。流血涂野草,豺狼尽冠缨。"正当诗人恍惚间与卫叔卿一同飞翔在太空时,他低头见被胡兵占据的洛阳一带,人民惨遭屠戮,血流遍野,而逆臣安禄山及其部属却衣冠簪缨,统治了朝廷。社会的动乱惊破了诗人幻想超脱现实的美梦,使他猛然从神仙幻境中折回,转而面对战乱的惨象。诗至此戛然而止,没有交代自己的去留,但诗中李白正视和关切现实,忧国忧民的心情,是十分明显的。这首诗采用了主观造型中的"自我造型"与"幻象造型",将现实中的"自我"与"幻象"中的"自我"同时塑造,深刻地揭示了现实生活中的"自我",因仕途坎坷而欲"出世",但是幻象中的"出世"又让身在现实中的"自我"不甘寂寞,欲要"入世"。

李白后期的游仙诗,常常驰骋在丰富的想象中,把道家神仙的传说融入瑰丽奇伟的艺术境界,使抒情主人公带上浓郁的谪仙色彩。这与他政治上不得志,信奉道教,长期过着游山玩水、修道炼丹的隐士生活分不开。但他借游仙表现了对现实的反抗和对理想的追求,使魏晋以来宣扬高蹈遗世的游仙诗获得了新的生命。

例文三:

子夜歌　　李煜

人生怨恨何能免,销魂独我情何限。故国梦重归,觉来双泪垂。　　高楼谁与上,长记秋晴望?往事已成空,还如一梦中。

【注释】 此词调又名《菩萨蛮》、《花间意》、《梅花句》、《晚云烘日》等。何能:怎能。何,如何。免:免去,免除,消除。销魂:同"消魂",谓灵魂离开肉体,这里用来形容哀愁到极点,好像魂魄离开了身体。独我:只有我。何限:即无限。重归:《南唐书·后主书》注中作"初归"。觉(jiào)来:醒来。觉,睡醒。垂:流而不落之态。谁与:同谁。长记:永远牢记。秋晴:晴朗的秋天。这里指过去秋游欢情的景象。望:远望,眺望。还如:仍然好像。还,仍然。

【译文】 人生的怨恨如何才能消除?只有我哀愁到极点,恨情无限。梦中又回到故国,醒来不禁双眼垂泪。有谁能与我一同登上高楼,永远记得过去秋游欢情的场景。往事都已成空,仍然好像身处一场梦之中。

【赏析】 这是李煜后期的代表作之一,作于李煜国破家亡、身为俘囚之后,描写他对故国、往事的怀思和对囚居生活的悲哀、绝望。

词的上片写作者感怀亡国的愁恨和梦回故国的痛苦。"人生怨恨何能免,销魂独我情可限。"起首二句是一种感叹,也是对生活的一种概括,既是在说自己,也是在说众生。"怨"是自哀,也是自怜,是自己囚居生活的无奈心情;"恨"是自伤,也是自悔,是自己亡国之后的无限追悔。而句中"独我"语气透切,词意更深,表现了作者深切体会的一种特殊的、无人能够理解的悲哀和绝望。

第三句"故国梦重归,觉来双泪垂。"李煜作为亡国之君,对故国有不可割舍、朝思夜想的情感。但往日的欢乐和荣华只能在梦中重现,所以一觉醒来,感慨万千,双泪难禁。"双泪垂"不仅是故国重游的愁思万端,更有现实情境的孤苦和无奈,其中今昔对比,反差巨大,情绪也更复杂。这句诗是主观造型中的幻象造型和自我造型的组合。

词的下片续写作者往日成空、人生如梦的感伤和悲哀。"高楼谁与上"进一步点明作者的困苦环境和孤独心情。故国不能见,故乡不能回,此恨此情只能用回忆来寄托。"长记秋晴望",是一种无可奈何的哀鸣。昔日的繁华同现在的凄冷恰好相对。"如一梦"不是作者的清醒,而是作者的迷惘与无奈。词中的自我造型选取了作者对故国往事的怀思和对囚居生活的绝望与悲哀的描写。正是由于从一国之主到阶下囚的转变,使得作者比一般人更加感怀国破家亡的惨痛,梦思往昔故国的美好。

例文四:

将进酒　　李白

君不见,黄河之水天上来,奔流到海不复回。
君不见,高堂明镜悲白发,朝如青丝暮成雪。
人生得意须尽欢,莫使金樽空对月。天生我材必有用,千金散尽还复来。
烹羊宰牛且为乐,会须一饮三百杯。岑夫子,丹丘生,将进酒,君莫停。
与君歌一曲,请君为我侧耳听。钟鼓馔玉不足贵,但愿长醉不用醒。
古来圣贤皆寂寞,惟有饮者留其名。陈王昔时宴平乐,斗酒十千恣欢谑。
主人何为言少钱,径须沽取对君酌。五花马,千金裘,呼儿将出换美酒,与尔同销万古愁。

【注释】《将进酒》:属乐府旧题。将(qiāng):请。君不见:是乐府中常用的一种夸饰语。天上来:黄河发源于青海,因那里地势极高,故称由天而来。高堂:高大的厅堂。青丝:黑发。得意:适意。会须:正应当。岑夫子:岑勋。丹丘生:元丹丘。二人均为李白好友。与君:为你们。君,指岑、元二人。钟鼓馔玉:泛指豪门贵族的奢华生活。钟鼓:富贵人家宴会时用的乐器。馔玉:梁戴嵩《煌煌京洛行》:"挥金留客坐,馔玉待钟鸣。"馔:吃喝。陈王:三国魏曹植,曾被封为陈王。平乐:观名,平乐观。在洛阳西门外,为汉代富豪显贵娱乐场所。斗酒十千:一斗酒价值十千,极言酒之名贵。斗:盛酒的器具。恣:纵情任意。谑(xuè):戏。径须:干脆,只管。沽:买。五花马:指名贵的马。一说毛色作五花纹,一说颈上长毛修剪成五瓣。尔:你。销:同"消"。

【译文】你看,那黄河之水从天上发源而来,一路奔腾着汇入大海不再回来。你看,那高大的厅堂中明亮的镜子里映照出白发而悲伤,早上还是乌黑的发丝,晚上就白发如雪。人生得意之时应该尽情欢乐,不要让金玉装饰的酒杯空着对明月。天地造就我的才干必有用武之地,千金的财产散去了还会再有。烹牛宰羊,且享受眼前的欢乐,应当一饮而尽三百杯。岑勋、丹丘生,你们快快喝酒吧,不要停下来。我为你们高歌一曲助兴,还请你们侧耳倾听:钟鸣鼓响饮食如玉,有什么珍贵?我宁愿长醉而不愿清醒过来。自古以来,圣贤之人都寂寞,惟有饮酒之人能够在历史上留名。古时陈王曹植曾在平乐观宴客,举杯豪饮,尽情欢乐。主人为何说缺少银钱,只管买来酒与我们相对而饮。这里还有一匹名贵的五花马,一件价值千金的皮裘,把孩儿们唤出来拿去换美酒,我们再畅饮一番,消除掉长时间以来的愁绪。

【赏析】这首诗用三言、五言、七言句法错杂结构而成,音节急促,表现了作者牢骚愤慨的情绪。文字通俗明白,没有晦涩费解的句子,这是李白最自然流畅的作品。开头四句用两个"君不见"引起读者注意两种现象:"黄河之水天上来,奔流到海不复回"是比喻光阴一去不会重回,也是一组自然力意象的组合。"高堂明镜悲白发,朝如青丝暮成雪"是说人生短暂。青春既不会回来,一转眼就进入老年。"人生得意须尽欢,莫使金樽空对月。"所以人生在得意的时候,应当尽量饮酒作乐,不要使酒杯空对明月。这也是一组人世间事态意象及空间意象的组合。

"君不见"是汉代乐府里已经出现的表现方法,意思是"你没有看见吗?"跟我们现在新诗里用"看啊"、"你瞧"一样,是为了加强下文的语气。李白诗中常用"君不见",这三个字不是诗的正文。

"天生我材必有用,千金散尽还复来。烹羊宰牛且为乐,会须一饮三百杯。"第二段四句表面上非常豪放,其实反映着作者的牢骚与悲愤。言外之意是像我这样的人材,不被重用,以致穷困得在江湖上流浪。这两句是主观造型里的自我造型。表现了作者典型的性格特征。

"岑夫子,丹丘生,将进酒,君莫停。与君歌一曲,请君为我侧耳听。"第三段再对两个酒友发泄自己的牢骚。岑夫子是岑勋,年龄较长,故称为夫子。丹丘生是一个讲究炼丹的道士,李白跟他学道求仙,写了许多诗相赠。诗人劝他们尽管开怀畅饮,不要停下酒杯。这段诗句是事态意象的造型。

"钟鼓馔玉不足贵,但愿长醉不用醒。古来圣贤皆寂寞,惟有饮者留其名。陈王昔时宴平乐,斗酒十千恣欢谑。主人何为言少钱,径须沽取对君酌。"这一段四韵八句就是"请君为我侧耳听"的一曲歌,是诗中的歌。"钟鼓馔玉"这四个字指代富贵人的奢侈享受。"主人"是在自嘲。上文说过"千金散尽还复来",可见现在正是"少钱"的时候。钱少,也不要紧,酒总得喝,于是引出了最后一段三句。

"五花马,千金裘,呼儿将出换美酒,与尔同销万古愁。"这最后的诗句表现了诗人因愁而饮酒,希望因酒而消愁。真是肝胆欲裂,充分表现了内心的痛楚与深深的绝望。诗作整体属于意象造型中的自然造型。诗人通过自然力意象组合,事态意象组合,进行了完美的自然形象造型。

例文五:

琵琶行　　白居易

　　元和十年,予左迁九江郡司马。明年秋,送客湓江浦口,闻舟中夜弹琵琶者,听其音,铮铮然有京都声。问其人,本长安倡女,尝学琵琶于穆、曹二善才。年长色衰,委身为贾人妇。遂命酒,使快弹数曲,曲罢悯然。自叙少小时欢乐事,今漂沦憔悴,转徙于江湖间。予出官二年,恬然自安。感斯人言,是夕始觉有迁谪意。因为长句,歌以赠之。凡六百一十二言,命曰《琵琶行》。

浔阳江头夜送客,枫叶荻花秋瑟瑟。主人下马客在船,举酒欲饮无管弦。
醉不成欢惨将别,别时茫茫江浸月。忽闻水上琵琶声,主人忘归客不发。
寻声暗问弹者谁?琵琶声停欲语迟。移船相近邀相见,添酒回灯重开宴。
千呼万唤始出来,犹抱琵琶半遮面。转轴拨弦三两声,未成曲调先有情。
弦弦掩抑声声思,似诉平生不得志。低眉信手续续弹,说尽心中无限事。
轻拢慢捻抹复挑,初为《霓裳》后《六幺》。
大弦嘈嘈如急雨,小弦切切如私语。嘈嘈切切错杂弹,大珠小珠落玉盘。
间关莺语花底滑,幽咽泉流水下滩;水泉冷涩弦凝绝,凝绝不通声暂歇。
别有幽情暗恨生,此时无声胜有声。银瓶乍破水浆迸,铁骑突出刀枪鸣。
曲终收拨当心画,四弦一声如裂帛。东舟西舫悄无言,唯见江心秋月白。

中国古典诗词曲鉴赏

沉吟放拨插弦中,整顿衣裳收敛容。自言本是京城女,家在虾蟆陵下住。
十三学得琵琶成,名属教坊第一部。曲罢曾教善才伏,妆成每被秋娘妒。
五陵少年争缠头,一曲红绡不知数。钿头银篦击节碎,血色罗裙翻酒污。
今年欢笑复明年,秋月春风等闲度。弟走从军阿姨死,暮去朝来颜色故。
门前冷落车马稀,老大嫁作商人妇。商人重利轻别离,前月浮梁买茶去。
去来江口守空船,绕船月明江水寒。夜深忽梦少年事,梦啼妆泪红阑干。
我闻琵琶已叹息,又闻此语重唧唧。同是天涯沦落人,相逢何必曾相识。
我从去年辞帝京,谪居卧病浔阳城。浔阳地僻无音乐,终岁不闻丝竹声。
住近湓江地低湿,黄芦苦竹绕宅生。其间旦暮闻何物?杜鹃啼血猿哀鸣。
春江花朝秋月夜,往往取酒还独倾。岂无山歌与村笛,呕哑嘲哳难为听。
今夜闻君琵琶语,如听仙乐耳暂明。莫辞更坐弹一曲,为君翻作琵琶行。
感我此言良久立,却坐促弦弦转急。凄凄不似向前声,满座重闻皆掩泣。
座中泣下谁最多?江州司马青衫湿。

【注释】左迁:贬官,降职。白居易任谏官时,因为屡次上书批评朝政,触怒了皇帝,被贬为江州司马。京都声:指唐代京城长安流行的乐曲声调。倡女:歌女。倡,古时歌舞艺人。善才:又作"善财",唐代对乐师的通称,是"能手"的意思。委身:托身,这里是嫁的意思。贾人:商人。命酒:叫(手下人)摆酒。快:畅快。悯然:忧郁的样子。漂沦:漂泊沦落。出官:(京官)外调。恬然:安然的样子。为:创作。长句:指七言诗,唐人的习惯说法。歌:作歌。言:字。命:命名,题名。浔阳江:即流经浔阳境内的长江。瑟瑟:形容枫树、芦荻被秋风吹动的声音。主人:诗人自指。回灯:重新拨亮灯光。转轴拨弦:拧动琵琶上缠绕丝弦的轴,拨动琴弦以调音定调。掩抑:掩蔽,遏抑。思:悲伤。拢:左手手指按弦向里(琵琶的中部)推。捻:揉弦的动作。抹:向左拨弦,也称为"弹"。挑:反手回拨的动作。《霓裳》:即《霓裳羽衣曲》,本为西域乐舞,唐开元年间西凉节度使杨敬述依曲创声后流入中原。《六幺》:大曲名,又叫《乐世》、《绿腰》、《录要》,为歌舞曲。大弦:指最粗的弦。小弦:指最细的弦。嘈嘈:声音沉重抑扬。切切:细促轻幽,急切细碎。间关:莺语流滑叫"间关"。幽咽:遏塞不畅状。冰下难:泉流冰下阻塞难通,形容乐声由流畅变为冷涩。凝绝:凝滞。迸:溅射。曲终:乐曲结束。拨:奏弹弦乐时所用的拨子。当心画:用拨子在琵琶的中部划过四弦,是一曲结束时经常用到的右手手法。舫:船。沉吟:踌躇,欲言又止的样子。敛容:收敛面部表情,显出严肃矜持而有礼貌的态度。虾蟆陵:即下马岭,在长安城东南,曲江附近,汉代董仲舒的坟墓,是当时有名的游乐地。教坊:唐代官办管领音乐杂技、教练歌舞的机关。第一部:如同说第一团、第一队。秋娘:唐时歌舞妓常用的名字。五陵:在长安城外,汉代五个皇帝的陵墓即长陵、安陵、阳陵、茂陵、平陵。缠头:将锦帛之类的财物送给歌舞妓女。绡:精细轻美的丝织品。钿头银篦:镶嵌着花钿的发篦(栉发具)。击节:打拍子。颜色故:容貌衰老。浮梁:古县名,唐属饶州。县治在今江西景德镇北。去来:走了以后。梦啼妆泪:梦中啼哭,涂过脂粉的脸上带着泪痕。红阑干:泪水融和脂粉流淌满面的样子。重:重新。唧唧:叹声。呕哑嘲哳(ōu yā zhāo zhā):形容声音噪杂。琵琶语:琵琶所弹奏的乐曲。暂:突然,一下子。却坐:退回到原处坐下。促弦:把弦拧得更紧,使调子升高。向前声:前面奏过的曲调。掩泣:掩面哭泣。青衫:八、九品文官的服色,司马是从九品,所以穿青衫。

第二章　意象篇

　　【译文】浔阳江头的夜晚，我正要送走宴请的客人，岸边的枫叶和荻花在秋风中瑟瑟作响。我下马送客，与客人一同登船饮酒却没有音乐声相伴，酒醉没有尽兴，只有离别的伤感，和江中惨淡的月影。忽然听见江上传来琵琶乐声，我同客人听得入了迷都忘了要走。顺着声音寻去，问弹奏者是谁，琵琶声暂停了下来，弹者好像有话要说却很久没开口。我们把船靠近了，邀请这位演奏者过来相见，添了新酒，拨亮了灯光，重新开宴。几番邀请，弹奏的女子终于出现，怀抱着琵琶遮住半张脸。她将琵琶的丝弦重新调紧，随意拨弄了几声，还没成曲调却感受到情意绵绵。每一弦、每一声似乎都压抑着、悲伤着，好像在倾诉着这一生的不得志。她低下眉头接着弹起了刚才的乐曲，无限感慨地诉说着自己的心事。推弦、揉弦、拨弦和挑弦，这些技巧都十分熟练。她先弹了一曲《霓裳羽衣曲》，又弹了《六幺》。大弦沉重抑扬，如同急风骤雨，小弦细促清幽，如同耳边私语。大弦小弦错落交替地弹奏，清脆的乐声像大小珍珠一起落在白玉盘里一样。一会儿像花间的莺语，婉转流畅；一会儿像阻塞的冰下冷涩的泉水，渐渐地弦声凝滞，暂时休止了。别有一番幽怨的情调隐隐出现，此时虽然无声却更胜过有声的表达。忽然，乐声骤起，像银瓶骤然崩破，水浆溅射出来，又像战场上铁骑刀枪相击发出的鸣声。这时一曲终了，琵琶女右手划过琵琶，四根弦一起发出像丝帛裂开的声音。周围的船舫都静悄悄地没有一点声音，只有江面中心发白的秋月的倒影在水中摇晃。

　　琵琶女踌躇了半天，把拨片放入弦中，站起来理了理衣裳，从刚才的激动中恢复了平常的面容。她自己说本来是京城长安人，家在虾蟆陵下住，十三岁就学成了一手好琵琶，被编在教坊的第一队。曾经弹奏完一曲使琵琶大师曹善才都赞叹，妆容美得连长安名妓都嫉妒。五陵一带的豪门公子争着送锦帛，弹奏一曲收到的红绡都数不过来。精美的银篦用来打拍子而击碎，鲜红的罗裙洒上酒液变脏也不在乎。年复一年就这样在欢声笑语中度过，没有烦恼不知忧愁。后来弟弟从军去了，阿姨也故去，家里没有了依靠，时间飞逝，自己也已年老色衰。门前变得冷冷清清的，车马也比以前少多了，考虑到年龄大了就嫁给了一个商人为妻。哪知商人重利薄情，几个月前又去了浮梁做茶叶生意。他走了以后我每夜就在江口守着船，只有寒冷的江水和明月与我为伴。夜深人静忽然梦到年少时的情景，哭着醒来眼泪和着妆都染花了脸。

　　我听了琵琶曲叹息不已，听了她的一番话又再次感慨。同样是沦落天涯的人，如今遇见就是缘分，不用管是不是旧相识。我自从去年离开京城来到这里，被贬居到浔阳城，常常又生病，心情低落。这里地处偏僻，没有音乐，一年到头也听不见丝竹管弦声。住在靠近湓江地势低又潮湿，黄色的芦苇和稀疏的竹子长在房屋周围，每天早晚能听见的声音，也只有杜鹃鸟的嘶哑叫声和猿猴的哀鸣。春天的江水，夏天的鲜花盛开，秋天的月夜里，无处消遣的我只有拿来酒壶独自饮尽。也不是没有山歌和村夫的笛声，但大都不成曲调难以入耳。今夜忽然听到你的琵琶声，就像听到了仙乐一样，耳朵好像一下子清明了。希望你不要急着离开，坐下来再弹一曲，我愿为你作一首《琵琶行》。

　　琵琶女听了我的话站立良久，退回到原处拨动琴弦弹奏了一曲急促的乐曲，凄凉的曲声不像刚才的乐调，在座的人听到了都不禁跟着一起流下眼泪。在这之中，谁哭得最厉害呢？是我这个穿着青衫的江州司马，早已哭湿了衣服。

　　【赏析】《琵琶行》是唐代诗人白居易的著名诗篇。诗的内容是写他和一位琵琶女的邂逅相遇、倾听琵琶女的弹奏，以及他们两人各自的身世遭遇。本诗具有很强的叙述性，艺术性很高。白居易采用了意象造型的多种写法：有主观造型，有客观造型，有以意造型，有以象造

中国古典诗词曲鉴赏

型有意象并造。

诗人着力塑造了琵琶女的形象,主要采用声象造型,着重描写了她曲折的经历和高超的琵琶弹奏技艺。没有对她的外表、举止、情态、语言做过多的刻画。诗人集中截取了一个横断面来刻画琵琶女弹奏的场景,由此深刻地反映了封建社会中被侮辱被损害的乐伎、艺人的悲惨命运,抒发了"同是天涯沦落人"的情感。

《琵琶行》全诗共分四部分,从"浔阳江头夜送客"到"犹抱琵琶半遮面"共十四句,为第一部分,写琵琶女的出场。其中的前六句交代了时间,这是一个枫叶红、荻花黄、瑟瑟秋风下的夜晚;交代了地点,是浔阳江头。交代了背景,是诗人给他的朋友送别。这里的景色和气氛描写给人一种空旷、寂寥、怅惘的感觉,和主人与客人的失意、伤别融为一体,构成一种强烈的压抑感,为下文突然出现转机作了准备。接下来的八句是以声造型,描写琵琶女的出场:"忽闻水上琵琶声,主人忘归客不发。"声音从水面上飘过来,是来自船上,这声音一下子就吸引了主人和客人的注意,他们一定要探寻这种美妙声音来自何人。接着"琵琶声停"表明演奏者已经听到了来人的呼问;"欲语迟"与后面的"千呼万唤始出来,犹抱琵琶半遮面"相一致,都表明这位演奏者的心灰意懒,她已经不愿意再抛头露面了。这段琵琶女出场过程的描写以声传神,以声刻画女主角的出现,既营造了故事发展的悬念,又打动了读者的心,吸引着读者想要读下去。

从"转轴拨弦三两声"到"唯见江心秋月白"共二十四句为第二部分,写琵琶女的高超演技。其中"转轴拨弦三两声",是写正式演奏前的调弦试音;"弦弦掩抑"是写曲调的悲怆;"低眉信手续续弹"是写舒缓的行板。拢、捻、抹、挑,都是弹奏琵琶的手法。从"大弦嘈嘈如急雨"到"四弦一声如裂帛"共十四句,描写琵琶乐曲的音乐形象,音乐由快速到缓慢、由缓慢到细弱、由细弱到无声,到突然而起的疾风暴雨的高潮,再到最后戛然而止,诗人在这里用了一系列的生动比喻,使比较抽象的音乐形象一下子变成了视觉形象。这里有落玉盘的大珠小珠,有流啭花间的间关莺语,有水流冰下的丝丝细细,有突然而起的银瓶乍裂、铁骑突出,它使听者时而悲凄、时而舒缓、时而心旷神怡、时而又惊魂动魄。表现了琵琶女绝妙胜人的高超技巧。"东舟西舫悄无言,唯见江心秋月白。"这两句是写琵琶女的演奏效果。大家都听得入迷了,演奏已经结束,而听者尚沉浸在音乐的境界里,周围鸦雀无声,只有水中倒映着一轮明月。

从"沉吟放拨插弦中"到"梦啼妆泪红阑干"共二十四句为第三部分,写琵琶女自述的身世。是一段叙事中的客观造型。主要讲述琵琶女的生活中经历的主要事件。从整体上看是客观造型中以像造型。因为她弹奏技艺超群,因此引出了"名属"、"善才服"、"秋娘妒"、"争缠头"、"不知数"、"翻酒污"等。这些又是事态意象的组合。在意象造型中又穿插着意象组合,更具有艺术性。

从"我闻琵琶已叹息"到最后的"江州司马青衫湿"共二十六句为第四部分,写诗人感慨自己的身世,抒发与琵琶女的同病相怜之情。尤其是自"我从去年辞帝京"起以下十二句,写诗人贬官九江以来的孤独、寂寞之感。由于他政治上遭受打击,但这点他无法明说。是"谪居卧病"于此,断肠裂肺的伤痛全被压到心底。这就是他耳闻目睹一切无不使人悲哀的缘由。这段是客观造型中的以象造型。作者以物态意象、事态意象、自然力意象、时空意象等多方面的意象进行造型,表现了作者内容的痛苦与无奈。环境的难忍、被谪的屈辱、无亲无故的寂寞等,都已衬托出作者是"天涯沦落人"。他以一个患难知音的身份,由衷地称赞和感谢琵琶女的精彩表演,并提出请她再弹一个曲子,而自己要为她写一首长诗《琵琶行》。琵琶女本来已经不愿意再多应酬,后来见到诗人如此真诚,如此动情,于是她紧弦定调,演奏了一支更为悲恻的曲子。

这首诗的艺术性表现在,一是把歌咏者与被歌咏者的思想感情融二为一,说你也是说我,说我也是说你,命运相同、息息相关。二是诗中无论写景还是写音乐写人,都和写身世、抒悲慨紧密结合,使作品自始至终浸沉在一种悲凉哀怨的氛围里。三是作品的语言生动形象,具有很强的概括力,而且跳跃、简洁、灵活,整首诗脍炙人口,具有很高的艺术感染力。

 我要试试!

习题一《听弹琴》刘长卿:泠泠七弦上,静听松风寒。古调虽自爱,今人多不弹。

习题二《书怀》杜牧:满目青山未得过,镜中无那鬓丝何。只言旋老转无事,欲到中年事更多。

习题三《仙人》李贺:弹琴石壁上,翻翻一仙人。手持白鸾尾,夜扫南山云。晨饮寒涧下,鱼归清海滨。当时汉武帝,书报桃花春。

习题四《折桂令·春情》徐再思:平生不会相思,才会相思,便害相思。身似浮云,心如飞絮,气若游丝。 空一缕馀香在此,盼千金游子何之。证候来时,正是何时?灯半昏时,月半明时。

习题五《居延海树闻莺同作》陈子昂:边地无芳树,莺声忽听新。间关如有意,愁绝若怀人。明妃失汉宠,蔡女没胡尘。坐闻应落泪,况忆故园春。

习题六《木兰花》张先:龙头舴艋吴儿竞,笋柱秋千游女并。芳洲拾翠暮忘归,秀野踏青来不定。行云去后遥山暝,已放笙歌池院静。中庭月色正清明,无数杨花过去影。

习题七《送辽阳使还军》李益:征人歌且行,北上辽阳城。二月戎马息,悠悠边草生。青山出塞断,代地入云平。昔者匈奴战,多闻杀汉兵。平生报国愤,日夜角弓鸣。勉君万里去,勿使虏尘惊。

习题八《早春行》王维:紫梅发初遍,黄鸟歌犹涩。谁家折杨女,弄春如不及。爱水看妆坐,羞人映花立。香畏风吹散,衣愁露沾湿。玉闺青门里,日落香车入。游衍益相思,含啼向彩帷。忆君长入梦,归晚更生疑。不及红檐燕,双栖绿草时。

习题九《塞上》高适:东出卢龙塞,浩然客思孤。亭堠列万里,汉兵犹备胡。边尘涨北溟,虏骑正南驱。转斗岂长策,和亲非远图。惟昔李将军,按节出皇都。总戎扫大漠,一战擒单于。常怀感激心,愿效纵横谟。倚剑欲谁语,关河空郁纡。

习题十《观刈麦》白居易:田家少闲月,五月人倍忙。夜来南风起,小麦覆陇黄。妇姑荷箪食,童稚携壶浆。 相随饷田去,丁壮在南冈。足蒸暑土气,背灼炎天光。力尽不知热,但惜夏日长。 复有贫妇人,抱子在其旁。右手秉遗穗,左臂悬敝筐。听其相顾言,闻者为悲伤。 家田输税尽,拾此充饥肠。今我何功德,曾不事农桑。吏禄三百石,岁晏有余粮。 念此私自愧,尽日不能忘。

第三章　意境篇

晚唐时期的司空图在《与王驾评诗书》中曾写道："长于思与境偕,乃诗家之所尚者。"这里的"思"即诗人的思想感情;"境"即被描写的客观事物,含自然景象与社会环境;"偕"即和谐统一。当诗人所描绘的客观事物对象和所要表达的主观感受达到和谐统一的境界时,便构成了一种意境。然而"思"与"境"不是机械的相加,而是水乳交融的一致。"思"从"境"中流泻出来,"境"由于"思"的渗入而放异彩。

从诗歌创造意境的实际情况出发,意境不是虚无缥缈的,是具体的,是以形象为核心的。正如王国维所说:"何以谓之有意境？曰:写情则沁人心脾,写景则在人耳目,述事则如其口出是也。古诗词之佳者,无不如是。"(《宋元戏曲考》)李白的"日照香炉生紫烟,遥看瀑布挂前川。飞流直下三千尺,疑是银河落九天"《望庐山瀑布》是一首气势磅礴的山水诗,描写了庐山香炉峰及瀑布的奇伟景色,意境壮丽雄伟。而"峨嵋山月半轮秋,影入平羌江水流。夜发清溪向三峡,思君不见下渝州"《峨嵋山月歌》创造出的又是如此清新、空明、优美的意境。

由于每一诗人所处的时代不同,生活的特定环境和状况不同,所受到的教育不同,各自的思维方式不同等等,这些诸多因素或直接或间接地影响着诗人将自身特有的情感"融"进在具体的诗作之中的程度,加之所"融"的方式、方法、深度、广度各有区别,因而,诗人所创造出的意境也会各有千秋,致使读者感受到的意境也多种多样。

尽管诗的意境千差万别,百态千姿,但是可以归结为以下两大类:表层意境和深层意境。表层意境即一般常见的意境,包括情景交融、景中情和情中景等等。深层意境是指通过表层意境而入木三分的意境,也就是被司空图所称之为的"象外之象,景外之景"。深层意境是需要读者充分展开想象和联想的翅膀,能够设身处地地理解诗人生活的时代环境、个人遭遇和特有的思维方式。因为,这种深层意境是需要曲径通幽、比附兴喻地表现出来的。

第一节　情景交融

情景交融是创造诗歌意境的一种广泛使用的艺术表现手法。清代王夫之曾指出:"情、景名为二,而实不可离,神于诗者,妙合无垠。巧者则有情中景,景中情。景中情者,如'长安一片云',自然是孤栖忆远之情;——情中景尤难曲写,如'诗成珠玉在挥毫',写出才人翰墨淋漓、自心鉴赏之景。"(《姜斋诗话·夕堂永日内编》)

情与景是审美的重要范畴,也是诗词鉴赏中的重要内容之一。首先,我们应明确王夫之有关"情与景"理论的第一层含义:即景生情,情生景,情景相生。诗人的"情"由客观的"景"触发而产生和形成;而客观的"景"由于诗人"情"的融入成为具有生命力的艺术形象。情由景发,景为情染,情景相生便构成了诗人创作的艺术构思。正如刘勰所说"登山则情满于山,观海则意溢于海";也如陆机所言:"悲落叶于劲秋,喜柔条于芳春。"王夫之关于"情与景"的第二层含义:即情中景,景中情,情景交融。情与景总是互相依赖,水乳交融,妙合无垠,不可分离。这是诗人已经完成的艺术形象所表现出的特征。

一、触景生情

"景"是情的载体和媒介;"情"是景的命脉与灵魂。情傍景生,景依情活。触景生情、登临寄兴;"寓情于景而情愈深",情为景之魂,景为情之躯;情因景而物态化,景因情而意象化。这是景中寓情的主要涵义。作者触什么景、寄什么兴,则因人、因时、因境而异,致使景中寓情的方式、程度和布局也各不相同。归纳起来,景中寓情可以分为:一是于美景中寓喜情、于衰景中寓愁情;二是于美景中寓愁情、于衰景中寓喜情。

二、缘情写景

缘情写景就是因情选景,以情染景,情由景生,以至达到情景交融,水乳难分的意境。王国维强调:"一切景语皆情语也。"(《人间词话删稿》)周振甫在《诗词例话·情景相生》中说道:缘情写景,"情不是由景引起,不同的情会给景物著上不同的感情色彩。"因为,一般诗人在写景物时一定不会单纯为写景而写景,总是因为眼前之景触动了心弦,引起感情的波澜,或者心中的情正好与眼前的景有相通,诗人借能看见的景抒发内心看不见的情,并感染与之有相同感觉的读者。总体说,缘情写景有以下几种方式:一是有欢快之情时,经常选择清新明丽之景作为感情抒发的媒介;二是有惆怅悲哀之情时,经常选择凄厉衰败之景作为媒介;三是如果要抒发复杂情感时,选择的景就要讲究得多,通常可以选择朦胧幽静、深邃莫测之景为媒介。四是不同的诗人面对同一的景观也会从各自不同的角度去感受去表现,给同一景观附着上不同的感情色彩。例如同样是写秋天盛开的菊花,有人看到它满怀喜悦,有人看到它心生悲凉。再如同样是描写月亮,有人认为月亮有情有意,有人认为月亮无情。五是即使是同一位诗人在不同时期、不同时代环境、吟咏同一种景观,也会因为时局变迁、心境不同或者景观发生了变化,而导致不同的情致风韵的产生。正如宋人范文云:"景无情不发,情无景不生。"缘情写景所谈的情与景的关系就是这样相生相伴、相依相连、景在情中、情在景里的关系。

例文一:

早春呈水部张十八员外　　韩愈

天街小雨润如酥,草色遥看近却无。最是一年春好处,绝胜烟柳满皇都。

【注释】本诗是韩愈写给水部员外郎张籍的一组诗中的一首。张籍和韩愈都是中唐时期的诗人,两人私交甚笃。张十八员外:指张籍,当时他任水部员外郎,故韩愈称其官名。天街:指当时皇城(长安)的街道。酥:古代称酥油为酥,即奶油。绝胜:远远胜过。烟柳:柳色如烟。

【译文】皇城早春如酥的小雨滋润着大地破土萌发的嫩草,从远处好像看不出绿色;满城的烟柳焕发着勃勃生机,使皇城四处春光无限。

【赏析】韩愈的诗一向比较奇崛,但他晚年写的这首小诗,却新颖别致。如酥的小雨滋润着破土萌发的嫩草,这是早春景象中最富有特色的景象;烟柳焕发着勃勃生机。诗人采用白描手法,勾勒出一幅烟雨蒙蒙,春草依稀可见的早春图画,展示了早春的神韵。

首句"天街小雨润如酥,草色遥看近却无。"一个"润"字写出了春雨的及时与可贵。经过严冬,万物复苏蒙生,雨水的滋润尤其重要。诗人将滋润万物的春雨比作酥油,正是春雨贵如油!第二句是全诗的警句,在北方郊野寻找春天的足迹,近看只能看到一丛丛的枯草,但如果你放眼远望,则会看见一片浅浅的绿,仿佛一幅淡绿山水画。作者对早春之景情有独钟,显示了诗人对春天到来的喜悦之情。

"最是一年春好处,绝胜烟柳满皇都。"最后两句,作者直抒胸臆,对早春发出由衷的赞美:早春是一年中最好的时光,远远胜过烂漫春花,繁华烟柳的阳春三月。由此可见最后两句的抒情画龙点睛,显示了诗的高境界。

例文二:

蝶恋花　　欧阳修

庭院深深深几许?杨柳堆烟,帘幕无重数。玉勒雕鞍游冶处,楼高不见章台路。　　雨横风狂三月暮,门掩黄昏,无计留春住。泪眼问花花不语,乱红飞过秋千去。

【注释】玉勒雕鞍:镶玉的马笼头和雕花的马鞍,泛指华贵的马车。游冶处:歌楼妓馆。章台路:汉朝长安有章台街,后人以此代称妓女所在地。雨横:雨势凶猛。乱红:零乱的落花。

【译文】庭院到底有多深远?杨柳笼罩在烟雾中,像数不清的帘幕。华丽的车马挤满了游冶之处,高楼林立看不见章台街的路。风雨飘摇的三月暮春,门关住了黄昏,却无法留住春天的脚步。含着泪眼问花,花却不回答,凌乱的落花被风吹向秋千去了。

【赏析】本词写大宅深闺的上层妇女对丈夫在外花天酒地的哀怨与不满。上阕的前三句以景造境,用幽邃庭院、浓深绿树、重重帘幕,造成沉郁、滞重、空寂的境界,以表达闺中人无法派遣的孤寂。"庭院深深深几许?杨柳堆烟,帘幕无重数。"首句连用三个"深"字,把深宅大院的神秘气氛渲染得异常鲜明。三句的描写笔锋由低处向高处展开,从庭院、柳烟、楼台,延伸到女主人公脚下,由景物推及到人事。

"玉勒雕鞍游冶处,楼高不见章台路。"四、五句的描写由惆怅到怨恨:尽管帘幕重重挡住了人的视线,但闺中少妇为内心炽热的痛苦所驱使,掀开帘幕久久地凭栏站立,凝神眺望,多想望见丈夫的觅艳之地。然而庭院深深,树隔烟笼,"游冶处"、"章台路"像有意躲避孤寂妇人。怎么能叫她不怨恨呢?

"雨横风狂三月暮,门掩黄昏,无计留春住。"下阕前三句的"横"、"狂"二字将自然界的"雨"、"风"拟人化,营造出凄楚的暮春景象。被丈夫遗忘的少妇只好早早掩上门,独守空房,外面的风声、雨声,吹毁了自己的青春年华,岁月也在无尽的哀怨中匆匆流逝。

"泪眼问花花不语,乱红飞过秋千去。"最后两句,情景妙合、物我交融。诗中少妇对青春迟暮感慨万千,倍感春光匆忙消失的凄凉。凝视着风雨中花儿零落,无奈地向花儿寻问:我俩怎么如此红颜薄命?花儿默默不语,花瓣却一片片更加凄然地飘落下来。人因花状而有泪,因泪而问花,花竟不语!不但不语,反而乱落地飞过秋千。词人用花衬人,纠结、无奈苦痛;视人如花,花人同飘落,人花共殒。衰落之景映衬悲凉之情,使人更加凄然。

例文三：

永遇乐（李清照）

落日熔金，暮云合璧，人在何处？染柳烟浓，吹梅笛怨，春意知几许？元宵佳节，融和天气，次第岂无风雨？来相召，香车宝马，谢他酒朋诗侣。　　中州盛日，闺门多暇，记得偏重三五。铺翠冠儿，捻金雪柳，簇带争济楚。如今憔悴，风鬟霜鬓，怕见夜间出去。不如向，帘儿底下，听人笑语。

【注释】熔金：熔化的黄金，形容落日的光辉。合璧：连缀在一起的玉璧，形容暮云连成一片。璧：琢成圆形，中有孔的玉石。人：这里指作者自己。染柳烟浓：烟雾萦绕，嫩柳吐黄，呈现春色。吹梅笛怨：吹奏《梅花落》的笛子，发出哀怨之声。梅指颂春曲《梅花落》。几许：多少。融合：暖和。次第：转眼间。召：邀请。香车宝马：装饰华丽的车马。谢：谢绝。侣：同伴，朋友。中州：古代豫州，在今河南省。此处指北宋都城汴京。偏重三五：重视元宵节。三五：正月十五日。铺翠冠儿：装饰着翡翠的帽子。捻金雪柳：用金纸搓成的柳条般的装饰物。雪柳：指古代元宵节妇女在头上插戴的装饰物。簇带争济楚：满头插戴得很漂亮，与人争芳斗妍。济楚：整齐。风鬟霜鬓：形容头发蓬乱。鬟：环形的发髻。

【译文】落日的余晖好像融化的金子一般闪耀，晚霞和云彩连成一片格外好看，多美的景啊，可我现在何处呢？嫩柳的新枝远看就像烟雾般缭绕，《梅花落》的笛声中传来幽怨之音，春天的气息已经透露出几分。元宵佳节，难得见这样暖和的天气，又怎么知道转眼间不会有风雨。朋友们驾着华丽的马车来邀我相聚，我都谢绝了。想起原来在汴京繁华的日子，闺中的生活有多么闲暇。记得那时十分注重元宵节，装饰着翡翠的帽子，戴着捻金的雪柳，个个打扮起来争芳斗妍。如今容颜已经憔悴，头发蓬乱无心打理，怕在夜间出门。不如就在帘子下，听一听他人的欢声笑语。

【赏析】这首词是李清照晚年流寓临安时的作品。以今昔元宵节不同情景进行对比，抒发自己对世间的盛衰之感。

"落日熔金，暮云合璧，人在何处？"三句描写元宵节傍晚的喜盛景象，落日、暮云如此灿烂，如诗如画；在这节日的美景中怎么不见人的踪迹，最应该出现的人物却没在现场，令人遗憾。这是喜景寓哀情。

"染柳烟浓，吹梅笛怨，春意知几许？元宵佳节，融和天气，次第岂无风雨？"这段景色的描写十分丰富，有视觉、听觉、感觉的交织与融合，有景的展现，有情的诉说，更有无法用语言表达出来的滋味。元宵佳节热闹非凡，《梅花落》的笛曲中传出声音也不该"幽怨"。但是对于作者来说，尽管春天的气息已露端倪，但谁能料到风雨不会出现？这段又是喜景寓哀情。

"来相召，香车宝马，谢他酒朋诗侣。"酒朋诗友驾驶着华丽的车马前来邀请作者加入节日的行列，但是当今身体和情感状况都欠佳，作者只能婉言谢绝。

"中州盛日，闺门多暇，记得偏重三五。铺翠冠儿，捻金雪柳，簇带争济楚。"这段诗句是回忆过去（词人南渡之前）元宵节的辉煌盛世：姑娘们带着镶嵌着翡翠宝珠的帽子，身上的衣服上带着金捻成的雪柳，个个俊俏美丽。这喜景喜情很有感染力，既呈现出了游人们的喜悦心情，又映衬出元宵佳节的热烈场面。

"如今憔悴，风鬟霜鬓，怕见夜间出去。不如向帘儿底下，听人笑语。"由于战乱，李清照被迫逃离南宋时的临安，丈夫病逝，她的晚年十分凄凉。面对今不如昔的社会生活、个人生活,作者的心理受到极大伤害,她远离亲朋好友、远离世尘,只想静静地躲在无人处窃听人们的欢声笑语。

词人通过南渡前后今昔过元宵节两种情景的对比,抒写出离乱的愁苦和寂寞的情怀,巧妙运用喜景与哀情:词人昔日盛妆美景与今日憔悴哀情;悦景与喜情:他人今日悦情与词人昔日喜情等各种对比,表达了作者眷念故国,忧患余生的哀怨愁苦,营造了以美景衬哀情,更见其哀的氛围;不言"哀"字而哀情溢于言表的感伤。全词感情悲怆、真切而深沉。还有意识地将浅显平易而富表现力的口语与锤炼工致的书面语交错融合,以极富表现力的语言写出了浓厚的今昔盛衰之感和个人身世之悲。

例文四:

虞美人　　李煜

春花秋月何时了,往事知多少!小楼昨夜又东风,故国不堪回首月明中。　　雕阑玉砌应犹在,只是朱颜改。问君能有几多愁?恰似一江春水向东流。

【注释】了:了结。回首:回忆。雕阑:装饰着美丽刻花的栏杆。玉砌:用玉石砌成的台阶。 朱颜:美好红润的面容。

【译文】春花和秋月啊,什么时候才能了结呢。可知勾起多少往事的回忆!小楼上昨夜里又刮起了东风,在月明星稀的夜晚,回想起了故国的往事,不由得悲痛万分。那些雕刻精美的栏杆,玉石砌成的台阶都还在,只是容颜已改。想问愁绪究竟有多少,就如同这一江春水滚滚向东流去。

【赏析】这首词是李煜的代表作,也是唐宋词中的名篇。李煜以帝王之尊度过三年"日夕以泪洗面"的囚禁生活,受尽屈辱,尝尽辛酸,最后被宋太宗用药毒害而死。这首词可以看作是他临终前的绝命词,词中抒写自己的悲恨和对故国的怀念,因而成为他被害的直接原因之一。词中诉说自己的悲剧命运和人生的愁恨,追怀往事,怀念故国,表达了亡国之痛。

春花秋月本是美好的事物,可是作者却充满怨恨的口吻发出寻问:"春花秋月何时了?"词人为什么这样见花落泪,对月伤心,为什么这样痛不欲生呢?因为春花秋月只会引起他对往事的追忆,而往事件件都会令人心痛。

"小楼昨夜又东风,故国不堪回首月明中。"紧接两句指出,历尽折磨,感到这种非人的生活、痛苦的折磨没有尽头,而往日的一切又不堪回首,只能更加悲愁。

"雕阑玉砌应犹在,只是朱颜改。"下阕承上,由故国月明产生联想,旧日的宫殿犹在,而江山易主,人事已非,回想起来令人肝肠寸断。

"问君能有几多愁,恰似一江春水向东流。"结尾两句作者自问自答,用江水的长流不息来形容自己愁恨的永无尽头。全词以问起,以问结,由问物到自问。通篇语气连贯,起伏不定,抒发感情深沉真挚。"一江春水向东流"是以水喻愁的名句,形象地表现出愁思如水,长流不断,无穷无尽。通过具有诗意的形象比喻,真实表现出内心的深哀和剧痛,特别是将这些抽象的、难以捉摸的东西写得具体形象,艺术成就很高。

例文五：

秋兴八首(选一)　　杜甫

玉露凋伤枫树林,巫山巫峡气萧森。江间波浪兼天涌,塞上风云接地阴。
丛菊两开他日泪,孤舟一系故园心。寒衣处处催刀尺,白帝城高急暮砧。

【注释】玉露:白露。凋伤:使草木凋落衰败。巫山巫峡:《水经注·江水》说:江水历峡,东径新崩滩,其下十余里有大巫山。其间首尾百六十里,谓之巫峡,盖因山为名也。自三峡七百里中,两岸连山,略无缺处,重岩叠嶂,隐天蔽日,自非亭午夜分,不见曦月。萧森:萧瑟阴森。江间:指巫峡。兼天涌:是形容波浪可以触到天。塞上:指巫山。丛菊二句:是说自己去年秋天在云安,今年秋天又在夔(kuí)州,这是从离开成都的时候算起,所以说是"两开"。他日泪:犹说前日泪,指多年来的艰难岁月。催刀尺:秋天换季,指剪裁新衣服。急暮砧:指捶捣旧衣服的声音很急迫。砧,捣衣石。

【译文】秋天似玉的白露打伤沿江的枫树林,巫山巫峡气势萧瑟阴森。巫峡中的白浪汹涌不息。巫山的风云绕着大地,看上去是那样的阴沉。丛丛黄菊开过两次了,白露好像我昔日的眼泪。孤零零的小船停泊在江边,紧紧系着我那颗归家的心。秋天该换季了,家家都忙着剪裁新衣,从高高的白帝城中传来捶捣旧衣服的声音,以此迎接秋天的到来。

【赏析】《秋天八首》是大历元年(766)秋天,杜甫晚年流寓在夔州(今四川省奉节县)时期所作诗篇。

"玉露凋伤枫树林,巫山巫峡气萧森。"首联点出季节是在入秋时分,霜露过后,枫树林枯叶纷纷凋落,隐天蔽日的巫山巫峡气冷天清,萧索森幽。

"江间波浪兼天涌,塞上风云接地阴。"颔联突现:长江涌起的波浪,想望中的塞北天地间仍布满争战的风云。这里所描写的景明显带有压抑的色彩,正如同诗人此时对乡情思念的忧愁之感。

"丛菊两开他日泪,孤舟一系故园心。"颈联说明,诗人已见此地菊丛两次开花,此刻又想起去年对花流泪的情景;被牢牢系在岸边的孤舟,使诗人感到自己欲归故园而又不得离开,产生无限伤感。簇簇盛开的菊花本是秋天美好的景色,然而由于诗人在同一地重见菊花盛开,更加重了乡愁,因此是悲愁之景显悲愁之情。

"寒衣处处催刀尺,白帝城高急暮砧。"尾联反映了妇女们正忙着用刀用尺裁制过冬的棉衣,白帝城里阵阵的捣衣砧声,搅动起诗人刻骨铭心的乡愁。从常理说,大家忙着添置新衣过秋、过冬也算是件高兴之事,说明还不是战乱之年,但是从另一个角度,诗人感到的是又一个秋天在异乡度过,自己还没能和家人团聚,分别的隐痛袭上心头。

这首诗反映出了"沉郁顿挫"四个字,这是杜甫七律的风格。本诗的语言凝重、忧郁,情与景结合紧密,特别是对同一景观的描写上,体现了不同时期、不同地点、不同心情下诗人对景观的认识,深深感染了读者。

例文六：

忆江南　　白居易

江南好,风景旧曾谙。日出江花红似火,春来江水绿如蓝。能不忆江南?
江南忆,最忆是杭州。山寺月中寻桂子,郡亭枕上看潮头。何日更重游?

67

江南忆,其次忆吴宫。吴酒一杯春竹叶,吴娃双舞醉芙蓉。早晚复相逢?

【注释】谙:熟悉。红似火:颜色鲜红胜过火焰。蓝:蓝草,叶子可以提炼蓝色的染料。这里用蓝草的颜色形容江水的深和清澈。

【译文】江南风光好,如画的风景以前十分熟悉。日出时,江边的红花映照如火,春天时,江水碧绿像蓝草的颜色那般清澈。这样美丽怎能不怀念江南?

江南的回忆里,最怀念的是杭州。夜宿山中寺庙,寻找明月中的桂子。游览郡亭,观赏起落的潮头。何时能重新再去呢?

江南的回忆,其次怀念的是吴宫。吴宫的美酒,喝一杯春竹叶,吴宫的美女,双双起舞就像迷人的芙蓉花,不知何时能再见到呢。

【鉴赏】第一首写江南的江花、春水,是整体描绘。白居易选择了两个形象:江花、江水,衬托日出和春天的景象,显得鲜艳奇丽,表现了江南春意盎然、朝气蓬勃的美好自然风光。词中,花、火对照,用"胜"突出花的红艳;描绘江水,绿、蓝并举,用"如"突出水色的深浓。

第二首写在杭州寻桂看潮,是部分描写。对江南名城杭州,写了两件趣事:一是月中寻桂,一是亭上观潮,便把游览杭州名胜的乐趣表现出来了。寻桂,抒写了景物的清幽与作者感情的闲适,意境新颖;看潮,以景色的壮阔衬托作者的悠然,表现了作者的胸襟。

第三首写在吴宫饮酒、观舞,"春"指酒,同时还指季节和饮酒者春意无限的心境;"醉"描绘了舞姿的轻柔,还抒写了观赏者飘然的心情。舞与芙蓉的对照,又突出了舞姿的轻盈。写得情趣横生,令人心荡神摇。反映作者的生活情趣。

例文七:

夏日南亭怀辛大　　孟浩然

山光忽西落,池月渐东上。散发乘夕凉,开轩卧闲敞。荷风送香气,竹露滴清响。欲取鸣琴弹,恨无知音赏。感此怀故人,中宵劳梦想。

【注解】山光:山上的日光。池月:即池边月色。开轩:开窗。卧闲敞:躺在幽静宽敞的地方。恨:遗憾。感此:有感于此。终宵:整夜。劳:苦于。

【译文】夕阳忽然落下西山,池边月亮渐渐东升,披散头发乘着今夜的凉爽,开窗闲卧惬意享受。清风徐徐送来荷花的香气,竹子上的夜露滴落发出清脆的响声。想要取来我的鸣琴弹奏一曲,遗憾的是没有知音欣赏。有感于此怀念故人,只能在梦中相会一场了。

【评析】诗的内容可分两部分,即写夏夜水亭纳凉的清爽闲适,同时又表达对友人的怀念。"山光忽西落,池月渐东上",开篇不仅是简单写景,同时写出诗人的主观感受。"忽"、"渐"二字传达出夕阳西下与素月东升;夏日"忽"落,明月"渐"起,一快一慢表现出一种心理的感觉。

"散发乘夕凉,开轩卧闲敞。"诗人沐浴之后,"散发"不梳,靠窗而卧,使人想起陶潜的一段名言:"五六月中北窗下卧,遇凉风暂至,自谓是羲皇上人。"(《与子俨等疏》)三四句写出一种闲情,同时也写出一种适意。

"荷风送香气,竹露滴清响。"诗人从嗅觉、听觉两方面继续写这种快感,荷花的香气清淡细微,是"风送"时闻到的;竹露滴在池面其声清脆,是"清响",这正是夏夜给人的真切感受。

"欲取鸣琴弹,恨无知音赏。"据说古人弹琴,先得沐浴焚香,摒去杂念。而诗人此刻已自然进入这种心境,不料却由"鸣琴"勾起了怅惘。由境界的清幽绝俗而想到弹琴,由弹琴想到"知音",而生出"恨无知音赏"的缺憾,由水亭纳凉过渡到感叹人生。

"感此怀故人,中宵劳梦想。"诗人是多么希望有朋友在身边,闲话清谈,共度良宵。可人到期不来,自然会生出惆怅。带着"怀故人"的情绪进入梦乡,居然会见了亲爱的朋友。诗以友情的梦境结束,令人回味无穷。

例文八:

隋宫　　李商隐

紫泉宫殿锁烟霞,欲取芜城作帝家。玉玺不缘归日角,锦帆应是到天涯。

于今腐草无萤火,终古垂杨有暮鸦。地下若逢陈后主,岂宜重问《后庭花》。

【注释】紫泉:即紫渊。唐人避唐高祖李渊讳改紫泉。这里以紫泉宫殿指长安隋宫。锁烟霞:被烟雾笼罩,比喻冷落。芜城:指隋时的江都,旧名广陵,即今江苏扬州市。刘宋时鲍照见该城荒芜,曾作《芜城赋》,后有此称。玉玺:皇帝的玉印。缘:因。日角:旧说以额骨中央部分隆起如日(也指突入左边发际),附会为帝王之相,这里指李渊。锦帆:指炀帝的龙舟,其帆皆锦制,所过之处,香闻十里。天涯:这里指天下。陈后主:即陈叔宝,为陈朝国君,为隋所灭。据《隋遗录》,炀帝在扬州时,恍惚间曾遇陈后主与其宠妃张丽华。后主即以酒相进,炀帝因请张丽华舞《玉树后庭花》,后主便乘此讥讽炀帝贪图享乐安逸。后庭花:《玉树后庭花》,乐府《吴声歌曲》名,陈后主所作新歌,后人看作亡国之音。

【译文】长安城闻名的紫泉宫殿,深锁在烟霞中,却想把扬州当作帝王之都。若不是李渊取得玉玺得到天下,隋炀帝的龙舟应该早已驶到天涯海角了。如今腐烂的草地中,早已不见萤火虫的踪迹;隋堤上的垂杨柳,只听见暮鸦的叫声。黄泉之下若是与陈后主相遇,岂敢再提起亡国之曲《后庭花》。

【赏析】这是一首咏史诗,内容虽是歌咏隋宫,其实是讽刺隋炀帝的荒淫亡国。"紫泉宫殿锁烟霞,欲取芜城作帝家。"首联点题,写长安宫殿空锁烟霞之中,隋炀帝却一味贪图享受,欲取江都作为帝家。

"玉玺不缘归日角,锦帆应是到天涯。"颔联却不写江都作帝家之事,而写假如不是因为皇帝玉玺落到了李渊的手中,隋炀帝是不会以游江都为满足,龙舟可能游遍天下。

"于今腐草无萤火,终古垂杨有暮鸦。"颈联写了隋炀帝的两个逸游故事。一是他曾在洛阳景华宫征求萤火数斛,"夜出游山放之,光遍岩谷"。他甚至在江都也修了"放萤院",放萤取乐。二是开凿运河,诏民献柳一株,赏绢一匹,堤岸遍布杨柳。作者巧妙地用了"于今无"和"终古有",暗示萤火虫"当日有",暮鸦"昔时无",渲染了亡国后的凄凉景象。

"地下若逢陈后主,岂宜重问《后庭花》。"尾联活用杨广与陈叔宝梦中相遇的典故,以假设反诘的语气,揭示了荒淫亡国的主题。陈是历史上以荒淫亡国而著称的君主。他降隋后,与太子杨广很熟。后来杨广游江都时,梦中与死去的陈叔宝及其宠妃张丽华相遇,请张舞了一曲《玉树后庭花》。此曲是反映宫廷生活的淫靡,被后人斥为"亡国之音"。诗人在这里提到它,其用意是指炀帝重蹈陈后主覆辙,为天下笑。全诗采用比兴手法,写得灵活含蓄,色彩鲜明,音节铿锵。

中国古典诗词曲鉴赏

例文十：

泊秦淮　杜牧

烟笼寒水月笼沙,夜泊秦淮近酒家。商女不知亡国恨,隔江犹唱《后庭花》。

【注释】秦淮:河名,源出江苏省溧水县,贯穿南京市。商女:卖唱的歌女。后庭花:歌曲名,南朝后主所作《玉树后庭花》,后人认为是亡国之音。

【译文】烟雾弥漫在秋水,月光笼罩着白沙,船舶今夜停泊在秦淮河上,临近岸边的酒家。卖唱的歌女哪知道亡国之恨,隔着江对岸仍在唱着亡国之曲《玉树后庭花》。

【赏析】秦淮河发源于江苏溧水东北,横贯金陵(今江苏南京)入长江。六朝至唐代,金陵秦淮河一带一直是权贵富豪游宴取乐之地。这首诗是诗人夜泊秦淮时触景感怀之作,于六代兴亡之地的感叹中,寓含忧念现世之情怀。这首诗写诗人所见所闻所感,语言清新自然,构思精巧缜密。全诗景、事、情、意融于一体,景为情设,情随景至,被誉为唐人绝句中的精品。

"烟笼寒水月笼沙,夜泊秦淮近酒家。"首句写景,"烟"、"水"、"月"、"沙"由两个"笼"字联系起来,呈现出一幅朦胧冷清的水色夜景图。次句以"近酒家"的丰富内涵点题,秦淮一带在六朝时是著名的游乐场所,酒家林立,因此在诗人的思绪之中昔日那种歌舞游宴的繁华场景若隐若现。

"商女不知亡国恨,隔江犹唱后庭花。"后二句由一曲《后庭花》引发无限感慨,抒发了诗人对"商女"的责怪,也间接讽刺了那些不以国事为重、纸醉金迷的达官贵人和醉生梦死的统治者。一个"犹"字透露出作者的批判和忧虑之情,在这亡国之音中不禁生起时代兴衰之感。清代评论家沈德潜推崇此诗为"绝唱"。

我要试试！

习题一《海棠》苏轼:东风袅袅泛崇光,香雾空濛月转廊。只恐夜深花睡去,故烧高烛照红妆。

习题二《途中》杨炯:悠悠辞鼎邑,去去指金墉。途路盈千里,山川亘百重。风行常有地,云出本多峰。郁郁园中柳,亭亭山上松。客心殊不乐,乡泪独无从。

习题三《鹊踏枝》冯延巳:谁道闲情抛掷久？每到春来,惆怅还依旧。日日花前长病酒,不辞镜里朱颜瘦。　　河畔青芜堤上柳,为问新愁,何事年年有？独立小桥风满袖,平林新月人归后。

习题四《浣溪沙》晏殊:一曲新词酒一杯,去年天气旧亭台。夕阳西下几时回？　　无可奈何花落去,似曾相识燕归来。小园香径独徘徊。

习题五《菩萨蛮·书江西造口壁》辛弃疾:郁孤台下清江水,中间多少行人泪。西北望长安,可怜无数山。　　青山遮不住,毕竟东流去。江晚正愁余,山深闻鹧鸪。

习题六《在狱咏蝉》骆宾王:西陆蝉声唱,南冠客思侵。那堪玄鬓影,来对白头吟。露重飞难进,风多响易沉。无人信高洁,谁为表余心。

习题七《归嵩山作》王维:清川带长薄,车马去闲闲。流水如有意,暮禽相与还。荒城临古渡,落日满秋山。迢递嵩高下,归来且闭关。

习题八《赋得暮雨送李胄》韦应物：楚江微雨里，建业暮钟时。漠漠帆来重，冥冥鸟去迟。海门深不见，浦树远含滋。查送情无限，沾襟比散丝。

习题九〔双调·凌波曲·吊乔梦符〕钟嗣成：平生湖海少知音，几曲宫商大用心。百年光景还争甚？空赢得，雪鬓侵。　　跨仙禽，路绕云深。欲挂坟前剑，重听膝上琴。漫携琴载酒相寻。

习题十《摸鱼儿·雁丘词》元好问：问世间，情是何物，直教生死相许。天南地北双飞客，老翅几回寒暑。欢乐趣，离别苦，就中更有痴儿女。君应有语，渺万里层云，千山暮雪，只影向谁去？　　横汾路，寂寞当年箫鼓，荒烟依旧平楚。招魂楚些何嗟及，山鬼暗啼风雨。天也妒，未信与，莺儿燕子俱黄土。千秋万古，为留待骚人，狂歌痛饮，来访雁丘处。

第二节　曲径通幽

"曲径通幽"出自唐朝诗人常建作的《题破山寺后禅院》："径通幽处，禅房花木深。"禅房坐落在深山花木丛中，通往禅房僧院的道路起伏不平、曲曲折折，经过艰苦跋涉才能到达的。道出一个曲折前进的哲理，是客观辩证法的体现。诗词作者在诗词中婉转曲折地表达题旨的奥妙与意境，即清人袁枚所谓的"凡作人贵直，而作诗文贵曲"。诗人经常把所要表达的思想十分巧妙地隐藏起来，让读者深入思考之后去发现、去感受。鉴赏者只有深入、细致地体察诗人在特定境况下的创作意图，乃至艺术个性，才能够真正理解作品的蕴意，寻求到诗中的"幽"在何处？"曲"由何通？在"山重水复疑无路，柳暗花明又一村"（陆游《过山西村》）中感悟诗人情感之源。

"曲径通幽"不是开门见山、直抒胸臆，而是曲折委婉地逐步显现主题。之所以称"曲径通幽"是生活中人们处理问题常采用的态度和方法，是因为"幽"也许在这"曲径"之中，"美"可能源于这回转之间。弯弯曲曲的小路通往风景幽美的地方，这便是"曲径通幽"。古往今来，多少通达之人，他们或面对明君，或侍奉庸主，人生犹如那弯弯曲曲望不到尽头的小路。通往仕途的路尽管诱惑重重，但垂钓于濮水者如庄子，悠然忘我者如陶渊明，宁可放弃那看似华丽其实污浊的官场生活。弯曲小路的另一端，是只属于庄子的逍遥美景。"登东皋以舒啸，临清流而赋诗"是只属于陶渊明的桃源传说。那弯曲的小路引领着文人墨客到达他们一直崇尚的意境。避开世俗的烦扰，或许这正是"曲径通幽"美的所在，回转之间，领略其中的真谛与哲理。

例文一：

水调歌头　　苏轼

丙辰中秋，欢饮达旦，大醉，作此篇，兼怀子由。

明月几时有？把酒问青天。不知天上宫阙，今夕是何年。我欲乘风归去，又恐琼楼玉宇，高处不胜寒。起舞弄清影，何似在人间！　　转朱阁，低绮户，照无眠。不应有恨，何事长向别时圆？人有悲欢离合，月有阴晴圆缺，此事古难全。但愿人长久，千里共婵娟。

中国古典诗词曲鉴赏

【注释】 从这首词的小序中得知,"中秋"自然要咏月,"欢饮"不能无酒。丙辰:宋神宗熙宁九年(1076),当时作者41岁,作密州太史。子由:作者的弟弟苏辙,字字由。兄弟俩在文字方面齐名,号称大小苏。宫阙:皇宫门前两边的望楼。琼楼玉宇:指月中宫殿。不胜:不能承受。转朱阁、低绮户、照无眠:月光从华美楼阁的一面转向另一面。不应有恨:月亮是不该对人有什么怨恨的。婵娟:指月亮。

【译文】 丙辰年中秋,欢快畅饮直到早晨,喝得大醉。写下这篇词作,并以此怀念弟弟子由。

明月什么时候才有,我举着酒杯问苍天。不知道天上的神仙宫殿中,现在又是哪一年呢?我想要乘着风回到天上去,又担心月亮上的华丽宫殿,在高处经受不住寒冷。对月起舞,清影随人动,仿佛置身云中,哪里像在人间呢!月光流转,从楼阁的一面照到另一面,照着人无法入眠。月亮不应该对人有怨恨,但为什么总要在别离时才圆呢。人有悲伤、欢喜、别离、团聚,月亮也有阴、晴、圆、缺,这是自古以来就很难十全十美的事。只希望我们都健康长久,即使相隔千里,也能看到同一个月亮。

【赏析】 这是苏轼独具特色、脍炙人口的传世名篇。1076年,苏轼贬官密州时41岁。他政治上很不得志,时值中秋佳节,非常想念自己的弟弟子由,内心颇感忧郁,情绪低沉,有感而发写了这首词。词的立意、构思,奇逸缥缈,以超现实的遥想,以虚无缥缈的幻想世界,表现出非常现实而具体的人之常情。在探索和思考中,表现自己的思想矛盾与波折,人生体验与认识,是曲径通幽极典型的展现。

"明月几时有?把酒问青天。"这两句是从李白的《把酒问月》中"青天有月来几时?我今停杯一问之"转换而来的。既有作者率真的性情,也隐藏着其内心对人生的痛惜和伤悲。

接下来的"不知天上宫阙,今夕是何年"是作者向天发问的内容,把对于明月的赞美与向往之情更推进了一层。诗人想象那一定是一个好日子,所以月儿才这样圆、这样亮。

"我欲乘风归去,又恐琼楼玉宇,高处不胜寒。"作者想乘风回到月宫,又怕受不住那儿的寒冷,这里表达了作者"出世"与"入世"的矛盾心情。"乘风归去"说明作者对世间不满,"归"字有自喻神仙的味道,好像他本来就是住在月宫里只是暂住人间罢了。

"起舞弄清影,何似在人间?"写作者在月光下翩翩起舞,影子也在随人舞动,天上虽有琼楼玉宇也难比人间的幸福美好。这里由脱尘入圣一下子转为喜欢人间生活,作者最初幻想仙境,要到月宫里去,脱离曾让他无限烦恼的人间,但是作者终究是现实的,对人生是热爱的,因此,又不断将自己拉回到现实。

"转朱阁,低绮户,照无眠。"下篇由中秋的圆月联想到人间离别。"转"和"低"都是指月亮的移动,暗示夜已深沉。月光转过朱红的楼阁,低低地穿过雕花的门窗,照着屋里失眠的人。"无眠"是泛指和自己相同的不能和亲人团圆而感到忧伤难眠的人。

"不应有恨,何事长向别时圆?"这是埋怨明月故意与人为难,给人增添忧愁,却又含蓄地表达了对于不幸分离的人们的同情。他用质问的语气自我解脱。

"人有悲欢离合,月有阴晴圆缺,此事古难全",人世间的悲、欢、离、合,像天上的月亮有阴、晴、圆、缺一样,自古以来都是难以周全圆满的。作者悟透人生的洒脱和旷达,也是对人生无奈的一种感叹,从人生写到自然,将各种生活加以提炼和概括,包含了无数的痛苦、欢乐的人生经验。

"但愿人长久,千里共婵娟。"结束句只希望人们能够永远健康平安,即使相隔千里也能在中秋之夜共同欣赏天上的明月。这里是对远方亲人的怀念和祝福。全词情感放纵奔腾,跌宕有致,结构严谨,脉络分明,情景交融,紧紧围绕"月"字展开,从天上到地上,从离尘到入世,从人间到青天,经历了曲折的思考,最终找到"幽"处,即祝愿天下人们共同欣赏明月,共享人间快乐。

例文二:

滁州西涧　　韦应物

独怜幽草涧边生,上有黄鹂深树鸣。春潮带雨晚来急,野渡无人舟自横。

【注释】这首山水诗写于唐德宗建中二年(781年)诗人出任滁州刺史期间。当时正是"安史之乱"浩劫后不久的中唐社会,政治腐败,民不聊生。诗人在偏僻的滁州当州官,经常处于改革而无力,隐退而欲罢不能的思想矛盾之中。此诗便是诗人安贫守节、顾影自怜的真实写照,反映了诗人不进不退、听其自然的老庄哲学的处世态度。滁州:今安徽省滁州市。西涧:滁州城西郊的一条小溪,有人称上马河。即今天的西涧湖(原城西水库)。独怜:独爱。黄鹂:黄莺。深树:树荫深处。野渡:野外的渡口。自横:自由自在地漂浮着。

【译文】我只喜爱这溪水边的野草,时常有黄莺的声音从岸边的树林深处传出。因为下了春雨,傍晚时溪水涨潮流得湍急,在荒废许久的渡口,不见人影,只有我这一艘小船在水中随意漂浮。

【赏析】这首诗描写了山涧水边的幽静景象。描写了诗人春游滁州西涧赏景和晚潮带雨的野渡所见。首二句"独怜幽草涧边生,上有黄鹂深树鸣"写春景、爱幽草而轻黄鹂,比喻乐守节而嫉高媚;表露了恬淡的胸襟和忧伤的情怀。平常的景物,经诗人的点染,就成了一幅意境幽深的有韵的画。

后二句"春潮带雨晚来急,野渡无人舟自横"描绘出一幅雨中渡口扁舟闲横的画面,蕴含着诗人对自己无所作为的忧伤,引人思索。韦应物先后做过"三卫郎"和滁州、江州、苏州等地刺史。他深为中唐政治腐败而忧虑,也十分关心民生疾苦,但他无能为力。这首诗就委婉地表达了他的心情。本诗看似写景,实则透过景物有感而发。诗人所表现的"幽"是一种无奈的忧伤之情,如果不了解诗人的经历,是很难理解这种伤感的内涵的。

诗人表现出四组意象:涧边的幽草、深树的黄鹂、带雨的春潮、野渡的横舟,由此组成了荒郊野渡图。诗人不好大千世界中争芳斗艳的娇花,却独怜涧边生的幽草,正表明诗人不在其位、不得其用的无奈及忧伤。诗人表露出这种恬淡而忧伤的襟怀,并由此曲径暗通而来,直至延伸到老庄哲学的境界中去。

例文三:

蝶恋花　　苏轼

花褪残红青杏小,燕子飞时,绿水人家绕。枝上柳绵吹又少,天涯何处无芳草!　　墙里秋千墙外道,墙外行人,墙里佳人笑。笑渐不闻声渐悄,多情却被无情恼。

【注释】这首伤春词,大概是苏轼晚年谪居惠州期间所见、所闻、所遇、所感而作。柳绵:柳絮。悄:消失。多情:指墙外行人。无情:指墙里佳人。

【译文】杏花谢了,只剩残留的一点红色,而新结出的青杏还很小。春天燕子到处飞时,碧绿的流水围绕在屋舍周围。树枝上的柳絮被风吹得越来越少,天涯哪里没有茂盛的芳草呢。高墙里是佳人在荡秋千,墙外是行人走的道路。只听见墙里的佳人笑,却不见其人。驻足倾听,但笑声已停声音也逐渐远去。佳人不知道墙外还有人倾听,我这个多情之人只是自寻烦恼。

【赏析】上片写春光将尽,伤春中隐含思乡情怀。首三句"花褪残红青杏小,燕子飞时,绿水人家绕",既点明春夏之交的时令,也揭示出了春花殆尽的自然界新陈代谢的规律,"燕子"二句,既交代了地点,也描绘出这户人家的所处环境,空中轻燕斜飞,舍外绿水环绕,何等幽美安详!虽是写景,却仍蕴含哲理。

"枝上柳棉吹又少,天涯何处无芳草。"二句,在细腻的景色描写中传达出词人深挚旷达的情怀。柳絮漫天,芳草无际,最易撩人愁思,"又"字,说明作者在此地谪居已经有年头了。"何处",看似是说天涯到处皆长满茂盛的芳草,春色无边,实际是在思乡的伤感中蕴含着随遇而安的旷达与自慰。

"墙里秋千墙外道,墙外行人,墙里佳人笑。"下片抒写闻声而不见佳人的懊恼和惆怅。用白描手法,叙写行人(自己)在佳人墙外的小路上徘徊张望,只看到了露出墙头的秋千架,听到墙里传来女子荡秋千时的阵阵笑声。一个"绿水人家"墙外的过路人,但也有着"人生如逆旅,我亦是行人"(《临江仙·送钱穆夫》)的含义在内。

"笑渐不闻声渐悄,多情却被无情恼。"结尾二句是对佳人离去的自我解嘲。行人自知无法看到墙内佳人的身姿容貌,只想再驻足聆听一会儿,孰料佳人已荡罢秋千离去,尚不知墙外还有一个多情的行人,这怎不令人懊恼呢!作者一生忠而见疑,直而见谤,终于落得个远谪岭南的下场,不也正是"多情却被无情恼"吗?作者嘲笑自己的多情,也就是在嘲笑那些制造不公命运的社会制度!从"花褪残红"到"柳绵吹又少",是衰景的描写,更是愁绪的写照;然而从"何处无芳草"到"多情却被无情恼"可以体会到作者真想说的话,这些真言是"曲折"的表现出来的,是细心的读者通过诗歌所创造的意境而感受到的。

 我要试试!

习题一《霜月》李商隐:初闻征雁已无蝉,百尺楼高水接天。青女素娥俱耐冷,月中霜里斗婵娟。

习题二《咏史》李商隐:北湖南埭水漫漫,一片降旗百尺竿。三百年间同晓梦,钟山何处有龙盘?

习题三《江南逢李龟年》杜甫:岐王宅里寻常见,崔九堂前几度闻。正是江南好风景,落花时节又逢君。

习题四《汉宫词》李商隐:青雀西飞竟未回,君王长在集灵台。侍臣最有相如渴,不赐金茎露一杯。

习题五《无题》李商隐:相见时难别亦难,东风无力百花残。春蚕到死丝方尽,蜡炬成灰泪始干。晓镜但愁云鬓改,夜吟应觉月光寒。蓬山此去无多路,青鸟殷勤为探看。

习题六《鹧鸪天》黄庭坚：黄菊枝头生晓寒，人生莫放酒杯干。风前横笛斜吹雨，醉里簪花倒著冠。　　身健在，且加餐，舞裙歌板尽清欢。黄花白发相牵挽，付与时人冷眼看。

习题七《望江东》黄庭坚：江水西头隔烟树。望不见，江东路。思量只有梦来去。更不怕，江阑住。　　灯前写了书无数。算没个，人传与。直饶寻得雁分付。又还是，秋将暮。

习题八《九日蓝田崔氏庄》杜甫：老去悲秋强自宽，兴来今日尽君欢。羞将短发还吹帽，笑倩旁人为正冠。蓝水远从千涧落，玉山高并两峰寒。明年此会知谁健？醉把茱萸仔细看。

习题九《征妇怨》张籍：九月匈奴杀边将，汉军全没辽水上。万里无人收白骨，家家城下招魂葬。妇人依倚子与夫，同居贫贱心亦舒。夫死战场子在腹，妾身虽存如昼烛。

习题十《霜叶飞》吴文英：断桥残雨。独自愁，任凭蓑衣湿去。一夜青丝转华发，不堪离别苦。恼无情、柳絮乱舞。　　凄凉身伫荒园路。记凝眸相对，眼波媚，颦笑涟漪，忘身何处。　　怎忍黄花早坠，拼尽痴狂，娇睫清减几缕。小楼孤灯染深闺，夜冷虫静语。梦中醒，伊人难复。现今谋面似殊途。传尺素，歌慢词，愿卿明年，侯门朱户。

第三节　人格物化

　　人格物化就是将诗人自己的某种内在性格、气质和情感，附着在自然界某种特定的物象上，通过各种物象的特质再现而出。人格物化手法又被称为"托物寄兴"。我国古代诗歌中的"咏物诗"，就是运用了人格物化这种手法，即强调将人品化为物象、物境，由此形成的诗歌格调的高低，决定于诗人品格的高低；而构思立意如何，则受到诗人的艺术素养及对生活的感受与语言驾驭能力的约束。著名诗词作家在咏物诗中的"所托之物"多为：梅、兰、竹、菊、松、柏、石、泉、鹏、鹤、蜂、蝉等。诗人借此寄予自身高尚的情操和褒贬之意，其中以寄托自身情操的人格物化为主要表现形式。应该指出的是，咏物诗词要是停留在咏物上，无论描写得怎样曲尽妙处，总是意义不大，境界也不会高；若在曲尽事物妙处的基础上能写出人物的情感和思绪，这样的咏物才是寓意深刻的咏物。不只停留在咏物，而又切合咏物，这种"不即不离"才是咏物诗词的真谛。

　　人格物化的诗歌主要有以下几种类型：一是对不同事物采取不同的人格物化却表现同一个主题。例如《病牛》（北宋李纲）和《石灰吟》（明代于谦）这两位作者虽然不同时代，但是保家卫国的志向是他们的共同特点，在这两首诗歌中，北宋李刚将自己的人格与病牛联系起来，说自己为了国家和人民的利益，像病牛一般，再苦再累也心甘情愿，死而无憾。明代于谦将自己的人格与石灰联系起来，阐述自己一生中经历了无数磨难，但是在民族危难的关头，挺身而出，宁愿粉身碎骨而义无反顾。二是对同一事物采取不同的人格物化却反映出不同的主题。例如，同样是以梅花为人格物化，王安石的《梅花》表现的是梅花傲然在风雪中的高洁形象，也是作者自身人格的物化。王安石积极主张变法，却遭到诽谤和诋毁，反对改革的保守派就像是寒冷的北风，阻止"梅花"展示美，但是梅花却坚贞不屈，散发着独有的清香。陆游的《卜算子·咏梅》塑造的梅花具有忍辱负重的品格，不愿意抛头露面，也无意争芳斗艳，只是默默地散发着幽香，这和诗人的人格很是相似。

中国古典诗词曲鉴赏

例文一：

水龙吟　苏轼

似花还似非花，也无人惜从教坠。抛家傍路，思量却是，无情有思。萦损柔肠，困酣娇眼，欲开还闭。梦随风万里，寻郎去处，又还被莺呼起。　　不恨此花飞尽，恨西园落红难缀。晓来雨过，遗踪何在？一池萍碎。春色三分，二分尘土，一分流水。细看来，不是杨花，点点是离人泪。

【注释】 这是苏轼对他的好友章质夫《水龙吟·杨花》的一首和词。诗人运用高超的艺术手法，通过描写杨花，更亦描写一个思妇，生动刻画了她候人不归所生的幽怨。王国维认为："咏物自以东坡《水龙吟》为最工"。这首词大约是宋神宗元祐四年（公元1081年）春，苏轼谪居黄州时所作。次韵：按照原作用韵次序进行创作，称为次韵。章质夫：名楶，浦城（今福建蒲城县）人。当时正任荆湖北路提点刑狱，经常和苏轼诗词酬唱。从教：任凭。无情有思：言杨花看似无情，却自有它的想法，这里是拟人手法。抛家傍路：杨花从枝头上落到路边。有思：有意。困酣：困倦得眼睛想睁开又闭上了。遗踪：遗下的踪迹。指雨后杨花。萍碎：杨花落入池中，看起来就像浮萍一样。愁思：这里反用其意。思：心绪，情思。萦：萦绕、牵念。柔肠：柳枝细长柔软，故以柔肠为喻。白居易《杨柳枝》："人言柳叶似愁眉，更有愁肠如柳枝"。困酣：困倦之极。娇眼：美人娇媚的眼睛，比喻柳叶。古人诗赋中常称初生的柳叶为柳眼。落红：落花。缀：连结。萍碎：相传杨花入水化为浮萍。苏轼《再次韵曾仲锡荔支》："柳花著水万浮萍"。自注云："柳至易成，飞絮落水中，经宿即为浮萍"。

【译文】 杨花好像花又不像是花，无人爱惜它，任凭它掉落。它从枝头飘落到路旁，好像无情，其实是有意。那纤柔的柳枝就像思妇的愁肠，嫩绿的柳叶就像她困极的眼睛，想要睁开却又闭上了。在梦中乘着风走过万里，寻找郎君的去处，突然被黄莺的叫声惊醒。不怨恨杨花飞尽，却担忧园子里的落花难以收拾。清晨起来，夜里的风雨已过，杨花的踪迹在哪儿呢？早化作池塘中的浮萍了。杨花的春色有三分，两分已落入尘土，一分随流水而去。仔细一看，那斑斑点点的不是杨花，而是思念离人的泪痕。

【赏析】 "似花还似非花，也无人惜从教坠。"一般来讲，艺术要求用形象反映事物。而苏东坡却匠心独运，抽象地写出了非同反响的艺术效果。看着柳絮像花毕竟又不是花，但仔细品味琢磨，超出了具体形象，一语道出了柳絮的性质。"无人惜"是诗人言没有人怜惜这像花又不是花的柳絮，只有任其坠落，随风而去。一个"惜"字，是全篇妙不可言之"眼"。

"抛家傍路，思量却是，无情有思。"承接上句中的"坠"字展开，这是拟人化的写法。说杨花飘落，"抛家"而去，不是很无情吗？可是飘零柳絮落在"傍路"，却又依依恋"家"。"有思"言其不忍离别的愁思和痛苦。其实，这是诗人心里所想，使杨花飘忽不定的形态具有了人的情感。

"萦损柔肠，困酣娇眼，欲开还闭。"承接上句的"有思"，诗人把杨花比喻为一个思亲少妇，将"有思"具体化、形象化，成为"愁思"。因"愁"而"柔"，因"柔"而"损"；"损"则"困"，"困"则"娇眼""欲开还闭"。呈现出柳絮随风而坠、时起时落、飘忽迷离的形态，折射出思亲少妇的情态。

"梦随风万里，寻郎去处，又还被莺呼起。"少妇愁中入梦，梦里与远在万里的君郎相逢。但好梦不长，正在梦中佳境，却被莺儿的啼声惊醒，怎不让思妇愁上加愁！

上阕是以人状物，虽然是在咏柳絮，却叫人难分诗人是在写柳絮还是写思妇。柳絮与思妇达到了"你中有我,我中有你",貌似神合的境界。词的下阕与上阕相呼应,主要是写柳絮的归宿,感情色彩更加浓厚。

"不恨此花飞尽,恨西园落红难缀。""愁"化作"恨",倾注惜春之情,也是在更深的层次上写柳絮"也无人惜从教坠"的遭遇。因为柳絮像花毕竟又不是花,所以不必去"恨",应该"恨"的是西园遍地落英,最可怜惜。"落红难缀"更反衬出柳絮的"无人惜"的遭际。

"晓来雨过,遗踪何在?一池萍碎。"拂晓的春雨过后,那随风飘舞、"无人惜"的柳絮为何无踪无影,荡然无存了?满池细碎的浮萍说明了一切,原来那沸沸扬扬,满天的飞絮都化作了水上的浮萍。这是诗人"惜"柳絮的想象。

"春色三分:二分尘土,一分流水。"虽然花落无情,好景不长,然而春去有"归":一部分归为尘土,一部分归为流水。柳絮不复存在,大好春光也随着柳絮的消失而消失了。"惜"柳絮,进而"惜"春光,这是诗人情感的充分表现。

"细看来,不是杨花,点点是离人泪。"结尾三句是点睛之笔。那沸沸扬扬、飘忽迷离的柳絮在作者的眼里竟然"点点是离人泪"!这一句照应了上阕思妇愁思的描写,比喻新奇脱俗,想象大胆夸张,感情深挚饱满,笔墨酣畅,蕴意无穷!

例文二:

石灰吟　　于谦

千锤万凿出深山,烈火焚烧若等闲。粉身碎骨浑不怕,要留清白在人间。

【注释】吟:吟颂。千锤万凿:形容开采石灰非常艰难。锤:锤打。凿:开凿。若等闲:好像很平常的事情。浑:全。清白:指石灰洁白的本色,又比喻高尚的节操。这是一首托物言志诗。作者以石灰作比喻,表达自己为国尽忠,不怕牺牲的意愿和坚守高洁情操的决心。

【译文】经过千万次的锤打从深山中开凿出来,烈火焚烧也看作等闲事。粉身碎骨都不怕,只为了留下清白在人间。

【赏析】于谦为官廉洁正直,曾平反冤狱,救灾赈荒,深受百姓爱戴。明英宗时,瓦剌入侵,英宗被俘。于谦议立景帝,亲自率兵坚守北京,击退瓦剌,使人民免遭蒙古贵族再次野蛮统治。但英宗复辟后却以"谋逆罪"诬杀了这位民族英雄。这首《石灰吟》可以说是于谦生平和人格的真实写照。

作为咏物诗,这首诗的价值就在于处处以石灰自喻,而咏石灰就是咏自己磊落的襟怀和坦荡的人格。首句"千锤万凿出深山"是形容开采石灰石很不容易。要经过千锤万凿。次句"烈火焚烧若等闲"中的"烈火焚烧",是指烧炼石灰石。"若等闲"三字,又使人感到不仅是在写烧炼石灰石,它象征着志士仁人无论面临怎样严峻的考验,都从容不迫,视若等闲的豪情。第三句"粉骨碎身浑不怕"的"粉骨碎身"极形象地写出将石灰石烧成石灰粉,而"浑不怕"三字又使我们联想到其中寓有不怕牺牲的精神。最后一句"要留青白在人间"更是作者直抒情怀,立志要做纯洁清白的人的真实写照。

例文三:

病牛　　李纲

耕犁千亩实千箱,力尽筋疲谁复伤。但得众生皆得饱,不辞羸病卧残阳。

【注释】箱通"厢",指粮仓。但:只要。羸:病弱。

【译文】耕犁过许多亩地,换来了很多箱的粮食,耕牛耗尽了力气谁又为它担心呢。只要辛苦的劳动能换来天下百姓的饱餐,宁愿自己拖着病弱的身躯倒卧在夕阳下。

【赏析】诗的前两句"耕犁千亩实千箱,力尽筋疲谁复伤",写病牛耕耘千亩,换来了劳动成果装满千座粮仓,作者将病牛"力尽筋疲"与"谁复伤"加以对照,集中描写了病牛劳苦功高、筋疲力尽而不为人所同情的境遇。两个"千"字,分别修饰"亩"与"箱",极力说明病牛"耕犁"数量大、劳动收获多,同时,也暗示这头牛由年少至年老、由体壮及体衰的历程。次句的反诘语气强烈,增添了诗的凝重感。

诗的后两句"但得众生皆得饱,不辞羸病卧残阳。"将病牛与"众生"联系起来写,以"但得"与"不辞"对举,强烈地抒发了病牛不怕辛苦、一心向着众生的志向。结句中的"残阳"是双关语,既指夕阳,又象征病牛的晚年,有助于表现老牛身体病弱却力耕负重、死而后已的精神。

此诗并非为咏牛而咏牛,而是"托物言志",借咏牛来为作者言情述志。诗人疲惫不堪,却耿耿不忘抗金报国,想着社稷,念着众生,作者正是这样怀着强烈的爱国热忱来吟咏病牛,因而,也是作者自身形象的再现,能在读者心中引起共鸣,产生美感。

我要试试!

习题一《梅花》王安石:墙角数枝梅,凌寒独自开。遥知不是雪,为有暗香来。

习题二《绿竹筠》苏轼:宁可食无肉,不可居无竹,无肉使人瘦,无竹使人俗。

习题三《画菊》郑思肖:花开不并百花丛,独立疏篱趣味穷。宁可枝头抱香死,何曾吹落北风中。

习题四《菊花》元稹:秋丛绕舍似陶家,遍绕篱边日渐斜。不是花中偏爱菊,此花开尽更无花。

习题五《菊花》黄巢:待到秋来九月八,我花开后百花杀。冲天香阵透长安,满城尽带黄金甲。

习题六〔中吕·红绣鞋·雪〕徐再思:白鹭交飞溪脚,玉龙横卧山腰,满乾坤无处不琼瑶。因风吹柳絮,和月点梅梢。想孤山鹤睡了。

习题七《春别》元稹:幽芳本未阑,君去蕙花残。河汉秋期远,关山世路难。云屏留粉絮,风幌引香兰。肠断回文锦,春深独自看。

习题八《孤兰》李白:孤兰生幽园,众草共芜没。虽照阳春晖,复悲高秋月。飞霜早淅沥,绿艳恐休歇。若无清风吹,香气为谁发?

习题九《卜算子·咏梅》陆游:驿外断桥边,寂寞开无主。已是黄昏独自愁,更著风和雨。　无意苦争春,一任群芳妒。零落成泥碾作尘,只有香如故。

习题十《梅花》林逋:众芳摇落独暄妍,占尽风情向小园。疏影横斜水清浅,暗香浮动月黄昏。霜禽欲下先偷眼,粉蝶如知合断魂。幸有微吟可相狎,不须檀板共金樽。

第四节　化物为人

　　化物为人就是把客观外界的事物加以人格化,并赋予它人所具有的思想情感、性格气质、言谈举止和音容笑貌。使物和人一样的具有喜怒哀乐的情绪。化物为人是诗歌创作中经常采用的"拟人"手法。化物为人与人格物化是"移情"作用的两种不同表现。化物为人,即拟人,赋予物象以人之情感;人格物化,即拟物,赋予人物以物象之某种特征。诗人将这两种手法交替运用,目的是为了营造出多彩多姿的情思花环,以打动人心。

　　化物为人的手法经常将一些体现人的感情的动词或者形容词转移到描写物上,赋予这些物以人的情思。有以下几个方面:一是整体化物为人。就是将某种物象进行人格化处理,从多层次、多角度呈现诗人的细腻情感。例如,苏轼的《水龙吟·次韵章质夫杨花词》。二是局部化物为人。例如,杜甫的《春望》中将花赋予人的感情,"花"可以替代作者洒下感时忧国的泪水;"鸟"可以唱出悲伤的曲子,表现和家人分别的痛苦与不安。

例文一:

春日(其一)　　秦观
　　一夕轻雷落万丝,霁光浮瓦碧参差。有情芍药含春泪,无力蔷薇卧晓枝。

【注释】(秦观(1049—1100),字少游,一字太虚,号淮海居士,别号邗沟居士。扬州高邮(今属江苏)人。北宋文学家,北宋词人。他与黄庭坚、晁补之、张耒号称为"苏门四学士",颇得苏轼赏识。秦观生性豪爽,洒脱不拘,溢于文词。)丝:喻雨。浮瓦:晴光照在瓦上。霁(jì)光:雨天之后明媚的阳光。霁:雨后放晴。参差:高低错落的样子。芍药:一种草本植物,这里指芍药花。春泪:雨点。

【译文】昨夜里轻轻的雷声伴随着一夜的绵绵细雨,晨光从琉璃瓦上反射出来。多情的芍药上雨珠点点似在含泪欲滴,经历了夜雨的蔷薇花在朝阳中无力地躺在嫩枝上。

【赏析】这首诗写雨后春景。雨后晨雾薄笼,庭院碧瓦晶莹;芍药带雨含泪,脉脉含情,蔷薇静卧枝蔓,娇艳妩媚。这里有近有远,有动有静,有情有姿,随意点染,参差错落。全诗清新、婉丽,十分打动人心。

　　"一夕轻雷落万丝,霁光浮动碧参差。"在这里的雷是"轻"的,雨如"丝"般,诗人只用两个字就揭示出春雨的特色。那碧绿的琉璃瓦,被一夜春雨洗得干干净净,晶莹剔透,犹如翡翠,瓦上还轻卧着水珠,在晨曦的辉映下,浮光闪闪,鲜艳夺目,令人心旷神怡。

　　"有情芍药含春泪,无力蔷薇卧晓枝。"最后两句诗人采用以美人喻花的手法,又加上对仗,确实是美不胜收。芍药亭亭玉立,有"含春泪"之态,蔷薇攀枝蔓延,带"无力卧"之状。通篇通过对偶形式和拟人手法,描绘了芍药和蔷薇百媚千娇的情态。以一种清新婉丽的韵味,展示了诗人对自然界景物、现象敏锐的观察力、感受力和表现力。在意境上以"春愁"统摄全篇,虽无一"愁"字,但从芍药、蔷薇的情态中,读者可以感受和领悟到诗人宦途艰险所形成的浓厚的愁绪。

例文二：

浣溪沙　　吴文英

门隔花深旧梦游,夕阳无语燕归愁。玉纤香动小帘钩。　　落絮无声春堕泪,行云有影月含羞。东风临夜冷于秋。

【注释】吴文英(1200?—1260?)字君特,号梦窗,晚年又号觉斋,本翁姓,入继于吴氏,四明人(今浙江省宁波市)。吴文英终身布衣,以清客的身份出入权贵史宅之、贾似道等人之门,常常往来于苏州、杭州、绍兴一带。他的词内容多是咏物写景。《四库提要》中说:"词家之有(吴)文英,如诗家之有李商隐。"道出了两个人创作风格的相似之处,当然李商隐的诗流传更广。玉纤:形容美人的手指白而纤细。门隔花深:指梦游之地。冷于秋:指比秋天还冷。

【译文】那道门隔着深深地花丛,梦中重游旧地。夕阳无言地西下,燕子带着愁思归巢。纤白的玉手,传来阵阵幽香,轻轻拉起帘子的小钩。飘落的柳絮就像春天的眼泪坠落,天边的行云投下暗影,好像月亮带着些羞涩。今夜吹起了东风,竟然比秋天还冷。

【赏析】上片"门隔花深旧梦游,夕阳无语燕归愁。玉纤香动小帘钩"。"门隔花深"指花径通幽,春意浓郁。不料我去寻访伊人时,本应欢聚,却成话别。为什么要离别,词中并未明说。夕阳斜照,燕子方归,有情人却要分离,黯然无语,相对生愁。这里不写人的伤别,而写惨淡的自然环境,正是烘云托月的妙笔。二人即将分手:伊人纤手开帘,二人相偕出户,彼此留恋,不忍分离。

下片采用的是兴、比兼有的艺术手法。"落絮无声春堕泪,行云有影月含羞。"表面是写景,实际是写人。词人把人情移入自然界的"落絮"与"行云"中,落絮像春天洒下的眼泪,月亮含羞躲在云里,实际上写的是情人含羞掩面,无声啜泣,这时的自然是人化的大自然。飘落的柳絮,云遮的月儿已经和离别时伤心欲绝的情人合而为一了。有所思,故有所梦;有所梦,更有所思。如此心情,如此环境,自然完全感觉不到一丝春意,所以临夜的东风吹来,比萧瑟凄冷的秋天还萧瑟凄冷了。这是当日离别时的情景,也是梦中的情景,更是今日梦醒时的情景。

例文三：

书湖阴先生壁　　王安石

茅檐长扫静无苔,花木成畦手自栽。一水护田将绿绕,两山排闼送青来。

【注释】湖阴先生:指杨德逢,是作者元丰年间(1078—1086)闲居江宁(今江苏南京)时的一位邻里好友。本题共两首,这里选录第一首。茅檐:代指庭院。静:即净。护田:保护园田。将:携带。绿:指水色。排闼:推开门。闼:宫中小门。

【译文】茅草房庭院经常打扫,洁净得没有一丝青苔。花草树木满畦成行,都是主人亲手栽种。庭院外一条清清的小河环绕护卫着农田,两座青山推开院门,送来青翠的山色。

【赏析】这是王安石题在杨德逢屋壁上的一首诗。"茅檐长扫静无苔,花木成畦手自栽。"江南初夏多雨季节,对青苔生长更为有利。况且青苔总是生长在僻静之处,较之其他杂草更难扫除。而今庭院之内,连青苔也没有,表明主人的勤快。"花木"是庭院内最引人注目的景物,因为品种繁多,所以要分畦栽种。"成畦"二字既交代花圃的整齐,也暗示出花木的丰美。首二句赞美杨家庭院的清幽。仅用"无苔"二字,暗示主人生活情趣的高雅。

"一水护田将绿绕,两山排闼送青来。"后二句所以广泛传诵,主要还在于"一水""两山"被转化为富于生命感情的亲切的形象,拟人和描写浑然一体,交融无间。"一水护田"加一"绕"字,描写那小溪曲折生姿,"送青"之前冠以"排闼"二字,它既写出了山色的深翠欲滴,也表明山就在杨家庭院的门前,门就像是被山推开似的。这两句诗可看到一个人品高洁、富于生活情趣的湖阴先生。所居仅为"茅檐",他不仅常扫青苔,以至于"静无苔";还亲手自栽成畦的花木。可见他清静脱俗,朴实勤劳。这样一位徜徉于山水之间的高士,当然比别人更能欣赏到山水的美,更感到"一水""两山"的亲近;诗人想象山水有情,和湖阴先生早已缔结了深厚的交谊。

例文四:

赠别 杜牧

多情却似总无情,惟觉樽前笑不成。蜡烛有心还惜别,替人垂泪到天明。

【注释】 赠别:在这里表示惜别。罇:同樽,酒具。替人:为人,代替人。

【译文】 聚首如胶似漆作别却感无情;只觉得酒筵上要笑但笑不声出。案头蜡烛有心它还依依惜别,你看它替我们流泪流到天明。

【赏析】 这首诗抒写诗人对妙龄歌女留恋惜别的心情。杜牧此诗不用"悲"、"愁"等字,却写得坦率、真挚,道出了离别时的真情实感。诗人同所爱不忍分别,又不得不分别,感情是千头万绪的。"多情却似总无情",明明多情,偏从"无情"着笔,"总"字,又加强了语气,感情色彩浓厚。

诗人爱得太深、太多情,以至使他觉得,无论用怎样的方法,都不足以表现出内心的情感。别筵上,凄然相对,像是彼此无情似的。越是多情,越显得无情,这种情人离别时最真切的感受,诗人把它写活了。"惟觉樽前笑不成",要写离别的悲苦,他又从"笑"字入手。一个"惟"字表明,诗人是多么想面对情人,举樽道别,强颜欢笑,使所爱欢欣!但因为感伤离别,却挤不出一丝笑容来。想笑是由于"多情","笑不成"是由于太多情,不忍离别而事与愿违。这种矛盾的情态描写,把诗人内心的真实感受,说得委婉尽致,极有情味。然而诗人又撇开自己,去写告别宴上那燃烧的蜡烛,借物抒情。诗人带着极度感伤的心情去看周围的世界,于是眼中的一切也就都带上了感伤色彩。蜡烛,本是有烛芯的,所以说"蜡烛有心";而在诗人的眼里烛芯却变成了"惜别"之心,把蜡烛拟人化了。在诗人的眼里,它那彻夜流溢的烛泪,就是在为男女主人的离别而伤心了。"替人"使意思更深一层。"到天明"又点出了告别宴饮时间之长,这也是诗人不忍分离的一种表现。这种感情的表现可因人因事的不同而千差万别。

例文五:

春望 杜甫

国破山河在,城春草木深。感时花溅泪,恨别鸟惊心。
烽火连三月,家书抵万金。白头搔更短,浑欲不胜簪。

中国古典诗词曲鉴赏

【注释】 公元757年安禄山叛乱后的第二年,杜甫被困在沦陷的京城长安,这首诗是他在长安看春景时所感而发。春望:春天在高处远望。国:指京城长安。感时:感叹时事。花溅泪:看见花就泪水飞溅。鸟惊心:听到鸟的叫声使人心惊。烽火:这里指战争。抵:值。骚:骚,抓。浑欲:简直要。不胜:受不住。簪:古代男子成年后把头发绾在头顶上,用一根簪别住。

【译文】 国都已经残破,祖国山河仍在,京城的春天虽已到来,却是一副草木荒深的凄凉景象。感伤时连花都要落泪,怅恨妻离子散,连鸟儿都叫得惊心。战争连年累月,一封家书非常珍贵,愁白的头发越挠越短,都快要梳不成发髻插簪子。

【赏析】 "国破山河在,城春草木深。"全篇围绕"望"字展开,前两句借景抒情,情景结合。诗人以写长安城里草木丛生、人烟稀少来衬托国破城荒的悲凉景象。有一种物是人非的历史沧桑感。

"感时花溅泪,恨别鸟惊心。"两句将花鸟人格化,有感于国家的分裂、国事的艰难。通过花和鸟两种事物来写春天,表达出亡国之悲、离别之悲。诗人由登高远望到焦点式的透视,由远及近,感情由弱到强,就在这感情和景色的交叉转换中含蓄地传达出诗人地感叹忧愤。

"烽火连三月,家书抵万金。"诗人从侧面反映战火经年不息,国家动乱不安,人民妻离子散,音书不通,这时候收到家书尤为难能可贵。

"白头搔更短,浑欲不胜簪。"结尾两句,写诗人那愈来愈稀疏的白发,连簪子都插不住了,形象地刻画了诗人为国难民难担忧到了极点。全篇诗情景交融,感情深沉,而又含蓄凝练,言简意丰,真挚自然,充分体现了诗人"沉郁顿挫"的艺术风格。反映了诗人热爱祖国,眷怀家人的感情。

例文六:

鹊踏枝　　冯延巳

谁道闲情抛掷久?每到春来,惆怅还依旧。日日花前常病酒,不辞镜里朱颜瘦。　　河畔青芜堤上柳,为问新愁,何事年年有?独立小桥风满袖,平林新月人归后。

【注释】 闲情:闲散的心情。这里指闲愁。病酒:因喝酒过量而引起的身体不适。不辞:不回避。这里有在所不惜的意思。朱颜:这里指青春健壮的颜色。青芜:丛生的青草。芜:丛生的草。平林:平原上的树林,源于李白《菩萨蛮》:"平林漠漠烟如织,寒山一带伤心碧。"新月:农历月初形状如钩的月亮。

【译文】 谁说闲愁时间久了就会抛却忘记,每到春天来临,那股惆怅的思绪还是依旧盘旋在心头。天天都对着花丛饮酒,喝得过量致使身体不适,镜子里健康的面色已不再也在所不惜。河边郁郁葱葱的青草,堤岸上随风摇摆的柳枝,想问它们每年一到春天,新的愁绪从哪里而来。独自站立在小桥之上,任风吹满袖口,直到月上树梢、路无行人的黄昏之后。

【赏析】 这首词开始一句反问:"谁道闲情抛掷久?""抛掷久"三个字,是说这闲情在心间已纠缠很久了,它令人备受折磨,想摆脱又无法摆脱。词人确实曾经想要抛掷掉它,而最终又发现,在自己的内心深处实在是无法抛掉。

"每到春来,惆怅还依旧。"词人的"惆怅"与"闲情"相似,一是因为春意勃发,容易引起人感情的苏醒;二是那段难以忘怀的恋情发生在春天,因而触景生情,更能唤起幸福的记忆。

"日日花前常病酒,不辞镜里朱颜瘦。"每日在花前饮酒沉醉,以至于为酒所病。镜子里容颜憔悴,却义无反顾地明知有害处也不逃避、不改变、不后悔。这两句在极度的痛苦中写出一种虽死而不悔的执著。词人确实承受不起这份沉重的忧愁和伤感,却又抛掷不下或不愿抛掷,便只好每日在花前饮酒自醉,借以消愁解恨。

河畔青芜堤上柳,这句承上片"春来"二字写春景,通过景色进一步抒情。写春景却不写盛开的鲜花,因为那太绚丽也太热烈了,与词人的心意不合;他只想表现河畔漫无边际的青草,和堤上细丝飘动的柳条。词人的惆怅依旧,引出下列反问:"为问新愁,何事年年有?"这是向青芜问,向堤柳问,更是向自己问。词人虽提问,春色却无法回答,自己也无意于让它回答。这里诗人采用人格物化的手法,好像"青芜"、"堤柳"具有人的思想,能回答诗人提出的问题一样。

"独立小桥风满袖,平林新月人归后"。结尾二句是刻画词人的自我形象。这两句,既是写景,也是写人。人在景中,而景又充满了人的感受,由环境、景物、感受融合而创造出的词人孤寂忧伤的自我形象,含蓄地回答了上面提出的问题。正因为他心中年积月累地萦绕着那抛掷不掉的"闲愁",一经春色的触发,便产生出一种似旧而实新的惆怅之情来。全词从不同角度,以不同方式,反复描写和抒发作者无尽的愁思。

我要试试!

习题一《大林寺桃花》白居易:人间四月芳菲尽,山寺桃花始盛开。长恨春归无觅处,不知转入此中来。

习题二《窗前木芙蓉》范成大:辛苦孤花破小寒,花心应似客心酸。更凭青女留连得,未作愁红怨绿看。

习题三《画眉鸟》欧阳修:百啭千声随意移,山花红紫树高低。始知锁向金笼听,不及林间自在啼。

习题四《小园》黎简:水影动深树,山光窥短墙。秋村黄叶满,一半入斜阳。幽竹如人静,寒花为我芳。小园宜小立,新月似新霜。

习题五〔双调·水仙子·舟中〕孙周卿:孤舟夜泊洞庭边,灯火青荧对客船。朔风吹老梅花片,推开篷雪满天。诗豪与风雪争先。雪片与风鏖战,诗行和雪缴缠,一笑嫣然。

习题六《春望》杜甫:国破山河在,城春草木深。感时花溅泪,恨别鸟惊心。烽火连三月,家书抵万金。白头搔更短,浑欲不胜簪。

习题七《渔家傲》范仲淹:塞下秋来风景异,衡阳雁去无留意。四面边声连角起,千嶂里,长烟落日孤城闭。浊酒一杯家万里,燕然未勒归无计,羌管悠悠霜满地。人不寐,将军白发征夫泪。

习题八《钓竿篇》沈佺期:朝日敛红烟,垂竿向绿川。人疑天上坐,鱼似镜中悬。避楫时警透,猜钩每误牵。湍危不理辕,潭静欲留船。钓玉君徒尚,征金我未贤。为看芳饵下,贪得会无筌。

习题九《赠韦侍御黄裳(其一)》李白:太华生长松,亭亭凌霜雪。天与百尺高,岂为微飙折?桃李卖阳艳,路人行且迷。春光扫地尽,碧叶成黄泥。愿君学长松,慎勿作桃李。受屈不改心,然后知君子。

中国古典诗词曲鉴赏

习题十《青玉案》元好问：落红吹满沙头路。似总为、春将去。花落花开春几度。多情惟有，画梁双燕，知道春归处。镜中冉冉韶华暮。欲写幽怀恨无句。九十花期能几许。一卮芳酒，一襟清泪，寂寞西窗雨。

诗歌传统意象诠释汇集（一）

	意象	含义	意象	含义
花木鸟禽	杨柳	表示离情、别恨、柔情	杨花	表示分别、送别、离散
	梧桐	表示寂寞、惆怅、凄苦	木叶	表示惆怅、落寞、孤寂
	梅花	象征高洁、自傲、不屈	兰花	表示高洁、美好、清新
	菊花	象征隐逸、高洁、脱俗	竹子	表示正直、高雅、气节
	桃花	形容美丽、可人的容颜	牡丹	表示富丽、雍容、华贵
	松柏	表示坚强、富有生命力	绿叶	表示活力、希望、生命
	黄叶	象征美人迟暮、希望破灭	禾黍	表示昔盛、今衰、感叹
	绿草	象征生命不息、希望期待	黄粱	表示虚幻、幻想、破灭
	枯草	表示荒凉、偏僻、萧瑟	花开	表示希望、美好、佳境
	小草	象征地位、身份的卑微	花落	表示失意、挫折、坎坷
	鸳鸯	表示夫唱妇随、夫妻情深	鸿雁	表示两情交往、思乡
	鹧鸪	烘托荒凉破败、惆怅落寞	杜鹃	表示哀怨、思归、冤魂
	猿猴	表示凄厉、哀伤、愁苦	鹰	表示刚劲、自由、大志
	鱼	表示自由、闲适、随兴	乌鸦	表示不祥、小人、仇恨
	沙鸥	表示人生飘零、伤感愁怀	青鸟	表示情人、恋人的使者
日月雨雪	太阳	表示希望、活力、胜利	细雨	表示生机、活力、缠绵
	夕阳	比喻年老、失落、衰败	暴雨	象征热情、残酷，荡污
	月亮	象征人生的圆满、缺憾 表示亲人的团圆、分离 表示思乡、思亲、思友 表示旷达、潇洒、包容	露	表示人生短促、生命易逝
			雪	象征纯洁、高洁、环境恶劣
			霜	象征人易老、路坎坷
			风	象征动荡、变化、无常
	春风	表示希望、旷达、欢娱	西风	表示落寞、惆怅、思归
	云	表示漂泊、游荡、客居 "浓云"表现愁肠压抑	晴天	表示光明、欢娱、美景
			阴天	表现压抑、愁苦、寂寞

其他	玉	象征高洁、脱俗、美丽	尺素	指代书信传递、信息沟通
	吴钩	佩带的刀剑、建功立业	珍珠	表示美丽、纯洁、无瑕
			红色	象征青春、热情、喜悦
	白色	象征纯洁、无瑕、丧事	绿色	象征希望、活力、和平
	黑色	表示黑暗、绝望、神秘	蓝色	表现高雅、忧郁、恬静
	黄色	象征温暖、平和、尊严	紫色	表现高贵、神秘、富丽
	桑梓	表示怀乡、思念之情	西楼	表示忧伤、遥望故乡之处
	南园	泛指花草、园林		
	楼兰	西域古国名,表现卫国立功	关山	表现遥远的怀乡思人之地
	阳关	古地名,表示离别、送行		

诗歌传统意象诠释汇集(二)

意象是诗歌艺术的精髓,是作者主观感情的客观物象。在我国古典诗歌漫长的历程中,形成了很多传统的意象,它们蕴含的意义基本固定。熟悉这些意象,会给鉴赏诗歌带来帮助。中国古典诗歌的主要意象分为:

一、送别类意象。送别类意象主要表达夫妻、兄弟姊妹、好朋友分别时的依依不舍之情及别后的思念。

1. 长亭。古代路旁置有亭子,供人们饯别送行或旅途停息休憩。"长亭"成为一个蕴含着依依惜别之情的意象,在古代送别诗词中经常出现。例如柳永《雨霖铃》中"寒蝉凄切,对长亭晚"等。北周文学家庾信的《哀江南赋》:"十里五里,长亭短亭。谓十里一长亭,五里一短亭。"

2. 杨柳。它源于《诗经·小雅·采薇》"昔我往矣,杨柳依依;今我来思,雨雪霏霏",由杨柳的依依之态很容易联想到人们惜别的依依之情。"柳"与"留"谐音,所以古人在送别之时,往往折柳相送,以表达依依惜别的深情,许多文人用它来传达怨别、怀远等情思。如张先《一丛花令》中的"离愁正引千丝乱,更东陌飞絮濛濛"。

3. 酒。元代杨载说:"凡送人多托酒以将意,写一时之景以兴怀,寓相勉之词以致意。"酒除排解愁绪之外,还饱含着深情的祝福。将美酒和离情联系在一起的诗词很多。例如王维的《渭城曲》中的"劝君更尽一杯酒,西出阳关无故人";宋祁《玉楼香》中"为君持酒劝斜阳,且向花间留晚照"。

4. 南浦。南浦多见于南方水路送别的诗词中,它成为送别诗词中的常见意象与屈原《九歌·河伯》"与子交手兮东行,送美人兮南浦"这一名句有很大关系。南朝文学家江淹作《别赋》"春草碧色,春水渌波,送君南浦,伤如之何"。唐宋送别诗词中出现得则更为普遍,如唐代白居易《南浦别》中的"南浦凄凄别,西风袅袅秋"等。

二、思乡类意象。思乡类意象主要表达人们在外思乡、怀乡的心境。

1. 鸿雁。鸿雁是大型候鸟,每年秋季飞回故巢的景象,常常引起游子思乡怀亲和羁旅中的伤感之情,因此诗人常常借鸿雁抒情。例如李清照的《一剪梅》中"雁字回时,月满西楼"。元代黄庚《见雁有怀》中"年年江上无情雁,只带秋来不见书"。

2. 月亮。古诗中的月亮是思乡的代名词。例如张继的《枫桥夜泊》："月落乌啼霜满天，江枫渔火对愁眠。姑苏城外寒山寺，夜半钟声到客船。"苏轼的《水调歌头·明月几时有》："但愿人长久，千里共婵娟。"从良好的祝愿写兄弟之情。意境豁达开朗，意味深长。

3. 双鲤。鲤鱼代指书信，这个典故出自汉乐府诗《饮马长城窟行》："客从远方来，遗我双鲤鱼。呼儿烹鲤鱼，中有尺素书。"古时人们多以鲤鱼形状的函套藏书信，因此不少文人也在诗文中以鲤鱼代指书信。例如宋人晏几道的《蝶恋花》词："蝶去莺飞无处问，隔水高楼，望断双鱼信。"清人宋琬的《喜周华岑见过》："不见伊人久，曾贻双鲤鱼。"

4. 捣衣。捣衣表达对亲人的牵挂。月下捣衣、风送砧声，这种境界不仅思妇伤情，也最易触动游子的情怀，因此捣衣意象也是思乡主题的传统意象之一。例如李白的《子夜吴歌》之三："长安一片月，万户捣衣声。秋风吹不尽，总是玉关情。何日平胡虏，良人罢远征？"

5. 莼羹鲈脍。典出《晋书·张翰传》。传说晋朝的张翰当时在洛阳做官，因见秋风起，思念家乡的美味"莼羹鲈脍"，便毅然弃官归乡，从此引出了"莼鲈之思"这个表达思乡之情的成语。后来文人以"莼羹鲈脍"、"莼鲈秋思"借指思乡之情。

三、悲凉类意象。悲凉类意象主要表达人们在生活中所遇到的孤独、寂寞、愁怨等。

1. 芭蕉。在诗文中常与孤独忧愁特别是离情别绪相联系。例如宋代李清照的《添字丑奴儿》："窗前谁种芭蕉树，阴满中庭。阴满中庭，叶叶心心舒卷有舍情。"把伤心、愁闷一股脑儿倾吐出来。

2. 梧桐。在中国古典诗歌中，是凄凉悲伤的象征。例如宋代李清照的《声声慢》："梧桐更兼细雨，到黄昏，点点滴滴。"元人徐再思的《双调水仙子·夜雨》："一声梧叶一声秋，一点芭蕉一点愁，三更归梦三更后。"都以梧桐叶落来写凄苦愁思。

3. 流水。水在我国古代诗歌里和绵绵的愁丝连在一起，多传达人生苦短、命运无常的感伤与哀愁。例如李白的《宣州谢朓楼饯别校书叔云》："抽刀断水水更流，举杯消愁愁更愁。人生在世不称意，明朝散发弄扁舟。"晚唐李煜的《虞美人》："问君能有几多愁，恰似一江春水向东流。"宋代欧阳修的《踏莎行》："离愁渐远渐无穷，迢迢不断如春水。"

4. 斜阳（夕阳、落日），也多传达凄凉失落、苍茫沉郁之情。唐代诗人严维《酬刘员外见寄》：柳塘春水漫，花坞夕阳迟。唐代王维的《使至塞上》："大漠孤烟直，长河落日圆。"宋代王安石的《桂枝香·金陵怀古》："征帆去棹残阳里，背西风、酒旗斜矗。"

5. 杜鹃鸟。古代神话中，周朝末年蜀地的君主望帝，因被迫让位给他的臣子，自己隐居山林，死后灵魂化为杜鹃鸟，暮春啼哭，至于口中流血，其声哀怨凄悲，动人肺腑。于是古诗中的杜鹃就成为凄凉、哀伤的象征。唐代李白的《蜀道难》："又闻子归啼夜月，愁空山。"唐代白居易的《琵琶行》："其间旦暮闻何物？杜鹃啼血猿哀鸣。"宋代秦观《踏莎行》："可堪孤馆闭春寒，杜鹃声里斜阳暮。"等等。

6. 猿猴。古诗词中常常借助于猿啼表达一种悲伤的感情。如：北魏地理学家、散文家郦道元的《水经注·江水》中渔者歌曰："巴东三峡巫峡长，猿鸣三声泪沾裳。"唐代杜甫的《登高》："风急天高猿啸哀，渚清沙白鸟飞回。"

四、感慨类意象。感慨类意象主要表达人们对现实中的事物、人物的感慨、赞美、敬仰及赞颂等情感。

1. 梅花。梅花在严寒中最先开放，然后引出烂漫百花散出的芳香，因此梅花傲雪、坚强、不屈不挠的品格，受到了诗人的敬仰与赞颂。例如宋人陈亮的《梅花》："一朵忽先变，百花皆后香。"诗人抓住梅花最先开放的特点，写出了不怕打击挫折、敢为天下先的品质，既是咏梅，也是咏自己。王安石的《梅花》："遥知不是雪,为有暗香来。"诗句既写出了梅花的因风香远,又含蓄地表现了梅花的纯净洁白,收到了香色俱佳的艺术效果。陆游的《咏梅》："零落成泥碾作尘,只有香如故。"借梅花来比喻自己备受摧残的不幸遭遇和不愿同流合污的高尚情操。

2. 松柏。《论语·子罕》中说："岁寒,然后知松柏后凋也。"作者赞扬松柏的耐寒,来歌颂坚贞不屈的人格,形象鲜明,意境高远,启迪了后世文人无尽的诗情画意。三国人刘桢《赠从弟》："岂不罹凝寒,松柏有本性。"诗人以此句勉励堂弟要像松柏那样坚贞,在任何情况下保持高洁的品质。唐人李白的《赠书侍御黄裳》："愿君学长松,慎勿作桃李。"韦黄裳一向谄媚权贵,李白写诗规劝他,希望他做一个正直的人。唐人刘禹锡《将赴汝州,途出浚下,留辞李相公》诗中的"后来富贵已凋落,岁寒松柏犹依然",也以松柏来象征孤直坚强的品格。

3. 菊花。菊花一直受到文人墨客的青睐,有人称赞它坚强的品格,有人欣赏它清高的气质。屈原《离骚》："朝饮木兰之坠露兮,夕餐秋菊之落英。"诗人以饮露餐花寄托他那玉洁冰清、超凡脱俗的品质。东晋田园诗人陶渊明写了很多咏菊诗,将菊花素雅、淡泊的形象与自己不屈流俗的志趣十分自然地联系在一起,例如"采菊东篱下,悠然见南山。";宋人郑思肖《寒菊》中"宁可枝头抱香死,何曾吹堕北风中",宋人范成大的《重阳后菊花二首》中"寂寞东篱湿露华,依前金靥照泥沙"等诗句,都借菊花来寄寓诗人的精神品质。

4. 竹。竹子亭亭玉立,挺拔多姿,以其"遭霜雪而不凋,历四时而常茂"的品格,赢得古今诗人的喜爱和称颂。例如白居易的《养竹记》中,以竹喻人生,晓以树德修身处世之道:"竹似贤,何哉?竹本固,固以树德,君子见其本,则思善建不拔者。竹性直,直以立身;君子见其性,则思中立不倚者。竹心空,空似体道;君子见其心,则思应用虚者。竹节贞,贞以立志;君子见其节,则思砥砺名行,夷险一致者。夫如是,故君子人多树为庭实焉。"苏轼的《於潜僧绿筠轩》有咏竹名句:"宁可食无肉,不可居无竹。无肉令人瘦,无竹使人俗。人瘦尚可肥,士俗不可医。"将竹视为名士风度的最高象征。郑板桥一生咏竹画竹,留下了很多咏竹佳句,如:"咬定青山不放松,立根原在破岩中。千磨万击还坚劲,任尔东西南北风。"赞美了翠竹坚定顽强、不屈不挠的风骨和不畏逆境、蒸蒸日上的禀性。

5. 黍离。"黍离"常用来表示对国家昔盛今衰的痛惜伤感之情。典出《诗经·王风·黍离》。旧说周平王东迁以后,周大夫经过西周古都,悲叹宫廷宗庙毁坏,长满禾黍,就作了《黍离》这首诗寄托悲思。后世遂以"黍离"之思用作昔盛今衰等亡国之悲。例如姜夔的《扬州慢》中有:"予怀怆然,感慨今昔,因自度此曲。千岩老人以为有《黍离》之悲也。"

6. 冰雪。古代诗歌中,常以冰雪的晶莹比喻心志的忠贞、品格的高尚。例如王昌龄的《芙蓉楼送辛渐》："洛阳亲友如相问,一片冰心在玉壶。"以"冰心在玉壶"比喻个人光明磊落的心性。再如张孝祥《念奴娇》中的名句:"应念岭海经年,孤光自照,肝肺皆冰雪。"表明自己的襟怀坦白和光明磊落。

7. 草木。以草木繁盛反衬荒凉,以抒发盛衰兴亡的感慨。例如姜夔的《扬州慢》："过春风十里,尽荠麦青青。"杜甫的《蜀相》："映阶碧草自春色,隔叶黄鹂空好音。"

五、情爱类意象。情爱类意象主要表达夫妇之情,情人之间相思、爱慕、热恋的美好情感。

1. 莲。"莲"与"怜"音同,所以古诗中有不少写莲的诗句,借以表达爱情。例如南朝乐府《西洲曲》："采莲南塘秋,莲花过人头。低头弄莲子,莲子青如水。"采用谐音双关的修辞,表达了一个女子对所爱的男子的深长思念和爱情的纯洁。

2. 红豆。传说古代一位女子,因丈夫死在边疆,哭于树下而死,化为红豆,于是红豆又称"相思子",常用以象征爱情或相思。例如王维《相思》诗:"红豆生南国,春来发几枝。愿君多采撷,此物最相思。"诗人借生于南国的红豆,抒发了对友人的眷念之情。

3. 连理枝、比翼鸟。连理枝,指根和枝交错在一起的两棵树;比翼鸟,传说中的一种鸟,雌雄老在一起飞,古典诗歌里用作恩爱夫妻的比喻。例如白居易的《长恨歌》:"七月七日长生殿,夜半无人私语时。在天愿作比翼鸟,在地愿为连理枝。"

六、战争类意象。战争类意象主要表达人们对战争的厌恶,不满等情绪。

1. 长城。《南史·檀道济传》记载,檀道济是南朝宋的大将,权力很大,受到君臣猜忌。后来宋文帝借机杀他时,檀道济大怒道:"乃坏汝万里长城!"很显然是指宋文帝杀害将领,瓦解自己的军队。后来就用"万里长城"指守边的将领。例如陆游的《书愤》:"塞上长城空自许,镜中衰鬓已先斑。"

2. 投笔。《后汉书》载:班超家境贫寒,靠为官府抄写文书来生活。他曾投笔感叹,要效法傅介子、张骞立功边境,取爵封侯。后来"投笔"就指弃文从武。例如辛弃疾的《水调歌头》:"莫学班超投笔,纵得封侯万里,憔悴老边州。"

3. 柳营。指军营。《史记·绛侯周勃世家》记载:汉文帝时,汉军分扎霸上、棘门、细柳以备匈奴,细柳营主将为周亚夫。周亚夫的细柳军营纪律严明,军容整齐,连文帝及随从也得经周亚夫许可,才可入营,文帝极为赞赏周亚夫治军有方。后代多以"柳营"称纪律严明的军营。

4. 楼兰。《汉书》载,楼兰国王贪财,多次杀害前往西域的汉使。后来傅介子被派出使西域,计斩楼兰王,为国立功。以后诗人就常用"楼兰"代指边境之敌,用"破(斩)楼兰"指建功立业。例如王昌龄的《从军行》:"青海长云暗雪山,疆域遥望玉门关。黄沙百战穿金甲,不破楼兰终不还。"

5. 羌笛。羌笛发出的凄切之音,常让征夫怆然泪下。唐代边塞诗中经常提到,例如王之涣的《凉州曲》:"羌笛何须怨杨柳,春风不度玉门关。"岑参的《白雪歌送武判官归京》:"中军置酒宴归客,胡琴琵琶与羌笛。"李益的《夜上受降城闻笛》:"不知何处吹芦管,一夜征人尽望乡。"范仲淹的《渔家傲》:"浊酒一杯家万里,燕然未勒归无计,羌管悠悠霜满地。"

6. 请缨。汉武帝派年轻的近臣终军到南越劝说南越王朝。终军说:"请给一根长缨,我一定把南越王抓来。"后以其喻杀敌报国。例如岳飞的《满江红·遥望中原》:"叹江山如故,千村寥落。何日请缨提锐旅,一鞭直渡清河洛。"

七、闲适类意象。闲适类意象主要表达人们归隐的田园生活或宁静的情致。

1. 三径。陶渊明《归去来兮辞》中有"三径就荒,松菊犹存"的句子,后来"三径"就用来指代隐士居住的地方。例如白居易的《欲与元八卜邻先有是赠》:"明月好同三径夜,绿杨宜作两家春。"

2. 五柳。陶渊明《五柳先生传》载:宅边有五柳树,因以号为焉。后来"五柳"就成了隐者的代称。例如王维的《辋川闲居赠裴秀才迪》:"寒山转苍翠,秋水日潺潺。倚杖柴门外,临风听暮蝉。渡头余落日,墟里上孤烟。负值接舆醉,狂歌五柳前。"

3. 东篱。多用"东篱"表现辞官归隐后的田园生活或娴雅的情致。例如陶渊明的《饮酒》:"采菊东篱下,悠然见南山。",李清照的《醉花阴》:"东篱把酒黄昏后,有暗香盈袖。"

4. 蝉。古人认为蝉是高洁的象征,常以蝉的高洁表现自己品行的高洁。例如骆宾王的《在狱咏蝉》"无人信高洁",李商隐的《蝉》"本以高难饱"、"我亦举家清",王沂孙的《齐天乐》"甚独抱清高,顿成凄楚",虞世南的《蝉》"居高声自远,非是借秋风"。同时,寒蝉还是"悲凉"的同义词。例如宋人柳永的《雨霖铃》:"寒蝉凄切,对长亭晚,骤雨初歇","凄凄惨惨戚戚"之感已充塞读者心中,酿造了一种足以触动离愁别绪的气氛。

第四章　意旨篇

诗歌的意旨即"意之所在",是作者在篇中所要表达的情思或主题思想。因为无论哪一篇作品总要有的放矢。"的"即意旨;"矢"即意象。在抒情诗、词、曲中,意旨就是"情思";在叙述诗、词、曲中,意旨则是"主题思想"。无论是诗、词还是曲,作者总是要通过自己的作品,有的放矢地向读者诉说胸臆,展露情怀,而作者放"矢"之"的"就是意旨,所放之"矢"就是作者借助的各种各样的"意象"所创造出来的"意境"或者"形象"。由于作者选择的角度不同,因此作品的意旨类型也就多种多样,其方法也同样千变万化;即使表达同类型的意旨,也会因人、因时、因环境的不同而相异。作者表现诗、词、曲的意旨,除了经常运用的从正面入题的方法之外,还有从反面入题的反说、反起等方法;也有从文风着眼的白描、烘托等方式;更有注重于题材内容的借古讽今、独辟蹊径、特征显现等手法。

第一节　借古讽今

借古讽今就是以历史人物或历史事件方面的经验教训,作为现实社会某方面的鉴戒。"借古"意在"讽今",即立足于现实,重在讽今;观今鉴古,两相对照,以达到作品的题旨。古代封建社会许多有识之士,大都博古通今,对现实有着较为深刻的体察;加之他们又多为仕途坎坷、怀才不遇,经常有生不逢时之感叹,于是就借用历史人物或者历史事件作为"讽今"的载体,从而委婉曲折地表达自己的心声,抒发内心感慨。

借古讽今的类型主要有:颂古讽今,古今相悖。这种类型所类比的古今人事,经常是相反的,颂扬古代之是,讽刺今日之非,进行古是今非的对比。如苏轼的《念奴娇》、赵善庆的〔中吕·山坡羊·长安怀古〕、李清照的《夏日绝句》等等。另一种类型是:古今相似,贬古讽今。这种类型着眼于提醒今天的人们:勿忘历史教训,切忌重蹈覆辙,悲剧重演。贬古是为了讽今,牢记前车之鉴。例如晚唐诗人李商隐的《隋宫》、杜甫的《登楼》等等。无论是哪种类型,在进行对比时需要注意:一要准确把握历史的真实性;二要善于挖掘古今人与事之间的必然联系;三要选用社会意义比较重大,具有深度和广度并能感化人的事实。

例文一:

念奴娇　　苏轼

大江东去,浪淘尽、千古风流人物。故垒西边,人道是、三国周郎赤壁。乱石穿空,惊涛拍岸,卷起千堆雪。江山如画,一时多少豪杰!　　遥想公瑾当年,小乔初嫁了,雄姿英发。羽扇纶巾,谈笑间、樯橹灰飞烟灭。故国神游,多情应笑我,早生华发。人间如梦,一樽还酹江月。

【注释】大江：长江。风流人物：有影响的英雄人物。故垒：古代的军事营垒。乱石穿空：石壁直插高空。千堆雪：指浪花。公瑾：周瑜，字公瑾。小乔：乔玄有二女，皆国色。长女大乔嫁给孙策，次女小乔嫁给周瑜。纶巾：青丝带做成的头巾。传说三国时诸葛亮平日经常带这样的头巾。樯橹：指曹操水军舰队。古国神游：神游三国古战场。神游：指对赤壁破曹操故事的遐想。华发：花白头发。樽：酒杯。酹：倒酒祭奠。

【译文】滚滚长江水向东流去，自古以来的风流人物，都被大浪冲刷而去。古代营垒的西边，人们都说是三国时周瑜排兵布阵的赤壁战场。凌乱的石壁直指天空，骇人的波涛拍打着岸边，卷起了千层白雪一样的浪花。江山如同画卷一般，一时间涌现出了多少英雄豪杰。遥想周公瑾当年，小乔刚嫁与他，英姿焕发。手持羽毛扇，头戴青丝巾，谈笑之间，曹操的军队在战场上化为灰烬。在前朝的古战场上遐想着当年赤壁的情景，应当要笑话我多愁善感了，早早就长出了白发。人生的事就像一场梦，不如举起酒杯敬这江上明月。

【赏析】这首被誉为"千古绝唱"的名作，是宋词中流传最广，也是豪放词最杰出的代表作品。宋神宗元丰三年(1079)，苏轼因为作诗讽刺了新法而被捕入狱。出狱后被贬为黄州(湖北黄冈)团练副使(掌管地方军事的小官吏)。神宗元丰五年(1082)年七月，苏轼贬居黄州时游览城外的赤壁矶时写下了这首词。

开篇"大江东去，浪淘尽、千古风流人物。"即景抒情，时越古今，地跨万里，设置了一个广阔而悠久的空间、时间背景。它既使人看到大江的汹涌奔腾，又使人想象风流人物的气概，并将读者带入历史的沉思之中。

"故垒西边，人道是、三国周郎赤壁。"点出了传说中的古赤壁战场，借怀古以抒情。"周郎赤壁"，为下阕缅怀公瑾预伏一笔。

"乱石穿空，惊涛拍岸，卷起千堆雪。"集中描写赤壁雄壮的景物。作者从不同角度生动描写不同感觉，顿时把读者带进惊心动魄的奇险境界，使人心胸为之开阔，精神为之振奋！

"江山如画，一时多少豪杰！"是作者从大自然的雄伟画卷中得出的结论。以上写周郎活动的场所和赤壁四周的景色，以惊心动魄的奇伟景观，隐喻周瑜的非凡气概，并为众多英雄人物的出场渲染气氛，为下文的写人、抒情作好铺垫。

上片重在写景，下片集中笔力刻画了栩栩如生的青年统帅周瑜的形象。据史载，建安三年，东吴孙策亲自迎请二十四岁的周瑜，授予他"建威中郎将"的职衔，并同他一齐攻取皖城。周瑜娶小乔，正在皖城战役胜利之时，其后十年他才指挥了著名的赤壁之战。

"遥想公瑾当年，小乔初嫁了，雄姿英发。"在写赤壁之战前，忽插入"小乔初嫁了"这一生活细节，以美人烘托英雄，更见出周瑜的丰神独具、年轻有为；同时也使人联想到：赢得这次抗曹战争的胜利，才能保证东吴据有江东、发展胜利形势。

"羽扇纶巾"，是描写周瑜束装儒雅，风度翩翩。"葛巾毛扇"，是三国以来儒将常有的打扮，正反映出作为指挥官的周瑜临战潇洒从容，说明他对这次战争早已成竹在胸、稳操胜券。

"谈笑间、樯橹灰飞烟灭"，抓住了火攻水战的特点，概括了整个战争的胜利场景。词中只用"灰飞烟灭"四字，曹军的惨败情景跃然纸上。以上，由凭吊周郎而联想到作者自身，表达了词人壮志未酬的郁愤和感慨。

"多情应笑我，早生华发。"为倒装句，此句感慨身世，生命短促，人生无常，深沉、痛切地发出了年华虚掷的悲叹。"人间如梦"，表达了词人对坎坷身世的无限感慨。"一尊还酹江月"，借酒抒情,感叹古今,是全词余音袅袅的尾声。

例文二:

夏日绝句　　李清照
生当作人杰,死亦为鬼雄。至今思项羽,不肯过江东。

【注释】人杰:人中豪杰。鬼雄:鬼中的英雄,形容身后英武不屈。项羽:楚霸王,秦末率领农民起义,摧毁秦主力。秦亡之后与刘邦争夺天下,兵败自刎于乌江(今安徽和县)。江东:今江苏南部,长江东面入海处。项羽原跟随叔父项梁在吴地(今江苏苏州)起义,自刎前表示没有脸面见江东父老。

【译文】人活在这个世界上,就应该做人中的豪杰!即使是已经死了,也应该成为鬼中的英雄!我至今还在怀念楚汉争雄时的项羽,即便是自刎于乌江,也不逃回江东!这是何等的气概啊!

【赏析】建炎三年(1129)年,赵明诚罢守江宁,李清照与丈夫去芜湖。沿江而上时经过和县乌江(楚霸王项羽兵败自刎处)。该诗可能作于此时。这首雄浑宏阔、咏古讽今的诗,表达了李清照希望恢复中原的爱国思乡的情感。在这首诗中,李清照不以成败论英雄,对以失败而结束了自己生涯的楚霸王项羽,表示了钦佩和推崇,表现了作者崇尚气节的精神风貌;讽刺南宋统治者的苟且偷安。诗人借古讽今,正气凛然。全诗连用了三个典故,慷慨雄健、掷地有声。

"生当作人杰,死亦为鬼雄。"是精髓的凝练、气魄的承载,是无惧人生的姿态。透过作者一贯的文笔风格,在她以"婉约派之宗"而著称文坛的光环映照下,笔端劲力突起,那种凛然风骨,浩然正气,充斥天地之间,直令鬼神变色。

"至今思项羽,不肯过江东。"女诗人追随项羽的精神和气节,痛恨宋朝当权者苟且偷安的时政。项羽,为了无愧于英雄名节,无愧七尺男儿之身,无愧江东父老所托,以死相报。一个"不肯"一词突现了项羽对江东父老的忠诚,这种"可杀不可辱"、"死不惧而辱不受"的英雄豪气,令人叫绝称赞!同时也显露了李清照内心的刚毅与坚强。

例文三:

马诗(一)　　李贺
大漠沙如雪,燕山月似钩。何当金络脑,快走踏清秋。

【注释】钩:是弯刀,武器的一种。何当:何时。金络脑:精致名贵的马络头。比喻马受到主人的赏识和重用。

【译文】漠漠旷野,沙石像雪一样晶莹洁白,燕山顶挂着一弯金钩似的新月。骏马啊,什么时候能够套上镶金的笼头,在秋高气爽的辽阔原野上任意驰骋,建立功勋。

【赏析】《马诗》是通过咏马、赞马和慨叹马的命运,表现志士的奇才异质、远大抱负及不遇于时的感慨与愤懑。此诗在比兴手法运用上独有意趣。

"大漠沙如雪,燕山月似钩。"展现出一片边疆战场景色:连绵的燕山山岭上,一弯明月当空;平沙万里,在月光下像铺上一层皑皑白雪。这幅战场景色,对于志在报国之士有异乎寻常的吸引力。"燕山月似钩",从月牙联想到明晃晃的武器形象,含战斗之意。作者所处的贞元、元和之际,正是藩镇极为跋扈的时代,而"燕山"暗示的幽州蓟门一带又是藩镇肆虐最久、为祸最烈的地区,所以诗意颇具现实感慨。以雪喻沙,以钩喻月,是比;从景色引出抒情,又是兴。比中见兴,兴中有比,大大丰富了诗的表现力。

"何当金络脑,快走踏清秋。"借马以抒情。"何当金络脑"表达的是企盼把良马当作良马对待,以效大用。"金络脑"属贵重鞍具,是象征马受重用。显然,这是作者期望建功立业而又不被赏识所发出的诉求。

后二句一气呵成,以"何当"领起作设问,表达出了强烈的企盼情感。而"踏清秋"三字,声调铿锵,词语搭配,草黄马肥,正好驰驱,冠以"快走"二字,暗示出骏马轻捷矫健的风姿,也是此诗艺术表现上不可忽略的成功因素。

例文四:

水龙吟 登建康赏心亭　　辛弃疾

楚天千里清秋,水随天去秋无际。遥岑远目,献愁供恨,玉簪螺髻。落日楼头,断鸿声里,江南游子,把吴钩看了,栏杆拍遍,无人会,登临意。　休说鲈鱼堪脍,尽西风,季鹰归未？求田问舍,怕应羞见,刘郎才气。可惜流年,忧愁风雨,树犹如此！倩何人唤取,红巾翠袖,揾英雄泪！

【注释】建康:今江苏。楚:楚地,泛指长江中下游一带,这里战国时曾属楚国。水随天去:长江奔流不息直到天边。遥岑:远山。玉簪:碧玉簪。螺髻:螺旋盘结的发髻。皆形容远山秀美。落日:本是日日皆见之景,辛弃疾用"落日"二字,比喻南宋国势衰颓。断鸿:离群失侣的孤雁。吴钩:指吴国制造的一种兵器(钩形刀)。拍遍:拍打栏杆。季鹰:晋朝人张翰。求田问舍:买地置房。刘郎:三国时刘备,这里泛指有大志之人。流年:流逝的时光。倩:请托、请求,在宋代,一般游宴娱乐的场合,都有歌妓在旁唱歌。红巾翠袖:代指美人。揾:擦拭。

【译文】楚地千里都是清朗的秋天,浩浩荡荡的长江向天边流去,秋色无边无际。眺望远山,那层层叠叠像美人玉簪和螺旋发髻的青山,只是增添了我的忧愁和愤恨。夕阳西下,我这个客居江南的游子站在楼头,在孤雁鸣叫声中,看着腰间挂着的宝剑,拍打着栏杆,没有人能领会登上高楼的心情。不要说那个想到鲈鱼的鲜美,西风吹起,就弃官回家的张季鹰。我也不愿买田置地,怕见了刘备那样的英雄,感到惭愧。可惜流年逝去,担忧着风雨到来,连树木也这样老去。想到这里,我不禁伤感,同坐的好心佳人,为我擦拭去英雄泪。

【赏析】词的上片由水写到山,由无情之景写到有情之景,很有层次。"楚天千里清秋,水随天去秋无际。"的"千里清秋"和"秋无际",显出江南秋季的特点。南方常年多雨多雾,只有秋季,天高气爽,才可能极目远望大江向无穷无尽的天边流去的壮观景色。

"遥岑远目,献愁供恨,玉簪螺髻。"这三句是写山。举目远眺,那层层叠叠的远山,有的很像美人头上插戴的玉簪、螺旋形的发髻。虽见壮美的远山,但是愁却有增无减,仿佛是远山在"献愁供恨"。

"落日楼头,断鸿声里,江南游子。"面对落日和孤雁的哀鸣,作者愁绪多多。这是移情及物的手法。"江南游子",强调自己是客居江南,思念故乡。

"把吴钩看了,栏杆拍遍,无人会,登临意。"作者不是直接用语言来渲染,而是选用具有典型意义的动作,淋漓尽致地抒发自己报国无路、壮志难酬的悲愤。一是"把吴钩看了","吴钩"本应在战场上杀敌,但现在却闲置身旁,这就烘托出作者虽有沙场立功雄心,却无用武之地的苦闷。二个是"栏杆拍遍",胸中抑郁苦闷,借拍打栏杆来发泄。作者把强烈的思想感情寓于平淡的笔墨之中,内涵深厚,耐人寻味。

上片写景抒情,下片则是直接言志。分四层意思:"休说鲈鱼堪脍,尽西风、季鹰归未?"这里引用了一个典故:晋朝人张翰(字季鹰),在洛阳做官,见秋风起,想到家乡苏州味美的鲈鱼,便弃官回乡。(见《晋书。张翰传》)深秋时节,连大雁都知道寻踪飞回故乡,何况我这个漂泊江南的游子呢?然而家乡如今还在金人统治之下,自己想回到故乡,又谈何容易!随后既写了有家难归的乡思,又抒发了对金人、对南宋朝廷的激愤,收到了一石三鸟的效果。

"求田问舍,怕应羞见,刘郎才气。"是第二层意思。这也用了一个典故。三国时许汜去看望陈登,陈登对他很冷淡,独自睡在大床上,叫他睡下床。许汜去询问刘备,刘备说:天下大乱,你忘怀国事,求田问舍,陈登当然瞧不起你。

随后三句是第三层意思,是全词的核心语句。"树犹如此"也有一个典故,据《世说新语·言语》,桓温北征,经过金城,见自己过去种的柳树已长到几围粗,便感叹道:"木犹如此,人何以堪?"树已长得这么高大了,人怎么能不老呢!这三句词包含的意思是:于此时,我心中确实想念故乡,但我不会像张翰、许汜一样贪图安逸。我所担忧的是时光流逝,北伐无期,恢复中原的宿愿不能实现。年岁渐增,无力为国效命疆场了。

"倩何人唤取,红巾翠袖,搵英雄泪!"最后三句是第四层意思:这三句是写辛弃疾感伤抱负不能实现,世无知己,得不到同情与慰藉。这与上片"无人会,登临意"相呼应,起到了首尾照应的效果。

例文五:

登岳阳楼　　杜甫

昔闻洞庭水,今上岳阳楼。吴楚东南坼,乾坤日夜浮。
亲朋无一字,老病有孤舟。戎马关山北,凭轩涕泗流。

【注释】吴楚:春秋时代的吴国和楚国。今湖北、湖南及安徽、江西的部分地区古属楚地;今江苏、浙江及江西的部分地区古属吴国。坼:分裂。戎马:兵马,这里借指战争。

【译文】过去就听闻洞庭湖的壮丽,今日终于登上了湖边的岳阳楼欣赏美景。广阔的湖面把吴国楚地分隔开来,天地像是在湖面日夜飘浮。没有亲朋好友寄的只字片语,年老体弱就生活在这一叶孤舟上。关山以北的战争仍未止息,靠着窗边,想到国家的现状涕泪横流。

【赏析】首联"昔闻洞庭水,今上岳阳楼"借"昔"、"今"二字拉开时间的帷幕,为全诗浩大的气势奠定了基础。杜甫少年时就有壮游名山大川的雄心,曾向东游历吴越,向北游历齐赵。岳阳楼是千古名胜,诗人早有尽兴一游的夙愿,无奈战乱频繁,四处漂泊,难以如愿。今日流落至此,方得以一饱眼福。

颔联"吴楚东南坼,乾坤日夜浮"写洞庭湖浩瀚无际的磅礴气势,意境阔大,景色宏伟奇丽。广阔无边的洞庭湖水,划分开吴国和楚国的疆界,日月星辰都像是整个飘浮在湖水之中一般。"日夜浮"三字,寓情于景,隐含作者长期漂泊无归的感情。

颈联"亲朋无一字,老病有孤舟"写诗人年老多病,以舟为家,远离亲友,流落在外,其凄凉之境、哀痛之心、愤怨之情,不言自明。"老病"指杜甫时年五十七岁,全家人住在一条小船上,四处漂泊。此时,他右臂有病,耳朵失聪,还患有慢性肺病,身体衰弱不堪。

"戎马关山北,凭轩涕泗流。"尾联中把个人命运和国家前途联系在一起,意境深远,余韵无穷。站在岳阳楼上,遥望关山以北,仍然是兵荒马乱、战火纷飞;凭倚窗轩,作者不禁涕泪交流。

例文六:

秋日登吴公台上寺远眺　　刘长卿

古台摇落后,秋入望乡心。野寺来人少,云峰隔水深。
夕阳依旧垒,寒磬满空林。惆怅南朝事,长江独自今。

【注释】摇落:零落。旧垒:指吴公台。南朝:宋、齐、梁、陈,皆在南方,故名。

【译文】登上吴公台,古迹已经零落,秋意已浓,勾起了思乡之情。荒山野寺,游人稀少,山高水深,隔断了道路。夕阳照射在吴公台的旧址上,依依不去,空疏的山林中响起了清清冷冷的磬声,更显荒凉。惆怅南朝旧事,早已是过眼云烟,惟有这滚滚长江,至今仍奔涌不息。

【赏析】这是刘长卿旅居扬州时,在秋日登吴公台后有感而写的一首怀古思乡的诗。"古台摇落后,秋入望乡心。"首联叙事,因观南朝古迹吴公台而发感慨,即景生情,情由景生,既点明时间、地点,又扣实题目中"秋日登吴公台"几个字。"摇落"一词十分切合"秋日"之意,有萧条之气,为全诗定下感情的基调。

"野寺来人少,云峰隔水深。"颈联共写两景:"野寺"是写近景,"来人少"是把环境的萧条呈现在读者面前;"云峰"是写远景,"隔水深"把距离感表现得十分突出。这一近一远、一寺一山、一少一深,均反映出野寺无人的荒凉,云峰隔水的幽深,层次井然,远近分明。

"夕阳依旧垒,寒磬满空林。"颔联写旧日辉煌的场所如今是衰草寒烟,十分凄凉。此两联承前,写登台所见。那西下的残阳正依恋旧时的军垒,而空疏的林中回荡着晚暮的钟声。无论是所看和所听,都给人落寞萧索的感觉,它强烈地表明,诗人无限伤感当年英雄征战的疆场,早已成了历史遗迹。

尾联以"惆怅南朝事,长江独至今"作结。南朝旧事,如过眼烟云,只有那从古流到今的长江,才是永恒的。作者表达了对仕途的厌倦而思归的抑郁怨愤的情绪。江山依旧,人物不同。"独至今"三字,悲凉慷慨。最后两句开"大江东去,浪淘尽千古风流人物"之气韵。

例文七:

西塞山怀古　　刘禹锡

王濬楼船下益州,金陵王气黯然收。千寻铁锁沉江底,一片降幡出石头。
人世几回伤往事,山形依旧枕寒流。今逢四海为家日,故垒萧萧芦荻秋。

【注释】西塞山:位于今湖北省黄石市西塞山区,一名道士洑矶。唐穆宗长庆四年(824),刘禹锡自夔州调往和州(今安徽和县)任刺史。他在赴任途中,经过西塞山时写了这首诗。王濬(jùn):晋益州刺史。益州:晋时郡治在今成都。晋武帝谋伐吴,派王濬造大船,出巴蜀,船上以木为城,起楼,每船可容二千余人。金陵:今南京,三国吴的都城。王气:帝王之气。千寻铁锁沉江底:东吴末帝孙皓命人在江中放置铁锥,又用大铁索横于江面,拦截晋船,但终告失败。寻：长度单位，八尺为一寻。石头：指石头城，故址在今江苏省南京清凉山。

【译文】晋代王濬乘着楼船领军下益州，金陵的帝王之气全被收敛。千寻的铁索沉入江底，一片投降的白幡悬挂在石头城，吴主孙皓出城请降。人世间多少兴亡的伤心事，高山依旧枕着寒流没有变。如今四海为家过着还太平的日子，萧索的故垒上长满芦荻却是阵阵秋意。

【赏析】诗人巧妙地把史、景、情完美地融合在一起，使得三者相映相衬，营造出一种含蕴的苍凉意境，给人以沉郁顿挫之感。"王濬楼船下益州，金陵王气黯然收。"两句是对当年历史的回顾。公元279年（西晋咸宁五年），司马炎为完成统一大业，下令伐吴。在东起滁州西至益州的辽阔战线上，组织了数路大军，向东吴发动了全面进攻。当时身为龙骧将军的王濬，在益州造战船，第二年，王濬带兵从益州出发，沿江东下，很快攻破金陵，从此东吴灭亡。诗人只截取了王濬发兵和吴国灭亡的场面，便集中概括了历史的全部过程。"下"与"收"二字，连贯而成，相互呼应。

"千寻铁锁沉江底，一片降幡出石头。""千寻铁锁"是东吴在西塞山下江险碛要处的设防。一方面表明孙皓政权尽管腐败，但还是不愿轻易失国，而进行拼死抵抗；另一方面赞扬王濬的足智多谋，英勇善战。王濬善用计谋攻克东吴江防营垒，用木筏数十，上载麻油火炬，烧融了铁链，直抵金陵城下，迫使吴主孙皓举"降幡"投降。

"人世几回伤往事，山形依旧枕寒流。"两句是诗人触景生情，对历史上的兴亡，发出伤心的慨叹。"往事"二字，包蕴深沉，它指自东吴以后在金陵相继建都的东晋、宋、齐、梁、陈等朝代，这些政权的灭亡，大都有相似的原因。但是人们总不接受历史的教训，重蹈覆辙。

"今逢四海为家日，故垒萧萧芦荻秋。"是全诗的主旨。伤往事是次，忧当世是主。唐朝自"安史之乱"以后，虽然表面上还维持着统一的局面，但是几代皇帝都宠信宦官，排挤忠臣。藩镇割据愈演愈烈。诗人认为，这种情势若继续维持下去，必然要加速衰败，重蹈历史的覆辙。如此在内容上则深化了诗的主题思想，在感情上和前面的"人世几回伤往事"紧密地联系在一起。

例文八：

中吕·卖花声·怀古二首　　张可久

阿房舞殿翻罗袖，金谷名园起玉楼，隋堤古柳缆龙舟。不堪回首，东风还又，野花开暮春时候。　　美人自刎乌江岸，战火曾烧赤壁山，将军空老玉门关。伤心秦汉，生民涂炭，读书人一声长叹。

【注释】阿房：秦始皇三十五年（212年），征发刑徒七十余万营造阿房宫及骊山陵。金谷名园：在今河南洛阳，是晋代大官僚大富豪石崇的别墅，其中的建筑和陈设异常奢侈豪华。隋堤古柳：隋炀帝开通济渠，沿河筑堤种柳，称为"隋堤"，即今江苏以北的运河堤。缆龙舟：系龙舟。此句指隋炀帝乘龙舟南巡江都（今扬州市）事。 东风还又：现在又吹起了东风。这里的副词"又"用作动词，又吹起。美人自刎：楚汉相争，汉胜楚败。项羽在垓下被围，与虞姬悲歌痛饮，虞姬自刎而死。项羽率兵突出重围，在乌江（今安徽和县东）自刎而死。这里说美人自刎乌江，是典故的活用。 战火曾烧赤壁山：指三国时的赤壁之战。赤壁在今湖北嘉鱼县境。公元208年，吴蜀联军在这里击败曹操百万大军。将军空老玉门关：东汉班超多次出使,镇守西域,使五十多个国家归附汉朝。年老思归,给皇帝写了一封奏章,其中写道:"臣不敢望到酒泉郡(在今甘肃),但愿生入玉门关"。见《后汉书·班超传》。秦汉:泛指前代。涂炭:比喻受灾受难。涂,泥涂;炭,炭火。生民:百姓。

【译文】秦王修建阿房宫,还未竣工秦国就已灭亡。西晋石崇修筑了金谷名园,自己被诛。隋炀帝开凿运河,在堤岸上种满柳树,驾龙舟一路沿着运河下江南。这些往事不堪回首,现在又吹起了东风,曾经的繁华景象不在,只有野花开在这暮春时节。项羽打败仗自刎于乌江,吴蜀联合在赤壁打败曹军,班超镇守西域,到老始还,前朝历代这些战事和朝代更迭,受苦的还是百姓,读书人为此感慨长叹。

【赏析】开头采用鼎足对平列三事,描述帝王和富豪的奢靡:秦始皇造新宫以行乐,阿房尚未竣工,暴秦丧钟已响;西晋石崇富比王侯矫狂无忌,挥金如土极尽奢靡,结果因财致害被诛东市;隋炀帝凿运河、修御道、植杨柳,驾龙舟巡游,从者多达数十万,结果亡国灭身。三个人物都是后人熟知的因斗豪而自取败亡的典型。"不堪回首"四字含而不露,"东风还又,野花开暮春时候",将春意阑珊的凄清景象和前三句所写的繁华盛事进行鲜明对照。

"美人自刎乌江岸"是霸王别姬的惨烈情景,"战火曾烧赤壁山"是吴蜀破曹火烧赤壁的壮观场面,"将军空老玉门关"则是班超投笔从戎、平定西域的事迹。与前首相较,后一首曲开头三句寓意更深。"伤心秦汉,生民涂炭,读书人一声长叹"话锋陡转,读者即可恍然感悟:无论轰轰烈烈的大欢喜,还是感天动地的大悲痛,最终都是帝王将相、英雄美人。兴,百姓苦,亡,百姓苦,黎民在帝王将相的所谓功业中饱尝苦难,痛苦呻吟。

两首曲子颇多相似之处,又很能各尽其妙,同中见异。都咏史用典,前者寄托历史兴衰之感叹,后者为民生鸣不平,立意更深。两曲都采用对比手法,前者以凄清景象和繁华盛事对比,后者以普通百姓和帝王将相对比,而前者由情及景,更富韵味。语言上,两曲都凝练含蓄,具有高度的概括性,"不堪回首"和"一声长叹"意味悠长,含不尽之意。前曲典雅工巧,代表了张可久散曲的特色,后者不避口语,如"战火曾烧赤壁山"、"读书人一声长叹",脱口而出,明白如话,体现了"曲野"的本色精神。

 我要试试!

习题一《马诗》李贺:武帝爱神仙,烧金得紫烟。厩中皆肉马,不解上青天。

习题二《赤壁》杜牧:折戟沉沙铁未销,自将磨洗认前朝。东风不与周郎便,铜雀春深锁二乔。

习题三〔中吕·山坡羊·长安怀古〕赵善庆:骊山横岫,渭水环秀,山河百二还如旧。狐兔悲,草木秋;秦宫隋苑徒遗臭,唐阙汉陵何处有?山,空自愁;河,空自流。

习题四〔双调·蟾宫曲·钱塘怀古〕卢挚:问钱塘佳丽谁边?且莫说诗家:白傅坡仙。胜会华筵,江潮鼓吹,天竺云烟。　那柳外青楼画船,在西湖苏小门前,歌舞流连。栖越吞吴,付与忘言。

习题五《岘山怀古》陈子昂:秣马临荒甸,登高览旧都。犹悲堕泪碣,尚想卧龙图。城邑遥分楚,山川半入吴。丘陵徒自出,贤圣几凋枯。野树苍烟断,津楼晚气孤。谁知万里客,怀古正踌蹰。

习题六〔双调·折桂令·叹世〕马致远:咸阳百二山河,两字功名,几阵干戈,项废东吴,刘兴西蜀,梦说南柯。　　韩信功兀的般证果,蒯通言那里是风魔?成也萧何,败也萧何,醉了由他。

习题七《乌衣巷》刘禹锡:朱雀桥边野草花,乌衣巷口夕阳斜。旧时王谢堂前燕,飞入寻常百姓家。

习题八《蜀相》杜甫:丞相祠堂何处寻,锦官城外柏森森。映阶碧草自春色,隔叶黄鹂空好音。三顾频烦天下计,两朝开济老臣心。出师未捷身先死,长使英雄泪满襟。

习题九〔山坡羊·潼关怀古〕张养浩:峰峦如聚,波涛如怒,山河表里潼关路。望西都,意踌躇。伤心秦汉经行处,宫阙万间都做了土。兴,百姓苦;亡,百姓苦。

习题十《月夜金陵怀古》李白:苍苍金陵月,空悬帝王州。天文列宿在,霸业大江流。绿水绝驰道,青松摧古丘。台倾鳷鹊观,宫没凤凰楼。别殿悲清暑,芳园罢乐游。一闻歌玉树,萧瑟后庭秋。

第二节　特征显示

世间万物都有其特征,特征是将一类事物同另一类事物区别开来的标志。特征既有表象的、又有本质的。诗人在描写客观事物时必须仔细体察,准确把握事物的主要特征,并将其活灵活现地表现出来。诗词曲的特征显示有三种类型:

一是物象景观特征显示。物象景观主要指四时更替以及具有四时特征的物象景观,例如元代白朴的散曲小令《天净沙》描写了春、夏、秋、冬四时的景观物象,不落俗套,颇具风格。总体说,春天的舞燕、啼莺、柳絮、芳草、飞红等;夏天的小麦、陇黄、风和、日暖、树阴、小荷、荫浓等;秋天的归雁、寒蝉、落叶、枯荷、丛菊、寒衣、寒烟、衰草等;冬天的霜雪、飞雪、枝梅、雪片、西风、枯树等,这些物象景观特色鲜明,互不替代,都是物象景观特征显示。物象景观特征显示就是反映这些具有鲜明特点的季节物象,借景抒情,缘景写情。

二是人物形象特征显示。人物形象是诗词曲中描写的主要内容之一。无论是忧愁少妇、思乡游子、才子佳人、月下情侣还是戍边士兵、充军老翁、边塞游客,作者都尽其所能,描写得惟妙惟肖。描写的人物大多从容貌、衣着、心理、表情、对话等方面进行描写,反映人物形象特征显示。

三是事象特征显示。优秀的诗词曲作品中,对事象的描写十分注重,作者们经常是从某一侧面、某一角度、某一层面,或者独特细节,反映事象特征。例如突显离别之情的事象很多,作者们根据自身的经历和感受,从不同角度进行创作。例如吕本中的《采桑子》:"恨君不似江楼月,南北东西。南北东西,只有相随无别离。恨君却似江楼月,暂满还亏。暂满还亏,待得团圆是几时?"总之,特征显示方法要求作者有善于体察生活、善于思考生活、善于挖掘生活真谛的思想高度与深度,只有如此,显现出的物象特征才真实、感人、触动人心,给读者留下深刻的记忆烙印。

中国古典诗词曲鉴赏

例文一：

越调·天净沙·春　　白朴

春山暖日和风,阑干楼阁帘栊,杨柳秋千院中。啼莺舞燕,小桥流水飞红。

【注释】阑干:栏杆。帘栊:窗帘。飞红:花瓣随风飞舞。

【译文】山绿了,阳光暖了,吹起和煦的春风。楼阁上少女凭栏眺望,高卷起窗帘。院子里杨柳依依,秋千轻轻摇动,院外有飞舞的春燕,啼啭的黄莺,小桥之下流水潺潺,落花飞红。

【赏析】这支曲子运用绘画技法,作者从不同空间有层次地描写春天的景物物象,从第一句"春山暖日和风"看,整个画面的背景,是远景,第二句"阑干楼阁帘栊"是描写人物的,立足点是近景。第三句"杨柳秋千院中"描写庭院中喧闹的景象,展示了一幅充满生机、春意盎然的画面,是中景。最后两句"啼莺舞燕,小桥流水飞红"其中的五个物象"啼莺"、"舞燕"、"小桥"、"流水"、"飞红",汇集了物象景观特征。最能够体现春天特征的两个形容词是"暖"和"啼莺",而最能展现庭院中生机的景物是"舞燕"和"飞红"。这支曲的人物应该是一位女子,她站在栏杆之旁,窗户之下,窥探着春天的景致,她眼中的春天要更加细腻,更加秀美……。

例文二：

越调·天净沙·夏　　白朴

云收雨过波添,楼高水冷瓜甜,绿树阴垂画檐。纱橱藤簟,玉人罗扇轻缣。

【注释】波添:水波荡漾。纱厨:避蚊蝇的纱帐。画檐:彩绘的屋檐。藤簟:用藤或竹做成的凉席。玉人:肤色如玉的佳人。轻缣:又轻又薄的丝绢衣衫。

【译文】云收雨停,水波荡漾,雨后楼似乎变高了,水散发着凉爽的气息,瓜果似乎也变甜了。绿树垂下的阴影一直延伸到画檐。纱帐中的藤席上,身着丝薄绢衣,手持罗扇,肤色如玉的佳人正享受夏日的时光。

【赏析】作者选取了一个别致的角度即用写生手法,勾画出一幅宁静的夏日图。"云收雨过波添,楼高冷水瓜甜,绿树阴垂画檐。"前三句是第一个层次:"收"、"过"、"添"三个动词用得巧妙,表明夏日阵雨"快"、"急"、"凉"的特征。雨过天晴,楼也显得比平时高,水散发着凉爽的气息,雨后的瓜甜甜的,绿树阴一直垂到画檐。"纱橱藤簟,玉人罗扇轻缣。"后两句是第二层次,画面上出现了人物:纱帐中的藤席上,一个身着轻绢夏衣,手执罗扇的芳龄女孩,静静地消受着宜人的时光。整首曲没有我们熟悉的夏天躁热和喧闹,却描绘了一个静谧、清爽的情景,使人油然产生神清气爽的感觉。全诗用白描手法,简洁、清新得如同线条画。其次,作者特意选择雨后的片刻,将夏日躁动的特征化为静态。这首曲的创作别具一格,很有创意,将常人不太留意的雨后的夏季物象,生动形象地展示在读者面前。

例文三：

越调·天净沙·秋　　白朴

孤村落日残阳,轻烟老树寒鸦,一点飞鸿影下。青山绿水,白草红叶黄花。

【注释】残霞:晚霞。寒鸦:天寒归林的乌鸦。飞鸿:天空中的大雁。影下:雁影掠过。

【译文】落日的余晖,晚霞的光晕,洒落在孤寂的小村子里。炊烟淡淡升起,几只因天寒归林的乌鸦,落在光秃的老树枝干上。突然掠过一只大雁的身影,顺着它飞去的方向望去,远处是青山绿水,再往近看,霜白的野草,火红的枫叶,金黄的菊花。

【赏析】马致远写了一首家喻户晓、脍炙人口的《天净沙·秋思》。然而,元曲当中写到关于"秋"的作品甚多,最为传神的当属白朴的《天净沙·秋》。本曲首三句"孤村落日残阳,轻烟老树寒鸦,一点飞鸿影下。"大视角描摹了天地的和谐画面:夕阳西下,晚霞满天,孤村笼罩着落日的余晖;炊烟袅袅升起,老树枝桠不动,乌鸦兀立枝头。秋季的物象被描写得活灵活现。在这一片静谧中,突然一只大雁掠过,投向远处的地面,使人心中为之一震。"一点"可见"飞鸿"之远,"影下"则更见其速度。

"青山绿水,白草红叶黄花"可谓是秋景的典型画面:远处的青山绿水,近处的白草、红叶、黄花,色彩斑斓而又层次分明。和春天的五彩缤纷不同:春天是绿草、绿叶、红花,而现在笔下的是白草、红叶、黄花,这就是秋的消息,是秋意。写秋而不着一"秋"字,正是作者的高妙之处!全曲结构新颖别致,即"静景——动景——静景";章法上动静结合,变化而不单调;最后结尾处则意境转换,更显清疏、和谐了。这些足见作者高超的炼意本领和构思技巧。

例文四:

越调·天净沙·冬　　白朴

一声画角谯门,半庭新月黄昏,雪里山前水滨。竹篱茅舍,淡烟衰草孤村。

【注释】谯门:建有望楼的城门。水滨:水边,近水的地方。

【译文】一声寒角响起,城门轻轻打开。黄昏的半空中挂着一轮新月,夹带着雪的溪水从山前缓缓流过。附近都是竹子做的篱笆,和茅草屋舍,淡淡的炊烟笼罩着路边的枯草,和这个孤寂的小村子。

【赏析】前三句"一声画角谯门,半庭新月黄昏,雪里山前水滨"选择了一个黄昏的城郊作为创作环境。冷月黄昏,雪山水滨,已是清寒凛冽;后两句"竹篱茅舍,淡烟衰草孤村"淡烟衰草,茅舍孤村,又显寂寥冷落,更有谯门一声寒角,平添一分悲凉,空气中弥漫的是孤寂和无助的忧伤。冬季特有的物象历历在目,真实可信,典型具体。它与上一首《秋》的写法上相近。其一,都是字字写景,直接抒发、陈述作者的情感。作品所要表现的情绪意蕴,是在对景物的描述中透露、折射出来的。其二,也都是通过一组自然景物的意象组合,来构成一幅富有特征的画面。另外,这支曲子所表现的情感,是一种情调,一种意绪,一种内心状态。作者以极强的观察力,以最典型、最具代表性的物象为切入点,凸显季节特征物象,突出了作者的内心世界。

例文五:

登金陵凤凰台　　李白

凤凰台上凤凰游,凤去台空江自流。吴宫花草埋幽径,晋代衣冠成古丘。
三山半落青天外,二水中分白鹭洲。总为浮云能蔽日,长安不见使人愁。

【注释】凤凰台:故址在今南京市凤凰山上。相传南朝刘宋,永嘉年间有凤凰聚集于此山,为此而筑台,山和台也由此得名。吴宫:三国时吴国建都金陵,故称。晋代:东晋亦建都于金陵。衣冠:指豪门贵族。丘:坟墓。三山半落青天外:从凤凰台上望过去,觉得三山距离遥远,不能尽收眼底。三山,山名,在南京市西南长江边,因三峰并列、南北相连而得名。半落:形容三山有一半被云遮住。二水:又作"一水"。白鹭洲:古代长江中的沙洲,在今南京市水西门外。洲上多集白鹭,故名。今已与陆地相连。浮云能蔽日:比喻奸臣遮拦贤臣。金陵:今天的江苏省南京市,金陵为南京古称,被称为"六朝古都","十朝胜会"。

【译文】传说古时凤凰台上有凤凰群集翱翔,如今凤凰不在,台也空了,只剩江水依旧滚滚而流。东吴时代的荒草覆盖了小道,东晋时豪门贵族也都成了古墓荒丘。从凤凰台上望去,三山被云遮住,像是有一半都在青天之外,白鹭洲将秦淮河一分为二。因为浮云能够遮挡住太阳的光芒,登高也望不见长安,这总使我忧愁。

【赏析】李白的《登金陵凤凰台》是较早以金陵为怀古对象的诗歌中的一首。此诗是作者流放夜郎遇赦返回后所作,一说是作者天宝年间,被排挤离开长安,南游金陵时所作。李白很少写律诗,而《登金陵凤凰台》却是唐代律诗中脍炙人口的杰作。该诗虽属咏古迹,然而字里行间隐寓着伤时的感慨。

"凤凰台上凤凰游,凤去台空江自流。"开头两句写凤凰台的传说,连用了三个"凤"字,音节流转明快,优美上口。在封建时代,凤凰是一种祥瑞物。当年凤凰来游,象征着王朝的兴盛;而"如今"凤去台空,就连六朝的繁华也一去不复返了,只有长江水仍然不停地流淌着,表明大自然才是永恒存在的。

"吴宫花草埋幽径,晋代衣冠成古丘。三山半落青天外,二水中分白鹭洲。"这四句就"凤去台空"这一层意思的进一步发挥。三国时的吴和后来的东晋都建都于金陵。诗人感慨万分地说,吴国昔日繁华的宫廷已经荒芜,东晋的一代风流人物也早入坟墓。那一时的显赫,在历史上没有留下了什么有价值的东西。在此诗人留意的是大自然的"三山"、"二水"。"三山"位于金陵西南长江边上,三峰并列,南北相连。李白把三山半隐半现、若隐若现的景象写得恰到好处。"白鹭洲"把长江分割成两道成"二水",这两句诗气象壮丽,对仗工整。

"总为浮云能蔽日,长安不见使人愁。"最后两句诗寄寓着作者的深意。李白毕竟是关心现实的,他想看得更远些,从六朝的帝都金陵看到唐朝都城长安。李白这两句诗暗示皇帝被奸邪包围,而自己报国无门,他的心情十分沉痛。"不见长安"暗点诗题的"登"字,触境生愁,意寓言外,令人回味无穷。

例文六:

钱塘湖春行　　白居易

孤山寺北贾亭西,水面初平云脚低。几处早莺争暖树,谁家新燕啄春泥。
乱花渐欲迷人眼,浅草才能没马蹄。最爱湖东行不足,绿杨阴里白沙堤。

【注释】钱塘湖:即杭州西湖。孤山寺:南朝陈文帝(560—566)初年建,名承福,宋时改名广化。孤山:在西湖的里、外湖之间,因与其他山不相接连,所以称孤山。上有孤山亭,可俯瞰西湖全景。贾亭:又叫贾公亭。西湖名胜之一,唐代贾全所筑。今已不存。白居易写此诗时,其亭尚在,也算是西湖的一处名胜。水面初平:春天湖水初涨,水面刚刚平了湖岸。初:刚刚。云脚低:指云层低垂,看上去同湖面连成一片。云脚:接近地面的云气,多见于降雨或雨初停时。早莺:初春时早来的黄鹂。鸣声婉转动听。争暖树:争着飞到向阳的树枝上去。新燕:刚从南方飞回来的燕子。啄:衔取。燕子衔泥筑巢。春行仰观所见,莺歌燕舞,生机动人。暖树:向阳的树。乱花:纷繁的花。渐:副词,渐渐的。迷人眼:使人眼花缭乱。浅草:刚刚长出地面,还不太高的春草。没:遮没,盖没。行不足:百游不厌。阴:同"荫",指树阴。白沙堤:即今白堤,又称沙堤、断桥堤,在西湖东畔,唐朝以前已有。

【译文】从孤山寺的北面,走到贾亭的西面。湖水刚刚涨到与岸齐平,与低垂的云层连成一片。几只早来的黄莺争着飞到向阳的树枝上去,不知谁家新飞来的燕子衔着春泥准备筑巢。纷繁的花渐渐的就要使人眼花缭乱,刚长出的新草才刚够上淹没马蹄的高度。最爱漫步在西湖东面,百游不厌,再去杨柳绿荫下的白沙堤上走一走。

【赏析】中国历史上,在杭州当刺史最有名的是唐朝和宋朝的两位大文豪白居易和苏轼了。他们在杭州上任期间留下了政绩和描写杭州及其西湖美景的诗词文章与传闻轶事,所以又被称为"风流太守"。

"孤山寺北贾亭西,水面初平云脚低。"第一句是地点,第二句是远景。白居易一开始来到了孤山寺的北面,贾公亭的西畔,放眼望去,只见春水荡漾,云幕低垂,湖光山色,尽收眼底。"初平"是说由于连绵不断的春雨,使得湖面看上去比起冬日来上升了不少,眼看着就要与视线持平了,对西湖有着深刻了解和喜爱的人才能写出这样的感受。

"几处早莺争暖树,谁家新燕啄春泥。乱花渐欲迷人眼,浅草才能没马蹄。"这四句是白居易此诗的核心部分,同时也是描写春光特别是描写西湖春光的点睛之笔。几处传来了阵阵清脆的鸟鸣声,打破了他的沉思,从而发现自己早已置身于一个春意盎然的美好世界中了。用"早"来形容黄莺,体现了白居易对这些充满生机的小生命的喜爱:树上的黄莺一大早就忙着抢占最先见到阳光的"暖树"。一个"争"字,让人感到春光的难得与宝贵。而不知是谁家檐下的燕子,"啄"字描写燕子那忙碌而兴奋的神态,这两句着意描绘出莺莺燕燕的动态,从而使得全诗洋溢着春的活力与生机。

"乱花渐欲迷人眼,浅草才能没马蹄。"花要乱得迷了赏花人的目光,这正是白居易在欣赏西湖景色时的切身体验:五颜六色的鲜花,漫山遍野地开放,在湖光山色的映衬下,千姿百态,争奇斗艳。马儿似乎也体会到了背上主人的轻松闲逸,悠悠地踩着那青草地,走在那长白堤上。

这首诗似短小精悍的游记,从孤山、贾亭开始,到湖东、白堤止,一路上,在湖青山绿美如天堂的景色中,饱览了莺歌燕舞,陶醉在鸟语花香之中,最后,才意犹未尽地沿着白沙堤,在杨柳的绿阴底下,恋恋不舍、一步三回头地离去了。

我要试试!

习题一《夏日山中》李白:懒摇白羽扇,裸袒青林中。脱巾挂石壁,露顶洒松风。

习题二〔双调·水仙子·雪夜〕马谦斋:一天云暗玉楼台,万顷光摇银世界,卷帘初见栏干外。　似梅花满树开,想幽人冻守书斋。孙康朱颜变,袁安绿鬓改。看青山一夜头白。

习题三《长歌行》乐府诗集:青青园中葵,朝露待日晞。阳春布德泽,万物生光辉。常恐秋节至,焜黄华叶衰。百川东到海,何时复西归?少壮不努力,老大徒伤悲。

习题四《悲秋》杜甫:凉风动万里,群盗尚纵横。家远传书日,秋来为客情。愁窥高鸟过,老逐众人行。始欲投三峡,何由见两京。

习题五〔双调·大德歌·春〕关汉卿:子规啼,不如归,道是春归人未归,几日添憔悴。　　虚飘飘柳絮飞,一春鱼雁无消息,则见双燕斗衔泥。

习题六〔双调·大德歌·夏〕关汉卿:俏冤家,在天涯,偏那里绿杨堪系马。　　因坐南窗下,数对清风想念他。蛾眉淡了教谁画?瘦岩岩羞戴石榴花。

习题七〔双调·大德歌·秋〕关汉卿:风飘飘,雨潇潇,便做陈抟睡不着,懊恼伤怀抱。　　扑簌簌泪点抛。秋蝉儿噪罢寒蛩儿叫,淅零零细雨打芭蕉。

习题八〔双调·大德歌·冬〕关汉卿:雪纷纷,掩重门,不由人不断魂!瘦损江梅韵。那里是清江江上村。香闺里冷落谁瞅问?好一个憔悴的凭栏人!

习题九《醉花阴》李清照:薄雾浓云愁永昼,瑞脑消金兽。佳节又重阳,玉枕纱厨,半夜凉初透。　　东篱把酒黄昏后,有暗香盈袖。莫道不消魂?帘卷西风,人比黄花瘦。

习题十《宣州谢朓楼饯别校叔书云》李白:弃我去者,昨日之日不可留;乱我心者,今日之日多烦忧。长风万里送秋雁,对此可以酣高楼。蓬莱文章建安骨,中间小谢又清发。俱怀逸兴壮思飞,欲上青天揽明月。抽刀断水水更流,举杯浇愁愁更愁。人生在世不称意,明朝散发弄扁舟。

第三节　独辟蹊径

独辟蹊径是一种独特的创新构思的表达方法,指诗人善于从寻常的题材中推陈出新,匠心独运地开拓新意,并构思出新颖独特的作品来。独辟蹊径来自于诗人对现实的新探索、新发现、新创作,以及对传统思维的反思与异议。诗人只有不断地锐意创新,才能构思出前人所没有想,说出前人所没有说出的话来。独辟蹊径主要表现在:

一、发现新事物,开创新意境。诗人善于以一种好奇的目光去发现周围的新事物,并运用独特的思维方式创作诗篇。例如杜审言的《和晋陵陆丞早春游望》:"独有宦游人,偏惊物候新。云霞出海曙,梅柳渡江春。淑气催黄鸟,晴光转绿苹。忽闻歌古调,归思欲沾巾。"诗的中间"云霞出海曙,梅柳渡江春"一联,淋漓尽致地铺写"物候"的"新"。这是两组辞藻清丽、声调华美的对仗。诗人极目远眺,描画出江南早春瑰丽迷人的风物。然而由红霞、红梅、红日和碧海、蓝天、绿柳、清江织成的五彩缤纷的景色却跃然纸上,色泽感十分鲜明。破晓时,太阳像是从东海升起,云气被阳光照耀形成绚烂的霞彩,也好像和旭日同时从海中出来,所以说"云霞出海曙"。

二是反向思维,破旧立新。作者勇于突破传统的思维方式,采用与正常思维不同的反向思维方式,标新立异、力排众议地进行创作。例如韦庄的《菩萨蛮》:"人人尽说江南好,游人只合江南老。春水碧于天。画船听雨眠。垆边人似月,皓腕凝霜雪。未老莫还乡。还乡须断肠。"最后两句表达了诗人对江南风景、人物的痴迷与依恋:人没有老就该在这人间天堂尽情享受,千万不要还乡。如果还乡一定会后悔。因为,此时他的家乡(中原一带)正是烽火连天,如果看到那种残破的情景,一定会令人心伤不已的。这里反映出作者对家乡的思念。大多数诗人的写法不同的是,一说到家乡,几乎人人都是归心似箭,如果被贬或谪居到异乡的人,就更是思乡心切,苦不堪言,但是词人韦庄巧妙地刻画出了在特定环境之下具有个性特征的内心活动,突出了"思乡怀人"的反战情绪,以及希望家乡和平安定的渴望。总之,在进行独辟蹊径的创作中,作者们需要有比较高的素养与思想境界,特别是有大胆创新的勇气与毅力,有超凡脱俗和开创意境新天地的激情和艺术追求。

例文一:

秋词二首　　刘禹锡

(一)自古逢秋悲寂寥,我言秋日胜春朝。晴空一鹤排云上,便引诗情到碧霄。

(二)山明水净夜来霜,数树深红出浅黄。试上高楼清入骨,岂如春色嗾人狂。

【注释】悲寂寥:因寂寞空虚而感到悲伤。春朝:初春。这里可译作春天。排云上:冲云直上。排:推开;冲出。便:就;于是。碧霄:蓝天。

【译文】(一)自古以来,秋天都是大家抒发寂寞凄凉之情的季节,我却说秋天胜过春日。万里晴空下,一只白鹤冲破云层直飞上天,我的诗情也被它带到了青天上。

(二)明朗的山间,流过澄净的水,夜晚下了霜,许多树叶都变成浅黄色,其间还夹杂着深红色。登上高楼,感受入骨的清秋凉意,不会像那春色,教人轻浮若狂。

【赏析】封建社会文人墨客伤春悲秋的诗歌很多,尤其是悲秋之作更是繁多。而刘禹锡的《秋词二首》一反前人悲秋叹老的风格,创造出一种全新的境界,表达诗人奋发向上的人生哲学。这两首《秋词》主题相同,但各写一面,既可独立成章,又是互为补充。前首赞秋气,后首咏秋色。气以励志,色以冶情。"气"如风骨见品德;"色"似容妆见性情。如此反衬出诗歌的意旨,更是意味深邃。第二首的前二句写秋天景色,诗人如实勾勒其本色,明净清白,有红有黄,略有色彩,流露出高雅闲淡的情韵,试上高楼一望,便使你感到清澈入骨,思想澄净,心情肃然深沉,不会像那繁华浓艳的春色,教人轻浮若狂。末句用"春色嗾人狂"反比衬托出诗旨,点出全诗暗用拟人手法,生动形象,运用巧妙。诗人对秋天气色的感受超凡脱俗,谱写了一曲奋发昂然的励志壮歌。

这两首抒发议论的即兴诗表达诗人深刻的思想,既有哲理意蕴,也有艺术魅力,耐人吟咏。法国大作家巴尔扎克说过,艺术是思想的结晶,"艺术作品就是用最小的面积惊人地集中了最大量的思想",因而能唤起人们的想象、形象和深刻的美感。

例文二:

暮江吟　　白居易

一道残阳铺水中,半江瑟瑟半江红。可怜九月初三夜,露似真珠月似弓。

【注释】暮江吟:吟咏傍晚江边的景色。 残阳:将要落山的太阳。铺:指光斜照在水面上。瑟瑟:原指一种碧绿的美玉,诗中指水的颜色,以此与红色的斜阳对比。可怜:可爱。真珠:即珍珠。月似弓:上弦月,其弯如弓。

【译文】一道夕阳余晖洒满了江面,一半江水仍是碧绿的颜色,另一半被照射的映出红光。这可爱的九月初三之夜,凝结的露珠像剔透的珍珠,初升的新月弯弯得像一张弓。

【赏析】这首诗是白居易被任命为杭州刺史,离开朝廷途中写的,诗人看到秀丽的山水,暂时忘记了朝廷中争权夺利的丑恶,咏诵夕阳西下,新月初升时的江上美妙景色,倾诉对大自然的感情。暮江吟是白居易"杂律诗"中的一首。这些诗的特点是通过一时一物的吟咏,在一笑一吟中,真率自然地表现内心深处的情思。

全诗巧妙构思,展示了自然界美好的画面,一幅是夕阳西沉、晚霞映江的绚丽景象;一幅是弯月初升,露珠晶莹的朦胧夜色,渗透了诗人被迫远离朝廷后轻松愉悦的解脱情绪和个性色彩。

"一道残阳铺水中,半江瑟瑟半江红。"前两句写夕阳落照中的江水。这是因为"残阳"已经接近地平线,几乎是贴着地面照射过来,确像"铺"在江上,所以不说"照",写出了秋天夕阳的柔和,给人以亲切、安闲的感觉。天气晴朗无风,江水缓缓流动,江面皱起细小的波纹,光照多的呈现一片"红"色;光照少的呈现出深深的碧色。诗人沉醉地把自己的喜悦之情寄寓在景物描写之中了。

"可怜九月初三夜,露似珍珠月似弓。"后两句写新月初升的夜景。诗人流连忘返,直到初月升起,眼前呈现出一片更为迷人的景色。诗人俯身一看:江边草地上挂满了晶莹露珠。"真珠",不仅写出了露珠的圆润,而且写出了在新月的清辉下,露珠闪烁的光泽。一弯新月初升,如同在碧蓝的天幕上,悬挂了一张精巧的弓!"夜"无形中把时间连接起来,它上与"暮"接,下与"露"、"月"相连,这就意味着诗人从黄昏时起,一直欣赏到月上露下,蕴含着诗人对大自然的喜悦、热爱之情。

例文三:

剑门道中遇微雨   陆游

衣上征尘杂酒痕,远游无处不消魂。此身合是诗人未?细雨骑驴入剑门。

【注释】剑门:在今四川剑阁县北。据《大清一统志》:"四川保宁府:大剑山在剑州北二十五里。其山削壁中断,两崖相嵌,如门之辟,如剑之植,故又名剑门山。"杂酒痕:夹杂着饮酒留下的酒渍。无处:处处。消魂:心怀沮丧得好像丢了魂似的。合:应该。未:表示发问。

【译文】一路前行,一路饮酒,赶奔成都。只是早行夜宿,满身的尘埃和酒迹,未免不太雅观。远涉千里,到处都让人触景伤情。今日踏上剑阁古道,阴云密布,细雨蒙蒙,稳坐驴背,不时吟诗几句,渐渐地,剑门关已在身后,行入剑南来了。

【赏析】这是一首广泛传颂的名作,诗情画意,十分动人。陆游晚年说过:"三十年间行万里,不论南北怯登楼。"(《秋晚思梁益旧游》)梁即南郑,益即成都。"无处"既包括过去所历各地,也包括写这首诗时所过的剑门,甚至更侧重于剑门。首句"衣上征尘杂酒痕,远游无如不消魂",心中又一次黯然"消魂"。作者因"无处不消魂"而黯然神伤,是和他一贯的追求和当时的处境有关。他生于金兵入侵的南宋初年,从小志在恢复中原,写诗只为了抒写理想。然而报国无门,年近半百才得以奔赴陕西前线,体验了"铁马秋风"的军旅生活,现在又要去后方充任闲职,作者很不甘心,所以,只是他无可奈何的自嘲、自叹。李白是蜀人,杜甫、高适、岑参、韦庄都曾入蜀,晚唐诗僧贯休从杭州骑驴入蜀,写下了"千水千山得得来"的名句,更为人们所熟知。诗人把"衣上"句写在开头,突出了人物形象,接以第二句,把数十年间、千万里路的遭遇与心情,概括于七字之中,而且毫不费力地写了出来。再接以"此身合是诗人未",既自问,也引起读者思索,以充满诗情画意的"细雨骑驴入剑门"做结束,形象逼真,耐人寻味。作者不甘心自己只是一个诗人,希望是一个不恋都市的繁华,自不甘心以诗人终老,这才合于陆游的思想实际,才是这首诗的深刻内涵。

我要试试!

习题一《浣溪沙》苏轼:山下兰芽短浸溪,松间沙路净无泥。萧萧暮雨子规啼,谁道人生无再少?门前流水尚能西!休将白发唱黄鸡。

习题二《嫦娥》李商隐:云母屏风烛影深,长河渐落晓星沉。嫦娥应悔偷灵药,碧海青天夜夜心。

习题三《咏怀·其一》李贺:长卿怀茂陵,绿草垂石井。弹琴看文君,春风吹鬓影。梁王与武帝,弃之如断梗。惟留一简书,金泥泰山顶。

习题四《咏怀·其二》李贺:日夕著书罢,惊霜落素丝。镜中聊自笑,讵是南山期。头上无幅巾,苦蘖已染衣。不见清溪鱼,饮水得相宜。

习题五《次北固山下》王湾:客路青山外,行舟绿水前。潮平两岸阔,风正一帆悬。海日生残夜,江春入旧年。乡书何处达?归雁洛阳边。

习题六《江城子·密州出猎》苏轼:老夫聊发少年狂,左牵黄,右擎苍。锦帽貂裘,千骑卷平冈。欲报倾城随太守,亲射虎,看孙郎。 酒酣胸胆尚开张,鬓微霜,又何妨!持节云中,何日遣冯唐?会挽雕弓如满月,西北望,射天狼。

习题七《宣州谢朓楼饯别校书叔云》李白:弃我去者,昨日之日不可留。乱我心者,今日之日多烦忧。长风万里送秋雁,对此可以酣高楼。蓬莱文章建安骨,中间小谢又清发。俱怀逸兴壮思飞,欲上青天揽明月。抽刀断水水更流,举杯消愁愁更愁。人生在世不称意,明朝散发弄扁舟。

习题八《秦王饮酒》李贺:秦王骑虎游八极,剑光照空天自碧。羲和敲日玻璃声,劫灰飞尽古今平。龙头泻酒邀酒星,金槽琵琶夜枨枨。洞庭雨脚来吹笙,酒酣喝月使倒行。银云栉栉瑶殿明,宫门掌事报一更。花楼玉凤声娇狞,海绡红文香浅清,黄娥跌舞千年觥。仙人烛树蜡烟轻,青琴醉眼泪泓泓。

习题九《浩歌》李贺:南风吹山作平地,帝遣天吴移海水。王母桃花千遍红,彭祖巫咸几回死?青毛骢马参差钱,娇春杨柳含细烟。筝人劝我金屈卮,神血未凝身问谁?不须浪饮丁都护,世上英雄本无主。买丝绣作平原君,有酒唯浇赵州土。漏催水咽玉蟾蜍,卫娘发薄不胜梳。羞见秋眉换新绿,二十男儿那刺促!

习题十《小梅花·行路难》贺铸:缚虎手,悬河口,车如鸡栖马如狗。白纶巾,扑黄尘,不知我辈可是蓬蒿人?衰兰送客咸阳道,天若有情天亦老。作雷颠,不论钱,谁问旗亭美酒斗十千? 酌大斗,更为寿,青鬓常青古无有。笑嫣然,舞翩然,当垆素女十五语如弦。遗音能记秋风曲,事去千年犹恨促。揽流光,系扶桑,争奈愁来一日却为长!

第四节 白 描

白描原是中国画的一种纯用墨线、不着颜色来勾描物象的技法。在文学创作中经常被用来作为表现手法之一。白描的手法与烘托渲染的手法恰恰相反,是以最经济、最简洁的笔墨,勾勒出即鲜明又生动的艺术形象。正如古人所云:"白描诗近乎天籁"、"贵写得真切,说得透彻"、"且须不假雕琢,不尚工巧,方为白描能手。"鲁迅先生在《作文秘诀》中也曾说过:"白描并没有秘诀,不过是有真意,去粉饰,少做作,勿卖弄自己而已。"

白描手法又被人称为"无技巧法"。说是"无技巧",实际上是最高的技巧,因为,作者对所描绘对象的本质要有独具慧眼的观察力、审视力,有惜墨如金、得心应手的驾驭语言文字的深厚功底。白描手法运用在诗词曲中可以是整篇的运用,也可以是局部运用,而往往是以局部的形式表现出来。诗歌中的白描手法主要有三种类型:物态白描,即诗人准确地把握物象景观的主要特征并真实地表现出来。事态白描,即诗人以朴实无华的语言,真实描述出客观事态的原汁原味,使读者具有亲临其境、亲历其事之感。情态白描,即诗人将诗中主人公或抒情主人公的神情举止、音容笑貌、仪态风度逼真地展露出来,使读者仿佛如见其人,如闻其声,如察其心,如体其情。

一般来说,白描在诗歌中的运用主要有几个方面:一、刻画人物,不绘背景,只突出主体。用白描手法刻画人物,三言两语就能揭示人物的外貌、神态,使读者如见其人。二、叙写事件,不求细致,只求简明。用白描手法叙事,使人感到线条明晰,言简意赅。三、描写景物,不尚华丽,务求朴实。用白描手法写景,可让人快速抓住景物的特征,体会作者所寄寓的感情。

例文一:

鹧鸪天　　辛弃疾

陌上柔桑破嫩芽,东邻蚕种已生些。平冈细草鸣黄犊,斜日寒林点暮鸦。　　山远近,路横斜,青旗沽酒有人家。城中桃李愁风雨,春在溪头荠菜花。

【注释】陌上:田间的小路。桑条初破芽:桑树已经发芽。蚕种已生些:孵出蚕种。斜日:暮日。青旗:卖酒的招牌。桃李:桃李花。愁风雨:禁不起风雨摧残而零落不堪。野荠花:野外的荠菜花。

【译文】田间的小路上,桑树已经发芽。东边邻居的蚕蛹已经孵出蚕种。平坦的小山上,吃着青草的黄牛犊不时发出鸣叫声。夕阳照在傍晚的树林上,中间还点缀着几只乌鸦。远远近近的山,纵横交错的小路,这里还有挂青旗卖酒的人家。城市中的桃李花禁不起风雨,大好春光反而在这溪头,开满荠菜花的田野间。

【赏析】辛弃疾的词,本以沉雄豪放见长,但本词运用物态白描的手法,写的是早春乡村景象,十分清丽自然。词的上片写仲春田园的美丽风光和词人由此引发的感叹。"陌上柔桑破嫩芽,东邻蚕种已生些。平冈细草鸣黄犊,斜日寒林点暮鸦。"桑条破芽,蚕种孵化,黄犊鸣叫,暮鸦落树,这些情景是那么自然亲切,那么具有生活气息,作者采用白描手法展示给读者是想为下片进行铺垫。

"远山近,路横斜,青旗沽酒有人家。城中桃李愁风雨,春在溪头野荠花。"词的下片由平冈看到远山,看到横斜的路所通到的酒家。由乡村到城里。"青旗沽酒有人家"一句十分独特,其他句子都写自然风景,只有这句是写人的活动。写景的诗歌需要有人的情调,才有趣味和生气。最后两句是全词画龙点睛之句,看似写景色实写议论,朝中多昏庸无能之人,不想抵抗金兵,辛弃疾心中十分痛恨,心中苦闷无法派遣,报国的愿望无法施展,这就是他许多词的基本基调。用自然界的"桃李"愁对"风雨"的事实,象征到人世间拥有报国之心的"桃李",也愁对苟且偷安的"风雨"。辛弃疾一些词中出现的"风雨"打落"春花"的地方,一般是暗射南宋被金兵进逼的局面。如《摸鱼儿》里:"更能消、几番风雨,匆匆春又归去。"也是如此。尽管词人有怨恨、有忧愁,但是"春在溪头荠菜花"句又可见词人对前途还有希望,这也是乡下农桑的景象给予词人的感触。

例文二:

西江月·夜行黄沙道中　　辛弃疾

明月别枝惊鹊,清风半夜鸣蝉。稻花香里说丰年,听取蛙声一片。　　七八个星天外,两三点雨山前,旧时茅店社林边,路转溪桥忽见。

【注释】黄沙:黄沙岭,在信州上饶之西,作者闲居带湖时,常常往来经过此岭。岭高约十五丈。下有两泉,水自石中流出,可溉田十余亩。这一带不仅风景优美,也是农田水利较好的地区。辛弃疾在上饶期间,经常来此游览,他描写这一带风景的词,现存约五首,即:《生查子》(独游西岩)二首、《浣溪沙》(黄沙岭)一首、《鹧鸪天》(黄沙道上即事)一首,以及本词。别枝:离开树枝。旧时茅店:过去很熟悉的那一所茅草店。社:土地庙。社林:土地庙周围的树林。见(xiàn):出现。

【译文】明亮的月光惊起了枝头栖息的喜鹊,清凉的晚风吹来了蝉的鸣叫。稻花四处飘香,耳边听着此起彼伏的蛙声,今年一定是丰收的光景。天边挂着几个星星,快走到山前下起了零星小雨。记得以前土地庙周围的树林边上有家小客栈,路上一转弯忽然就看见它还在那里!

【赏析】宋孝宗淳熙八年(1181),辛弃疾因受奸臣排挤,被免罢官,开始到上饶居住,并在此生活了近15年,留下了不少词作。此词题《夜行黄沙道中》,记录了作者深夜在乡村中行路所见到的景物和感慨。

"明月别枝惊鹊,清风半夜鸣蝉。稻花香里说丰年,听取蛙声一片。"读前半片,须体会到寂静中的热闹。"别"字是动词,就是说月亮离别了树枝,惊动乌鹊。这句话是一种很细致的写实,乌鹊对光线的感觉是极灵敏的,日食时或月落时也是这样,它们被惊动起来,乱飞乱啼。关键全在"别"字,它暗示鹊和枝对明月有依依不舍的意味。这四句里产生的印象最为鲜明深刻,每句都有声音(鹊声、蝉声、人声、蛙声)。作者把农村夏夜里热闹气氛和欢乐心情都写活了。这可以说就是典型环境的描写。

"七八个星天外,两三点雨山前,旧时茅店社林边,路转溪桥忽见。"下半片的局面有些变动了。天外稀星表示时间已有进展,快到天亮。山前疏雨对夜行人却是一个难题,像平地波澜,可想见夜行人的焦急。"旧时茅店社林边,路转溪头忽见。"一个"忽见"就把人希望中的惊喜表现了出来。正在愁雨,走过溪头,路转了方向,社林边从前歇过的那所茅店蓦然出现。这时的快乐可以比得上"山重水复疑无路,柳暗花明又一村"(陆游《游山西村》)那两句诗所说的。明月清风,惊鹊鸣蝉,稻香蛙声,溪流小桥,构成了江南山乡夏夜一幅优美动人的画面。而贯彻全篇的却是作者对大自然的热爱和对丰收的喜悦。作者善于抓住夏夜山乡的特点,又理解农民对丰收的热望,加上笔调轻快,语言优美,音节和谐,使人读了这首词仿佛身临其境,馀味无穷。

例文三：

老夫采玉歌　　李贺

采玉采玉须水碧，琢作步摇徒好色。老夫饥寒龙为愁，蓝溪水气无清白。
夜雨冈头食蓁子，杜鹃口血老夫泪。蓝溪之水厌生人，身死千年恨溪水。
斜山柏风雨如啸，泉脚挂绳青袅袅。村寒白屋念娇婴，古台石磴悬肠草。

【注释】水碧：就是碧玉。徒：既叹惜人力的徒劳。食蓁子：以榛子充饥。风雨如啸：形容风雨交加。村寒白屋：简陋的茅草房。念娇婴：思念娇弱的儿女。悬肠草：又叫思子蔓、离别草。这里暗喻采玉者悬崖采玉是为了养活娇婴，又时时而临生命威胁。

【译文】采玉的工人日夜不停地寻找碧玉，就是为了让它们被雕琢成精美的首饰，为贵妇们增添一点美色罢了。一个采玉的老汉饥寒交迫，蓝溪里的龙被他打扰得发愁，溪中的水也变得浑浊不清了。晚上下雨还要露宿在山头，饿了只能吃些榛子充饥。老汉的眼泪就像杜鹃啼血一样悲苦。蓝溪之水十分厌恶生人，经常淹死人。而千年以来死去的采玉人的冤魂，也对蓝溪痛恨不已。松柏间，风雨交加。山泉形成的小瀑布，采玉老汉系着绳子悬挂而下，脚下的水雾袅袅。看到古台石阶上的断肠草，不禁担心如果自己丧命，寒村屋舍中娇弱的儿女就没了依靠。

【赏析】"采玉采玉须水碧，琢作步摇徒好色。"首句重叠"采玉"二字，表示没完没了地采。不过是雕琢成贵妇的首饰，徒然为她们增添一点美色而已。"徒"字表明了诗人对于这件事的态度，既叹惜人力的徒劳，又批评统治阶级的骄奢，一语双关，很有分量。

"老夫饥寒龙为愁，……杜鹃口血老夫泪。"从第三句开始专写一位采玉老汉所经历的遭遇。他忍受饥寒之苦，下溪水采玉，日复一日，就连蓝溪里的龙也被骚扰得不堪其苦，蓝溪的水气也浑浊不清了。"龙为愁"和"水气无清白"都是衬托"老夫饥寒"的，此龙此水更充满了难以忍受的痛苦。

下面两句就"饥寒"二字作进一步的描写：夜雨之中留宿山头，其寒冷可想而知；以榛子充饥，其饥饿可想而知。"夜雨"、"食蓁子"展现出老夫的悲惨境遇，具有高度的艺术概括力。"杜鹃啼血老夫泪"，是用杜鹃啼血来衬托和比喻老夫泪，充分表现了老夫内心的凄苦以及身体承受的巨大伤害。

"蓝溪之水厌生人，身死千年恨溪水。"七、八句写采玉的民夫经常死在溪水里，好像溪水厌恶生人，必定要致之死地。而那些惨死的民夫，千年后也消不掉对溪水的怨恨。"恨溪水"三字意味深长，这种写法很委婉，对官府的恨含蓄在字里行间。

"斜山柏风雨如啸，……古台石磴悬肠草。"接下来四句作者描绘了令人惊心动魄的一幕："雨如啸"，写出了恶劣的天气；"泉脚持绳"描绘出采玉工人劳动的惊险环境。"念"写出了老夫的柔情，写出了他心底的坚持根源。

《老夫采玉歌》是李贺少数以现实社会生活为题材的作品之一。它既以现实生活为素材，又富有浪漫的奇想。如"龙为愁"、"杜鹃口血"，是奇特的艺术联想。"蓝溪之水厌生人，身死千年恨溪水。"二句，更是超越常情的想象。这些诗句渲染了浓郁的感情色彩，体现了李贺特有的瑰奇艳丽的风格。

例文四：

菩萨蛮　　韦庄

洛阳城里春光好,洛阳才子他乡老。柳暗魏王堤,此时心转迷。　　桃花春水渌,水上鸳鸯浴。凝恨对残晖,忆君君不知。

【注释】春:一作"风"。洛阳才子:西汉时洛阳人贾谊,18岁能诵诗书,擅于写作,人称阳洛才子。这里指作者本人,作者早年寓居洛阳。魏王堤:即魏王池。唐代洛水在洛阳溢成一个池,成为洛阳的名胜。太宗贞观中赐给魏王李泰,故名魏王池。有堤与洛水相隔,因称魏王堤。渌:一作"绿",水清的样子。浴:洗浴,这里指戏水。凝恨:愁恨聚结在一起。

【译文】洛阳城里的春光正好,洛阳的才子却因生不逢时而老死他乡。柳树黯然失色,魏王堤也失去了原来的美景,使赶来欣赏的游子们迷茫自失。桃花开放,春水清澈,鸳鸯在水中嬉戏,一片大好春色。对着夕阳余晖,愁恨之情凝结在一起,回忆故人而故人也无从知晓。

【赏析】这首词,是写作者回忆他47岁时春天从长安到洛阳,次年离开洛阳期间的生活。上片的回忆,勾起乡思。下片写江南春景,抒发内心情感。写景采用白描写法,抒情自然,二者巧妙地结合,体现了韦庄的风格。

"洛阳城里春光好,洛阳才子他乡老。"词一开头,淡写"春光好",重笔"他乡老",情景对举,对照鲜明,以情景的反差表现了心理的反差,突出了他乡的春光虽然美丽,但是却不如家乡的春光吸引自己。

"柳暗魏王堤,此时心转迷。"前句写景,后句写心。句中"暗"字,虽是烟笼柳堤的实景描绘,但确是作者的映衬。眼前所见的是春光缭乱、烟柳迷茫之景,胸中翻腾的是怀才不遇、心志凄迷之情。眼迷心迷景迷情迷,使他又一次陷入迷惘忧伤之中。

"桃花春水渌,水上鸳鸯浴。凝恨对残晖,忆君君不知。"作者已从心迷之中解脱出来,被春光陶醉。词人面对残晖,一方面是恨意纠结:家国之痛,身世之悲,都在心头凝结。"凝"字,极其沉重,"忆"字,格外深挚。是深切忆念,对国之忆,亲友之忆,都在心底激荡。"君不知"三字,以怨对方的不知、无情、无动于衷,曲折表达自己的忆念深切、诚挚。

例文五：

苏幕遮　　周邦彦

燎沉香,消溽暑。鸟雀呼晴,侵晓窥檐语。叶上初阳干宿雨,水面清圆,一一风荷举。　　故乡遥,何日去?家住吴门,久作长安旅。五月渔郎相忆否,小楫轻舟,梦入芙蓉浦。

【注释】燎沉香:燎,烧。沉香,名贵香料,因放入水中下沉而得名。也称"水沉"、"沉水"。消溽(rù)暑:消除潮湿的暑气。溽,湿润、潮湿。呼晴:唤晴。旧有鸟鸣可占晴雨之说。侵晓:快天亮之时。侵,渐近。宿雨:隔夜的雨。清圆:清润圆正。举:擎起。吴门:即现在的江苏苏州。长安:借指北宋的都城汴京。旅:客居。楫:桨。芙蓉浦:有荷花的水边。芙蓉,又叫"芙蕖",荷花的别称。浦:水湾,河流。

【译文】焚起沉香,消除潮湿的暑气。鸟雀呼唤着晴天,拂晓时分躲在屋檐下偷听它们的对话。清晨的阳光照射在叶子上,蒸干了隔夜的雨,水面清正圆润,荷花在微风中举起了绿盖。看到这场景,想起了遥远的故乡,不知何日才能回去。我家本在吴门,但我却在长安长年客居。梦里江南五月时节,打渔郎还记得我吗?划着小船,我仿佛回到了故乡的荷花塘。

【赏析】此词由眼前的荷花想到故乡的荷花。游子浓浓的思乡情,向荷花娓娓道来,构思尤为巧妙别致。词分上下两片。上片主要描绘荷花姿态,下片由荷花引发生梦,梦回故乡。

"燎沈香,消溽暑。鸟雀呼晴,侵晓窥檐语。"这里写的是一个夏日的清晨,词人点燃了沉香以驱散潮湿闷热的暑气。鸟雀在窗外欢呼,庆祝天气由雨转晴。在词人眼里,鸟雀仿佛似人一样有喜怒哀乐,她们也会"呼"也爱"窥",如同调皮的孩子一般活泼可爱。作者这几句描写实际上是在为下面写荷花的美丽做感情上的铺垫,也是拟人化的手法。

"叶上初阳干宿雨,水面清圆,一一风荷举。"荷花是江南风景的象征,自然勾起了客居京师的作者的乡思。并与结尾的"梦入芙蓉浦"相呼应。词人之所以睹荷生情,把荷花写的如此逼真形象,玲珑可爱,因为他的故乡江南芙蓉遍地。字里行间流露出对家乡的热爱之情。

"故乡遥,何日去?家住吴门,久作长安旅。"荷花点燃了词人的思乡情,下片开头他就扪心自问,何时才能重归故乡呢?"久"字体现了作者对漂泊生活尤其是仕途生活的厌倦,在其它作品中,词人一再以"京华倦客"自称,可见他早已淡薄功名而魂系故乡。

"五月渔郎相忆否。小楫轻舟,梦入芙蓉浦。"结尾三句,词人恍惚间来到了五月的江南,熟悉的渔郎正在河上摇着小船,穿梭于层层叠叠的莲叶之间,这时词人忍不住喊到:打鱼的大哥,还记得我吗?我是美成啊!情到深处意转痴,词人用一个白日梦结尾,给人留下无限的情思与遐想。 这首词写游子的思乡情结,写景、写人、写情、写梦,不加雕饰,皆语出天然,一幅幅景情相融的动人画面引发人浮想联翩。

我要试试!

习题一《萍池》王维: 春池深且广,会待轻舟回。靡靡绿萍合,垂杨扫复开。

习题二《逢入京使》岑参: 故园东望路漫漫,双袖龙钟泪不干。马上相逢无纸笔,凭君传语报平安。

习题三《相见欢》李煜: 无言独上西楼,月如钩,寂寞梧桐深院锁清秋。   剪不断,理还乱,是离愁,别是一般滋味在心头。

习题四《江南(古诗十九首其一)》汉代民歌: 江南可采莲,莲叶何田田。鱼戏莲叶间,鱼戏莲叶东,鱼戏莲叶西,鱼戏莲叶南,雨戏莲叶北。

习题五《菩萨蛮》韦庄: 人人尽说江南好,游人只合江南老。春水碧于天。画船听雨眠。垆边人似月,皓腕凝霜雪。未老莫还乡。还乡须断肠。

习题六《山居秋暝》王维: 空山新雨后,天气晚来秋。明月松间照,清泉石上流。竹喧归浣女,莲动下渔舟。随意春芳歇,王孙自可留。

习题七《织妇辞》孟郊: 夫是田中郎,妾是田中女。当年嫁得君,为君秉机杼。筋力日已疲,不息窗下机。如何织纨素,自着蓝缕衣。官家榜村路,更索栽桑树。

习题八《商山早行》温庭筠: 晨起动征铎,客行悲故乡。鸡声茅店月,人迹板桥霜。槲叶落山路,枳花明驿墙。因思杜陵梦,凫雁满回塘。

习题九《金铜仙人辞汉歌》李贺: 茂陵刘郎秋风客,夜闻马嘶晓无迹。画栏桂树悬秋香,三十六宫土花碧。魏官牵车指千里,东关酸风射眸子。空将汉月出宫门,忆君清泪如铅水。衰兰送客咸阳道,天若有情天亦老。携盘独出月荒凉,渭城已远波声小。

习题十《卖炭翁》白居易:卖炭翁,伐薪烧炭南山中,满面尘灰烟火色,两鬓苍苍十指黑。卖炭得钱何所营?身上衣裳口中食。可怜身上衣正单,心忧炭贱愿天寒。夜来城外一尺雪,晓驾炭车辗冰辙。牛困人饥日已高,市南门外泥中歇。翩翩两骑来是谁?黄衣使者白衫儿。手把文书口称敕,回车叱牛牵向北。一车炭,千余斤,宫使驱将惜不得。半匹红纱一丈绫,系向牛头充炭直。

第五节 理 趣

诗歌中的理趣,是将某种社会生活中的哲理寓于生动具体的意象、意境之中。钱钟书先生在《谈艺录》中指出:"若夫理趣,则理寓物中,物包理内,物秉理成,理内物显。赋物以明理,非取譬于近,乃举例以概也。"周振甫在《钱钟书〈谈艺录〉读本》中认为:"理趣是描写景物,在景物中含有道理。理趣不是借景物作比喻来说理,而是举景物作例来概括所说的理。……理趣要即事即理,事理凝合。"这是个自然而然的过程,使哲理与形象妙合无垠,难解难分。一般分为:一、直陈式说理:即通过议论直接阐明一个道理。二、借用修辞说理:借用比喻拟人等修辞方式把抽象的哲理融于形象的修辞表达中。三、以物象象征说理:以物象来象征哲理,寓哲理于物境,使意象与哲理融为一体。四、在生动的景事描写中寄托事理:通过对自然界和社会生活中景物进行艺术捕捉,在诗歌中纯写某种意向意境,展现某种哲理。

例文一:

题西林壁　　苏轼
横看成岭侧成峰,远近高低各不同。不识庐山真面目,只缘身在此山中。

【注释】题西林壁:写在西林寺的墙壁上。题:书写;题写。西林:西林寺,在江西庐山北麓。横看:从正面看。庐山总是南北走向,横看就是从东面西面看。侧:从侧面看。各不同:不相同。缘:因为;由于。识:看清楚。真面目:指庐山真实的景色。

【译文】从正面看是连绵的山岭,侧面看是陡峭的山峰。远处近处,高处低处,不同的地方看庐山都是不同的样子。之所以辨认不出庐山的本来面目,是因为自己身在山中啊。

【赏析】苏轼由黄州贬赴汝州任团练副使时经过九江,被庐山瑰丽的山水所感动,于是写下了多首庐山游记诗。《题西林壁》描写庐山变化多姿的面貌,并借景说理,指出观察问题应客观全面哲理。

"横看成岭侧成峰,远近高低各不同。"开头两句实写游山所见。庐山丘壑纵横、峰峦起伏,游人所处位置不同,看到的风景也各不相同。这两句概括而形象地写出了千姿百态的庐山风景。启迪人们由于人们所处的地位不同,看问题的出发点不同的为人处世的一个哲理:要认识事物的真相与全貌,必须超越狭小范围,摆脱主观成见。

"不识庐山真面目,只缘身在此山中。"后两句即景说理,道出游山的感悟。因为身在庐山之中,视野为庐山的峰峦所局限,看到的只是庐山的一峰一岭一丘一壑,这必然带有片面性。游山所见如此,观察世上事物也常如此。

这首哲理诗,不是抽象地发议论,而是借助庐山的形象,用通俗的语言表达哲理。寓意十分深刻,但所用的语言却异常浅显。深入浅出,这正是苏轼的一种语言特色。诗人所追求的是用一种质朴无华、通畅流利的语言,表现一种清新的意境;而这意境又不时闪烁着哲理之光。鲜明的感性与明晰的理性交织一起,互为因果。

宋以前的诗歌传统是以言志、言情为特点,到了宋朝尤其是苏轼,则展现了以言理为特色的新诗风。这种诗风是宋人在唐诗之后另辟蹊径,正如苏轼所说,便是"出新意于法度之中,寄妙理于豪放之外"。形成这类诗的特点是:语浅意深,因物寓理,寄至味于淡泊。

例文二:

游山西村　　陆游

莫笑农家腊酒浑,丰年留客足鸡豚。山重水复疑无路,柳暗花明又一村。
箫鼓追随春社近,衣冠简朴古风存。从今若许闲乘月,拄杖无时夜叩门。

【注释】山西村:今浙江绍兴市鉴湖附近。腊酒:腊月里酿造的酒。足鸡豚(tún):意思是准备了丰盛的菜肴。豚:猪,诗中代指猪肉。山重水复:一重重山,一道道水。柳暗花明:绿柳繁茂荫浓,鲜花娇艳明丽。箫鼓:两种吹打的乐器。春社:立春后第五个戊日。这天要祭社稷神以祈求丰收年。古风存:保留着淳朴古代风俗。若许:如果允许。闲乘月:趁着月明之夜出外闲游。无时:随时。叩门:敲门。

【译文】不要笑话农家腊月里的酒浑浊,丰收之年准备了丰盛的菜肴招待客人。重重山林,道道溪水,正在疑惑前面无路可走,忽然绿柳繁茂荫浓,鲜花娇艳明丽,又一个山村出现在眼前。吹着箫、击着鼓,春社的祭祀就快要到了。穿着布衣素冠,依然保留着古朴的生活习俗。从今天起,如果趁着月明之夜出外闲游,我拄着拐杖随时上门作客。

【赏析】陆游于宋孝宗乾道二年(1166)因支持主战派将领张凌北伐,遭到投降派的排挤,被罢官闲居家乡山阴镜湖的三山,这首诗是于次年春天写的。本诗描写的是诗人家乡农村的自然风光、丰收的景象和春社迎神赛会的古朴民风民俗,展现了诗人与家乡农民们之间质朴、深厚的情谊。诗人的感情真挚,笔调明朗,朴实自然,生活气息十分浓郁。

"莫笑农家腊酒浑,丰年留客足鸡豚。"首联渲染出丰收之年农村一片欢悦祥和的气象。农家酒味虽薄,而待客情意却十分深厚。"足"字表达了农家人的淳朴、真诚和实在的性格。款客尽其所有盛情。"莫笑"二字,道出了诗人对农村直爽、坦诚的赞赏和发自内心的敬佩。

"山重水复疑无路,柳暗花明又一村。"颔联写山间水畔的景色,写景中寓含哲理,千百年来广泛被人引用。不仅反映了诗人对前途的希望,也道出了世间事物变化无常。读此诗句,仿佛可以看到诗人漫步在青翠的山峦间,清碧的山泉在曲折溪流中汨汨穿行,草木浓茂,蜿蜒的山径依稀难认。迷惘之际,前面突然花明柳暗,几间农家茅舍,隐现于花木之间,诗人顿觉豁然开朗。

"箫鼓追随春社近,衣冠简朴古风存。"这两句由自然写到人事,展示了一幅南宋初年的农村风俗画卷。这一天农家祭社祈年,吹吹打打,热热闹闹,一片丰收的景象。苏轼《蝶恋花·密州上元》也说:"击鼓吹箫,却入农桑社。"可见祭社祈年的农村风俗到宋代还很盛行。

前三联写了外界情景,并和作者的情感相融。诗人已"游"了一整天,此时明月高悬,笼罩在一片淡淡的清光中,给春社过后的村庄也染上了一层静谧色彩,别有一番情趣。然而诗人似乎意犹未尽,笔锋一转:"从今若许闲乘月,拄杖无时夜叩门。"游兴未尽,连夜里都想来再看看,表露了对农村乡亲们的依恋之情。

例文三:

后 游　　杜甫

寺忆曾游处,桥怜再渡时。江山如有待,花柳更无私。
野润烟光薄,沙暄日色迟。客愁全为减,舍此复何之?

【注释】寺"和"桥":都是曾游之地。有待:等待。野润:原野像浸透了酥油。烟光:傍晚滞留大地的余晖。薄:清早薄如轻纱的晨曦。暄:温暖。

【译文】回忆起曾经游过的寺和桥,重游故地对它们更加怜惜。美好的江山好像在等待我回来,花儿和柳树也无私地奉献它们的美丽。早晨轻薄如纱的晨雾滋润了大地,傍晚的余晖迟迟不退,沙地被照得暖暖的。出门作客的愁苦都减轻了,除了这里还要到哪里去呢?

【赏析】杜甫于上元二年(761)春曾游新津,写了《游修觉寺》,第二次即写了这首《后游》。"寺忆曾游处,桥怜再渡时。"首联写再游时的重游之感。两句是倒装句式,将宾词的"寺"和"桥"提到动词谓语"忆"与"怜"前,突出游览的处所,点出后游在感情上的触动。

"江山如有待,花柳更无私。"颔联写美好的江山好像也在欢迎着我的再游;花在笑,柳扭腰,迎接我再度登临。头两句从写诗人对"寺"、"桥"有情,转入写此地山水草木也都对诗人有情,展示了人有意,物有情。透露了诗人对世态炎凉的感慨,弦外之音是大自然有情而人世间却是无情。

"野润烟光薄,沙暄日色迟。"颈联具体描绘晨景和晚景,"烟光薄"是指轻轻的薄雾,自然就是早晨的景色;"日色迟"当然是指傍晚,句中的"暄"字则暗指日照时间长,连沙子都晒暖了,又与"迟"呼应。这两句表明了时间推移,诗人从早到晚,一直流连于优美绝伦的景色中。

"客愁全为减,舍此复何之。"尾联感慨作结。赞美风景绝佳,也正是诗人心中有愁难解,强作豁达的反映。杜甫作诗之时正流落西南山水间,中原干戈不止,山河破碎,诗人以美景排解"客愁",恰恰表现了"愁"之深。这首诗写得表面豁达,实则沉郁。由此而感人更深。

例文四:

望 岳　　杜甫

岱宗夫如何?齐鲁青未了。造化钟神秀,阴阳割昏晓。
荡胸生层云,决眦入归鸟。会当凌绝顶,一览众山小!

【注释】岳:这里指东岳泰山。岱宗:泰山亦名岱山,在今山东省泰安市城北。古代以泰山为五岳之首,诸山所宗,故又称"岱宗"。历代帝王凡举行封禅大典,皆在此山。齐、鲁:古代齐鲁两国以泰山为界,齐国在泰山北,鲁国在泰山南。青未了:指郁郁苍苍的山色无边无际,浩茫浑涵。造化:天地,大自然。钟:聚集。神秀:指山色的奇丽。阴阳:这里指山北山南。割:划分。决:张大。眦:眼眶。决眦形容极目远视的样子。入归鸟:目光追随归鸟。"归鸟"是投林还巢的鸟。会当:一定要。凌:登上。

中国古典诗词曲鉴赏

【译文】五岳之首的泰山景色如何？在齐鲁大地绵延不断的山峦都是郁郁苍苍的山色。天地间的奇丽景色都聚集在这里，山南山北被分割出阴暗和明亮的不同景色。看到皑皑的云层，心胸荡然开阔，睁大眼睛跟随着飞鸟的踪迹向远望去，一定要登上山顶，看看群峰都变得渺小的奇景。

【赏析】杜甫的《望岳》诗共有三首，分别描写了东岳（泰山）、南岳（衡山）、西岳（华山）的自然景色。这一首是说东岳泰山。开元二十四年（736），年轻的诗人开始过一种漫游生活。此诗写于北游齐、赵（今河南、河北、山东等地）时的所见所感，是现存杜诗中最早的一首，字里行间洋溢着青春的朝气。这首诗气势宏大，展示巍峨秀丽的泰山景观，诗中洋溢着诗人对祖国壮丽河山的热爱和胸怀大志，乐观自信的精神。全诗没有一个"望"字，但句句写向岳而望。自远而近，从朝至暮，由望岳想到将来的登岳。

首句"岱宗夫如何？"写最初望见泰山时的兴奋、惊叹、仰慕之情。"齐鲁青未了"它不是抽象地说泰山高，而是别出心裁地写出自己的体会——在古代齐鲁两大国的国境外可以远远望见横亘在那里的泰山，以距离的远来烘托出泰山的高。

"造化钟神秀，阴阳割昏晓"两句，是近距离所见泰山的神奇、秀丽、巍峨、高大。"钟"字，写大自然有情。由于山高，天色一昏一晓判割于山的阴、阳面，所以说"割昏晓"。"割"字本来很普通，但用在这里，突出了"奇险"。诗人杜甫的"语不惊人死不休"的创作手法，在他创作初期就已养成。

"荡胸生层云，决眦入归鸟"两句，是写仔细望。云气层出不穷引发诗人心潮荡漾；久久地屏气凝望，因而感到眼眶有似决裂。"望"中蕴藏着诗人对祖国河山的热爱；"望"中寄予了作者雄心壮志；"望"中饱含了诗人对未来的憧憬。

"会当凌绝顶，一览众山小。"这最后两句写诗人由望岳而产生欲登岳的心愿。可以领悟到诗人杜甫不怕困难，敢于攀登绝顶，俯视一切的雄心和气概。这正是杜甫能够成为一个伟大诗人的关键所在。

例文五：

定风波　　苏轼

三月七日，沙湖道中遇雨。雨具先去，同行皆狼狈，余独不觉，已而遂晴，故作此词。

莫听穿林打叶声，何妨吟啸且徐行。竹杖芒鞋轻胜马，谁怕？一蓑烟雨任平生。　　料峭春风吹酒醒，微冷，山头斜照却相迎。回首向来萧瑟处，归去，也无风雨也无晴。

【注释】吟啸：吟诗长啸，表示意态安闲，在这里也就是吟诗的意思。芒鞋：即草鞋。谁怕：有什么可怕的。平生：指平日、平素。轻：并非指行走轻快，此指心情轻松。向来：即方才的意思。

【译文】不要听雨穿过竹林打在叶子上的声音，何不吟诗长啸慢慢行走。手拄竹杖，脚踏草鞋，一身轻便比骑马还要走得轻快，怕什么？披着蓑衣，走在烟雾一样的雨中，这是平日里就习惯了的。寒冷的春风把酒意吹醒了，微微觉得冷，挂在山头的夕阳却将我相迎。回头看看来时走过的路，回去吧，管他是风雨还是晴天我都无所畏惧。

【赏析】此词作于苏轼黄州之贬后的第三个春天。它通过野外途中偶遇风雨这一生活中的小事，简朴中见深意，寻常处奇景，表现出旷达与超脱的胸襟，寄寓着超凡超俗的人生理想。

"莫听穿林打叶声,何妨吟啸且徐行。"首两句既渲染出雨急风狂,又以"莫听"二字点明诗人的淡定。雨中照常舒徐行步,呼应小序中说的"同行皆狼狈,余独不觉",同时引出下文的"谁怕"。徐行而又吟啸,是"何妨"二字的强调,更增加旷达色彩。

"竹杖芒鞋轻胜马",写词人竹杖芒鞋,从容冒雨前行,传达出一种搏击风雨、笑傲人生的喜悦和豪迈之情。"一蓑烟雨任平生",由眼前风雨感悟整个人生,显示我行我素、不畏坎坷的超然情怀。

"料峭春风吹酒醒,微冷,山头斜照却相迎。"三句,是写雨过天晴的景象。这几句既与上片所写风雨相呼应,还为下文的发感慨人生作了铺垫。

"回首向来萧瑟处,归去,也无风雨也无晴。"饱含人生哲理意味,说出了词人在大自然所获得的顿悟和启示:自然界的风雨是寻常的,社会人生中的政治风云、荣辱得失不足挂齿?"风雨"二字,既指在自然界遇风雨,又暗指政治"风雨"和人生险途,一语双关。纵观全词,一种醒醉全无、悲喜全无、胜败两忘的人生哲学和处世态度跃然纸上。

我要试试!

习题一《杂诗》陶渊明:盛年不再来,一日难再晨。及时当勉励,岁月不等人。

习题二〔花吕·醉中天〕刘致:花木相思树,禽鸟折枝图。水底双双比目鱼,岸上鸳鸯户。一步步金镶翠铺。世间好处,休没寻思,典卖了西湖。

习题三《竹枝词》刘禹锡:瞿塘嘈嘈十二滩,人言道路古来难。长恨人心不如水,等闲平地起波澜。

习题四《江上》王安石:江北秋阴一半开,晓云含雨却低回。青山缭绕疑无路,忽见千帆隐映来。

习题五《草》白居易:离离原上草,一岁一枯荣。野火烧不尽,春风吹又生。远芳侵古道,晴翠接荒城。又送王孙去,萋萋满别情。

习题六《望岳》(西岳华山)杜甫:西岳崚嶒竦处尊,诸峰罗立似儿孙。安得仙人九节杖,拄到玉女洗头盆。车箱入谷无归路,箭栝通天有一门。稍待秋风凉冷后,高寻白帝问真源。

习题七《观书有感二首》朱熹:(一)半亩方塘一鉴开,天光云影共徘徊。问渠那得清如许?为有源头活水来。(二)昨夜江边春水生,蒙冲巨舰一毛轻。向来枉费推移力,此日中流自在行。

习题八《芳树》元稹:芳树已寥落,孤英尤可嘉。可怜团团叶,盖覆深深花。游蜂竞钻刺,斗雀亦纷拏。天生细碎物,不爱好光华。非无歼珍法,念尔有生涯。春雷一声发,惊燕亦惊蛇。清池养神蔡,已复长虾蟆。雨露贵平施,吾其春草芽。

习题九《行路难》李白:金樽清酒斗十千,玉盘珍羞直万钱。停杯投箸不能食,拔剑击柱心茫然。欲渡黄河冰塞川,将登太行雪满山。闲来垂钓碧溪上,忽复乘舟梦日边。行路难,行路难!多歧路,今安在?长风破浪会有时,直挂云帆济沧海。

习题十《种竹》元稹:昔公怜我直,比之秋竹竿。秋来苦相忆,种竹厅前看。失地颜色改,伤根枝叶残。清风犹淅淅,高节空团团。鸣蝉聒暮景,跳蛙集幽阑。尘土复昼夜,梢云良独难。丹丘信云远,安得临仙坛。瘴江冬草绿,何人惊岁寒。可怜亭亭干,一一青琅玕。孤凤竟不至,坐伤时节阑。

第五章　表述篇

　　表述篇的内容主要是指运用辩证手法表达作者的思想。它着眼于对立统一规律在诗歌中的运用。诗歌中的对立统一往往是现实中事物的矛盾和人们思想感情上的矛盾的具体生动的体现。客观现实中的物象、事象总是互相比较而存在的,在矛盾中发展的,既对立又统一,没有矛盾便没有世界的存在。对立统一规律反映在诗歌艺术中,就出现了诸如大与小、疏与密、动与静、擒与纵、张与弛、奇与正等的比较。大与小、疏与密揭示出典型与普遍、重点与一般的艺术规律;动与静体现出事物之间的相对性及诗人与外界环境的平衡及对立的统一;擒与纵、张与弛、奇与正反映事物发展变化运动进程中的轨迹与节奏感。

　　诗歌中的矛盾修饰实质上是诗中人物处在外界矛盾着的环境中所引起的主观心态上的矛盾心理的真实反映。从不同角度、在不同程度上揭示出诗歌艺术的辩证法,体现出某种内在的思辨力量。由于矛盾中的事物运动的双方不是平衡发展的,因此,在诗歌的辩证表述中,有主导有服从。例如,在"大与小"、"动与静"、"密与疏"、"张与弛"、"擒与纵"、"奇与正"中,属于矛盾主导地位的是"大、动、密、张、擒、奇",而属于矛盾次要地位的是"小、静、疏、弛、纵、正"。矛盾的主要方面起着决定性的制约作用,次要方面是服从主要方面的,因此在鉴赏诗人的作品时,最要看主要方面是否更加精彩,然后看次要方面是否能够衬托主要方面。

第一节　矛盾修饰

　　诗歌中的矛盾修饰,即是诗中人物矛盾心理的反映。主要是通过诗中上下文互相矛盾的语意,反映出诗中人物前后矛盾的心理状态。从语言表达的上下行文来说,多以互相对立的词语反接组合在一起。在古代优秀诗词中,表现爱情、婚姻和思归、伤别这类作品中尤为多见。诗中人物,或是诗人的自我形象,或以第一人称出现的代言体诗中主人公的形象,还可以是以第三人称出现的、客观刻画的诗中人物形象。

　　苏轼曰:"诗以奇趣为宗,反常合道为趣。"矛盾修饰,正是这种"反常合道"的具体体现。这种"反常",看似超乎常情常理,"合道"则又是设身处地地合乎诗中人物在特定境况中的情理逻辑。矛盾修饰大致分为:诗人自我形象矛盾心态的表述;代言体诗中主人公矛盾心态的刻画;对诗中第三人称主人公矛盾心态的客观描述。

例文一:

　　　　　　　风入松　　吴文英

　　听风听雨过清明,愁草瘗花铭。楼前绿暗分携路,一丝柳、一寸柔情。料峭春寒中酒,交加晓梦啼莺。　　西园日日扫林亭,依旧赏新晴。黄蜂频扑秋千索,有当时纤手香凝。惆怅双鸳不到,幽阶一夜苔生。

【注释】草:起草。瘗(yì)花铭:瘗,埋葬。铭:文体的一种。绿暗:指树阴浓密。分携路:分手的地方。料峭:形容春天的微寒。中酒:醉酒。交加:形容杂乱。西园:古代名园,这里借指梦窗和情人的寓所,二人亦在此分手,故西园是悲欢交织之地。日日:每日。扫林亭:打扫庭院。黄蜂:蜜蜂。频扑:不断地扑。秋千索:系秋千的绳索。香凝:留下的芳香。双鸳:鞋上绣有鸳鸯,指女子鞋,此处代指女子。幽阶:幽寂的空阶。

【译文】听着风声和雨声,我一个人过着寂寞的清明节。掩埋好满地的落花,愁绪满腹地起草葬花铭。楼前树荫浓密的地方,就是我们分手的那条路,每一缕柳丝,都寄托着一寸柔情。乍暖还寒的初春,我喝着闷酒想要醉去,半梦半醒间又被黄莺的啼声惊醒。西园的亭台,每天都有人打扫,我依旧到这里来欣赏晴天的景色。蜜蜂不断地围着秋千的绳索扑去,那上面还有你的纤纤玉手握过而留下的清香。我在这里怅然若失,等不到你的倩影。幽寂的空台阶上,一夜间就长出了青苔。

【赏析】这是怀人之作。也是一首伤春之作。词的上片情景交融,意境有独到之处。"听风听雨过清明,愁草瘗花铭。楼前绿暗分携路,一丝柳、一寸柔情。

"开头二句是写伤春之情,不仅点出了时间,而且刻画出词人在清明节前后,听风听雨,愁风愁雨的惜花伤春的细腻情感。"一丝柳,一寸柔情",三、四两句写伤别。有情之人在柳丝飘荡的路上分手,古代有送别时折柳相送的风俗,是希望柳丝能够系住将要远行的人。寒食、清明凄冷的禁烟时节,风雨交加,意境凄凉。白天对风雨中落花,不忍见,但不能不听到;晚上则为花无眠、以听风听雨为常。"愁草瘗花铭"一句意密而情浓。将满地落花打扫成堆,予以埋葬,这是第一层意思;葬花后心想应该为它拟写一个瘗花铭,这是第二层意思;为花伤心,为花堕泪,愁绪横生,这是第三层意思。

"料峭春寒中酒,交加晓梦啼莺。"第五、六句写伤春又伤别,词人无法排遣内心的痛苦,只有借酒浇愁,希望醉后梦中能与情人相见。可是春梦却被莺啼声惊醒。上阕是写愁风雨,惜年华,伤离别,意象集中精炼感人,显出密中有疏的特色。

"西园日日扫林亭,依旧赏新晴。黄蜂频扑秋千索,有当时纤手香凝。"下阕前四句写清明已过,风雨停止,天气晴朗。无法忘怀阔别已久的情人!故不忍重去平时二人一同游赏之处,以免触景生悲,睹物思人。但词人却写依旧去游赏林亭。"黄蜂"二句是词中名句,从侧面烘托正面,突出刻画了心上人的美好形象。词人明明深知佳人不能来,却还是痴心地望着盼着她来。"日日扫林亭",为了她来而天天打扫庭院。离别已久,秋千索上的香气未必能留,但仍写黄蜂频扑。这是一种夸张的写法。

"惆怅双鸳不到,幽阶一夜苔生。"结束句中的"双鸳不到"指明约会不成,不怨伊人不来,惆怅也无用。只怨"苔生",可见当时伊人常来此处时,阶上是不会生出青苔来的,此时人去已久,所以青苔滋生,而且是"一夜"之间,由此可见二人双栖之时,仿佛就在昨日。这样的夸张写法仔细想想,也在情理之中。

中国古典诗词曲鉴赏

例文二：

谒金门·春已半　　朱淑真

春已半,触目此情无限。十二阑干闲倚遍,愁来天不管。　　好是风和日暖,输与莺莺燕燕。满院落花帘不卷,断肠芳草远。

【注释】此情无限:即春愁无限。输与:比不上,还不如。莺莺、燕燕:双字叠用,并非为了凑成双数,而是暗示它们成双成对,以反衬自己单身只影,人不如鸟,委婉曲折地表现孤栖之情,含蓄而深邃。

【译文】春天已经过半,看到暮春之景我无比伤感。百无聊赖地倚着栏杆,老天啊,你也不理会我的忧愁。好一个风和日丽,阳光明媚的日子,孤单一人的我无心欣赏,白白把好风景输给了成双成对的莺莺燕燕。院子里落满的花瓣,帘子高卷着不放下来,我所思念的人在远方,思念之情十分痛苦。

【赏析】朱淑真的语言风格明快流丽,形象自然,善于化用前人名句,更加强了语言表达的概括力。"春已半,触目此情无限。十二阑干闲倚遍,愁来天不管。"这首词上片的首句交代节令是仲春。一个"已"字就把作者的惋惜心情充分表露出来。接下两句,作者用行为描写表现了她的愁绪。"遍"字,写出呆留时间之长。"闲"字,看来显得轻松,实则用意深重,新颖奇特,天,本无知觉,无感情,不管人事,而她却责怪天不理解她的忧愁,这是因忧伤至极的绝望心声。封建社会的女子不能自主婚事,常常苦闷不已。朱淑真心中虽也有恋人,但她却不能违背"父母之命,媒妁之言",嫁给了一个她不爱的男人。

"好是风和日暖,输与莺莺燕燕。满院落花帘不卷,断肠芳草远。"下片具体写对自然景物的感叹:大好春光,风和日暖,可是自己因孤寂忧伤而无心赏玩,竟不如莺燕,这是对莺燕的羡妒,反映了现实的残酷无情。本是"风和日暖"的天气,主人公却忧伤无限,这种反常理的矛盾心态更能衬托出主人公内心的苦闷。原来她所思念的人在漫天芳草的远方,相思而又不得相聚,故为之"断肠"。

全词结束之处,言有尽而意无穷,在读者的脑海里留下一个凝眸远方、忧伤无限的思妇形象。这与晏殊的"当时轻别意中人,山长水远知何处"(《踏莎行》)、李清照的"人何处,连天芳草,望断归来路"(《点绛唇》),词意相同,但朱淑真写得更加含蓄,不如晏、李说得那么明朗,这是因为晏殊不受封建礼教的束缚,李清照思念丈夫为人情所不能非议,所以他们可以明快地讲出来。而朱淑真婚后思念情人则被视为大逆不道,故难以明言,只得苦在心里,愁在情里,思在梦里,想在心中。

例文三：

采桑子　　吕本中

恨君不似江楼月,南北东西。南北东西,只有相随无别离。　　恨君却似江楼月,暂满还亏。暂满还亏,待得团圆是几时?

【注释】君:作者的妻子。满:指月圆。亏:指月缺。待得:等到。几时:什么时候。

【译文】恨你不像那江楼月,能够同我南北东西的漂泊生活,随时都能相聚不用别离。恨你像那江楼月,团聚的时间那么短暂,又要分离,等到什么时候才能真正团圆呢?

【赏析】这首词从江楼月联想到人生的聚散离合。月有阴晴圆缺却又不分南北东西,与人相随。以"不似"与"却似"隐喻朋友的聚与散,正反成理。具有鲜明的民歌色彩。"恨君不似江楼月,南北东西。南北东西,只有相随无别离。"上片写作者宦海浮沉与行踪不定,过着南北东西漂泊的生活,经常在月的陪伴下怀念妻子。看似"恨君",实际上是思君。看似只有月亮相随无离别,实际上是说跟君经常别离。下片借月的暂满还亏比喻跟君的暂聚又别。这首词具有真情自然流露的民歌风格,民歌往往采用重复歌唱的形式,这首词也一样。像"南北东西","暂满还亏"两句是反复的;就是上下两片,也有变化的重复,如"恨君不似江楼月"与"恨君却似江楼月"只有一字之差,像民歌中的重叠一样。民歌也往往用比喻,这首词的"江楼月"正是比喻。钱钟书曾说过"喻之二柄"、"喻之多边"。所谓二柄即:"同此事物,援为比喻,或以褒,或以贬,或示喜,或示恶,词气迥异;修辞之学,亟宜指示。"用月做比喻,可以比圆,又可比明亮,这是比喻的多边。钱先生在这里讲的"二柄"和"多边",是指不同的作品说的。譬如说同样用月作比喻,在这篇作品里是褒赞,而在另一篇作品里就有可能是贬意。

这首词用"江楼月"比喻,上片里是赞美"江楼月",说的是人虽到处漂泊,而明月随人,永不分离,是赞词。下片里也用"江楼月"作比,"暂满还亏,待得团圆是几时",说的是月圆时少而缺时多,难得团圆,是恨词。同样用"江楼月"比喻,一赞一恨,是在一篇中用同一事物作比喻而表达不同感情,从而具有二柄。还有,上片的"江楼月"比喻"只有相随无别离";下片的"江楼月"比喻"待得团圆是几时"。在一首词里,同用一个比喻,所比不同,构成多边。像这样,在一首词里,同一个比喻,既有二柄,又有多边,十分难得。诗人运用这样的比喻,是感情的自然流露,尤其被词人用得非常贴切,更是这首词难能可贵的特点。

例文四:

南歌子·旅思 　　吕本中

驿路侵斜月,溪桥度晓霜。短篱残菊一枝黄,正是乱山深处过重阳。　　旅枕元无梦,寒更每自长。只言江左好风光,不道中原归思转凄凉。

【注释】侵:接近,快要。斜月:指深夜。晓霜:天明很早就起身登程。一枝黄:一枝行将枯萎的黄色菊花孤零零地开放着。乱山深处:指环境的悲凉。元:即原,有本来的意思。寒更:寒冷冬夜的更鼓声。江左:泛指河山秀丽、美好的东南地区。只言:只要想起。不道:不知道,不清楚。转:因此就。

【译文】夜晚的月光照在驿道上,清晨的寒霜覆盖着溪水和小桥。路边短短的篱笆上,一枝残败的菊花独自开着。就在这个荒山野林,我要在此度过重阳节。旅途劳累,却久久不能入睡,深夜传来的打更声,感觉寒冷的夜晚更漫长了。只要想起江对岸故土的秀丽风光,如今却不清楚何时能回到中原故土,心中感到愁苦万分。

【赏析】这首词写作者旅途中的辛苦及他的所见所闻。"驿路侵斜月,溪桥度晓霜。短篱残菊一枝黄,正是乱山深处过重阳。"上片写早时起身登程说明,旅途的辛苦。看到矮篱笆前孤独地开着的黄花,联想到自己孤身一人在外旅行,心中不禁哀怨悲凉。这句是描写景物,但景中含情,从景物中表现出黄花的孤独,感受到在外游子心里的寂寞。

上片表明了时间是在重阳节,更加营造出一种矛盾的心理:在一个不应该在的地方,思念着本应该在一起却不能够在一起的亲人。这就是游人的思乡情感。"短篱残菊"又是诗人现状的形象的比喻。

"旅枕元无梦,寒更每自长。只言江左好风光,不道中原归思转凄凉。"下片抒写作者因怀念中原故土夜不能寐的痛苦。尽管旅途疲劳,但夜晚却偏偏不能入睡;凄凉的更鼓声阵阵传来,一方面衬托出秋夜更加深沉漫长,一方面也表明作者"无梦"的原因:作者曾上书宋高宗赵构,陈述恢复中原大计,结果因此而触怒秦桧,被罢去官职。作者虽然怀念故土,却欲归不能,禁不住满腹愁绪。诗人被罢官职的无奈和身在异乡的思念,没有因为江南秀丽的河山而减弱,相反增强了许多。有家不能归,有志不能言的矛盾心理在全词中展现得十分明显。这首词含有较深刻的思想内容;构思新颖,风格清新爽朗,语言生动晓畅,写景与抒情自然融合,浑然一体。

例文五:

双调·折桂令·九日　　张可久

对青山强整乌纱,归雁横秋,倦客思家。翠袖殷勤,金杯错落,玉手琵琶。　　人老去西风白发,蝶愁来明日黄花。回首天涯,一抹斜阳,数点寒鸦。

【注释】张可久,字小山,庆元人。元代后期最负盛名的散曲家。曾做过负责地方税务的"首领官"、桐庐典史等吏职,因仕途不得意,晚年久居西湖,以山水声色自娱。他的散曲内容也多数是歌咏山水,以表现闲逸情怀为主。在散曲艺术上,他讲究格律声韵,注重锤炼,大量地使用典故,引诗词文句入曲,形成典雅蕴藉的风格。青山:在曲里有归隐之意。强整乌纱:乌纱即乌纱帽,指官帽,表现了作者对官场的厌倦。错落:交错纷呈。玉手:洁白如玉之手,指美女。蝶愁:源于苏轼的《九日次韵王巩》:"相逢不用忙归去,明日黄花蝶也去。"一抹:一道。

【译文】面对着青山,勉强调整头上的乌纱帽。归来的大雁横过天空,疲惫的游子思念家乡。昔日的官场生活,翠袖殷勤劝酒,喝酒的金杯不停交错,歌女的玉手弹奏琵琶。而今我已衰老,西风吹着满头的白发,就像凋谢的黄花,连蜂蝶见了都发愁。回头看茫茫的天涯,只看见一抹夕阳,远处几只寒鸦,心中充满感慨。

【赏析】重阳登高自东汉开始,就成为我国的民间习俗。登高怀远,寄托了在外游子的思乡情愫。诗人九月九日重阳郊游时,触景生情,抒发了暮年的愁怀。

"对青山强整乌纱。归雁横秋,倦客思家。"前三句是诗人登高时所见之景,通过"秋"、"归雁"等意象,传达出困倦游子的思乡之情。张可久的一生时隐时仕、辗转下僚。到古稀之年,早已厌倦官场的腐朽,望着南归的大雁,内心感到惆怅万分。

"翠袖殷勤,金杯错落,玉手琵琶。"其中"翠袖"、"金杯"、"玉手"就是诗人回忆曾经的欢乐生活时而成的意象。这里借用了宋代词人晏几道在《鹧鸪天》中的"彩袖殷勤捧玉钟,当年拼却醉颜红",描写了繁华热闹的宴客场景。这是以乐景反衬写哀,与前面的"归雁横秋,倦客思家"形成鲜明的对比,反映出诗人此时的孤寂心境。

"人老去西风白发,蝶愁来明日黄花。"七、八两句借用了苏轼的诗句:"相逢不用忙归去,明日黄花蝶也愁。"由于添加了"西风白发"这一意象,在意境上更胜一筹;这也是这首曲中的名句,是诗人有感于眼前之景,有感于今非昔比的境况而发出的深沉感慨:人有老,花有凋,人生易老,好景不常,游子不要留恋他乡。

"回首天涯,一抹斜阳,数点寒鸦。"最后三句又借用宋词人秦观的《满庭芳》的诗句"斜阳外,寒鸦数点,流水绕孤村"。诗人满怀深情写出眼前的凄凉景象和苍凉微茫的景色,反映出诗人漂泊无依的情怀,倦客之心、思乡之情溢于笔端。

我要试试!

习题一《渡汉江》宋之问:岭外音书断,经冬复历春。近乡情更怯,不敢问来人。

习题二《枫桥夜泊》张继:月落乌啼霜满天,江枫渔火对愁眠。姑苏城外寒山寺,夜半钟声到客船。

习题三《酬晖上人秋夜独坐山亭有赠》陈子昂:钟梵经行罢,香床坐入禅。岩庭交杂树,石濑泻鸣泉。水月心方寂,云霞思独玄。宁知人世里,疲病苦攀缘。

习题四《元夜》朱淑真:火树银花触目红,揭天鼓吹闹春风。新欢入手愁忙里,旧事惊天忆梦中,但愿暂成人缱绻,不妨常任月朦胧。赏灯那得工夫醉,未必明年此会同。

习题五《孤雁》杜甫:孤雁不饮啄,飞鸣声念群。谁怜一片影,相失万重云?望尽似犹见,哀多如更闻。野鸦无意绪,鸣噪自纷纷。

习题六《河湟》杜牧:元载相公曾借箸,宪宗皇帝亦留神。旋见衣冠就东市,忽遗弓剑不西巡。牧羊驱马虽戎服,白发丹心尽汉臣。唯有凉州歌舞曲,流传天下乐闲人。

习题七《送崔载华张起之闽中》刘长卿:不识闽中路,遥知别后心。猿声入岭切,鸟道问人深。旅食过夷落,方言会越音。西征开幕府,早晚用陈琳。

习题八《送唐舍人出镇闽中》刘禹锡:暂辞鸳鹭出蓬瀛,忽拥貔貅镇粤城。闽岭夏云迎皂盖,建溪秋树映红旌。山川远地由来好,富贵当年别有情。了却人间婚嫁事,复归朝右作公卿。

习题九《登福州南涧寺》周朴:万里重山绕福州,南横一道见溪流。天边飞鸟东西没,尘里行人早晚休。晓日青山当大海,连云古堞对高楼。那堪望断他乡目,只此萧骚自白头。

习题十《江梅》杜甫:梅蕊腊前破,梅花年后多。绝知春意好,最奈客愁何?雪树元同色,江风亦自波。故园不可见,巫岫郁嵯峨。

第二节 以小见大

以小见大,即通过局部反映整体,或通过个别反映一般。这是一条带有普遍性的艺术规律,具有广泛的使用价值。就大量抒情诗中的以小见大而言,则是借助细小的景观、物象及生活细节中的典型具象,以传大景之情,大事之旨,给人以广阔的审美空间,以丰富人们的想象力。刘熙载《艺概·诗概》指出:"以鸟鸣春,以虫鸣秋,此造物之借端托寓也。绝句中之小中见大似之。"唐人诗曰:"山僧不解数甲子,一叶落知天下秋"。宋代王安石的《咏石榴花》写道:"浓绿万枝红一点,动人春色不须多"。这些诗句都从不同的角度展现了以小见大的艺术辩证法。

《谈艺录》指出:"夫言情写景,贵有余不尽。然所谓有余不尽,如万绿丛中之着点红,作者一隅而读者以三隅反。见点红而知嫣红姹紫正无限在。其所言者情也,所写者景也","有形之外,无兆可求,不落迹象,难着文字,必须冥漠冲虚者结为风云变态,缩虚入实,即小见大。"世间有许多微妙隐私之情,很难具体把握,需要通过细小的物象景观及生活细节,方能以小见大。以小见大的主要方式有:借咏小物以寓深意;以小景传大景之情;从小事中窥见重大的社会问题。

例文一:

画眉鸟　欧阳修

百啭千声随意移,山花红紫树高低。始知锁向金笼听,不及林间自在啼。

【注释】啭:鸟声婉转。随意移:自由自在地跳上跳下,飞来飞去。锁向:锁在,关进。树高低:时高时低地飞转。始知:现在才知道。金笼:贵重的鸟笼。比喻生活条件优越的居所。

【译文】百转千回的婉转叫声,画眉鸟在林中上上下下地跳来跳去。这才知道锁在金笼里的鸟叫声,远比不上山林间自由自在的欢快。

【赏析】这首诗做于庆历七年(1047)春,欧阳修被贬滁州时创作的借物抒情的著名咏物诗。作者以画眉鸟比喻人,立意高远。

"百啭千声随意移,山花红紫树高低。"前两句写景:画眉鸟千啼百啭,一高一低舞姿翩翩,使得嫣红姹紫的山花更是赏心悦目。"始知锁向金笼听,不及林间自在啼。"后两句抒情:看到那些关在笼里的鸟儿,真羡慕飞啭在林间的画眉鸟,自由自在,无拘无束。作者欧阳修此时因在朝廷中受到排挤而被贬到滁州。写画眉实是写自己,画眉鸟的百啭千声,表达的是归隐山林、不受羁绊的心曲。山花烂漫、叶木葱茏,无限的欣喜如山间清流泻出,洗尽俗尘,只余下悦耳的音韵流转。上下两句运用了对比手法:前两句写自由自在,任意翔鸣的画眉;与后两句"金笼"里失去了自由的画眉与在"林间"自由飞翔的百鸟形成了鲜明的对比。诗中曲折含蓄地抒发了自己的情怀,表达了诗人当时遭受不公待遇的痛苦心境。

本篇借咏画眉抒发自己的情感,画眉、百舌都是声音婉转的鸣禽,诗人曾在《啼鸟》中写道"南窗睡多春正美,百舌未晓催天明。黄鹂颜色已可爱,舌端哑咤如娇婴。"由此可见诗人对"林间自在啼"认同、对"锁向金笼"的强烈不满,表明诗人挣脱羁绊、向往自由的心态。诗人本在朝为官,后因党争牵连,贬为知州知县,此诗有所寄托。诗人从小处着眼,细微处入笔,表达了很强烈的对自由生活的向往。

例文二:

游园不值　叶绍翁

应怜屐齿印苍苔,小扣柴扉久不开。春色满园关不住,一枝红杏出墙来。

【译文】叶绍翁,南宋中期诗人。字嗣宗。号靖逸。处州龙泉(今属浙江)人,祖籍建安(今福建建瓯),生卒年不详。他长期隐居钱塘西湖之滨,与葛天民互相酬唱。叶绍翁是江湖派诗人。游园不值:古时游园是游私家园林,和现在的公园不同。这里是说没有进园游赏。应:可能,大概。怜:爱惜,这个词在此不是"可怜"。屐齿:一种木头鞋,底下有齿,可以防滑。小扣:轻敲。柴扉:用树条编扎的简陋门。

【译文】园主人该是怕木屐齿踩坏了苍苔,为什么客人轻敲柴门久久地不开。那满园的美丽春色怎能关闭得住,一枝红色杏花已经早早探出墙外。

【赏析】诗的开篇两句"应怜屐齿印苍苔,小扣柴扉久不开。"首先交代了作者拜访朋友未见到主人,失落与遗憾,但语言诙谐幽默,富有风趣,诗人想象说可能是园子的主人爱惜园内的茵茵青苔,怕我的木屐"屐齿"留下践踏的脚印,所以"柴扉"久扣而"不开"。诗人故意将主人不在家说成是有意拒绝,这恰恰为下文作了铺垫,巧妙地引出后两句更新奇的想象。

"春色满园关不住,一枝红杏出墙来。"主人紧闭园门,好像要把整个春色关在园内,自欣独赏,可是满园"春色"怎能关得住?"一枝红杏"已经偷偷地"出墙来",这两句诗形象鲜明,构思奇妙,将"春色"和"红杏"拟人化了,景中含情,情中寓理,使读者获得人生哲理的启示:"春色"是任何人都关不住的,"红杏"必然要"出墙来"向人们展示它的美丽与娇艳,告之天下,春天已经来临。一切美好的新生事物都是任何力量禁锢不住的,它必能冲破一切束缚,如雨后春笋,蓬勃发展。

从诗的整体看,处处都以小见大,由"苍苔"想到"满院",由"红杏"想到"春色",由"红杏出墙来"想到"新生事物"势如破竹。写出的不仅仅是园中美丽的春色,还写出了春天的勃勃生机,写出了一片春意盎然。尽管主人没有访到,但作者的心灵已经被这动人的早春景色完全占满。

例文二:

过华清宫绝句(选一) 杜牧

长安回望绣成堆,山顶千门次第开。一骑红尘妃子笑,无人知是荔枝来。

【注释】华清宫:是唐玄宗开元十一年(723)修建的行宫,故址在今陕西临潼骊山上。唐玄宗和杨贵妃曾在那里寻欢作乐。绣成堆:既指骊山两旁的东绣岭、西绣岭,又是形容骊山的美不胜收,语意双关。次第开:一个接着一个地打开。一骑红尘:传递荔枝的快马一路飞奔而来,卷起滚滚的烟尘。

【译文】回头看看长安城的方向,只看见骊山的美不胜收。通向山顶的华贵行宫的门,忽然缓缓地依次打开。一匹快马踏尘而来,宫内妃子也难得嫣然一笑,众人却不知那是专门送来的荔枝到了。

【赏析】本题共三首,是杜牧经过骊山华清宫时有感而作。后代有许多诗人写过以华清宫为题的咏史诗,而杜牧的这首绝句尤为精妙绝伦,脍炙人口。是作者咏史的代表作之一。作品以小见大,从"荔枝来"、"妃子笑"这一宫廷具体生活的写照,讽刺了唐玄宗和杨贵妃荒淫无度的生活,折射出当时朝政的腐朽,反映了急剧尖锐化的社会矛盾。作者以咏史为鉴,言外之意是在对本朝进行劝诫。

"长安回望绣成堆,山顶千门次第开。"起句描写华清宫所在地骊山的景色。诗人从"长安回望"的角度来写:林木花草葱茏繁茂,宫殿楼阁耸立。"千门"因何而开?"一骑"为何而来?"妃子"又因何而笑?诗人先不忙说出。

"一骑红尘妃子笑,无人知是荔枝来。"诗中不明说玄宗的荒淫好色,贵妃的恃宠而骄,而形象地用"一骑红尘"与"妃子笑"构成鲜明的对比,收到了比直抒己见强烈得多的艺术效果。"妃子笑"三字具有深意。春秋时周幽王为博得妃子一笑,点燃烽火,导致西周的败亡。读到这里时,很容易引发联想。"无人知"三字很能发人深思。其实"荔枝来"并非绝无人知,至少"妃子"知,"一骑"知,还有一个诗中没有点出的皇帝更是知道。这就不仅揭露了皇帝为讨宠妃欢心而无所不为的荒唐,也与前面渲染的不寻常的气氛相呼应。全诗朴素自然,寓意精深,含蓄有力,从生活细微处入笔,入木三分地刻画出当朝统治者不务正业,为寻欢作乐,不惜动用千金的劳民伤财的作为,讽刺意味极浓。

我要试试!

习题一《送元二使安西》王维:渭城朝雨浥轻尘,客舍青青柳色新。劝君更尽一杯酒,西出阳关无故人。

习题二《平阳道中》于谦:杨柳荫浓水鸟啼,豆花初放麦苗齐。相逢尽道今年好,四月平阳米价低。

习题三《乞兰》朱淑真:幽芳别得化工栽,红紫纷纷莫与偕。珍重故人培养厚,真香独许寄庭阶。

习题四《清明日宴梅道士房》孟浩然:林卧愁春尽,开轩览物华。忽逢青鸟使,邀入赤松家。丹灶初开火,仙桃正发花。童颜若可驻,何惜醉流霞。

习题五《题大庾岭北驿》宋之问:阳月南飞雁,传闻至此回,我行殊未已,何日复归来?江静潮初落,林昏瘴不开。明朝望乡处,应见陇头梅。

习题六《和晋陵路丞早春游望》杜审言:独有宦游人,偏惊物候新。云霞出海曙,梅柳渡江春。淑气催黄鸟,晴光转绿苹。忽闻歌古调,归思欲沾巾。

习题七《忆秦娥　正月初六日夜月》朱淑真:弯弯曲,新年新月钩寒玉。钩寒玉,凤鞋儿小,翠眉儿蹙。　闹蛾雪柳添妆束,烛龙火树争驰逐。争驰逐,元宵三五,不如初六。

习题八《饮酒其五》陶渊明:结庐在人境,而无车马喧。问君何能尔?心远地自偏。采菊东篱下,悠然见南山。山气日夕佳,飞鸟相与还。此中有真意,欲辨已忘言。

习题九〔双调·沉醉东风·送别〕关汉卿:咫尺的天南地北,霎时间月缺花飞。手执着饯行杯,眼搁着别离泪。　刚道得声"保重将息",痛煞煞教人舍不得。"好去者望前程万里!"

习题十〔双调·蟾宫曲·自乐〕孙周卿:想天公自有安排,展放愁眉,开着吟怀。款系红牙,低歌玉树,烂醉金钗。花谢了逢春又开,燕归时到社重来。兰芷庭阶,花月楼台,许大乾坤,由我诙谐。　草团标正对山凹,山竹炊粳,山水煎茶。山芋山薯,山葱山韭,山果山花。山溜响冰敲月牙,扫山云惊散林鸦。山色元佳,山景堪夸,山外晴霞,山下人家。

第三节　以动显静

客观事物有动有静,它们互相存在和转化,构成客观世界的多姿多彩。诗歌艺术摄取客观存在的动静情态,表现为相反相成,互为转化,对立统一。我国古代一些诗人由于深受佛道思想的影响,在表现某种山林野趣时,有追求清幽静谧,远僻尘俗的癖好。而为突出这种清静境界,往往捕捉某种细微的动态物像或声像来做反衬,更能显出此境之清静。以动显静的几种方法是:

一、以细微的声像来突出静境。王维的《鸟鸣涧》:"人闲桂花落,夜静春山空。月出惊山鸟,时鸣春涧中。"山寂静,显出桂花落下的"声音";春山空旷,才能使月亮升起时发出的"声音"惊动了山鸟,使它时不时发出几声清脆的鸣叫。在这里无声衬出有声,有声更显大自然的寂静。

二、以细微的动态物像来突显静境。马志远的〔南吕·四块玉·恬退〕(其二):"绿水边,青山侧,二倾良田一区宅。闲身跳出红尘外。紫蟹肥,黄菊开,归去来。"中表现了细微的动态物象"绿水"在轻轻流动,更显"青山"的空旷与山脚下二倾良田、一区宅地的宁静。"紫蟹"在变"肥","黄菊"在盛"开",这些不容易察觉的动态物象和世外桃源里一片恬静是作者看到田园这诗情画意般风景所引起的心理的细微之动。

三、动态物像与声像两相搭配、相得益彰。元稹的《晚春》:"昼静帘疏燕语频,双双斗雀动阶尘。柴扉日暮随风掩,落尽闲花不见人。"诗中的"燕语频"与"斗雀动阶尘"是两个动态物象的两相呼应。燕子成双成对,恩恩爱爱地"频"语,感染了"双双雀儿",它们在阶台上飞来舞去地追逐,掀起了台阶上的尘土。

例文一:

滁州西涧　韦应物

独怜幽草涧边生,上有黄鹂深树鸣。春潮带雨晚来急,野渡无人舟自横。

【注释】滁州:唐滁州的治所即今安徽滁州市市区。西涧:滁州城西郊的一条小溪,有人称上马河。即今天的西涧湖(原城西水库)。独怜:独爱,一种对幽草的特别情感。黄鹂:黄莺。深树:树荫深处。春潮:春天的潮汐。野渡:荒郊野外无人执守的渡口。自横:自由自在的漂浮着。

【译文】我非常喜爱这河边生长的野草,是那样幽静而富有生趣;河岸上茂密树林的深处,不断传来黄鹂鸟的叫声,是那样婉转动听。因傍晚下了春雨,河面像潮水一样流得更急了;在那暮色苍茫的荒野渡口,已没有人渡河,只有小船独自横漂在河边上。

【赏析】这是韦应物的写景佳作。诗写于唐德宗建中二年(781年)诗人出任滁州刺史期间,诗人春游滁州西涧赏景和晚潮带雨的野渡所见所想所感。诗里写的虽然是平常的景物,但经诗人的点染,却成了一幅意境幽深的有韵之画。

"独怜幽草涧边生,上有黄鹂深树鸣。"诗的前二句充满了清丽的色彩与动听的音乐,是两者交织成的幽雅景致。"独怜"两字表露出诗人安贫守节,不趋时媚俗的胸襟;幽草在无人注意的"涧边"悄悄地生长,黄鹂在幽静的深树中偶尔鸣叫,这两组自然界的情景,将静在动中显现出来。作者以情写景,借景述意,写自己喜爱和不喜爱的景物,说自己合意和不合意的事情,表达出作者对生活的热爱,和对腐朽制度的憎恶。

"春潮带雨晚来急,野渡无人舟自横。"这是一幅雨中渡口扁舟闲横的画面,蕴含一种不在其位,不得其用的无可奈何的忧伤。也说明了韦应物宁愿做一株无人关注的小草,也不愿意去做那腐败的高官。韦应物先后做过"三卫郎"和滁州、江州、苏州等地刺史。这首诗委婉地表达了他深为中唐政权的腐败而忧虑,也十分关心民生疾苦,但他无能为力的心情。

中国古典诗词曲鉴赏

例文二：

鸟鸣涧　　王维
人闲桂花落，夜静春山空。月出惊山鸟，时鸣春涧中。

【注释】 鸟鸣涧：鸟儿在山中鸣叫。涧，是山涧，夹在两山间的溪沟。闲：悠闲，寂静。这里含有人声静寂的意思。空：空虚。这里形容山中寂静无声，好像空无所有。惊：惊动，惊扰。时鸣：不时地鸣叫。

【译文】 在寂静没有人声的环境里，桂花自开自落，诗人好像可以感觉到桂花落地的声音。夜静时，景色繁多的春山，也好似空无所有。月亮刚出，亮光一显露，惊动了树上安宿的小鸟，它们在春涧中不时地鸣叫几声。

【赏析】 王维在他的山水诗里，喜欢创造静谧的意境，表现出诗人内心的闲静，更突出了人与自然的融合。通过描绘深山幽谷夜晚寂静的情景，抒发了作者热爱大自然的心情。这首诗在艺术上的最大特点就是以动衬静，寓静于动。

"人闲桂花落，夜静春山空。"开头二句，写出了一种静谧恬美的意境：寂静的山谷中，人迹罕至，只有春桂在无声地飘落；夜半更深，万籁俱寂，似空无一物。"人闲"二字说明周围没有人事的烦扰。观景的人心态平静如水，所以可以感受桂花从枝头飘落的过程。

"月出惊山鸟，时鸣春涧中。"两句表明，由于山中太幽静了，因此，当一轮明月突然升起，皎洁银辉洒向这夜幕笼罩的空谷时，竟然惊动了山中的鸟儿，于是在幽谷溪边鸣叫起来。这叫声似乎一时打破了山中的宁静，但它又让人感到空旷的山中更加幽静沉寂。诗中虽然写的明月、花落、月出、鸟鸣，但是这些动的景物，既使诗显得生机而不枯寂，同时又通过景物的动，更加突出了春涧的幽静。动的景物反而能取得静的效果，这是因为事物矛盾着的双方，总是互相依存的。在一定条件下，动之所以能够发生，或者能够为人们所注意，正是以静为前提的。

例文三：

小池　　杨万里
泉眼无声惜细流，树阴照水爱晴柔。小荷才露尖尖角，早有蜻蜓立上头。

【注释】 泉眼：泉水的出口，因为小，故称泉眼。晴柔：晴天柔和的风光。尖尖角：还没有放开的嫩荷叶的尖端。

【译文】 泉眼悄然无声地惜怜细细的水流，树阴映水面呈现晴日的温柔。小小的嫩荷刚露出紧裹的叶尖，早飞来可爱的蜻蜓站立在上头。

【赏析】 这首诗描写一个泉眼、一道细流、一池树阴、几片小小的荷叶、一只小小的蜻蜓，构成一幅生动的小池风物图，表现了大自然中万物之间的和谐关系。"泉眼无声惜细流，树阴照水爱晴柔。"开头两句，一道细流缓缓从泉眼悄声流出，绿树在斜阳的照射下，将树阴投入水中，明暗清晰可见。"惜"字，化无情为有情，仿佛因为泉眼是爱惜涓滴，才让它无声地缓缓流淌；"爱"字，让绿树拟人化，似乎它是喜欢这晴柔的风光，所以才以水为镜，展现自己的绰约风姿。

"小荷才露尖尖角，早有蜻蜓立上头。"三、四两句是写时序还未到盛夏，荷叶刚刚从水面露出一个尖尖角,一只小小蜻蜓立在它的上头。"才露"和"早立",相互照应,逼真地描绘出蜻蜓与荷叶互相依偎。作者对自然景物有浓厚的兴趣,常用清新活泼的笔调,平易通俗的语言,描绘平凡景物,善于捕捉景物的特征及稍纵即逝的变化,形成情趣盎然的画面使诗中充满浓郁的生活气息。

例文四:

清溪行　　李白

清溪清我心,水色异诸水。借问新安江,见底何如此?
人行明镜中,鸟度屏风里。向晚猩猩啼,空悲远游子。

【注释】 清溪:河流名,在安徽境内。诸:众多,许多。新安江:河流名。发源于安徽,在浙江境内流入钱塘江。度:这里是飞过的意思。屏风:室内陈设。用以挡风或遮蔽的器具,上面常有字画。向晚:临近傍晚时分。游子:久居他乡的人。

【译文】 清澈的溪水仿佛洗净了我的心,水的颜色不同于我见过的其他水。想问向以清澈著称的新安江,能够比这里的水还澄净吗?走在溪水边,人就像走在明镜中,而两边的山峰就像屏风,不时有鸟飞过。傍晚露宿传来猩猩的啼叫,在我听来,就像是为远行的游子而感到悲切一样。

【赏析】 李白游清溪时作有许多有关清溪的诗篇。这首情景交融的《清溪行》是天宝十二年(753)秋后李白游池州(今安徽贵池)时所作。池州是皖南风景胜地,景点大多集中在清溪和秋浦沿岸。诗中主要描写清溪水色的清澈,寄寓诗人喜清厌浊的情怀。李白一生游览过很多名山秀川,独有清溪的水色给他以"清我心"的感受。

"清溪清我心,水色异诸水。借问新安江,见底何如此?"诗人一开始就描写了自己的直接感受。以衬托手法表现清溪水色的清澈。新安江源出徽州,流入浙江,向来以水清著称。李白用清溪的水与之相比,衬托出清溪更清。

"人行明镜中,鸟度屏风里。向晚猩猩啼,空悲远游子。"诗人以"明镜"比喻清溪,把两岸的群山比作"屏风"。人行走在岸上,鸟在山中飞过,清溪之中倒影映出,这样一幅美丽的景象,使读者身入其境。人行走,鸟穿行,猩猩叫,这些都是"动"态,正好反衬出岸边、山间的寂静和空旷,诗人为读者营造出以动显静的意境。诗人离开繁华而混杂的长安,来到这清澈见底的清溪畔,虽然"清我心"的感受油然而生,但对于胸怀济世之心和报国之志的诗人,入晚时猩猩的一声声啼叫,像为诗人远游他乡而悲切,流露出诗人内心一种孤寂的情绪。

例文五:

鲁山山行　　梅尧臣

适与野情惬,千山高复低。好峰随处改,幽径独行迷。
霜落熊升树,林空鹿饮溪。人家在何许?云外一声鸡。

【注释】 梅尧臣(1002—1060),字圣俞,世称宛陵先生,北宋诗人。宣州宣城(今属安徽)人。皇祐三年(1051)赐同进士出身。官至尚书都官员外郎。早年诗作受西昆体影响,后诗风转变,提出与西派针锋相对的主张。强调《诗经》、《离骚》的传统,摒弃浮艳空洞的诗风。

在艺术上,注重诗歌的形象性、意境含蓄等特点,提倡"平淡"的艺术境界。他的《田家四时》、《襄城对雪》、《鲁山山行》、《东溪》、《梦后寄欧阳永叔》等诗都体现了这种造语平淡而意在言外的作诗主张。鲁山:在今河南鲁山县。适:恰好。野情:喜爱山野之情。惬(qiè):心意满足。幽径:小路。熊升树:熊爬上树。何许:何处,哪里。云外:形容遥远。一声鸡:暗示有人家。

【译文】鲁山的景色,恰好满足了我喜爱山野之情,那高高低低的山峦,十分壮观。奇特的山峰随着观看的角度不同,呈现出不同的美景。我独自行走在山中小路上,不料却迷了路。夜晚霜落,熊爬到树上,山林里空寂一片,都能听见鹿饮溪水的声音。心中怀疑山中是否有人家居住,正想着,远处听见一声鸡鸣,看来人家还在高山深处。

【赏析】这首诗写了诗人登山过程中的喜悦心情,面对眼前处处美景,诗人沉浸在惊喜之中正在寻觅人家时,山间云上处传来了鸡叫声,诗人倍感兴奋。"适与野情惬,千山高复低。"首联写看见美丽的山野心中很满足,群山连绵起伏,时高时低,一个"惬"字,表达了作者心满意足的心情。

"好峰随处改,幽径独行迷。"颔联写优美的山峰波浪起伏,一个"迷"字,说明诗人当时被迷宫似的路弄迷糊了的心情。好峰不断在"改",因为"行",所以好峰才处处改,多个角度看山,由一个画面换成另一画面。以"改"呈现"行",正切合诗题"山行"的意思。"迷"字一是曲径幽深,容易走错路,二是独行,无人指路,也容易走错路,于是"迷"了。这里把一个人游山的体验逼真地表现出来了。

"霜落熊升树,林空鹿饮溪。"颈联写霜落了下来,隐隐约约好像看见熊在上树,鹿在喝水,让读者如临其境的诗人独特的视觉感受。因为秋天才有霜,霜冻使得树叶都落光了,这种"林空"的感觉,是秋天才有的景象。表现了山中人迹罕至、非常幽静的境界,这也是所谓动中有静的写法。

"人家在何许?云外一声鸡。"尾联巧妙地运用了设问手法,一幅原生态的画面映入眼帘,表达出诗人超脱,淡泊的恬静心态。这最后一句"云外一声鸡",非常自然,确实给人以"含不尽之意见于言外"的感觉。

我要试试!

习题一《秋思》王维:网轩凉吹动轻衣,夜听更长玉漏稀。月渡天河光转湿,鹊惊秋树叶频飞。

习题二《枫桥夜泊》张继:月落乌啼霜满天,江枫渔火对愁眠。姑苏城外寒山寺,夜半钟声到客船。

习题三《鸟鸣涧》王维:人闲桂花落,夜静春山空。月出惊山鸟,时鸣春涧中。

习题四《题西林壁》苏轼:横看成岭侧成峰,远近高低各不同。不识庐山真面目,只缘身在此山中。

习题五《春行即兴》李华:宜阳城下草萋萋,涧水东流复向西。芳树无人花自落,春山一路鸟空啼。

习题六《雨后池上》刘攽:一雨池塘水面平,淡磨明镜照檐楹。东风忽起垂杨舞,更作荷心万点声。

习题七《题破山寺禅院》常建：清晨入古寺,初日照高林。曲径通幽处,禅房花木深。山光悦鸟性,潭影空人心。万籁此俱寂,惟闻钟磬音。

习题八《金陵城西楼月下吟》李白：金陵夜寂凉风发,独上西楼望吴越。白云映水摇空城,白露垂珠滴秋月。月下沉吟久不归,古来相接眼中稀。解道澄江净如练,令人长忆谢玄晖。

习题九《入若耶溪》王籍：艅艎何泛泛,空水共悠悠。阴霞生远岫,阳景逐回流。蝉噪林逾静,鸟鸣山更幽。此地动归念,长年悲倦游。

习题十《夜坐》元稹：雨滞更愁南瘴毒,月明兼喜北风凉。古城楼影横空馆,湿地虫声绕暗廊。萤火乱飞秋已近,星辰早没夜初长。孩提万里何时见,狼藉家书满卧床。

第四节 化静为动

化静为动,即赋予静物以生机与活力。其方法是变不动为自动,化无感为有情。化静为动是静态物像自身的动化,而以动显静则是动态物像对静态景观的反衬。二者虽然都是体现动静之间的关系,但表现形式却是不同:一是自身的。一是外在的。钱钟书先生《谈艺录》指出:"若以死物看作活,静物看成动,譬之:'山开云吐气','风愤浪生花','塔势涌出','江流合抱','峰能吐月','波欲蹴天','一水护田以绕绿','两山排闼而送青',此类例句,开卷即是。然只是无生者如人忽有生,尚非无情者与人竟有情,乃不动者忽自动,非无感者解同感,此中仍有差异也。"钱老先生在这段话中特别强调:化静为动,不仅要化静物为动态,更要化静物有动情。化静为动的方式主要有:

(一)利用感官上的直觉造成动感效果。经常运用在表现自然力的驱使、日月的出没、远近透视的效应等方面。例如钱先生上述论语中所说的几种类型,就属于感官上的直感引起的动感效果。这类形式十分注重选用一些灵活的动词如"送"、"开"、"生"、"抱"、"涌"、"护"、"排"、"蹴"、"愤"、"绕"、"吐"等,借以传神摹态,化静为动。

(二)利用感官上的错觉造成动感效果。这种动感效果被清代袁枚称之为"悟境",具有比较高的审美价值。例如,梁元帝(萧绎)的"不疑行舫往,惟看远树来";庾肩吾的"只认一身往,翻疑彼岸移"。常常是诗人乘车坐船时,对周围不断发生移位的静物产生一种错觉而形成的动感。随着眼前景物的纷来沓至,又迅速地向身后移去,这种错觉感更能打动人心。

(三)利用感情上的激动渲染动情。这类方式主要体现在重大题材上所表现出的动情。因为诗人心境的动静,是受到诸多方面影响和制约的,可以因人、因时、因地、因境的不同而有所不同。古代许多著名诗词人年轻时代的诗词作品,都受到他们充满生机活力,积极进取精神的感染,即使是描写静物,也充满流动感。还有一种是在细小题材上所体现的动情。诗人善于从细腻丰富的感情入手,去体察和发现日常生活中的静态物象,状物移情,化静为动。

中国古典诗词曲鉴赏

例文一：

中吕·普天乐·西山夕照　　徐再思

晚云收,夕阳挂。一川枫叶,两岸芦花。鸥鹭栖,牛羊下。万顷波光天图画。水晶宫冷浸红霞。凝烟暮景,转晖老树,背影昏鸦。

【**注释**】鸥鹭:一种水鸟。古时常比喻隐逸之士。万顷波光:形容万顷碧波在阳光下荡漾。水晶宫:这里比喻江水清澈。暮景:夕阳。背影:其意是说乌鸦背上带着太阳余辉。

【**译文**】傍晚云层渐收,夕阳斜挂,一川火红枫叶,两岸泛白芦花,鹭鸟返巢栖息,牛羊也随着农夫回家。万顷碧波闪着粼粼水光,就像天上的画卷,清澈的江水染上了晚霞的红色。青烟袅袅,暮霭渐起,西下的夕阳余晖在树影间不断变换,乌鸦逆光飞行,好像镀上了一层金边。

【**赏析**】这是组曲《吴江八景》中的第八首。吴江在今江苏省吴江县,地处江苏市南,太湖东岸,那里湖光山色,风景秀丽。这支小令描绘了一幅山村的秋日夕照图,纵观全曲,大笔写意与细部描绘结合,神貌兼备,色彩运用大胆、强烈;虽不着感情色彩却使人悟出热烈与向往之情。

"晚云收,夕阳挂。一川枫叶,两岸芦花。鸥鹭栖,牛羊下。"开头四句一句一景,从天上写到地上,紧扣题目,提挈全篇。一、二句点名时间,是夕阳西下的傍晚时分。三、四句暗示节令已值秋季。五、六句又是一联三字句,"牛羊下"引用《诗经·君子于役》中"日之夕矣,牛羊下来",描绘出一幅恬淡的山村民俗画。这两句一句写江上,一句写山下。到此六句话是一幅完整的艺术整体。七、八两句,把读者的视线集中在江上。从前面只写江岸深化到放眼江上,"冷"字使用既准确又巧妙,因为水晶宫是寒冷的。结尾三句并列三个意象:"凝烟、老树、昏鸦"

此曲情寓景中,借景传情;全篇虽没有一句写人,却处处流下了人的感受,被赋予人的感情色彩。在画面上既从大处落笔,又有精工细刻。在色彩的选择和搭配上具有魅力:晚云与夕阳,紫红与金黄;枫叶芦花,红白相映;鸥鹭牛羊,黑白相间;碧波红霞,对比鲜明;紫色暮霭,树底下闪烁着斜阳的余光,晚霞里的乌鸦等等,好一幅绚丽秋天晚景图。

例文二：

望庐山瀑布　　李白

日照香炉生紫烟,遥看瀑布挂前川。飞流直下三千尺,疑是银河落九天。

【**注释**】庐山:在江西省九江市南,自古以来是游览胜地。香炉:是指庐山的香炉峰。此峰在庐山西北,形状尖圆,像座香炉。三千尺:李白在这里是采用夸张手法。疑是:怀疑是,好像是。

【**译文**】在阳光照射下香炉生起紫色烟霞,遥望瀑布像白色绸带挂在山川间。飞流直下的水好似有几千尺,使人怀疑那是银河泻落到人间。

【**赏析**】庐山山水文化,是中国山水文化的历史缩影和精彩体现。庐山的自然,是诗化的自然,亦是"人化"的自然。自东晋以来,诗人们以其豪迈激情,赞美庐山,歌咏庐山的诗词歌赋有4000余首。东晋诗人谢灵运的《登庐山绝顶望诸峤》、南朝诗人鲍照的《望石门》等,是中国最早的山水诗之一,庐山并成为中国山水诗的策源地之一。诗人陶渊明一生以庐山为背景进行创作,他所开创的田园诗风,影响了他以后的整个中国诗坛。唐代诗人李白,五次游历庐山,为庐山留下了《庐山遥寄卢侍御虚舟》等14首诗歌,他的《望庐山瀑布》同庐山瀑布千古长流,在中华大地及海外华人社会中家喻户晓,成为中国古代诗歌的极品。这是诗人李白五十岁左右隐居庐山时写的一首风景诗。这首诗形象地描绘了庐山瀑布雄奇壮丽的景色,反映了诗人对祖国大好河山的无限热爱。

"日照香炉生紫烟,遥看瀑布挂前川。"由于瀑布飞泻,水气蒸腾而上,在丽日照耀下,仿佛有座顶天立地的香炉升起了团团紫烟。一个"生"字把烟云冉冉上升的景象活灵活现,也为下文直接描写瀑布渲染了气氛。"遥看瀑布"四字照应了题目《望庐山瀑布》。"挂前川"是说瀑布像一条巨大的白练从悬崖直挂而下,"挂"字化动为静。诗的前两句概写远望中的全景:山顶紫烟缭绕,山间白练悬挂,山下激流奔腾,构成一幅绚丽壮美的图景。

"飞流直下三千尺,疑是银河落九天。""飞流"表现瀑布凌空,喷涌飞泻。"直下"既写出岩壁的陡峭,又写出水流之急。"三千尺"极力夸张地写山的高峻。这样写诗人总感到还没表现得淋漓尽致,于是紧接一句"疑是银河落九天"。"疑"字引人遐想,增添了瀑布的神奇色彩。这首诗很好地运用了比喻、夸张和想象,构思奇特,语言洗练明快、生动形象。

例文三:

雨过山村　　王建

雨里鸡鸣一两家,竹溪村路板桥斜。妇姑相唤欲蚕去,闲看中庭栀子花。

【注释】妇姑:姑嫂。相唤:互相呼唤。浴蚕:指古时用盐水选蚕种。据《周礼》"禁原蚕"注引《蚕书》:"蚕为龙精,月值大火(二月)则浴其种。"中庭:庭院中间。栀子:常绿灌木,春夏开白花,很香,一名"同心花"。

【译文】雨中传来几户人家的鸡鸣,翠竹长满了溪水的两边,村中的小路从中穿过,木板桥歪歪斜斜地跨过溪上。姑嫂互相呼唤着,结伴去用水选蚕种。庭院中,一树栀子花静静开放。

【赏析】王建一生沉沦下僚,生活贫困,有机会接触社会现实,了解人民疾苦。他的乐府诗和张籍齐名,世称"张王乐府"。其诗题材广泛,生活气息浓厚,思想深刻,爱憎分明;善于选择生活中具有典型意义的人物、事件和环境加以艺术概括,集中而形象地反映现实,揭示矛盾。他很少在诗中发议论,而是运用比兴、白描、对比、映衬等手法,通过各种形象或人物再现现实;或在结尾用重笔突出主题,戛然而止。用笔简洁明快,入木三分,语气含蓄,意在言外。

"雨里鸡鸣一两家,竹溪村路板桥斜。"首句表现山村之"幽",次句曲径通幽写显出山居的"深"来。诗人在霏霏小雨中沿着弯曲的小路一边走,一边听那萧萧竹韵和潺潺溪声,不觉来到一座木板搭成的"板桥"。这竹溪村路配上一座板桥,却是天然和谐的景致。

"妇姑相唤欲蚕去,闲看中庭栀子花。"诗人转而写到农事:"浴蚕",这是在仲春时分,淳朴的山村妇姑相唤而行,亲切和睦,似乎不肯落后,呈现出繁忙时节的农家气氛。"闲看中庭栀子花"通过栀子花之"闲"衬托人们个个都很忙的情景。这里的"闲"是全句也是全篇之"眼"。此外,许多诗中用栀子花作爱情的象征,故少女少妇很喜欢采撷这种素色的花朵。此诗写栀子花无人采,表明农忙时节没有谈情说爱的"闲"功夫,诗中以栀子花的"闲"这一细节反衬出农忙季节人人把心思放在农活上的山村一片繁忙景象。

例文四：

兰溪棹歌　　戴叔伦

凉月如眉挂柳湾，越中山色镜中看。兰溪三日桃花雨，半夜鲤鱼来上滩。

【注释】兰溪：即婺州兰溪县境内的兰溪，又称东阳江、兰溪江，也称兰江，浙江富春江上游一支流。在今浙江省兰溪县西南。棹歌：棹：船桨，即船家摇桨时唱的歌。凉月：新月。柳湾：种着柳树的河湾。越：古代东南沿海一带称为越。桃花雨：江南春天桃花开时下的雨。

【译文】像娥眉一样的新月，悬挂在种满柳树的河湾，越中的群山倒映在如镜的水面中，煞是好看。兰溪下了三天的桃花雨，夜里鲤鱼纷纷跃上浅滩争抢新水。

【赏析】这是一首富于民歌风味的船歌。戴叔伦公元780年在（德宗建中元年）旧历五月至次年春曾任东阳令，兰溪在东阳附近，这首诗大约是他在这段期间所作的名篇。此篇独出心裁，选取夜间作背景，歌颂了江南山水胜地另一种人们不大注意的美。这是诗人在取材、构思上的一个显著特点。

"凉月如眉挂柳湾，起中山色镜中看。"一二两句是写月光下的月、树、河湾和倒映在水中的山，都是静的体现。"凉"字，令人觉得春寒犹在，有动的感觉即天气变凉了。"镜"字，使人感到月夜的静寂。眉月新柳相映，富于清新之感。第二句转写水色山影，描绘出越中一带水清如镜，两岸秀色尽映水底的美丽图景。两个"中"字复叠，增添了民歌的咏叹风格，描绘出夜间行舟以及观景歌唱的怡然自得的情趣。

"兰溪三日桃花雨，半夜鲤鱼来上滩。"船前行至滩头，在哗哗的滩声中，不时听到鱼儿逆水而行时发出的泼剌声，诗人猜测，这该是撒欢的鲤鱼趁着春江涨水，在奔滩而上了。能使江水上涨，却不会使水色变浑，所以第二句有水清如镜的描写，由此可见诗人观察事物描写景物的真功。夜间本来比较宁静，这里特意写到鲤鱼上滩的声响，也为静夜增添了活泼的生命跃动气息。诗中所写的"三月桃花雨"与"鲤鱼来上滩"都是因为滩声喧哗而有桃花雨的联想，因游鱼泼剌而有鲤鱼上滩的猜测。两处都是诗人的想象之景。

我要试试！

习题一《静夜思》李白：床前明月光，疑是地上霜，举头望明月，低头思故乡。

习题二《题西林壁》苏轼：横看成岭侧成峰，远近高低各不同。不识庐山真面目，只缘身在此山中。

习题三《泊船瓜洲》王安石：京口瓜洲一水间，钟山只隔数重山。春风又绿江南岸，明月何时照我还？

习题四《登庐山绝顶望诸峤》谢灵运：山行非有期，弥远不能辍。但欲淹昏旦，遂复经圆缺。积峡忽复启，平途俄已绝。峦垅有合沓，往来无踪辙。昼夜蔽日月，冬夏共霜雪。

习题五《渡荆门送别》李白：远渡荆门外，来从楚国游。山随平野尽，江入大荒流。月下飞天镜，云生结海楼。仍怜故乡水，万里送行舟。

习题六《与夏十二登岳阳楼》李白：楼观岳阳尽,川迥洞庭开。雁引愁心去,山衔好月来。云间连下榻,天上接行杯。醉后凉风起,吹人舞袖回。

习题七《鹧鸪天·陌上柔桑破嫩芽》辛弃疾：陌上柔桑破嫩芽,东邻蚕种已生些。平岗细草鸣黄犊,斜日寒林点暮鸦。山远近,路横斜,青旗沽酒有人家。城中桃李愁风雨,春在溪头荠菜花。

习题八《闻官军收河南河北》杜甫：剑外忽传收蓟北,初闻涕泪满衣裳。却看妻子愁何在,漫卷诗书喜欲狂。白日放歌须纵酒,青春作伴好还乡。即从巴峡穿巫峡,便下襄阳向洛阳。

习题九《雁门太守行》李贺：黑云压城城欲摧,甲光向日金鳞开。角声满天秋色里,塞上燕脂凝夜紫。半卷红旗临易水,霜重鼓寒声不起。报君黄金台上意,提携玉龙为君死。

习题十《金铜仙人辞汉歌》李贺：茂陵刘郎秋风客,夜闻马嘶晓无迹。画栏桂树悬秋香,三十六宫土花碧。魏官牵车指千里,东关酸风射眸子。空将汉月出宫门,忆君清泪如铅水。衰兰送客咸阳道,天若有情天亦老。携盘独出月荒凉,渭城已远波声小。

第五节　一张一弛

在客观世界里,存在着无数矛盾运动,有运动便有节奏。一张一弛,不仅是生活中矛盾运动的节奏,也是艺术的节奏。生活中节奏的快慢、松紧、强弱、高低等体现出对立统一的辩证法,就如同河床的陡与坦,水流的缓与急,溪水的曲与直等自然界的客观事物。而艺术中的节奏,则体现为张与弛。张即紧张,弛即松弛。张与弛组成的和谐统一的节奏韵律,体现出矛盾双方对立统一的有机结合,这也是一切优秀的文学作品艺术节奏的重要特征。

当然,在诗中张弛的表现既要受到客观事物矛盾运动的约束,还要受到诗人因时、因地、因人、因心态的情绪波动和节奏的直接影响。《礼记·杂记》说道:"张而不弛,文武弗能也;弛而不张,文武弗为也。一张一弛,文武之道也。"一张一弛在诗中的表现形式可以分为:先张后弛、先弛后张、反复张弛三种。例如李白的《宣城见杜鹃花》诗中的"一叫一回肠一断,三春三月忆三巴。"就是先张后弛的类型。还有孟浩然《夏日南亭怀辛大》中"山光忽西落,池月渐东上。"其中的"忽"是"张"(快);"渐"是"弛"(慢)。而岑参《白雪歌送武判官归京》:"北风卷地白草折,胡天八月即飞雪。忽如一夜春风来,千树万树梨花开。"其中"北风卷地"、"飞雪"是弛;"忽"、"一夜"都表明"张",这是先弛后张的实例。白居易在《琵琶行》里对琵琶女的精湛的琵琶演奏技巧的描绘,也是反复张弛的典型例子。

例文一:

琵琶行(节选)　　白居易

大弦嘈嘈如急雨,小弦切切如私语。嘈嘈切切错杂弹,大珠小珠落玉盘。
间关莺语花底滑,幽咽泉流水下滩;水泉冷涩弦凝绝,凝绝不通声暂歇。
别有幽愁暗恨生,此时无声胜有声。银瓶乍破水将迸,铁骑突出刀枪鸣。
曲终收拨当心画,四弦一声如裂帛。

【注释】这里节选了著名唐代诗人白居易的《琵琶行》中间的一段诗句。这段诗句是对琵琶音乐节奏的绝佳、生动的描写。从中我们能更深刻理解节奏在诗句中的运用,感受到诗人在字里行间所宣泄出的艺术旋律和音乐效果。大弦:这里指四弦琵琶的粗弦。嘈嘈:形容声音粗重、喧响。小弦:细弦。切切:形容声音尖细急促。私语:低声讲知心话。间关:鸟叫声。滑:形容声音流利。幽咽:形容声音微弱,若有若无。难:形容滞涩不畅。幽愁暗恨:隐藏在内心深处的愁恨。银瓶:汲水的器具。乍:突然。迸:溅射。铁骑:强悍的骑兵。拨:弹琵琶的工具,用以拨弦。当心画:在琵琶的中心对着四条弦用弦猛然一划,借以结束全曲。如裂帛:形容声音尖锐,像撕破丝绸一样。

【译文】大弦沉重抑扬如同急风骤雨,小弦细促清幽如同耳边私语,大弦小弦错落地弹奏,清脆的乐声像大小珍珠一起落在白玉盘里。一会儿像花间的莺语,婉转流畅;一会儿像阻塞的冰下冷涩的泉水,渐渐地弦声凝滞,暂时休止了。别有一番幽怨的情调隐隐显出,此时虽然无声却更胜过有声的表达。忽然,乐声像银瓶骤然崩破,水浆溅射出来;又像战场上铁骑刀枪相击发出的鸣声。这时一曲终了,琵琶女右手划过琵琶,四根弦一起发出像丝帛裂开的声音。

【赏析】大弦嘈嘈如急雨:即一张。小弦切切如私语:即一弛。嘈嘈切切错杂弹,大珠小珠落玉盘:既张也弛。间关莺语花底滑,幽咽泉流冰下难:即一弛。冰泉冷涩弦凝绝,凝绝不通声暂歇:即一弛。别有幽愁暗恨生,此时无声胜有声:即休止间断,明断暗续。银瓶乍破水浆迸,铁骑突出刀枪鸣:即一张。曲终收拨当心画,四弦一声如裂帛:即一张,随后戛然而止。

例文二:

宣城见杜鹃花 李白

蜀国曾闻子规鸟,宣城又见杜鹃花。一叫一回肠一断,三春三月忆三巴。

【注释】子规鸟:又名杜鹃,俗名"断肠鸟",相传是古蜀帝杜宇的精魂化成。杜宇:望帝,他自以为德薄,于是禅让了帝位而出亡,死后化为杜鹃鸟。宣城:今安徽宣城。暮春时节,它就悲鸣起来,鸣声仿佛是呼叫着:"不如归去!不如归去!"三巴:古代蜀地,今四川重庆一带。

【译文】在宣城看见杜鹃花开了,想到故乡蜀地杜鹃花开时,子规鸟也开始啼鸣。一声声的啼鸣,叫得人愁肠寸断,在这个暮春三月,想念故乡感到无比悲痛。

【赏析】李白被朝廷判流夜郎,遇赦归来后,此时正流落江南,寄人篱下。不久又染了病,晚景凄惨。浓重的乡思就袭上了诗人心头。在迟暮之年写下这首诗。"蜀国曾闻子规鸟,宣城又见杜鹃花。"诗的一、二句将地理和时间对比。这两句的语序倒置:本来是先看见宣城的杜鹃花,才联想到蜀国的子规鸟,诗人先写回忆中的虚景,后写眼前的实景。这样,就把故国之思放在了突出的位置上,表明思念故乡郁积长久。青年时代的李白"仗剑去国,辞亲远游",要到故乡之外的广阔天地中去实现宏伟抱负。眼下却困居宣城,拖着老迈的病体,也无法踏上旅途。漂泊终生的诗人,到头来不但政治与事业上没有归宿,就连此身也无所寄托,只有遥望着千里之外的故乡,他心中的悲戚可想而知。

"一叫一回肠一断,三春三月忆三巴。"三、四句在节奏上属于先张后弛。进一步渲染浓重的乡思。子规鸟啼叫起来,没完没了,诗人的愁肠也断成一寸寸了这是张。末句点明时令,用"三春三月"四字,补叙第二句;"忆三巴"三字,则突现了思乡的主题,把杜鹃花开、子规悲啼和诗人的断肠之痛融于一体,这句是弛。全诗笼罩着苍茫无涯的愁思。诗句把"一"、"三"两个字各自串连起来,使人感到乡思袭来时无比的悲切伤痛。

例文三:

越调·寨儿令·听筝　　汤式

酒乍醒,月初明,谁家小楼调玉筝?指拨轻清,音律和平,一字字诉衷情。　　恰流莺花底叮咛,又孤鸿云外悲鸣。滴碎金砌雨,敲碎玉壶冰。听,尽是断肠声。

【注释】莺:黄莺、黄鹂,因其飞往来如穿梭,速度甚快,故称为"流莺"。孤鸿:即孤独的大雁。滴碎:像雨水滴落在台阶上。砌:台阶。金砌:台阶的美称。玉壶:玉制的壶,一般用以表示人品的高洁。

【译文】酒后醒来,黄昏时分,不知谁家小楼上有人在弹筝。指法娴熟,音律和谐,像一字字地诉说着弹奏者的情意。那筝声如同黄莺在花间低语,又像孤单的大雁在云霄上悲鸣,像滴在台阶上的细雨,又像敲碎玉壶中的冰块般透彻。你听,那都是无尽的哀怨之情。

【赏析】这是一篇听筝乐后的评论。"酒乍醒,月初明,谁家小楼调玉筝?"开篇三句,点明作者是在黄昏时分酒后微醉,听到邻近小楼上有人弹筝。接下去是对演奏者艺术技巧的赏析。"指拨轻清,……听,尽是断肠声。"首先是审视音乐演奏本体:音律和谐,指法娴熟。其次,用物象比喻来形容筝曲之美:如黄莺细语,像大雁悲鸣;如骤雨滴落台阶,如冰块被敲碎。再次则是筝曲能弹出世间最真挚的感情。因此,弹筝才能达到了艺术美的极致,所弹之情,全是无尽哀怨之情,将筝曲的思想内容具体化。

此散曲通过莺语、鸿鸣、滴雨、敲冰等丰富悦耳的音响,声情并茂地充分展示了筝曲之美,使人如临其境,如闻其声。同时,它也是一篇很有特色的音乐审美评论。主要分为三个层次:一是从音乐演奏本体着眼,表达了对于筝曲的赞美;二是用各种生动的物象做比喻,充分展示了筝曲之美,通过人们对这些熟悉的物象的丰富联想,把筝之美再创造,使筝曲更加美妙;三是筝曲充分表达了演奏者的内心感情,即思念的断肠声。恰流莺花底叮咛:即一弛;又孤鸿云外悲鸣:即一张;滴碎金砌雨:即一张;敲碎玉壶冰:即一弛。

例文四:

李凭箜篌引　　李贺

吴丝蜀桐张高秋,空山凝云颓不流。湘娥啼竹素女愁,李凭中国弹箜篌。
昆山玉碎凤凰叫,芙蓉泣露香兰笑。十二门前融冷光,二十三丝动紫皇。
女娲炼石补天处,石破天惊逗秋雨。梦入神山教神妪,老鱼跳波瘦蛟舞。
吴质不眠倚桂树,露脚斜飞湿寒兔。

【注释】箜篌是一种从西域传入我国的弹拨乐器,类似琵琶。李凭是中唐时期弹奏箜篌的著名乐师,是供奉朝廷的梨园弟子。本篇盛赞李凭高超的弹奏艺术,是古代诗歌中描写音乐的名篇之一。吴丝:吴地的丝。蜀桐:蜀地的桐木,是制作乐器的上好材料。这里表明箜篌的精美。张:上弦,即开始弹奏。高秋:暮秋。空山凝云:山间的行云。颓不流:凝滞不动,不再飘游。湘娥:又作"江娥",指传说中舜的妃子娥皇、女英。相传舜南巡,死于苍梧,二妃追赶不及,哭泣不已,眼泪洒在湘江一带的竹子上,竹子染上了泪痕,从此就有了湘妃竹,又称斑竹。**素女愁**，素女是神话中的女神，她善于鼓琴，声音悲切，使天帝听了也发愁。这个典故是说湘娥听了李凭的弹奏，激动得泪洒湘竹，素女听了李凭的弹奏，自愧不如而发愁。**昆山**：指昆仑山，据说山上产精美的玉石，声好似凤凰鸣叫。**泣露**：荷花在晨露中饮泣；**香兰笑**：兰花迎风开放，笑语轻盈。**十二门**：指代长安。长安城四面共有十二个城门。**冷光**：指从云隙透出的清冷的月光。**二十三丝**：指李凭所弹的箜篌。**紫皇**：道教所尊的天帝。**女娲**：古代神话中炼石补天的神女。**逗**：引。**神妪**：神女，爱好音乐，善弹箜篌。**蛟**：没有角的龙。**吴质**：神话中在月宫砍桂树的吴刚。**露脚**：正在飞洒的露水。**寒兔**：神话中月宫里捣药的玉兔。

【译文】用吴地的丝和蜀地的桐木制作出的箜篌是上等的乐器，在秋高气爽的日子里弹奏它，山间的行云仿佛也被美妙的声音吸引住，不再流动。湘娥听了李凭的箜篌，激动地泪洒湘竹，素女听了李凭的演奏，发愁自愧不如。箜篌的声音，就像昆仑山上精美玉石断裂那样清脆、嘹亮地像凤凰在歌唱，婉转时就像荷花在晨露中泣饮，又像兰花开放，迎风笑语。乐声传遍整个长安城，连清冷的月光都被融化了，使天上的紫皇也备受感动。乐声直入云霄，当年女娲炼石补过的天穹也被震撼了，五色石破碎，惊出了飒飒秋雨倾天而下。在美妙的乐声中，听众好像进入了梦乡，隐约看见李凭在教神女箜篌，动人的旋律使年老的鱼儿都奋力跳跃起来，精瘦的蛟龙也随之舞动。乐声传入月宫中，吴刚倚着桂树听得入了迷，飞洒的露水打湿了玉兔。

【赏析】"吴丝蜀桐张高秋，空山凝云颓不流。湘娥啼竹素女愁，李凭中国弹箜篌。"诗的起句开门见山，"吴丝蜀桐"写箜篌构造精良，借以衬托演奏者的高超技艺，收到一箭双雕的效果。"高秋"含有"秋高气爽"之意。二、三两句写乐声。诗人将难以捉摸的箜篌声，通过"空山凝云"形象地体现出来，以实写虚，亦真亦幻。优美悦耳的弦声一经传出，空旷山野上的浮云仿佛也在俯首谛听；善于鼓瑟的湘娥与素女，更被这乐声触动了愁怀而潸然泪下。"空山"句把云写成具有人的听觉和思想感情，与"湘娥"句互补，极力烘托箜篌声神奇妙幻，"李凭中国弹箜篌"交代了演奏地点。前四句先写琴，写声，然后写人、时间和地点前后穿插。重点突出了乐声，具有先声夺人之感。

"昆山玉碎凤凰叫，芙蓉泣露香兰笑。十二门前融冷光，二十三丝动紫皇。"五、六两句正面写乐声，"昆山"句是以声写声，着重表现乐声的多变起伏；"芙蓉"句则是以形写声，刻意渲染乐声的优美动听。那箜篌声时而众弦齐鸣，嘈嘈杂杂，仿佛玉碎山崩，令人难以分辨；时而又一弦独响如凤凰鸣叫，声振林木。"芙蓉泣露香兰笑"，构思奇特，诗人用"芙蓉泣露"摹写琴声的悲抑，而以"香兰笑"显示琴声的欢快，从耳闻和目睹两方面展示音乐的美。"紫皇"是双关语，兼指天帝和当时的皇帝。

"十二门前融冷光，二十三丝动紫皇。女娲炼石补天处，石破天惊逗秋雨。梦入神山教神妪，老鱼跳波瘦蛟舞。吴质不眠倚桂树，露脚斜飞湿寒兔。"这几句都是写音响效果。先写近处，长安十二道城门前的冷气寒光，好像全被箜篌声所消融。人们沉浸在演奏者的美妙声乐中，以至于忘却了深秋的风寒露冷。诗的最后六句是全诗的第三部分。诗人在前面四句较现实的描写之后，忽然又随着那美妙的乐曲，张开想象的翅膀，那奇妙的音乐这时竟穿过天空中凝聚的乌云直上九霄，致使女娲娘娘当年采用五色石补过的那块天壁也为之震撼破裂，终于"石破天惊"，秋雨大作了！随后，诗人又把读者从九天之上拽入深山大泽之中，使人仿佛看到了李凭正在云雾缥缈的海上仙山中向神仙展示绝技，连那位传说中最善于弹箜篌的女神也不得不为李凭的绝技所倾倒；甚至连江河海湖中的鱼龙听了这美妙的音乐都赞叹有加，不顾年迈体弱，也随着优美的乐曲在水波中翩翩起舞了！

结末两句写成天伐桂、劳累不堪的吴刚倚着桂树久久地立着,竟忘了睡眠;玉兔蹲伏一旁,任凭深夜的露水不停在洒落在身上也不肯离去。这些优美形象,逗人情思,发人联想。

这首诗的最大特点是想象奇特,形象鲜明,充满浪漫主义色彩。突显了诗人对于乐声及其效果的摹绘,又无处不寄托着诗人的情思,曲折而又明朗地表达了他对乐曲的感受和思考。从张弛上说:昆山玉碎凤凰叫:即一弛;芙蓉泣露香兰笑:即一弛;女娲炼石补天处:即一张;石破天惊逗秋雨:即一张;梦入神山教神妪:即一弛;老鱼跳波瘦蛟舞:即一张;吴质不眠倚桂树:即一弛;露脚斜飞湿寒兔:即一弛。

我要试试!

习题一〔双调·沉醉东风·秋景〕卢挚:挂绝壁松枯倒倚,落残霞孤鹜齐飞。四围不尽山,一望无穷水。　散西风满天秋意。夜静云帆月影低,载我在潇湘画里。

习题二〔中吕·普天乐·江头秋行〕赵善庆:稻粱肥,蒹葭秀。黄添篱落,绿淡汀洲。木叶空,山容瘦。　沙鸟翻风知潮候,望烟江万顷沉秋。半竿落日,一声过雁,几处危楼。

习题三《与颜钱塘登樟亭望潮作》孟浩然:百里闻雷震,鸣弦暂辍弹。府中连骑出,江上待潮观。照日秋云迥,浮天渤澥宽。惊涛来似雪,一坐凛生寒。

习题四《虞美人》李煜:春花秋月何时了,往事知多少!小楼昨夜又东风,故国不堪回首月明中。　雕栏玉砌应犹在,只是朱颜改。问君能有多少愁?恰似一江春水向东流。

习题五〔金字经·乐闲〕张可久:百年浑似醉,满怀都是春,高卧东山一片云。嗔,是非拂面尘。消磨尽,古今无限人。

习题六〔折桂令·春情〕徐再思:平生不会相思,才会相思,便害相思。身似浮云,心如飞絮,气若游丝。空一缕馀香在此,盼千金游子何之。证候来时,正是何时?灯半昏时,月半明时。

习题七《定风波》黄庭坚:万里黔中一漏天,屋居终日似乘船。及至重阳天也霁,催醉,鬼门关外蜀江前。　莫笑老翁犹气岸,君看,几人黄菊上华颠?戏马台南追雨谢,驰射,风流犹拍古人肩。

习题八《战城南》杨炯:塞北途辽远,城南战苦辛。幡旗如鸟翼,甲胄似鱼鳞。冻水寒伤马,悲风愁杀人。寸心明白日,千里暗黄尘。

习题九《念奴娇·赤壁怀古》苏轼:大江东去,浪淘尽,千古风流人物。故垒西边,人道是,三国周郎赤壁。乱石穿空,惊涛拍岸,卷起千堆雪。江山如画,一时多少豪杰!　遥想公瑾当年,小乔初嫁了,雄姿英发,羽扇纶巾,谈笑间,樯橹灰飞烟灭。故国神游,多情应笑我,早生华发。人间如梦,一樽还酹江月。

习题十《走马川行奉送出师西征》岑参:君不见走马川行雪海边,平沙莽莽黄入天。轮台九月风夜吼,一川碎石大如斗,随风满地石乱走。匈奴草黄马正肥,金山西见烟尘飞,汉家大将西出师。将军金甲夜不脱,夜半行军戈相拨,风头如刀面如割。马毛带雪汗气蒸,五花连钱旋作冰,幕中草檄砚水凝。虏骑闻之应胆慑,料知短兵不敢接,车师西门伫献捷!

第六章 修饰篇

诗歌是语言的艺术,诗歌的语言是最精粹的,是用简洁的笔墨表现生动、丰富内涵的文学样式。这就需要多姿多彩、千变万化的语言表现手法,除了采用赋、比、兴这三种传统的基本手法之外,还包含着突出主体意象的衬托(正衬、反衬)、对照、对仗、双关、倒装、叠词、叠句等手法。对于中国诗歌最基本的诗法"赋、比、兴",我们应重点掌握,在此基础上,对其他表现手法也应有所了解。

钟嵘(约468—518),字仲伟,颖川长社人(今河南许昌),是我国与刘勰同时的著名文艺批评家,著有《诗品》。他在《诗品·总论》中指出:"故诗有三义焉:一曰兴,二曰比,三曰赋。文已尽而意有余,兴也;因物喻志,比也;直书其事,寓言写物,赋也。宏斯三义,酌而用之,干之以风力,润之以丹采,使味之者无极,闻之者动心,是诗之至也。若专用比兴,患在意深,意深则词踬。若但用赋体,患在意浮,意浮则文散,嬉成流移,文无止泊,有芜蔓之累矣。"意思是说,兴、比、赋这三种诗歌表现手法各自有运用的规律及特点。

兴与比能使作品产生"文已尽而意有余"的含蓄深沉,以及"因物喻志"所造成的鲜明形象,但其缺点是意思不易明朗;赋可以避免比、兴的不足,但赋往往造成作品内容浮浅,结构松散不集中,不精炼。钟嵘认为,要根据作品的描写对象、艺术构思等方面的需要,灵活运用这三种方法,发挥其所长,克服其所短,使鉴赏者感到诗味的无穷,并为之振奋。从一定意义上说,"兴"就是暗比或暗喻。一般说到比喻有三个成分:本体、喻体、比喻词;这三者决定了比喻的基本型:明喻、隐喻和借喻。明喻的本体和喻体之间,一般要用"似"、"若"、"如"、"像"、"如同"、"好像"等比喻词。例如王安石《桂枝香·金陵怀古》:"千里澄江似练,翠峰如簇。"再如白居易《忆江南》:"日出江花红胜火,春来江水绿如蓝。"隐喻即不太明显的比喻,也叫"暗喻"。它表明本体与喻体的关系比明喻进一步了,是相合关系。本体与喻体之间,一般要用"是"、"成了"等比喻词。例如李商隐《乐游原》:"夕阳无限好,只是近黄昏。"其中"黄昏"暗喻好景不长。借喻所表达的本体和喻体的关系更加密切,是最简练的比喻。它不出现本体,也不出现比喻词,只出现喻体,即用喻体来作为本体的代表。例如李白的《古风(第二十四首)》:"世无洗耳翁,谁知尧和跖!"其中借古代贤明之君"尧"比喻世间"好人",借古代大盗"跖"比喻世间"坏人"。

按照《文心雕龙》作者刘勰的说法,"兴"就是起兴,即托物言意,依照含意隐微的事物来寄托情意。"观夫兴之托谕,婉而成章,称名也小,取类也大。"(刘勰《文心雕龙·比兴篇》)像《诗经·关雎》一篇使用的便是起兴的手法。"关关雎鸠,在河之洲。窈窕淑女,君子好逑。"诗中托"雎鸠"这一感情专一的鸟物起兴,表明淑女具有贞洁的品德。起兴可以说是一种暗比,这种暗比不点明清楚,一般要经过注释。

"比"就是比喻,即用打比方说明事物。"盖写物以附意,……言以切事者也"。比喻通常分为比喻和被比的事物两部分,中间用"如"、"似"、"若"、"像"等动词连接,而且比喻和被比的事物要截然不同,但是两者之间要有一点相似。例如,秦观《千秋岁》"落红万点愁如海",用大海比喻愁情,两者的相似之处便是渊源不断。

诗歌中经常运用的比喻,有各种表达方法:一种是以一样东西即一个词来做比。例如,"麻衣如席";一种是用词组或句子来做比。例如,李煜《虞美人》中"问君能有几多愁,恰似一江春水向东流。"还有一种是用多个比喻来比一个事物。例如,贺铸《青玉案》的"一川烟草,满城风絮,梅子黄时雨",这种手法又称为"博喻"。"比"在设喻上并不固定,正如刘勰在《文心雕龙》中所说:"夫比之为义,取类不常,或喻于声,或方于貌,或拟于心,或譬于事。"例如:风吹树枝在悲鸣,声音好像吹竽一般;鸟儿飞腾闪动,像白云中的尘埃;箫声温柔平和,像慈父爱抚儿子那样等等。

"赋"是一种铺叙的手法,即直接叙述或描写。叙事诗多是采用赋的形式。如杜甫《北征》讲的是肃宗至德二年八月初一,杜甫要北去回家探亲。随后,写他请假上路到家的情况。从整体讲,这首诗是用赋的形式;但从个别诗句看,也运用了比、兴手法。"赋"既可以写景、叙事,也可以述志、抒情。

第一节 正 喻

正喻,就是从正面设喻,取本体与喻体之间有着某个极相似点作为彼此联系的纽带,通过正面描写其间的相似点,以使人们对本体具有鲜明具体的感受与认识。一般说来,用来作比的喻体事物总要比被比的本体事物更加生动具体、鲜明浅近,更能够被人们所熟悉,更能唤起人们的联想。正喻的方式主要有:

事理比喻。诗人在创作诗歌时采用自然现象或者隐含的一些自然规律,比喻某种社会中的事理。例如苏轼的《水调歌头》:"人有悲欢离合,月有阴晴圆缺,此事古难全。"就是用月亮的"阴晴圆缺"比喻人世间的"悲欢离合",显得明确具体。再如白居易的《长恨歌》中:"春风桃李花开时,秋雨梧桐叶落时。"前一句是欢乐之景,后一句是衰败之景,两句总起来说明:人世间有欢乐就有悲伤,有昌盛就有衰败的道理。

情感比喻。诗人借助特定情况下的某些物态事象,恰如其分地摹写人们的某种情思。例如:唐代刘长卿《别严士元》:"细雨湿衣看不见,闲花落地听无声。"诗人用自然界的春景含蓄地表现了友人之间的情谊绵绵,默契无声。

声象比喻。诗人通过听觉来摹状声音的形象,以打动读者之心。例如唐代诗人韩愈的《听颖师弹琴》:"昵昵儿女语,恩怨相尔汝。划然变轩昂,勇士赴敌场。"用小儿女耳鬓厮磨,窃窃私语表现音乐的轻柔细致;用勇士挥戈跃马、冲入敌阵的声音,表现昂扬激越的琴声。再如白居易的《琵琶行》更是典型的实例。

例文一:

听蜀僧浚弹琴　　李白

蜀僧抱绿绮,西下峨眉峰。为我一挥手,如听万壑松。
客心洗流水,遗响入霜钟。不觉碧山暮,秋云暗几重。

【注释】蜀僧浚:四川的僧人。绿绮:琴名,汉朝辞赋家司马相如,有琴名绿绮。这里用来泛指名贵的琴。也代指蜀僧浚的琴。挥手:是弹琴的动作。万壑松:指琴声铿锵如万壑松涛的声音。客心:是指诗人之胸心。流水:春秋时楚人钟子期精通音律,听俞伯牙弹琴能够辨出伯牙或志在高山,或志在流水。伯牙便将钟子期视为知音。后世也把"高山流水"比喻成琴声的优美。遗响:余音。

【译文】听一位叫浚的蜀地僧人弹琴,他西下峨眉山来到此地为我弹奏,一挥手拨动琴弦,那声音铿锵如万壑松涛。听了他的音乐,我的心胸仿佛被洗涤过一样愉悦,演奏完的余音久久回荡,最后和远处的钟声融为一体。听音乐入了迷,不知不觉中青山已笼罩在暮色之中,灰暗的秋云也层层叠叠堆满了天空。

【赏析】这首五律写的是听琴,听蜀地一位和尚弹琴。整个诗以琴声作为描写的重点,有正面描写,有侧面烘托,还有摹声、摹状,既表现出了琴声的悠扬,又写出诗人自己的主观感受。诗人调动了一切艺术手段,生动、逼真地将蜀僧的高超琴技再现了出来。李白描写音乐的特点,着重表现听琴时的感受,表现弹者、听者之间感情的交流。"蜀僧抱绿绮,西下峨眉峰,为我一挥手,如听万壑松。"开头四句说明这位琴师是来自四川峨眉山下的同乡,诗人对他很倾慕。使用"绿绮"这一典故,是想说明琴的珍贵。诗人以大自然宏伟的声响比喻琴声,使人如闻这铿锵有力的琴声。

"客心洗流水,遗响入霜钟。不觉碧山暮,秋云暗几重。"这四句是说听了蜀僧的琴声,自己的心仿佛被流水洗过一般地畅快、愉悦。诗人借"高山流水"这一典故,表现蜀僧和自己通过音乐所建立的知己之交。"客心洗流水"五个字很含蓄且自然,虽然用典,却毫不生硬,显示了李白卓越的语言技巧。"遗响入霜钟"意思是说,音乐终止以后,余音久久不绝和薄暮寺庙的钟声融合在一起。"不觉碧山暮,秋云暗几重。"诗人听完蜀僧弹琴,发现不知不觉中青山已罩上一层暮色,灰暗的秋云笼罩在天空。诗人完全进入了琴声所造成的意境,忘记了周围的一切。

李白这首诗描写音乐的独到之处在于用"万壑松"比喻形容自然、美妙的琴声,表现了蜀僧的琴声深深吸引和打动了诗人的内心。诗人从琴声联想到万壑松声,联想到深山大谷,其中融入了自己的主观感受。诗人感觉自己好像在美妙动听的音乐中融入了大自然的怀抱。

例文二:

宣州谢朓楼饯别校书叔云　　李白

弃我去者,昨日之日不可留;乱我心者,今日之日多烦忧。
长风万里送秋雁,对此可以酣高楼。蓬莱文章建安骨,中间小谢又清发。
俱怀逸兴壮思飞,欲上青天揽明月。抽刀断水水更流,举杯销愁愁更愁。
人生在世不称意,明朝散发弄扁舟。

【注释】酣:饮酒而乐。高楼:即题"谢朓楼",南齐诗人谢朓任宣城(即宣州,今属安徽)太守时所建。校书叔云:李白族叔李云,官秘书校书郎。蓬莱文章:蓬莱本指海中的仙山名,这里是借指唐代的秘书省。建安骨:建安:是东汉献帝年号;建安骨:指东汉建安年间(193—220)的诗文创作,曹操父子和王粲等"建安七子"所写诗文内容充实,语言质朴,风格刚健俊爽,后人称之为"建安风骨"。小谢:即谢朓,为把谢朓和谢灵运区分开来,称谢灵运为大谢,谢朓为小谢。谢朓诗风清新秀丽,深为李白所喜爱。清发:清新秀丽。逸兴:超逸的意兴散发:古人长发,必须束起来,以便能够戴帽。散发就是摘掉纱帽。这里指不受拘束之意。扁舟:小船。弄扁舟:这里表示避世隐居。

【译文】弃我而去的昨天已经不能挽留,扰乱我心绪的今天增添了烦恼忧愁,万里长风送别南归的鸿雁,面对此景,正可以登上高楼开怀畅饮。你写的文章具有建安诗的风骨,还有谢朓那样的清新秀丽。我们同是满怀着豪情,任凭壮丽的思绪飞跃,想要腾上青天摘取那皎洁的明月。然而想到现实的不得志,就像抽出宝刀砍断水,水却继续流动,举杯痛饮想要消遣愁苦,反倒愁上加愁。人生在世如此的不得意,还不如散发隐居,乘一叶扁舟在江湖上自由漂流。

【赏析】这首诗是为饯别友人李云而作。李云是盛唐时期的散文家,极有才华,但遭贬谪,曾任秘书省校书郎,在宣城和李白相见。而李白自天宝三年遭谗被谤,离开长安之后,四处浪游,其志不得伸,两人大有相见恨晚,"同是天涯沦落人"之感。

"弃我去者……今日之日多烦忧。"诗的开头两句开门见山地展示了这首诗的基调,抒发怀才不遇的感慨。但诗并没有延续着写烦说忧,下面六句是第二层,诗人笔锋一转展现出另一番天地。"长风万里送秋雁,……欲上青天揽明月。""秋雁"、"高楼"写秋季天高气爽,万里长风中雁群高飞,面对开阔的景致,正可以在高楼上把盏痛饮。"建安骨"和"小谢"写酣饮后的思想情绪。李白将自己的诗文与谢朓对比,表达了诗人胸怀壮志豪情,要高飞到天上去摘取明月的决心。当然,上青天揽明月只是一种要解除烦忧,追寻自由的幻想,这在现实世界中是做不到的,所以,作者笔锋一转,进入了第三层。

"抽刀断水水更流,……明朝散发弄扁舟"这四句中用了一个十分有特色的比喻,说愁不断就像用刀切断水流而切不断一样,水反而流得更急了,用酒醉解除忧愁更引发内心的愁苦、愤懑。结尾两句表现了李白不甘沉沦的、豁达乐观的精神。理想不能实现,就只有等待能够抽簪散发、驾着一叶小舟驶向远方的那一天了。诗人将解除烦忧,获取自由的希望寄托在明朝。

诗的中间部分从"多烦忧"转而"酣高楼"、"揽明月"再转到"愁更愁",最后又转到结句的"弄扁舟",起伏跌宕,充分体现了诗人内心有无法解开的烦愁。全诗充满了慷慨豪迈、在悲怆中见乐观的情怀。诗中蕴含了强烈的思想感情,如奔腾的江河瞬息万变、波澜迭起,和艺术结构的跳跃发展完美结合。

例文三:

菩萨蛮　　韦庄

人人尽说江南好,游人只合江南老。春水碧于天,画船听雨眠。　　垆边人似月,皓腕凝霜雪。未老莫还乡,还乡须断肠。

【注释】合:应当。垆:旧时酒店用土砌成放酒瓮卖酒的地方。《史记·司马相如列传》记载司马相如妻卓文君长得很美,曾当垆卖酒:"买一酒舍沽酒,而令文君当垆。"皓腕凝霜雪:形容双臂洁白如雪。断肠:形容思念之情太深。

【译文】人人都说江南的风景好,游人好像都应该在江南留下,一直到老。春天的江水碧绿清澈胜过天空,在精美的画舫中,听着雨声入眠。卖酒的女子皎洁如月,双手洁白如雪。不到年老时,不要回家乡,回到家乡再想起江南的风景会愁断肠的。

【赏析】这是韦庄到南方避乱时所写的一首词,描绘了江南水乡秀丽的景色,表达了诗人热爱江南的真挚感情。这首词既直抒胸臆,表达对江南山水的依恋、陶醉,又对江南山水、人物具体描摹,两者互为表里,相交相融,因此极富感染力。这首词的上片描写了风景如画的江南美景。下片由物到人,侧重抒情。上片开头两句"人人尽说江南好,游人只合江南老"点明了全词的主旨:江南好到了能使远方前来的游子不思故乡,心甘情愿在江南安度晚年。

"春水碧于天,画船听雨眠。"这两句既写出富有特色的江南美景,又抒写了作者沉醉其间的闲适之情。春天里一碧万顷的水面与澄明的天空融为一体,听着淅淅沥沥的雨声,多么美妙,多么闲适,难怪再也不去想苦难多灾的故乡了。

"垆边人似月,皓腕凝霜雪。"下片前两句是写美景中的美人。酒坊里像月中嫦娥似的美人正笑脸迎客,尤其引人注目的是她们如霜一样美白、晶莹的手腕。江南物美,人更美,让人留恋忘返。然而,美景却触动了词人的无限乡愁。

最后两句"未老莫还乡,还乡须断肠。"再次表达了诗人对江南风景、人物的痴迷与依恋:人没有老就该在这人间天堂尽情享受,千万不要还乡。如果还乡一定会后悔。因为,此时家乡(中原一带)正是烽火连天,如果看到那种残破的情景,一定会令人心伤不已的。词人巧妙地刻画了在特定环境之下具有个性特征的内心活动,从而突出了"春日游子"的"思乡怀人"之情。

例文四:

正宫·塞鸿秋·浔阳即景　周德清

长江万里白如练,淮山数点青如淀。江帆几片疾如箭,山泉千尺飞如电。　晚云都变露,新月初学扇,塞鸿一字来如线。

【注释】练:一种素色的织物。淮山:指淮水两岸的山。淀:既靛,是一种青蓝色的颜料。疾如箭:快的速度如同"箭"。露:在这里是"白"的意思。学扇:月亮弯弯地像扇子一样。塞鸿:塞外的鸿雁。

【译文】万里长江远远望去好像舞动的白色绸带,远处的淮山呈现出青葱般的颜色,而江面上江帆轻盈、一日千里,山泉飞泻,速湍如电,晚间的云朵逐渐变成了霜,新月弯弯如扇子一般。天际塞鸿排列整齐地飞来。

【赏析】作者周德清,号挺斋。是江西人。北宋大词人周彦邦的后代。他有感于当时北曲创作格律上的混乱,于是编著了《中原音韵》一书,总结了北曲创作用字用韵的规律,在元曲的发展中做出了功德无量的贡献。此曲写的是浔阳(今九江市)一带的美丽秋景。由近景写到远景,由水写到山,由地写到天,由静写到动,由高写到低,由白昼写到夜晚。通过正面比喻,在读者面前呈现出"万类霜天竞自由"的生动形象的画面。

"长江万里白如练,淮山数点青如淀。"首句中连用两个明喻:长江水像"白练"一样;远处的淮山绿得像青葱。两个数量词也具有空间感:"万里"表现了长江的气势,"数点"形容淮山的渺远。一近一远,一水一山,相互对应,各显异彩。

"江帆几片疾如箭,山泉千尺飞如电。"次句中又连用两个明喻:"江帆"行驶的速度"疾如箭";"山泉"从高处流下来的速度"飞如电"。"几片"写江帆的轻盈,"千尺"写山泉的高峻,相互对应,互为映衬。

"晚云都变露,新月初学扇,塞鸿一字来如线。"最后三句中"晚云"、"新月"都是隐喻,表明了秋天季节夜晚气温骤降,晚云变得像霜了;"新"突显空气清新,月光明亮,"新月"的样子像"初学扇",体现了一种自然的动感。

这首散曲通篇设喻,除"晚云"和"新月"采用的是隐喻,几乎全篇是明喻,而所有的比喻都是正喻。古典诗歌多为偶句对仗,例如此曲前两句中,"江"与"山"地名对,"万里"、"数点"数量对,"白"与"青"颜色对,"练"与"淀"名物对,这种工对,被曲论家称为"合璧对"(朱权《太和正音谱》)。散曲在此基础上有所发展,句数奇偶不定,出现三句一组的叫"鼎足对"。此曲中却出现了五句一组的大派对。它们对偶工整,比喻生动,每一句都有吟咏的对象:长江、淮山、江帆、山泉、塞鸿,将浔阳秋景描写得空旷明净,生机勃勃。

例文五:

双调·水仙子·重观瀑布 乔吉

天机织罢月梭闲,石壁高垂雪练寒。冰丝带雨悬霄汉,几千年晒未干。　露华凉人怯衣单。似白虹饮涧,玉龙下山,晴雪飞滩。

【注释】天机:在这里把天比作织机。月梭:在这里把月比作梭子。雪练:像雪一样洁白的绢。霄汉:此指天空。意为像白虹吞饮涧水一样。比喻瀑布从山顶奔流而下,玉龙:常用以形容雪景,在这里比喻瀑布。晴雪飞滩:意为瀑布溅起的水花,像雪花般落在沙滩上。

【译文】瀑布就好像是用天作的织机,用月作的梭子织就的一张白练,从陡峭的石壁垂下,像雪一样洁白。一条条丝线带着濛濛的水气,像悬挂在天空,几千年来也没有晒干。霜露寒凉,穿着单衣有点冷。瀑布就像白虹吞饮涧水,玉龙飞下山崖,四溅的水花有如晴天降雪,飞落沙滩。

【赏析】乔吉曾作过一首小令《水仙子·乐清白鹤寺瀑布》,这首小令是作者第二首吟咏瀑布的作品。《乐清白鹤寺瀑布》侧重写寻仙访道的内容,而《重观瀑布》则着重描写瀑布飞泻的雄伟瑰丽的景象。乐清县正是号称"东南第一山"的雁荡山所在。其中山奇水秀,颇多胜景。作者寻幽探胜,流连于山水之中。

"天机织罢月梭闲,石壁高垂雪练寒。冰丝带雨悬霄汉,几千年晒未干。"前四句写远眺,作者自远而近从几个不同角度描述瀑布胜景:从远处看瀑布倾流而下,感觉好似天运神功所造。作者想象大胆,把天比作织机,把月比作梭子,把瀑布比作织女织成的一幅白练,从陡峭的石壁上垂下,白练缕缕的经纬线,湿润润的带着濛濛水气,像丝丝细雨直径从空中飘下,正像李白在《望庐山瀑布》中所写:"飞流直下三千尺,疑是银河落九天。"

"露华凉人怯衣单。似白虹饮涧,玉龙下山,晴雪飞滩。晴雪飞滩。"后四句写近景,作者自远至近地靠近瀑布飞流的石壁,来到清溪汩流的滩头,飞沫飘落在身上,看到阳光照耀下的几千年不停息地飞泻而下的瀑布,在阳光下闪着粼粼白光的溪水,因阳光折射而产生的似隐似现的霞光,听到瀑布轰然奔流的声响,以及溪水的淙淙流淌。作者身临其境去体验大自然的美妙。"玉龙"主要是形容瀑布倾泻山下时生龙活虎、曲折翻腾的姿态,最后从水花飞溅似片片雪花的情景,引起最后一句"晴雪飞滩"。

运用比喻手法写瀑布的壮观,是本曲绝妙之笔:"雪练"、"冰丝"、"带雨"、"露华"是借喻,"白虹"、"玉龙""晴雪"是明喻。用多侧面的比喻,既描画出瀑布的动态,也呈现出它的静态,更为难得的是写出瀑布流走飞动的神韵。曲中虽然不见"瀑布"二字,但瀑布的奇观韵味却由于多种比喻效果的产生,极为生动地表现出来。由此有人称乔吉是曲家之李白。全曲想象奇特,造语诡丽夸张,比喻新颖,出奇制胜,把瀑布的雄伟壮丽与人的博大精神、坚定意志合二为一，两者相得益彰，读之令人如入其境，心旷神怡。

我要试试！

习题一《竹枝词》刘禹锡：山桃红花满上头，蜀江春水拍山流。花红易衰似郎意，水流无限似侬愁。

习题二《过马嵬》李益：汉将如云不直言，寇来翻罪绮罗恩。托君休洗莲花血，留记千年妾泪痕。

习题三《阳春曲·赠海棠》徐再思：玉环梦断风流事，银烛歌成富贵词。东风一树玉胭脂，双燕子。曾见正开时。

习题四《普天乐·垂虹夜月》徐再思：玉华寒，冰壶冻。云间玉兔，水面苍龙。酒一樽，琴三弄。唤起凌波仙人梦，倚阑干满面天风。楼台远近，乾坤表里，江汉西东。

习题五《诉衷情》晏殊：芙蓉金菊斗馨香，天气欲重阳。远村秋色如画，红树间疏黄。　流水淡，碧天长，路茫茫，凭高目断，鸿雁来时，无限思量。

习题六〔双调·雁儿落兼得胜令·退隐〕张养浩：云来山更佳，云去山如画，山因去晦明，云共山高下。倚杖立去沙，回首见山家。　野鹿眠山草，山猿戏野花。云霞，我爱山无价。看时行踏，云山也爱咱。

习题七《定风波·暮春漫兴》辛弃疾：少日春怀似酒浓，插花走马醉千钟。老去逢春如病酒。唯有，茶瓯香篆小帘栊。　卷尽残花风未定。休恨，花开元自要春风。试问春归谁得见？飞燕，来时相遇夕阳中。

习题八《听赵秀才弹琴》韦庄：满匣冰泉咽又鸣，玉音闲淡入神清。巫山夜雨弦中起，湘水清波指下生。蜂簇野花吟细韵，蝉移高柳迸残声。不须更奏幽兰曲，卓氏门前月正明。

习题九《古诗十九首（其一）》行行重行行，与君生别离。相去万余里，各在天一涯。道路阻且长，会面安可知。胡马依北风，越鸟巢南枝。相去日已远，衣带日已缓。浮云蔽白日，游子不顾返。思君令人老，岁月忽已晚。弃捐勿复道，努力加餐饭。

习题十《摸鱼儿》欧阳修：卷绣帘，梧桐秋院落，一霎雨添新绿。对小池闲立残妆浅，向晚水纹如縠。凝远目。恨人去寂寂，风枕孤难宿。倚阑不足。看燕拂风檐，蝶翻露草，两两长相逐。　双眉促，可惜年华婉娩，西风初弄庭菊。况伊家年少，多情未已难拘束。那堪更趁凉景，追寻甚处垂杨曲。佳期过尽，但不说归来，多应忘了，云屏去时祝。

第二节　博　喻

　　博喻是运用一连串的比喻（喻体）来比喻某种事物或者情感（本体）的特征或者状态，旨在多方面地表现和突出本体形象，从而使读者加深对诗词内容的理解。在历代诗词创作中，宋代苏轼以擅长博喻而著名。他在多首诗词篇章中经常出现博喻形式。钱钟书先生在《宋诗选注·苏轼》中指出："他在风格上的大特色是比喻的丰富、新鲜和贴切，而且在他的诗里还看得到宋代讲究散文的人所谓'博喻'或者西洋人所表达一件事的一个方面或一种状态。这种描写和衬托的方法仿佛是采用了旧小说里讲的'车轮战法',连一接二的搞得那件事物接应不暇,本像毕现,降伏在诗人的笔下。"白居易的《琵琶行》、韩愈的《听颖师弹琴》、李贺的《李凭箜篌引》等对音乐的描写都使用了博喻手法。清人方扶南对上述三位诗人十分赞赏,称赞道:"韩(愈)足以惊天,李(贺)足以泣鬼,白(居易)足以称人。"

例文一:

听颖师弹琴　　韩愈

昵昵儿女语,恩怨相尔汝。划然变轩昂,勇士赴敌场。
浮云柳絮无根蒂,天地阔远随飞扬。喧啾百鸟群,忽见孤凤凰。
跻攀分寸不可上,失势一落千丈强。嗟余有两耳,未省听丝篁。
自闻颖师弹,起坐在一旁。推手遽止之,湿衣泪滂滂。
颖乎尔诚能,无以冰炭置我肠。

【注释】本篇大约作于唐宪宗元和十年(816),当时作者在长安。颖师:一个琴技很高超的和尚,李贺也曾写过一首《听颖师弹琴歌》赞颂他。昵昵:亲近之意。尔汝:"尔"、"汝"都是你的意思,古人只有对最亲密的人才称呼"尔"或"汝"。划然:两个物体之间猛烈擦划的声音。轩昂:激昂雄壮的意思。无根蒂:没有根,这里指随风飘扬。喧啾:热闹而众多的声音。孤凤凰:指琴声的和谐。据说,凤凰的鸣声最为和谐。千丈强:比千丈还多的意思。这两句是形容曲调升高到极度时,忽然急剧下落,描写了琴声的变化和抑扬顿挫。省:懂得。丝篁:管弦乐器。篁:泛指竹子,古代的管乐器多用竹子制成。遽:急忙的意思。滂滂:泪流很多的样子。颖乎:一作颖师。尔诚能:你确实有才华。冰炭置我肠:让我心潮起伏跌宕。古人经常借冰炭来形容两种相反的感情。

【译文】琴声响起,一开始就像小儿女耳鬓厮磨,窃窃私语,忽然声音变得激昂雄壮,好像勇士们奔赴战场的号角。琴声转为轻快,好像浮云和柳絮无根无蒂,在广阔天地间随意漂浮。又像百鸟齐鸣啁啾不停,其间忽然显现出一只凤凰般和谐的曲调。这是曲调突然升高到极高,又急转直下一落千丈。可叹我虽然有两只耳朵,却不懂得曲调中的高明,听着颖师继续弹奏,我起身站在一旁。我伸手突然打断了演奏,眼泪早已打湿了我的衣裳。颖师你确实太有才华了,不要再让我听着忽柔忽刚的乐曲而内心矛盾重重了。

【赏析】韩愈的诗通过生动形象的比喻,准确地描写了颖师弹奏出的优美悦耳的琴声,成为一篇佳作。这首诗的比喻手法运用精湛,惟妙惟肖,技艺高超。"昵昵儿女语,恩怨相尔汝。"一开头紧扣"听弹琴"展现音乐境界。写琴声细柔宛转,仿佛小儿女窃窃私语,谈情说怨。"划然变轩昂,勇士赴敌场。"三、四句写琴声骤变昂扬,有如勇士冲锋陷阵,杀声震天。"浮云柳絮无根蒂,天地阔远随飞扬"五、六两句又将音乐的激昂转向如飘飘的"浮云",随着天地的旷远而随风飘去。"喧啾百鸟群,忽见孤凤凰。"七、八句形容在一片和声泛音中主调高扬,怡似百鸟喧啾声中忽有凤凰鸣吟。"跻攀分寸不可上,失势一落千丈强。"九、十句摹写声调由高滑低,戛然而止,就像攀登险峰,突然失足跌落,直跌到谷底。以上十句,为第一部分,连用贴切生动的比喻,把飘忽多变的乐声转化为绘声绘色的视觉形象,并且准确地表现了乐曲蕴含的情境。

"嗟余有两耳……无以冰置炭置我肠。"以下八句第二部分,写作者听琴的感受,既对复杂多变的琴声起烘托作用,又含蓄地传达了自己的情感共鸣,加强了全诗的抒情性。听琴而"起坐在一旁"的忽站忽坐,又忽站的感情剧烈波动的状态,以形传神,通过听琴者情感波涛的剧烈变化,烘托了琴声的波澜叠起、变态百出。并且"湿衣泪滂滂"地"推手遽止之",表明正是这种情境触发了诗人的身世之感。

例文二:

青玉案　贺铸

凌波不过横塘路,但目送,芳尘去。锦瑟华年谁与度?月台花榭,琐窗朱户,只有春知处。　　碧云冉冉蘅皋暮,彩笔新题断肠句。试问闲愁都几许?一川烟草,满城风絮,梅子黄时雨。

【注释】 凌波:本来指行走于水上,后用以形容女子步履的轻盈。横塘:地名,在今苏州市附近。芳尘:本指美人行走带起的尘土,这里代指美人。锦瑟华年:美好的年华,指青春时期。锦瑟,就是质量上好的瑟。谁与度:和谁一起度过。月台:月亮照耀下的天台。花榭:花木环绕的厅堂。榭是高台上的屋子。琐窗:雕花的窗子;琐,指门窗上绘刻的连环形花纹。朱户:红色的门。只有春知处:只有春天知道去处。碧云:一作"飞云"。冉冉:缓慢流动的样子。蘅皋:蘅,即杜蘅,香草的名字;皋,近处的水边高地。彩笔:这里指有文采、有才华的文笔。新题:指特定的内容。断肠句:断肠伤心的诗句。试问闲愁:一作"若问闲情"。都几许:总共有多少,都即总。一川:满地;川,平地。风絮:随风飘荡的柳絮。梅子黄时雨:指春末夏初时节江南一带的连阴雨,时值梅子黄熟时节。

【译文】 你不肯迈着盈盈玉步来横塘,我只有目送着你离去。你美好的年华,不知要与谁一起相伴共度。月光照耀着花木环绕的厅堂,朱红的小门映着精美的琐窗,只有春光才知道你的去处!天上飞云慢慢飘过,长满香草的小洲在暮色中若隐若现。我用我的文采为你新题一曲断肠伤心的诗句,如果为我的忧愁到底有多少,就像这满地的烟草,满城飘舞的飞絮,和梅子黄时的雨水一样无边无际。

【赏析】 此词为贺铸名篇之一。词的上片写"闲愁"的原因,是作者倾慕却可望而不可即的女子,爱情受到间阻。下片写女子离去、两情难通所引起的"闲愁"。自己虽然才华横溢,但这样的文才却不能用来倾诉爱情,而只能写出伤心断肠的诗句。

人们往往借助比喻,用具体可见的事物,把隐藏在人们心灵深处的感情表达出来。有借山比喻"愁";有借水比喻"愁",如"问君能有几多愁?恰似一江春水向东流(李煜)";而贺铸却独辟蹊径,捕捉更加生动、确切的形象。运用三个比喻"一烟川草"、"满城风絮"、"梅子黄时雨"。兴中有比,意味深长。充分体现了新奇的思维,难能可贵的是,不仅写出"愁"之"量",更写出"愁"之"质"。

"一川烟草":芳菲的春草一直伸向天际,一眼望去,迷迷蒙蒙,既表现了愁的广阔无垠,也写出了愁的凄迷;"满城风絮":柳絮随风飘漫天地,既言愁之多,又言愁像风絮无所依托;"梅子黄时雨":是写愁的多,也写愁的缠绵,令人无法摆脱。

词的最后三句即所谓的"兴中有比"。把三个事物合在一起比喻"闲愁"就是所谓的"博喻"。这三组事物既相互独立又相互联系,是一个统一体。从空间上说,"一川烟草"写郊外,"满城风絮"写城中,"梅子黄时雨"则天地不分,浑然一体。从时间上说,"烟草"是初春景色,

"风絮"是暮春景物,"黄梅雨"则是春夏之交。从而构成一个连续的时间阶段和统一的空间整体,同时更是完整的时空交织。贺铸借助美人的离去,表现出自己仕途的失意和惆怅,感叹心中的苦闷与彷徨。可以说又是一定意义上的借喻。

例文三:

步出夏门行·龟虽寿　　曹操

神龟虽寿,犹有竟时。腾蛇乘雾,终为土灰。老骥伏枥,志在千里。烈士暮年,壮心不已。盈缩之期,不但在天。养怡之福,可得永年。幸甚至哉,歌以咏志。

【注释】曹操的诗有一种震撼人心的巨大力量,使后代无数英雄志士为之倾倒。据《世说新语》记载:东晋时代重兵在握的大将军王敦,每酒后辄咏曹操"老骥伏枥,志在千里。烈士暮年,壮心不已"。神龟:传说中的一种长寿龟。竟:终极。腾蛇:传说中的一种能驾雾飞行的蛇。骥:千里马。伏枥:卧在马棚里,形容马老病的状态。烈士:有志建功立业的人。盈缩之期:指人的寿命长短。怡:愉快。永年:长寿。幸甚至哉!歌以咏志:这两句是为配合音乐的节律而附加的,每一章后面都有,跟正文没有什么关系。

【译文】神龟的寿命虽然长,但总有终结的一天。腾蛇能够驾雾飞行,死了也化作灰土。年老的千里马伏在马棚里,它的雄心壮志仍在日行千里,心怀大志的壮士到了晚年,奋发的雄心仍旧不止息。人的寿命长短,并不由上天决定,保养得好,也可延年益寿。想到此觉得十分幸运,歌咏一曲来表达我的志向。

【赏析】曹操当时击败袁绍父子,平定北方乌桓,踌躇满志,乐观自信,便写下这一组诗,抒写胸怀建功立业的豪情壮志。此时曹操已经53岁了,不由想起了人生的路程,所以诗一开头便无限感慨道:"神龟虽寿,犹有竟时。腾蛇乘雾,终为土灰。"《庄子·秋水篇》说:"吾闻楚有神龟,死已三千岁矣。"曹操认为,说神龟纵活三千年,可还是难免一死呀!秦始皇、汉武帝,服食求仙,而独曹操对生命的自然规律有清醒的认识。

"老骥伏枥,志在千里。烈士暮年,壮心不已。"曹操自比一匹上了年纪的千里马,虽然形老体衰,屈居枥下,但胸中仍然激荡着驰骋千里的豪情。

"盈缩之期,不但在天。养怡之福,可得永年。"这首诗始于人生哲理的感叹,继发壮怀激烈的高唱,复而回到哲理的思辨。曹操对人生的看法颇有辩证的思维,人总是要死的。人在有限的生命里,要充分发挥主观能动性,去积极进取,建功立业,尊重自然规律。并认为一个人寿命的长短虽然不能违背客观规律,但也不是完全听凭上天安排。如果善自保养身心,使之健康愉快,不是也可以延年益寿吗?曹操所说的"养怡之福",不是指无所事事,坐而静养,而是说一个人精神状态是最重要的,不应因年暮而消沉,而要"壮心不已",要有永不停止的理想追求和积极进取精神,永远乐观奋发,自强不息,保持思想上的青春。

例文四：

乌夜啼　李煜

无言独上西楼,月如钩,寂寞梧桐深院锁清秋。　　剪不断,理还乱,是离愁,别是一般滋味在心头。

【注释】无言:无话。月如钩:残月如钩。残月总是和忧郁结下不解之缘。深院:指作者被囚禁的庭院。清秋:凉爽的秋天。

【译文】没有可以倾诉的亲朋好友,我默默无言地独自登上西楼,残月如钩。寂寞的梧桐像是把寒冷的深秋锁在了这座小院中。剪不断,理还乱的是离愁之情,心里有一番无可名状的忧愁无处抒发。

【赏析】词的上片写愁景,以凄婉的笔触烘托环境;下片写离情,以暗喻手法寄托哀思。"无言独上西楼,月如钩,寂寞梧桐深院锁清秋。""无言"并非无言可诉,是恨其亲朋故旧不在身边。因而"独上"更显形单影只、茕茕一身之情境。"独上"既补充说明了"无言",又深化揭示了两者互为因果的关系。登上"西楼",他看见了两种意象:一是如钩残月,凄冷幽光,正好与"西楼"上人的愁苦心境一致。二是"寂寞梧桐深院锁清秋"。诗人偏以"寂寞"形容梧桐,采用拟人化手法,把梧桐想象成为一个历尽沧桑、淡于世情、甘居寂寞的老人,以衬托自己不耐寂寞的炽热心怀。可是如钩的残月,像是梧桐老人手中的一把锁,锁住了"清秋"。尽管"清秋"是一种时间存在,"深"字是一种空间存在,两者但皆被"锁"在一个不可名状的"寂寞"里,怎不使人感慨万千呢？

"剪不断,理还乱,是离愁,别是一般滋味在心头。"下片的"离愁"千丝万缕"剪不断",千头万绪"理还乱",因离别而思念的愁绪,这写法并非始于李煜。早在六朝民歌中就采用"丝"来谐"思"了。它把诗人种种瞻前顾后、抚今思昔的希冀、缅怀、惆怅、失望、忧虑等复杂而微妙的思想感情,都十分含蓄而非常明确地包蕴在诗句里了,使之成为民族俗语中的千古名句。但是,古往今来所有在日常生活经验里经历过"离愁"和经受过相思之苦煎熬的人们,往往会升腾起一种惆怅迷惘的情感,令人追恋和憧憬。

第三节　正　衬

我们在生活中有这样的经验,单独观察某一件事物,常常不能得到深刻印象,而把两件相同或者相异的事物联系在一起,加以对比考察,印象常常是深刻的。将这种方法运用到诗歌创作中就有了"映衬"这样的修饰手法。"映衬"指用事物间相似或对立的条件,以一些事物为陪衬来突出主体事物的手法。这种手法的艺术效果,有时是使相似或者相异的两个方面相辅相成,相得益彰;但是更多的时候是使其中的一个方面更加突出,更加鲜明。

"映衬"分为正衬和反衬。正衬是用同类的相近或相似的事物来作陪衬,以正衬正,以反衬反,以美衬美,以丑衬丑。比如李白《梦游天姥吟留别》:"天姥连天向天横,势拔五岳掩赤城。天台一万八千丈,对此欲倒东南倾。"这里诗人并没有直接说天姥山怎样高,而是用以高峻著称的五岳、天台来衬托天姥山,从而把天姥山写得耸立天外,直插云霄,壮丽非凡。再如崔护《题都城南庄》:"去年今日此门中,人面桃花相映红。人面不知何处去,桃花依旧笑春风。"这是一首抒情诗,在看似叙事中作者通过去年今日和今年今日的对照,凸显出今年今日此时此刻桃花"依旧"而人面不在的感伤之情。这里重点是通过对比,以去年的欢快衬托(反衬)出今年的落寞感伤、怅然无奈!

正衬是以美好的景物衬托快乐,以凄凉的景物衬托悲哀。在诗词曲中,常用的正衬形式有:以景物衬托心景,即以美景衬托欢乐之情,以衰景衬托愁情。运用正衬和反衬,都能使要表现的事物更加鲜明突出。在运用中,我们需要注意衬托与被衬托的关系,它们是"次"与"主"的关系。文章着力描写"次",是为了突出"主"。要将"红花"衬托得鲜艳夺目,就应先把"绿叶"描画得碧绿油亮。

例文一:

双调·水仙子·夜雨　　徐再思

一声梧叶一声秋,一点芭蕉一点愁,三更归梦三更后。　　落灯花,棋未收,叹新丰孤馆人留。枕上十年事,江南二老忧,都到心头。

【注释】一点:指雨点。灯花:油灯结成花形的余烬。新丰孤馆:用唐初大臣马周的故事。新丰,在陕西新丰镇一带。马周年轻时,生活潦倒,外出时曾宿新丰旅舍,店主人见他贫穷,供应其他客商饭食,独不招待他,马周要酒一斗八升,悠然独酌。二老:指年老的双亲。

【译文】夜雨打在梧桐叶上,一声声都宣告着秋天的来临,打在琵琶上,一点点地渲染出愁思。半夜时分梦里好像回到了故乡,醒来之间灯花垂落在地。刚才下的一盘残棋还未收拾,可叹我像马周一样夜宿新丰旅馆,身无分文。靠在枕上想起十年来经历的事,又想到二老还留在江南老家,这些忧愁,都一一浮上心头。

【赏析】这是一首写游子思乡的小令。作者以流畅的语言将旅人思乡的感情表现得淋漓尽致。"一声梧桐一声秋,一点芭蕉一点愁,三更归梦三更后。"开头三句,写诗人在雨夜借宿他乡,半夜三更听到外边风吹梧桐叶,雨打芭蕉声,不禁愁肠百结,夜不能寐。梧桐在古典诗词中是凄凉悲伤的象征。如李清照《声声慢》:"梧桐更兼细雨,到黄昏、点点滴滴。"写梧桐叶落,细雨黄昏,满目凄凉,更添愁思。所以这里的雨滴梧桐,渲染了因绵绵的乡思、悠悠的乡情所带给作者的无穷的悲哀。开头三句,连用几个相同的数词和量词,音调错落和谐,正好表现忐忑难安的心情。一声秋意,一点愁恩,而桐叶声声,蕉雨滴滴,则秋意无边,愁思无限。

"落灯花。棋未收,叹新丰孤馆人留。"第四、五、六、七句写归梦忽醒,回到了独宿客舍的现实情景。梦醒后,首先看到一盏残灯,由灯光看到凌乱的棋局,由棋局而想到自己的处境。从侧面刻画思乡者梦前以棋解闷,梦后独对孤灯的神态。"叹新丰孤馆人留",联想到唐初大臣马周的遭遇。这里暗示了诗人百无聊赖、备受冷落的情怀,抒发了对穷愁潦倒生活的不满。

"枕上十年事,江南二老忧,都到心头。"最后三句写雨夜梦醒,勾起作者无限的愁思。人生的酸甜苦辣一时涌上心头,回想平生成败的经历,他仿佛看到和妻子在枕上喁喁细语的景象,看到双亲在家里为他担惊受怕的面容。作者心潮澎湃,再也不能入睡。这里诗人采用正衬手法,不写自己如何思念双亲,而写二老为游子担心,于是使文意更加婉曲,读来令人回肠荡气。"都到心头",四字戛然而止,令人回味无穷。而此曲把游子思绪刻画得细致入微,颇具典型意义。曲中以最少的数词却能包涵最大的容量,细腻真切地反映了作者因思乡而断肠的情怀。全曲语言朴实无华,自然流畅,感情真挚动人。

例文二：

望洞庭湖赠张丞相　　孟浩然

八月湖水平，涵虚混太清。气蒸云梦泽，波撼岳阳城。
欲济无舟楫，端居耻圣明。坐观垂钓者，徒有羡鱼情。

【注释】张九龄：即张丞相，唐玄宗开元二十一年(733)任丞相。也是著名诗人，官至中书令，为人正直。孟浩然想进入政界，实现理想，希望有人能给予引荐。他在入京应试之前写这首诗给张九龄，就含有这层意思。涵虚：包含天空，指天倒映在水中。太清：天空。云梦：古代的两个大沼泽，在湖北省长江南北两侧，江北为云，江南为梦，合称"云梦泽"。后来大部分变成陆地。今属江汉平原及周边一带。岳阳城：今湖南岳阳市，在洞庭湖东岸。济：渡河。端居：平常居处，闲居。耻圣明：有愧于圣明之世。徒：白白的。羡鱼：羡慕鱼被钓上来，寓意自己能被当政者看上。坐观：旁观。

【译文】八月洞庭湖水盛涨与岸齐平，水面含混迷蒙接连天空。云梦大泽水气蒸腾白白茫茫，波涛汹涌似乎把岳阳城撼动。我想渡水苦于找不到船与桨，圣明时代闲居委实羞愧难容。闲坐观看别人辛勤临河垂钓，只能白白羡慕河中的鱼被钓上来。

【赏析】"八月湖水平，涵虚混太清。气蒸云梦泽，波撼岳阳城。"前四句描绘洞庭湖的壮观景象，开头两句交代了时间，描写了浩瀚的湖水。湖水和天空浑然一体，景象宏阔浩然。三四两句继续写湖的广阔，但目光又由远而近，从湖面写到湖中倒映的景物：笼罩在湖上的水气蒸腾，吞没了云、梦二泽，波涛奔腾，涌向东北岸，整个城市都好像漂浮在水面上，微风吹起波澜，水中映出天空晃动的影子，好像要摇动岳阳城似的。

"欲济无舟楫，端居耻圣明。坐观垂钓者，徒有羡鱼情。"下面四句，转入抒情。面对浩瀚的洞庭湖，自己意欲横渡，可是没有船只；生活在圣明时世，想贡献力量，但没有人推荐，也只好在家闲居，这实在有愧于这样的好时代。言外之意希望有人予以引荐。在这圣明的太平盛世，自己不甘心闲居无事，要出来做一番事业。这两句正式向张丞相表白心事，说明自己目前虽然是个隐士，出仕求官还是心焉向往的。最后两句，说自己坐在湖边观看人垂钓，却白白地看着河中的鱼被钓上来而徒生羡慕。

这首诗触景生情，情在景中。前四句写景，状洞庭湖气势之大；后四句写景中有情。把洞庭湖的景致写得气势磅礴，雄浑壮美，与岸齐平，水天一色，正衬出了诗人积极进取的精神状态，表明诗人正当年富力强，愿为国家效力，做一番事业。

例文三

清平乐　　李煜

别来春半，触目柔肠断。砌下落梅如雪乱，拂了一身还满。　　雁来音信无凭，路遥归梦难成。离恨恰如春草，更行更远还生。

【注释】春半：春天的一半。柔：柔肠，原指温柔的心肠，此指绵软情怀。砌下：台阶下。砌，台阶。落梅：指白梅花，开放较晚。拂了一身还满：指把满身的落梅拂去了又落了满身。无凭：没有凭证，指没有书信。古代有凭借雁足传递书信的故事。《汉书·苏武传》记载："天子射上林中,得雁,足有系帛书。"故见雁就联想到了所思之人的音信。遥:远。归梦难成:指有家难回。更行更远:指行程越远。还生:生得很多。

【译文】离别以来,春天已经过半,映入眼中的景色激起柔肠寸断。阶下落梅就像飘飞的白雪一样零乱,将它拂去了,又飘洒满一身。鸿雁已经飞回,音信却无,路途遥远,亲人归梦也难成。离别的愁恨正像春天的野草,越行越远它越是繁生。

【赏析】这是怀人念远之作,一般认为是作者牵记其弟李从善入宋不得归,故触景生情而作。"别来春半,触目柔肠断。砌下落梅如雪乱,拂了一身还满。"上片点出春暮及相别的时间,此时正是春季过半时节。作者开门见山地写出了特定的环境和心情。梅花飘落,纷飞如雪,竟落满了一身。既写了时当使人肠断的景致,也写了久站花前的离愁情绪。这恰好衬托出诗人心烦意乱、愁思百结的心绪。作者把白梅的落花比作雪花,自然形象"乱"与"还"字,是在常景中寄寓了作者特有的感情。

"雁来音信无凭,路遥归梦难成。离恨恰如春草,更行更远还生。"下片写作者心中所怀的别愁离恨。原来作者盼望来信,并希望能在梦中见到亲人。古人认为人们在梦境中往往是相通的。对方作不成"归梦",自己也就梦不到对方了。梦中一见都不可能,这就强烈地表现了作者的思念之切,就好比春草那样无边无际,更叫人思念万分。结句比喻浅显生动。全词以离愁别恨为中心,线索明晰而内蕴,上下两片层层递进而又浑成一体。诗人用正衬的手法表现那触目生愁的情怀。两者相形,倍觉愁肠寸断的凄苦和离恨常伴的幽怨。

第四节 反 衬

反衬,即用跟主体事物相反或相对的事物来陪衬。反衬可以理解为欲擒先纵,即从愉快的景象起笔,转到展露悲戚心境,好景与愁情的互相衬托,互相映衬,使愁更愁,使苦更苦。例如辛弃疾《鹧鸪天》中:"城里桃李愁风雨,春在溪头荠菜花。"再如:"已是悬崖百丈冰,犹有花枝俏。"(毛泽东《卜算子·咏梅》)以悬崖恶劣的环境衬托梅花坚强的品质,突出梅花那种顽强的精神和强大的生命力。

反衬的表现形式多种多样,主要有情景反衬、时空反衬、色彩反衬、数量反衬、声音反衬、动静反衬、多重反衬等。

情景反衬。以景托情是主要的反衬之一。清代王夫之《姜斋诗话》指出:"以乐景写哀,以哀景写乐。一倍增其哀乐。"例如,李商隐的《春日寄怀》:"纵使有花兼有月,可堪无酒又无人。"月光下花影婆娑,但想起自己流落异乡,无亲无故,更没有美酒可以开怀畅饮,于是美景只能增添相思的愁情。

时空反衬。主要是从空间或者时间上将两个事物进行映衬。例如,杜甫的《衡州送礼大夫七仗勉赴广州》:"日月笼中鸟,乾坤水上萍。"天空中日月运行,而自己却像一只被关在狭窄的笼子里的小鸟一样,不能自由飞翔。乾坤莽莽,而自己却像一叶浮萍,漂浮在水面上,无处安身。杜甫借用反衬,把晚年穷困潦倒的悲惨境遇写得淋漓尽致。李白《越中览古》:"越王勾践破吴归,义士还家尽锦衣。宫女如花满春殿,只今惟有鹧鸪飞。"是时间上的反衬。前三句都是写喜情喜景,最后一句却是哀景哀情。今昔形成了鲜明的对照。

数量反衬。主要是通过数量大小的反差对比,引起读者的强烈共鸣。例如,白居易《长恨歌》:"后宫佳丽三千人,三千宠爱在一身。""三千"与"一身"就是数量反衬,反映出杨贵妃的美丽和妖媚使唐明皇宁愿放弃朝政之事,视三千佳丽的美而不顾,只宠爱一个杨贵妃。

色彩反衬。例如杜甫的《绝句》:"江碧鸟愈白,山青花欲燃。"鸟白更反衬出山色的青。在如王安石《石榴》:"万绿丛中一点红,动人春色不须多。"用万丛翠绿映衬出花的鲜红。

多重反衬。在某些诗句中存在着多种反衬形式。例如,王维的《鸟鸣涧》:"人闲桂花落,夜静春山空。月出惊山鸟,时鸣春涧中。"只有寂静的春山,才有桂花落下的"声音";也只有空旷的春山,才能使月亮升起时发出的"声音"惊动了山鸟,使它发出叫声。无声衬出有声,有声更显无声。同时还存在着动静反衬。"桂花落"与"人闲"是动静反衬;"月"与"山"是动静反衬。

例文一:

竹枝词(三)　　刘禹锡

杨柳青青江水平,闻郎江上唱歌声。东边日出西边雨,道是无晴却有晴。

【注释】这组词是刘禹锡于贞元年间在巫山做官时,效仿屈原的《九歌》,依照当时流传于民间的《竹枝词》曲谱填写的,这是第三首。

【译文】杨柳青青,江水无波。在水边的少女听到江上传来男友的歌声。虽然在下雨,但东边还有晴天,也可作道是无晴胜有晴。晴,情是个同音字,以晴来喻情。

【赏析】《竹枝词》是巴渝之地(今重庆市所辖三峡流域)民歌中的一种。据说,当地民间唱《竹枝》歌时,常伴以舞蹈,吹短笛伴奏,节奏鲜明欢快,歌声激越清脆。刘禹锡于穆宗长庆二年(822)正月至长庆四年(824)夏在夔州任刺史。《竹枝词》两组共11首,是在夔州所作。歌词内容丰富,表现普通百姓生活中的喜怒哀乐,有游子思乡之情,有爱情的欢乐与忧愁,有对世态炎凉、人情冷暖的感慨,有民俗风情的写照,有劳动生活的场景。歌词的风格明快活泼,具有浓郁的生活气息和鲜明的民俗特色。如同屈原作《九歌》一样,刘禹锡从当地民歌中汲取素材,变民俗风情为文人风雅,创作出有别于文人文学的民歌体诗歌,显示了文学创作中雅俗互补的重要意义。

"杨柳青青江水平,闻郎江上唱歌声。"写的是一位少女爱上了一个人,但对方尚未表态。她期盼又难耐,心情极为复杂。在这令人陶醉的美景中,她忽然听到江上传来熟悉的歌声,心中怦然一动,情不自禁地举目探寻。第一句写出好眼前的美景:江边的杨柳轻轻飘拂,江中流水,平如镜面。第二句写好听到的动情的歌唱。所见所闻都勾起了她对恋人的思念。

"东边日出西边雨,道是无晴还有情。"写少女的心理活动。诗人借这种自然景象,写少女的迷惘。东边是晴天,可西边还下着"雨";说"无晴"吧,可又传来悦耳的歌声,似乎又"有晴",弄得少女捉摸不定。表现了一个初恋少女的心态。人物的心理描写极为细腻,也极容易引起共鸣。"东边日出"与"西边雨"是一种反衬,是说虽然西边还下雨,可是东边已经雨过天晴了。用西边下雨的无晴(情)反衬出东边日出的有晴(情)。

例文二：

卖花声　　张舜民

木叶下君山，空水漫漫。十分斟酒敛芳颜。不是渭城西去客，休唱《阳关》。　　醉袖抚危栏，天淡云闲。何人此路得生还？回首夕阳红尽处，应是长安。

【注释】《阳关》：《阳关曲》，本是唐代王维所作的《送元二使安西》诗，谱入乐府时名《渭城曲》，又名《阳关曲》，送别时歌唱。君山：在洞庭湖中。十分斟酒：把酒斟得满满的。敛：收敛。敛芳颜：即敛眉、敛容。醉袖：衣袖飘忽，像是带着醉意。抚：手扶。红尽处：如血晚霞染红的极远极远的地方。

【译文】君山上的树叶纷纷掉落，水空迷蒙一片。歌女为我把酒倒满，但却收敛了芳颜没有笑容。不是出了渭城向西去的人，不要听《阳关三叠曲》触景生情。醉扶栏杆向远眺望，淡淡的天空中，闲散的白云静静飘浮。但踏上了这条路，从古至今有多少人是活着回来的呢？回头看看夕阳落下的尽头处，那应该是长安城。

【赏析】此词作于元丰六年（1083）作者被贬往郴州，途经岳阳楼时。词中道出了谪贬失意的心情，是题咏岳阳楼的词中颇具代表性的一篇。"木叶下君山，空水漫漫。"上片开头二句，刻画了一幅叶落洞庭、水空迷蒙的秋日景象，烘托出作者当时悲凉的心境。"十分斟酒敛芳颜。"第三句写词人正在楼内饮宴，因是谪降官，又将离此南行，所以宴席上的气氛沉闷。歌妓给他斟上了满满的一杯酒，"十分"二字，形容酒斟得很满，也说明满杯敬意。

"不是渭城西去客，休唱《阳关》。"四、五两句，联系作者的身世，他因写了一些所谓反战的"谤诗"，被从西夏作战的前线撤下；如今他不但不能西出阳关，反而南迁郴州。这两句是正话反说，是一种反衬手法。抒发的是作者胸中久抑的悲慨与不满。

"醉袖抚危栏，天淡云闲。何人此路得生还！"这几句写词人带着醉意凭栏独立。仰望天空，只见天淡云闲；回首长安，又觉难舍难分。"醉袖"二字，极具想象力。作者在此不说醉脸、醉眼、醉手，而言"醉袖"，以衣饰代人，是一个非常形象的修辞方法。从衣着局部看到人物的面部表情，更易使人产生联想并产生美感。

"回首夕阳红尽处，应是长安。"结尾两句揭示出作者内心深处的矛盾。词人将对故乡的眷恋，对遭贬的怨愤和对君王的期待，全盘托出来。全词写得层次分明，情意厚重，深挚含蓄，悲壮凄凉，具有较强的艺术感染力。

例文三：

古风(第二十四)　　李白

大车扬飞尘，亭午暗阡陌。中贵多黄金，连云开甲宅。
路逢斗鸡者，冠盖何辉赫。鼻息干虹霓，行人皆怵惕。
世无洗耳翁，谁知尧与跖！

【注释】亭午：是正午。阡陌：原指田间小路，这里泛指京城大道。中贵："中贵人"的省称，指有权势的太监。连云：状其量，宅第高而且广，直连霄汉。甲宅：指头等的宅第。斗鸡者：善于斗鸡的人。冠盖：衣冠和车盖。辉赫：光彩照人的样子。鼻息：鼻中呼吸之气，在此指斗鸡者嚣张的气焰。干：冲犯。怵惕(chùtì)：恐惧。洗耳翁：指尧时的隐士许由，在箕山种田，尧请他当九州长，许由认为这是玷污了他的耳朵，特地到颍水边去洗耳朵(见《庄子》)。

尧:相传是古代贤君。跖 zhí:传说是中古代时的大盗,实际可能是古代奴隶起义领袖。这里用"尧"代表贤人,"跖"代表坏人。

【译文】一辆华丽的大车疾驰而去,扬起的尘土之大,正午时分都看不见淹没在灰尘中的道路。车中坐着的权贵有钱有势,豪华的家宅高耸入云。路上遇见了斗鸡者,华丽的车盖在阳光照耀下光彩夺目。鼻息吹动了天上的云彩,行人见了他没有一个不惶恐的。世上再没有许由那样高洁的人了,谁还分得清圣贤与盗贼呢。

【赏析】唐玄宗的后期,政治开始腐败。受宠宦官凭藉权势,大肆勒索百姓。唐玄宗还喜好斗鸡,一些宦官和鸡童恃宠骄恣,不可一世。当时李白在长安,深感上层统治者的腐败,这首《古风》深刻讽刺当时现实。

"大车扬飞尘,亭午暗阡陌。"诗的开端,展示了一个尘土飞扬的场景。而这样大的尘土是"大车"扬起的,这又写出了大车之多与行驶的迅疾。使得正午时分,都看不清"阡陌"。这是写景,为后面即将出现的人物作铺垫。

"中贵多黄金,连云开甲宅。"诗人写出了乘车人是宦官,他们有势有钱,他们正驱车返回豪华的宅第。这里诗人既没有直接描写车中的宦官,也没有描写路上的行人,只是通过写飞扬的尘土、连云的宅第,来渲染气氛反衬出人物的飞扬跋扈。

"路逢斗鸡者,冠盖何辉赫!"这个场景写鸡童,从两方面进行正面描写:一是写服饰。斗鸡人与宦官不同,他是缓辔放马而行,好像故意要显示他的权势和服饰的华贵。他们的车盖衣冠在"亭午"阳光的照耀下,光彩夺目!

"鼻息干虹霓,行人皆怵惕。"李白先用一个夸张的手法,鼻息吹动了天上的云霞,活现出斗鸡人不可一世的骄横神态;行人惶恐不安;随后进一步用行人的心理把鸡童的势焰衬托得淋漓尽致。

"世无洗耳翁,谁知尧与跖。"最后两句写诗人的感慨。诗人鄙夷地把宦官、鸡童等佞幸小人看成是残害人民的强盗,同时也暗中讽刺当时最高统治者不辨"尧与跖"的昏庸。

这首诗通过对中贵和斗鸡人的描绘,深刻讽刺了佞幸小人得势后的嚣张气焰,对当时的黑暗政治表示了愤慨。诗的前八句叙事,后两句议论。叙事具体、形象,饱含讽刺,最后的议论一气贯注,把感情推向了高潮,丰富了诗的内容,提高了主题思想的意义。

例文四:

题李凝幽居   贾岛

闲居少邻并,草径入荒园。鸟宿池边树,僧敲月下门。
过桥分野色,移石动云根。暂去还来此,幽期不负言。

【注释】贾岛(779—843),字阆仙。范阳(今河北省涿州市)人。早年为僧,号无本,后还俗。其诗的特点是写荒凉枯寂之境,颇多奇僻之句。著有《长江集》。云根:古人认为"云触石而生",故称石为云根。这里指石根云气。幽期:再访幽居的期约。言:指期约。

【译文】幽闲地隐居在此地,很少有邻居往来,只有一条长满杂草的小路,通向荒芜的庭园。鸟儿歌宿在池塘边的树上,僧人在月下敲响院门。走过院中的小桥,原野呈现出迷人的景色,云脚飘动,好像山石在移动。我今天暂时告别,以后约定好再来拜访。

【赏析】本诗通过描写李凝山居环境的幽僻与宁静,表达作者归隐山林的向往。"闲居少邻并,草径入荒园。"诗人来访"幽居",由外而内,故首联先写邻居极少,人迹罕至,通向"幽居"的小路野草丛生。这一切,都突出一个"幽"字。"荒园"与"幽居"是一回事。

"鸟宿池边树,僧敲月下门。"次联写诗人月夜来访,到门之时,池边树上的鸟儿已入梦乡。自称"僧"而于万籁俱寂之时来"敲"月下之门,惊动"宿鸟"。这里以喧衬寂,以动显静,更显寂静。而"幽居"之"幽",也得到进一步表现。

"过桥分野色,移石动云根。"第三联敲门之后未写开门、进门,而用诗中常见的跳跃法直写游园。"荒园"内一片"野色",月下"过桥",将"野色""分"向两边。"荒园"内有石山,月光下浮起蒙蒙夜雾。"移"步登山,触"动"了石根云气。这一联,较典型地体现了贾岛琢字炼句,力避平易,务求奇僻的诗风。而用"分野色"、"动云根"表现"幽居"之"幽"。构思新奇,写景如画,堪称警句。

"暂去还来此,幽期不负言。"便知作者来访李凝,游览了他的"幽居",告别时说:我很喜欢这里,暂时离去,以后还要来的,绝不负约。诗人也表达了他内心想往幽居,羡慕宁静生活的一种闲情。

例文五:

摸鱼儿·雁秋词　　元好问

问世间,情是何物,直教生死相许?天南地北双飞客,老翅几回寒暑。欢乐趣,离别苦,就中更有痴儿女。君应有语,渺万里层云,千山暮雪,只影向谁去?　　横汾路,寂寞当年箫鼓,荒烟依旧平楚。招魂楚些何嗟及,山鬼暗啼风雨。天也妒,未信与,莺儿燕子俱黄土。千秋万古,为留待骚人,狂歌痛饮,来访雁邱处。

【注释】这首词作于金章宗泰和五年(1205),当时元好问年仅十六岁。在赴并州(今山西太原)应试途中,他被一只大雁殉情的事情深深感动。他买雁葬于汾水旁,并写了这首词。词作高度赞美了大雁殉情之可贵,谱写了一曲坚贞爱情的颂歌。君:指殉情的大雁。横汾路:指当年汉武帝巡幸处。"寂寞当年箫鼓"是倒装句,即当年箫鼓寂寞。楚:即丛莽,平楚就是平林。在汾水一带,当年本是帝王游幸欢乐的地方。

【译文】问世间各位,爱情到底是什么,竟能让这大雁以生死来对待。天南地北比翼双飞,相伴着度过了多少个春夏秋冬。既有欢乐的情感,也有离别的痛苦,才知道大雁夫妇的深情就如同人世间的痴情儿女一样。大雁殉情前,应是想到,曾经飞越万里高的云层,跨越千重山万重雪的伴侣已不在,从今以后,形单影只,独活于世也没有什么意义了。当年汉武帝巡幸汾水一带,曾经箫鼓喧天的热闹场景早已不在了,只剩一片荒原野林。汉武帝早已作古,招魂也无济于事,山鬼也妄自悲鸣。上天也忌妒这对飞雁的深情,不会让它们同寻常的莺燕一样死后归于尘土。千朝万代后,也许会有和我一样的文人骚客,尽情地饮食喝酒,来祭奠这一对大雁爱侣的痴情。

【赏析】"问世间,情是何物,直教生死相许。"大雁的生死至情,深深地震撼作者,他将自己的震惊、同情、感动,化为有力的诘问,问自己、问世人、问苍天,究竟"情是何物"?汤显祖在《牡丹亭·题词》中所说:"情之所至,生可以死,死可以复生,生不可以死,死不可以生者,皆非情之至也。"作者的诘问引起读者深深的思索,引发出对世间生死不渝真情的热情讴歌。

"天南地北双飞客,老翅几回寒暑。"大雁秋天南下越冬而春天北归。比翼双飞是大雁夫妻相爱的理想色彩。"天南地北"从空间落笔,"几回寒暑"从时间着墨,用高度的艺术概括,写出了大雁相濡以沫的生活历程,为下文的殉情作了必要的铺垫。

"欢乐趣,别离苦,是中更有痴儿女。"是说大雁长期以来共同生活,有团聚的快乐,也有离别的酸楚,在平平淡淡的生活中形成了难以割舍的一往深情。"痴儿女"三字包含着词人的哀婉与同情,作者采用了映衬手法,不仅歌颂了大雁夫妻之间的美好爱情,同时也使人联想到人世间更有许多真心相爱的痴情男女。

"君应有语,渺万里层云,千山暮雪,只影为谁去?"此四句烘托出了大雁心理活动的轨迹,交代了殉情的深层原因。失去一生的至爱,孤雁抉择以死殉情。殉情的真正原因:相依相伴,形影不离的情侣已逝,自己形孤影单,前路渺茫。词人借助对历史盛迹的追忆与对眼前自然景物的描绘,渲染了大雁殉情的不朽意义。用当年武帝巡行,煊赫一时,转瞬间烟消云散,反衬了真情的万古长存。

"横汾路,寂寞当年箫鼓,荒烟依旧平楚。"据《史记·封禅书》记载,汉武帝曾率文武百官至汾水边巡祭后土,武帝做《秋风辞》,其中有"泛楼船兮济汾河,横中流兮扬素波,箫鼓鸣兮发棹歌。"可见当时是箫鼓喧天,棹歌四起,山鸣谷应,何等热闹。而今天却是四处冷烟衰草,一派萧条冷落景象。

"招魂楚些何嗟及,……来访雁邱处。"古与今,人与雁,更加感到鸿雁殉情的凄烈。但是死者不能复生,招魂无济于事,山鬼也枉自悲鸣,在这里,作者把写景与写情融为一体,更增加了悲剧气氛。词的最后,是作者对殉情鸿雁的礼赞,他说鸿雁之死,其境界之高,上天也会嫉妒,虽不能说重于泰山,也不能跟莺儿燕子之死一样同归黄土了事。它的美名将"千秋万古",被后人歌咏传颂。

 我要试试!

习题一《陶者》梅尧臣:陶尽门前土,屋上无片瓦。十指不沾泥,鳞鳞居大厦。

习题二《山房春事》岑参:梁园日暮乱飞鸦,极目萧条三两家。庭树不知人去尽,春来犹发旧时花。

习题三《竹枝词》刘禹锡(一):山桃红花满上头,蜀江春水拍山流。花红易衰似郎意,水流无限似侬愁。

习题四《竹枝词》刘禹锡(二):山上层层桃李花,云间烟火是人家。银钏金钗来负水,长刀短笠去烧畬。

习题五《北邙山》沈佺期:北邙山上列坟茔,万古千秋对洛城。城中日夕歌钟起,山上惟闻松柏声。

习题六《越中览古》李白:越王勾践破吴归,战士还家尽锦衣。宫女如花满春殿,只今惟有鹧鸪飞。

习题七《浣溪沙》晏殊:一曲新词酒一杯,去年天气旧亭台。夕阳西下几时回? 无可奈何花落去,似曾相识燕归来。小园香径独徘徊。

习题八《衡州送李大夫七丈勉赴广州》杜甫:斧钺下青冥,楼船过洞庭。北风随爽气,南斗避文星。日月笼中鸟,乾坤水上萍。王孙丈人行,垂老见飘零。

习题九《买花》白居易:帝城春欲暮,喧喧车马度。共道牡丹时,相随买花去。贵贱无常价,酬值看花数。灼灼百朵红,戋戋五束素。上张幄幕庇,旁织笆篱护。水洒复泥封,移来色如故。家家习为俗,人人迷不悟。有一田舍翁,偶来买花处。低头独长叹,此叹无人谕。一丛深色花,十户中人赋。

习题十《永遇乐》李清照:落日镕金,暮云合璧,人在何处?染柳烟浓,吹梅笛怨,春意知几许!元宵佳节,融和天气,次第岂无风雨?来相召,香车宝马,谢他酒朋诗侣。　　中州盛日,闺门多暇,记得偏重三五。铺翠冠儿,捻金雪柳,簇带争济楚。如今憔悴,风鬟霜鬓,怕见夜间出去。不如向帘儿底下,听人笑语。

第七章　诗词格律简要

第一节　概　述

中国最早的诗歌是古体,不论四言、五言或七言,都是比较自由的诗体。到南朝齐代永明年间(公元483—493),沈约等人发现了汉字的四声——平、上、去、入,并认为由于汉字四声的相互交错使用,可以使诗句声调抑扬顿挫,产生音乐般的节奏感。唐代以后,诗歌分为两大类:古体诗和今(近)体诗。古体诗是继承汉魏六朝的诗体;今体诗是从唐代以来创新的诗体。

一、古体诗分为两类:五言古诗,简称五古;七言古诗,简称七古。五言古诗每句五个字,全诗字数不拘多少。例如:

《月下独酌》　　李白
花间一壶酒,独酌无相亲。举杯邀明月,对影成三人。
月既不解酒,影徒随我身。暂伴月将影,行乐须及春。
我歌月徘徊,我舞影零乱。醒时同交欢,醉后各分散。
永结无情游,相期邈云汉。

七言古诗每句七个字,全诗字数不拘多少。例如:

《白雪歌送武判官归京》　　岑参
北风卷地白草折,胡天八月即飞雪。忽如一夜春风来,千树万树梨花开。
散入珠帘湿罗幕,狐裘不暖锦衾薄。将军角弓不得控,都护铁衣冷难着。
瀚海阑干百丈冰,愁云惨淡万里凝。中军置酒饮归客,胡琴琵琶与羌笛。
纷纷暮雪下辕门,风掣红旗冻不翻。轮台东门送君去,去时雪满天山路。
山回路转不见君,雪上空留马行处。

此外还有一种杂言诗,诗中既有五字句,又有七字句,甚至还有三字句、四字句、六字句、八字句、九字句不等。但是,一般都把杂言诗归入七言古诗。

二、今体诗分为两类:律诗和绝句。律诗也分为两类:五言律诗,简称五律;七言律诗,简称七律。五言律诗每句五个字,共八句;有一种五言长律,又成为五言排律,每句五个字,全诗共十二句,也可以更多。七言律诗每句七个字。共八句,五十六个字。例如:

《春望》　　杜甫
国破山河在,城春草木深。感时花溅泪,恨别鸟惊心。
烽火连三月,家书抵万金。白头搔更短,浑欲不胜簪。

《登高》　　杜甫

风急天高猿啸哀,渚清沙白鸟飞回。无边落木萧萧下,不尽长江滚滚来。万里悲秋常作客,百年多病独登台。艰难苦恨繁霜鬓,潦倒新停浊酒杯。

绝句分两类:五言绝句,简称五绝;七言绝句,简称七绝。五言绝句每句五个字,全诗四句,共二十个字。七言绝句每句七个字,全诗四句,共二十八个字。例如:

《夜宿山寺》　　李白

危楼高百尺,手可摘星辰。不敢高声语,恐惊天上人。

《逢雪宿芙蓉山》　　刘长卿

日暮苍山远,天寒白屋贫。柴门闻犬吠,风雪夜归人。

《九月九日忆山东兄弟》　　王维

独在异乡为异客,每逢佳节倍思亲。遥知兄弟登高处,便插茱萸少一人。

《望庐山瀑布》　　李白

日照香炉生紫烟,遥看瀑布挂前川。飞流直下三千尺,疑是银河落九天。

律诗和绝句都强调平仄。所谓"平"指的是平声(包括今天的阴平和阳平);所谓"仄"指的是上去入三声。"仄"就是不平之意。平仄的规则十分重要,可以说,没有平仄,就没有诗词格律。

第二节　今体诗的平仄

今体诗的平仄,是指句子的平仄格式。由于平仄两类声调的互相交错,形成了多变的声调,就使诗句抑扬顿挫,不至于单调乏味。

五言律诗　五言律诗共有四个句型(下画线的字表示可平可仄),即:

(1) 仄仄平平仄 (2) 平平仄仄平 (3) 平平平仄仄 (4) 仄仄仄平平

四个句子错综变化,就成为五言律诗的四种平仄格式:

(一) 首句仄起仄收式:

　　仄仄平平仄,平平仄仄平。平平平仄仄,仄仄仄平平。
　　仄仄平平仄,平平仄仄平。平平平仄仄,仄仄仄平平。

(二) 首句仄起平收式:

　　仄仄仄平平,平平仄仄平。平平平仄仄,仄仄仄平平,
　　仄仄平平仄,平平仄仄平。平平平仄仄,仄仄仄平平。

（三）首句平起仄收式：
　　平平平仄仄,仄仄仄平平。仄仄平平仄,平平仄仄平。
　　平平平仄仄,仄仄仄平平。仄仄平平仄,平平仄仄平。

（四）首句平起平收式：
　　平平仄仄平,仄仄仄平平。仄仄平平仄,平平仄仄平。
　　平平平仄仄,仄仄仄平平。仄仄平平仄,平平仄仄平。

五言绝句　五言绝句也有四个句型（下画线的字表示可平可仄），这四种平仄格式是：
（一）首句仄起仄收式：
　　仄仄平平仄,平平仄仄平。平平平仄仄,仄仄仄平平。

（二）首句仄起平收式：
　　仄仄仄平平,平平仄仄平。平平平仄仄,仄仄仄平平。

（三）首句平起仄收式：
　　平平平仄仄,仄仄仄平平。仄仄平平仄,平平仄仄平。

（四）首句平起平收式：
　　平平仄仄平,仄仄仄平平。仄仄平平仄,平平仄仄平。

七言律诗　七言律诗也有四种句型（下画线的字表示可平可仄），即：
（1）平平仄仄平平仄　　（2）仄仄平平仄仄平
（3）仄仄平平平仄仄　　（4）平平仄仄仄平平

（一）首句平起平收式：
　　平平仄仄仄平平,仄仄平平仄仄平。仄仄平平平仄仄,平平仄仄仄平平。
　　平平仄仄平平仄,仄仄平平仄仄平。仄仄平平平仄仄,平平仄仄仄平平。

（二）首句平起仄收式：
　　平平仄仄平平仄,仄仄平平仄仄平。仄仄平平平仄仄,平平仄仄仄平平。
　　平平仄仄平平仄,仄仄平平仄仄平。仄仄平平平仄仄,平平仄仄仄平平。

（三）首句仄起平收式：
　　仄仄平平仄仄平,平平仄仄仄平平。平平仄仄平平仄,仄仄平平仄仄平。
　　仄仄平平平仄仄,平平仄仄仄平平。平平仄仄平平仄,仄仄平平仄仄平。

（四）首句仄起仄收式：
　　仄仄平平平仄仄,平平仄仄仄平平。平平仄仄平平仄,仄仄平平仄仄平。
　　仄仄平平平仄仄,平平仄仄仄平平。平平仄仄平平仄,仄仄平平仄仄平。

七言绝句 七言绝句是七言律诗的一半,也有四种平仄格式,即:

(一)首句平起平收式:

平平仄仄仄平平,仄仄平平仄仄平。仄仄平平平仄仄,平平仄仄仄平平。

(二)首句平起仄收式:

平平仄仄平平仄,仄仄平平仄仄平。仄仄平平平仄仄,平平仄仄仄平平。

(三)首句仄起平收式:

仄仄平平仄仄平,平平仄仄仄平平。平平仄仄平平仄,仄仄平平仄仄平。

(四)首句仄起仄收式:

仄仄平平平仄仄,平平仄仄仄平平。平平仄仄平平仄,仄仄平平仄仄平。

参考文献

[1] 张其俊.诗歌创作与品赏百法.北京:中国青年出版社,1996
[2] 王步高.唐诗鉴赏.南京:南京大学出版社,2006
[3] 王步高.唐宋词鉴赏.南京:南京大学出版社,2006
[4] 佘树森 乔默.中国名胜诗文鉴赏辞典.北京大学出版社,1989
[5] 沙灵娜.宋词三百首全释(上).贵州:贵州人民出版社,2009
[6] 沙灵娜.宋词三百首全释(下) 贵州:贵州人民出版社,2009
[7] 张燕瑾 杨锺贤.唐宋词选析.天津:天津人民出版社,1985
[8] 王育龙 王平.元曲三百首.安徽:安徽人民出版社,2002
[9] 李春青 桑思奋.诗赋词曲精鉴辞典.北京:中国国际广播出版社,1991
[10] 李汉秋 李永.元曲精品.北京:北京燕山出版社,1992
[11] 中国社会科学院文学研究所古代组编.唐诗选注.北京:北京出版社(上),1982
[12] 中国社会科学院文学研究所古代组编.唐诗选注.北京:北京出版社(下),1982
[13] 刘忆萱 王玉璋著.李白诗选讲.沈阳:辽宁人民出版社,1985
[14] 王仲荦著.隋唐五代史(上).上海:上海人民出版社,2003
[15] 王仲荦著.隋唐五代史(下).上海:上海人民出版社,2003
[16] 顾国瑞 陆尊梧主编.唐代诗词语词典故词典.北京:社会科学文献出版社,1992
[17] 赵传仁主编.诗词曲名句辞典.山东:山东教育出版社,1988
[18] 王步高主编.大学语文(简编本).南京:南京大学出版社,2008
[19] 高福寿 葛全诚编著.宋婉约词品评.中国青年出版社,1995
[20] 刘兰英 杨坤明编著.古代诗词曲名句选.广西:广西人民出版社,1986
[21] 李汉秋 李永主编.元曲精品.北京:北京燕山出版社,1992
[22] 贺新辉主编.宋词鉴赏辞典.北京:北京燕山出版社,1987
[23] 范之麟 吴庚舜主编.全唐诗典故辞典(上).湖北:湖北辞书出版社,1989
[24] 范之麟 吴庚舜主编.全唐诗典故辞典(下).湖北:湖北辞书出版社,1989
[25] 周振甫著.诗词例话.北京:中国青年出版社,1982
[26] 王洪 田军主编.唐诗百科大辞典.北京:光明日报出版社,1990
[27] http://www.Baidu,com
[28] 中华诗词网 http://www.cnpoem.net
[29] 八斗网 http://poem.8dou.net
[30] 诗歌网 poetry.goodmood.cn/